Sylvia Renz

MARIA,
die Frau aus Magdala

SCM Hänssler

SCM

Stiftung Christliche Medien

Bestell-Nr. 394.287
ISBN 978-3-7751-4287-8

Internet: www.scm-haenssler.de
E-Mail: info@scm-haenssler.de
Umschlaggestaltung: oha werbeagentur gmbh, Grabs, Schweiz;
www.oha-werbeagentur.ch; Bettina Nill
Titelbild: istockphoto.com
Satz: typoscript GmbH, Kirchentellinsfurt
Druck und Bindung: CPI – Ebner & Spiegel, Ulm
Printed in Germany

Für Sonja – in Liebe

Kapitel 1

Maria drückte sich in den Schatten der alten Mauer und zwang sich zur Ruhe. Der schnelle Lauf hatte sie erhitzt, sie schob sich die feuchten Locken aus der Stirn. *Diese Rennerei bin ich nicht mehr gewohnt,* dachte sie. *Früher musste ich oft um mein Leben laufen, wenn die Bauern mit Dreschflegeln und Prügeln hinter mir her waren. Dann warfen ihre Frauen Steine und Lehmbrocken und schrien »Hexe! Hexe!«, bis sie heiser waren. Sie haben mich nie erwischt, immer war ich eine Spur schneller, immer konnte ich ihnen entkommen. Oder ich hab mich zwischen den Felsen versteckt, bis sich die Meute zerstreut hatte. Manche Nacht habe ich in den Grabhöhlen verbracht. Dort hat mich keiner gesucht, denn die Dorfleute sind abergläubisch und fürchten sich vor bösen Geistern. Davor fürchte ich mich auch, aber noch mehr Angst habe ich vor Menschen, die mir Böses wollen.* Sie warf einen Blick über die Schulter, verfolgte mit den Augen den Weg, den sie soeben genommen hatte: quer durch den Olivenhain, vorbei an der Laube unter der Trauerweide, die an längst vergangene Nächte erinnert, sobald der Wind über ihre Zweige streicht.

Das weiße Haus blitzte durch die Zypressen, doch hatte es sie schon lange nicht mehr anlocken können. Die Fensterhöhlen auf der Hinterseite waren schwarz und leer. Simon, der Herr des Hauses, saß wohl in der vorderen Halle, ganz in seine Buchrollen vertieft wie immer, und seine Haushälterin war sicher längst schlafen gegangen. Es war spät genug.

Deshalb konnte sie es wagen, über den Hof zu huschen bis zur Mauer und im Efeu nach der heimlichen Tür zu tasten, die hinüber zum anderen Grundstück führte. Sie hatte den Riegel leise zurückgeschoben und wollte gerade die Tür aufstoßen, als ein schwarzer Schatten auf sie zugestürmt kam und bellte, als wollte er das ganze verschlafene Dorf aufwecken – der Hund! Wie konnte sie den Hund vergessen! Sie wehrte ihn mit dem Ellenbogen ab und sagte mit unterdrückter Stimme: »Schsch … sei still … du weckst ja das ganze Haus!« Sie hielt ihm die Hand unter die Schnauze, damit er ihren Geruch aufnehmen konnte. Ob er sie noch erkannte? Er hielt inne und jaulte kurz, dann wedelte er mit dem

Schwanz und sprang an ihr hoch, leckte ihr Hals und Kinn. *Wenigstens einer, der mich willkommen heißt.*

Im Haus war ein Fenster hell geworden, jemand stieß die Tür auf, der Lichtkegel wuchs über den Boden bis fast zu ihren Füßen hin. »Barras?«, rief eine Männerstimme in die Nacht. »Barras, was ist?«

Simons Stimme. O nein. Nicht jetzt, nicht heute. Am liebsten nie wieder. Sie gab dem Hund einen leichten Klaps. »Lauf wieder nach Haus«, flüsterte sie. »Nun geh schon!«

»Ist da jemand?« Das kam drohend. Endlich hatte der Hund begriffen und lief zu seinem Herrn zurück, der wartend in der Tür stand. Barras leckte ihm die Hand und drückte sich an sein Bein, bis der Mann die Öllampe zur Seite stellte und neben dem Hund in die Hocke ging. Es gab ihr einen Stich, als sie sah, wie zärtlich die Finger durch das Hundefell glitten.

Alle im Ort hatten sich damals mokiert; niemand konnte begreifen, wie man einem Hund so viel Zuneigung entgegenbringen konnte. Hunde waren in den Augen aller anderen ekelhaft, denn sie nährten sich meistens von Abfällen und schnüffelten im Schmutz herum. Für die Dorfbewohner waren sie gerade gut genug für einen Tritt oder einen Boxhieb aus schlechter Laune.

Doch Simon dachte anders. Für ihn war Barras kein Geschöpf der Hölle, auch wenn er grausig knurrte und jedem Angreifer seine scharfen Zähne ins Bein schlagen würde. Sie hatten den kleinen Hund bei ihrem zweiten gemeinsamen Spaziergang im Olivenhain gefunden – blutig gebissen, ausgehungert und völlig entkräftet. *Ich werde nie vergessen, wie er neben dem Fellbündel auf der Erde kniete. Es kümmerte ihn nicht, dass die spitzen Steine in seine Knie drückten und seine Robe staubig wurde. Als gäbe es in diesem Augenblick nichts, was wichtiger wäre, fühlte und tastete er an dem halb toten Welpen herum, suchte nach einer Spur von Leben. Und der Ausdruck seiner Augen, als er einen schwachen Herzschlag fühlte – so schaut einer, der nach langem Irrweg in der Wüste endlich die Oase sieht.* Unendlich sanft hatte er das zitternde Tier hochgenommen und nach Hause getragen. Er hatte den Welpen mit lauwarmem Wasser gewaschen, seine Wunden mit Öl betupft und ihm Tag und Nacht löffelweise Ziegenmilch eingeflößt. Der Welpe hatte überlebt und war zu einem starken Hirtenhund herangewachsen, dessen schwarzes Zottelfell glänzte, weil es täglich gebürstet wurde. Schließlich war er so gut erzogen und gezähmt, dass er aufs Wort gehorchte. Und so hatte sie alle Angst vor dem Hund verloren, hatte sogar gelernt, ihn zu lieben. Ihn und seinen Herrn.

Aber das war lange her …

Die Tür fiel zu, das Licht im Fenster erlosch, und sie konnte endlich wieder frei atmen. Langsam stieß sie die Pforte auf, die zum Nachbargrundstück führte, und huschte hindurch.

Hier kannte sie jeden Strauch und jeden Stein. Am liebsten wäre sie den Kiesweg entlanggegangen, der sich den Hang hinaufschlängelte bis zum Haus, aber der Mond hatte die Wolken beiseitegeschoben und sah ungeniert auf sie herunter. *Es ist zu riskant. Ich schleiche mich lieber an der Hecke entlang*, dachte sie. *Am Ende sieht mich noch jemand, das wäre peinlich.*

Sie dachte an ihren letzten Besuch im Elternhaus – vor zweieinhalb Jahren. Der Bruder war damals verreist gewesen, die ältere Schwester hatte bei ihrem Anblick die Nase gerümpft. »Was willst *du* hier?«

Maria, der sonst die Antworten zuflogen wie die Pfauenaugen dem Sommerfliederstrauch, hatte gestammelt: »Ich wollte nur … noch einmal … das alles … sehen –«, und sie hatte auf den Garten gezeigt, auf das Haus.

Die Schwester presste die Lippen zusammen und stieß die Tür auf: »Bitte«, sagte sie kühl, nahm ihren Einkaufskorb hoch, als hätte sie Angst, er könnte ihr gestohlen werden – oder durch den Schatten der liederlichen Schwester verunreinigt –, und ging fort, ohne sich noch einmal umzudrehen.

Da hatte Maria die Tränen nicht zurückhalten können. Schluchzend lief sie durch alle Räume bis hinauf in ihr Mädchenzimmer und warf sich quer übers Bett. Doch ihr war, als wichen selbst die Polster und Kissen vor ihr zurück. Der Bronzespiegel war inzwischen erblindet, der kleine Waschtisch aus Marmor hatte einen tiefen Sprung bekommen. Die große Empfangshalle atmete Kühle, die Küche blieb still und stumm und nicht einmal im Zimmer des Bruders hatte sie das Gefühl, nach Hause gekommen zu sein: Die Amphore aus braun glasierter Keramik, in der sie an jedem Morgen frische Gartenblumen arrangiert hatte, lag verstaubt in einer dunklen Ecke. Und das schwarze Holz des niedrigen Hockers war stumpf geworden, sein Sitzbezug aus grüner Seide zerschlissen. Wie gern hatte sie hier gesessen und ihrem Bruder zugehört – aber das war lange her. Der Raum roch fremd und abweisend. So ging sie davon und schwor sich: *Nie wieder.*

Warum bin ich jetzt zurückgekommen? Eine verrückte Idee. Was will ich hier? Sie verstand sich selbst nicht mehr. *Werde ich langsam sentimental? Weil ich an unsere Eltern denke, die ich viel zu früh verloren habe? So wie die*

Unschuld meiner Kinderjahre? Was suche ich hier? Antworten auf die Frage »Warum«? Was zieht mich zurück in dieses andere Leben, das ich hinter mir gelassen habe, weil es schon längst nicht mehr das meine war? So naiv wie damals, so vertrauensselig und verletzlich will ich nie mehr sein! Heute bin ich reich, kann mir leisten, was ich will. Mich jagt niemand mehr mit Flüchen aus dem Ort und keine Frau wirft mit Steinen nach mir. Wenn ich in meiner Sänfte vorübergetragen werde, dann weichen sie zurück und machen lange Hälse, wollen sich einen Blick fangen aus meinen Augen. Ich hätte Magie in den Augen, sagt man von mir, könnte damit jeden Mann verzaubern, bis er nicht mehr weiß, wer er ist. Meinetwegen. Ich habe mir dieses Schicksal nicht ausgesucht, aber ich mache das Beste daraus. Und ich verdiene gut. Die Männer zahlen für ihr Vergnügen, ich brauche das Geld meiner Geschwister nicht mehr. Ich bin unabhängig. Warum also schleiche ich hier herum wie eine Bettlerin?

Eine rätselhafte Vorahnung hat mich hierher gezogen. Es ist ein starker Sog. Ich spüre: Heute wird etwas geschehen, das mein Leben für immer verändert. Maria schaute hinüber zu ihrem Elternhaus. Das Licht fiel aus allen Fenstern hinaus auf den steinigen Boden. Schatten tanzten auf und nieder, sie hörte Lachen und viele Stimmen, die durcheinander wogten.

So viele Gäste auf einmal? Das sieht meinem Bruder gar nicht ähnlich. Oder hat sich die Schwester Besuch eingeladen? Vielleicht feiert sie sogar – Hochzeit?

Maria verzog die Lippen. *Den Mann möcht' ich sehen, der meine Schwester zähmt! Ich kann sie mir nicht als braves Weibchen vorstellen. Sie muss die Zügel in der Hand behalten. So war das schon immer. Sie befiehlt, das Volk gehorcht. Und was sie anordnet, ist vernünftig, da gibt es keine Frage. Unter ihrer Fuchtel gedeiht das Vieh, die Blumen blühen noch üppiger als woanders, sogar das Ungeziefer verzieht sich und wandert aus, hinüber zum Nachbarn, wo der Gärtner schwache Augen hat. Und wenn sie abends ihr Tagewerk geleistet hat, dann kniet sie wahrscheinlich neben ihrem Bett, mit geradem Rücken und hoch erhobenem Kinn und betet: »Lieber Gott, wenn du noch irgendwelche Fragen hast, dann stehe ich dir gern mit meinem Rat zur Verfügung.« Das ist meine Schwester und sie ist sich selbst genug und braucht keine Schulter, an die sie sich lehnen kann – sie hat ja selber zwei. Aber vielleicht täusche ich mich und sie hat tatsächlich einen Mann gefunden, den sie heiraten will. Das muss ich sehen!*

Mit zwei, drei Sätzen war sie am Haus und schaute von der Seite ins Fenster der Halle hinein. Das Bodenmosaik schimmerte türkis und tiefblau, in den Farben des Meeres. Wie sehr hatte sie dieses Ornament geliebt, war mit den Fingern an den goldenen Einsprengseln entlangspaziert, hatte sich Abenteuerreisen ausgedacht, damals, als Kind. Sie seufzte und trat einige Schritte beiseite, sah durch ein anderes Fenster. Von hier aus konnte sie die Couchen und Liegen beobachten, die in der Mitte des Raumes im Halbkreis aufgestellt waren. Dazwischen standen niedrige Tische aus glänzendem Olivenholz, boten Platz für Trinkbecher und Obstschalen. Auf den Couchen lagerten zehn oder zwölf Männer. *Hui, da hat sich Marta ja eine große Auswahl an Männern ins Haus geholt! Und so unterschiedliche noch dazu. Ich habe das Gefühl, dass hier etwas Geheimnisvolles vorgeht. Ich habe eine unbestimmte Ahnung, dass bald etwas geschehen wird, schon sehr bald, das alles auf den Kopf stellt. Ich muss dabei sein, muss das sehen!* Maria drehte den Kopf und suchte mit den Augen nach dem Bruder. Da, auf der Liege gegenüber lehnte er seitlich auf der weichen Couch, hatte den Ellenbogen aufgestützt. Maria erschrak. *Er ist ja noch blasser geworden, noch dünner, richtig hager und knochig!* Durch die weißen Schläfen schimmerten die Adern und seine Fingerknöchel waren knotig wie bei einem Greis.

Maria dachte an damals, als die Seuche durch den Ort waberte wie der Pestatem der Hölle. Fast alle im Ort lagen flach, keiner konnte auch nur einen Finger rühren. Nur die tüchtige Schwester blieb gesund. Die pflegte die Eltern, versorgte den Bruder und die kleine Maria, kümmerte sich um die Nachbarn – und vergaß sich selber dabei. Die Eltern starben trotz der guten Pflege, der schwer kranke Bruder schleppte sich aus dem Bett und erledigte alles, was zur Bestattung nötig war. Dann brach er erschöpft zusammen und konnte sich lange nicht mehr erholen. Die große Schwester biss die Zähne zusammen und steckte die letzten Bissen, die sie zusammenkratzen konnte, der Kleinen zu, nicht dem Bruder: »Du musst leben!« hatte sie immer zu ihr gesagt, ernst und eindringlich. »Du musst überleben!«

Die Kleine war davon kräftig geworden und hüpfte schon längst wieder im Sonnenschein über die Wiese, als der Bruder immer noch mit spitzer Nase in den Kissen lag und mit dem Tod disputierte. Es dauerte Monate, bis er wieder aufstehen konnte, und er blieb schwach und zerbrechlich und wurde schnell müde.

Und das hatte sich offenbar bis heute nicht geändert. Sein großer Kopf schwankte auf einem viel zu dünnen, faltigen Hals hin und her wie eine Sonnenblume auf dem Stängel, und seine Augen lagen tief in den

Höhlen. Sein Haar war grau geworden. Maria spürte, wie sich ihre Kehle zusammenzog. War es Liebe? Mitleid? Schuldgefühl? Unbehaglich hob und senkte sie die Schultern, dann schüttelte sie den Kopf, als könnte sie die schweren Gedanken damit verjagen. Prüfend ließ sie die Augen weiterwandern. *Jemand muss hier sein, der mich hierher gezogen hat, wer von diesen Männern könnte es sein? Ah, Männer!*

Einer von ihnen stand mit dem Rücken zu ihr und er sprach mit Feuer und einer sonoren Stimme, die eine wohlbekannte Glut in ihr entfachte, tief unten im Bauch. Seine Hände waren schmal, die Finger lang wie die einer Frau, und wäre ihm nicht das schimmernde dunkle Haar weit in den Nacken gefallen, dann hätte sie ihn für einen Römer gehalten, so groß und stattlich wirkte er. Sie seufzte wohlig und dachte: *Ein selten schöner Mann! Dreh dich um, damit ich dein Gesicht sehen kann!*

Ihr Gedanke wurde wahr. Als hätte sie ihn gerufen, wandte sich der Mann um und sah ihr durchs offene Fenster geradewegs in die Augen. Und dieser Blick fuhr ihr in die Glieder wie ein glühendes Messer, sie spürte, wie ihr Bauch hart wurde und ihr Atem heiß. *Da ist* Es *wieder. Ich kann nicht dagegen an.* Es *packt mich.* Sie konnte die Augen nicht abwenden von diesem Blick, der sie an sich zog wie mit tausend Seilen, sodass er sie nicht mehr losließ, selbst wenn sie gewollt hätte.

In diesem Augenblick spürte sie eine Hand an ihrer Schulter. Sie wollte die Hand abstreifen wie ein lästiges Insekt, aber das ging nicht. Die Hand hatte Schwielen und konnte energisch zupacken. »Was treibst du hier?«, dröhnte es ihr ins Ohr. Sie fuhr herum. Der Mann, der sie an der Schulter hielt, hatte breite Schultern und ein junges Gesicht, obwohl in seinen Bart eine Handvoll graue Fäden eingewebt waren. Seine Kleidung roch nach Hafen und See.

»Lass mich los, du tust mir weh!«, fauchte sie, weil er sie nun an beiden Oberarmen festhielt.

»Ich möchte nur wissen, was du hier zu schaffen hast«, sagte er ruhig.

»Das geht dich gar nichts an. Außerdem stinkst du – nach Fisch.« Es sollte verächtlich klingen, aber der Mann lachte nur.

»Du hast recht. Ich bin Fischer. Wahrscheinlich werde ich den Geruch nie mehr los. Aber jetzt komm mit ins Haus. Wenn du *mir* nicht vernünftig antworten willst, dann vielleicht dem Hausherrn?« Er schob sie zur Tür. Sie wand sich unter seinem Griff und versuchte, seitlich auszubrechen, aber es half nichts. Da gab sie nach und ließ sich in die Halle führen.

Schlagartig wurde es still im Raum. Der schöne Mann mit den dunklen Haaren und den Glutaugen drehte sich zu ihr und musterte sie, als wäre sie eine Ware auf dem Markt. Sie warf die Lippen auf und schoss ihm unter gesenkten Lidern einen hochmütigen Blick zu, der seine Wirkung nicht verfehlte: Sie sah es an seinen Wangenmuskeln, die sich spannten, an den Augen, die sich unwillkürlich verengten. *Wie ein Jäger, der die Beute wittert*, dachte sie. *Aber du hast dich getäuscht. Du bist ebenso Beute wie ich, Opfer einer Leidenschaft, die uns beide verzehrt. Spürst du es auch schon? Fühlst du den Sog? Brennen wirst du, ja, brennen werden wir, bis wir – bis wir Asche sind.*

»Du solltest das Mädchen loslassen, dein Griff ist zu fest«, sagte einer, und diese Stimme tat ihr wohl wie Balsam auf sonnenerhitzter Haut. Sie wollte den Kopf drehen und ihn ansehen, der so freundlich sprach. Aber es ging nicht. Sie hatte ihre Muskeln nicht mehr unter Kontrolle. *Es hat mich wieder. Es treibt mich zum Wahnsinn! Ich kann diesem Drang nicht widerstehen. Ich will und muss zum Gipfel des Glücks hinauf – oder ist es ein Gipfel des Schmerzes? Es wird mir keine Ruhe geben, bis ich dieser Raserei in meinem Leib nachgegeben habe. Das ist mein Schicksal und heute hat es endlich ein Gesicht, von dem ich schon immer geträumt habe – dieser dunkle Mann mit den Augen, die locken und gleichzeitig wegstoßen. Ich will ihn! Ich will ihn ganz!*

»Sie hat draußen herumspioniert«, sagte der Fischer, der sie hereingebracht hatte.

»Die sieht nicht gerade aus wie eine Agentin des Sanhedrin[1]«, sagte der Schöne samtweich und hielt sie immer noch mit seinen Augen fest. »Eher wie eine –«

»Maria!«, tönte es plötzlich aus der Ecke. »Du bist das? Du bist hier? Komm, komm her!«

---

1 Selbstverwaltung des jüdischen Volkes, bestand aus 70 einflussreichen und z. T. adeligen Männern, die religiöse und manchmal auch politische Fragen regelten. Die Abgeordneten gehörten den beiden Parteien der Pharisäer bzw. der Sadduzäer an, wobei die Pharisäer einen orthodoxen Kurs fuhren und am Althergebrachten festhielten, während die Sadduzäer aufgeschlossen für alles Neue waren und meinten, man müsse sich der römisch-griechischen Kultur stärker anpassen.

Das brach den Bann, und sie stürzte vorwärts, bis sie die Couch erreicht hatte. Der Bruder streckte ihr die Hand entgegen und zog sie neben sich auf sein Liegebett. »Wir haben uns so lange nicht mehr gesehen.«

Sie forschte in seinem Gesicht nach einer Spur von Ablehnung, nach Ekel oder Verachtung, aber sie fand nichts als Sorge und Liebe.

Hinter ihr wurde eine Tür geöffnet und sie hörte einen harten, energischen Schritt, der mittendrin stockte, und dann die trockene Stimme ihrer Schwester: »Ach, bist du mal wieder da ...« Etwas mühsam zog sich der Bruder zum Stehen hoch und sagte: »Ja, ihr Freunde, das ist unsere kleine Schwester Maria.«

Der Schöne zog hörbar die Luft ein und machte einen Schritt nach vorn. »Das – das ist deine Schwester?«

Er nickte. »Ihr habt sie noch nicht kennengelernt, weil sie nicht mehr bei uns wohnt. Sie hat sich in einer anderen Stadt – äh ... niedergelassen.«

»Ach – interessant«, murmelte der Dunkle.

Maria hielt den Kopf gesenkt. Sie wollte dem glühenden Blick des dunklen Mannes nicht begegnen, solange ihr Bruder neben ihr stand, er würde das sowieso nicht begreifen.

Der Graubart mit den schwieligen Händen zuckte mit den Achseln und brummte: »Ja, dann ... entschuldige, Mädchen, es war nicht bös gemeint.«

Sie schenkte ihm ein Lächeln, das unschuldig wirken sollte, und nickte.

»Ich wollte meine Geschwister wiedersehen«, sagte sie und bemühte sich, die Stimme nett und harmlos klingen zu lassen. »Aber ich wusste nicht, dass hier so viele Leute sind. Deshalb habe ich mich nicht getraut.«

Der Dunkle zwinkerte irritiert. Sie sah es aus den Augenwinkeln und spürte, wie sie allmählich die Kontrolle wiedergewann.

»Normalerweise wohne ich in Magdala«, sagte sie sanft. »Ich führe dort mein eigenes Geschäft.«

»Tatsächlich?«, summte der Dunkle und kam noch einen Schritt näher. »Und was ist das für ein *Geschäft*?«

Maria warf den Kopf zurück und schürzte die Lippen. Marta räusperte sich. Es klang drohend und als sich Maria nach der Schwester umsah, las sie in ihren Augen genau das, was sie vorausgeahnt hatte. *Sie schämt sich. Es ist ihr peinlich, dass ich gekommen bin – gerade heute, wo so viele Männer da sind, die sie beeindrucken möchte. Am liebsten würde sie mich wegschicken, hinauswerfen aus ihrer heilen, sauberen Welt. So wie damals. Wie jung war ich gewesen, so wund und tief verletzt! Und ich wusste nicht, wohin ...*

Der Zorn stieg in ihr hoch und ließ ihre Augen aufblitzen. Sie stieß die Hand weg, die Lazarus mit bittender Gebärde auf ihren Arm gelegt hatte. Die Männer tauschten Blicke und sie beschloss, sie alle in noch tiefere Verlegenheit zu stürzen.

»Ja, was für ein Geschäft führe ich? Man könnte es so nennen: Ich mache anderen eine Freude ...«, sagte sie und lächelte genießerisch.

»Aber das ist doch wunderbar«, sagte eine weiche Stimme hinter ihr. Sie drehte sich um und musterte den Jungen: große, zimtfarbene Augen, schmale, sensible Lippen, eine Haut wie weißer Marmor und darüber ein Schwall rotbrauner Locken. *Finger weg von dem!*, befahl sie sich und zwang sich, die Augen niederzuschlagen. *Der ist so unschuldig wie ich schon lang nicht mehr.*

Der Dunkle stand jetzt dicht vor ihr; sie spürte seinen Atem auf ihren Wangen. »Ich glaube, ich weiß, wer du bist«, sagte er, und auf einmal klang seine Stimme heiser und dieser Klang peitschte ihr die Röte in die Wangen. »Du bist die Kurtisane aus Magdala.«

Sie schlug die Augen zu ihm auf und wieder spürte sie die Gewalt der Leidenschaft, die nach ihr griff mit süßen, unerbittlichen Fäusten, und wieder war es ihr einerlei, was die anderen von ihr dachten, ob der Bruder sich ihrer schämte oder nicht. Sie wollte, nein, sie musste sich fallen lassen in diesen Rausch. Sie wollte, nein, sie musste den dunklen Mann mitreißen – denn er war wie sie: leidenschaftlich und ehrgeizig. Ein solcher Mann gab sich nicht mit Alltäglichkeiten ab, er war zu Höherem geboren. Mit ihm könnte sie einen Gipfel des Glücks erklimmen, der alles Frühere turmhoch überragen würde.

Auf einmal hörte sie ein Donnern, das ihr beinahe das Trommelfell zerriss. Sie spürte, wie ihre Knie nachgaben, sie hatte das Gefühl, als wiche der Boden unter ihr zurück, als wollte die Erde sie verschlingen – jetzt schon, obwohl sie noch lebendig war – als fiele sie in einen unendlichen Abgrund, der finster war und kalt. Sie fiel und fiel und im Fallen schrie sie: »Hilfe! Hilft mir denn keiner?« Dann gingen ihr die Lichter aus.

Als sie erwachte, lag sie in ihrem Zimmer auf dem Bett. Marta saß auf ihrer Bettkante, Lazarus am Fußende. Ein Mann beugte sich über sie, den sie vorher nicht beachtet hatte, aber sie erkannte ihn an der Stimme. Sein Blick war besorgt, die Brauen über den hellen Augen gerunzelt. Die gebräunte Haut verriet, dass er sich viel im Freien aufgehalten hatte. Sie taxierte ihn blitzschnell: *kein reicher Mann, wahrscheinlich ein Handwerker, seine Hände sind kräftig, die Arme muskulös. Er trägt das Haar und den Bart wie die einfachen Leute aus Galiläa. Eigentlich nichts Besonderes, aber ... –*

»Maria ...«, sagte er. Sie dachte: *Seine Stimme ist wie ein Zuhause. Wie die Stille nach dem Sturm.*

»Was ist mit mir geschehen?«, fragte sie. »Ist *Es* wiedergekommen? Hatte ich einen – einen Anfall?«

Lazarus bewegte unbehaglich die Schultern und Marta sagte: »*So* könnte man es nennen.«

Der besorgte Mann richtete sich auf und schüttelte den Kopf. »Das war kein ›Anfall‹. Du wirst von bösen Geistern benutzt, Maria. Sie kontrollieren dich, als wärst du ihr Werkzeug. Sie haben deine Würde zerstört, deine Achtung vor dir selbst. Sie wollen dir ans Leben.«

Ihr wurde die Kehle eng. »Ja. Das – das stimmt. Das habe ich schon oft bemerkt. Aber *Es* ist stärker als ich.«

»Was dich so quält, ist kein *Es*, Maria«, sagte er freundlich. »Es sind Personen, verstehst du? Es sind Geistwesen. Man nennt sie auch Engel. Ich kenne sie, kenne jeden einzelnen von ihnen. Früher einmal waren sie Gottes Boten. Dann haben sie gegen ihn rebelliert und wollten die Macht über das Universum an sich reißen. Gott hat sie aus dem Himmel verbannt, hierher auf die Erde. Sie kämpfen immer noch gegen den Schöpfer. Sie sind seine Feinde geworden, und sie hassen auch die Menschen, die damals zum Ebenbild Gottes geschaffen wurden. Wen sie in ihre Fänge bekommen, den vernichten sie.«

Er sagt die Wahrheit. Und doch – sie sind nicht nur *grausam. Sie schenken mir eine Lust, die ich vorher nie empfand. Sie geben mir Macht über andere, viel Macht. Unter ihrem Schutz bin ich stark, und ich genieße die wohligen Gefühle, während ich auf den Wogen der Leidenschaft tanze. Ich vergesse darüber den Schmerz und die Einsamkeit, die Trauer um meine verlorene Würde, betäube den Ekel vor mir selbst. Ich giere nach diesem Rausch, diesem Vergessen. Und hinterher habe ich Geld genug und kann mir kaufen, was ich will, Schmuck, Kleider, kostbare Möbelstücke und Menschen, ja, auch Menschen. Ich weiß nicht, ob ich das alles aufgeben möchte.*

Als hätte er ihre Gedanken gelesen, sagte er: »Ich habe dir erst einmal Ruhe verschafft. Sie werden dich so bald nicht wieder belästigen. Es sei denn – du willst es. Du kannst entscheiden. Du bist frei. Sie können dich nicht zwingen, wenn du sie nicht rufst.«

Er nickte ihr zu und ging hinaus. Sie ließ den Kopf ins Kissen sinken und fühlte sich müde, als wäre sie den steilsten Hang des Tabor auf den Knien hinaufgerutscht. Es war gut, zu Hause zu sein. Es war gut, Martas harte Hand auf der Stirn zu fühlen und zu wissen, dass ihre Tees zwar bitter waren, aber wirksam. Es war gut, Lazarus in der Nähe zu haben, der so gut trösten konnte wie kein zweiter. Alles war gut.

Kapitel II

Die Halle dröhnte von den lauten Stimmen. Keiner der Gäste lagerte nun bequem auf einer Couch, die Männer standen in Gruppen beieinander, fielen sich ins Wort, unterstrichen ihre Sätze mit wilden Gesten. Einer, den die anderen Jakobus nannten, wanderte auf dem Mosaikboden auf und ab wie ein hungriges Raubtier. Nicht nur er hatte einen roten Kopf, sie alle waren erregt. »Das war ein ganz neuer Fall von Besessenheit«, rief Petrus, der Fischer, und zerrte an seinem Bart. »Hast du so was schon mal erlebt, Jakobus?« Der schüttelte den Kopf. »Nein. Sie sah aus, als würde sie sich gleich dem erstbesten Mann in die Arme werfen.«

»Dem Erstbesten?« Der Dunkle zog die Augenbrauen hoch. »Sie hatte es von Anfang an auf mich abgesehen. Habt ihr das nicht bemerkt?« Seine Stimme war immer noch heiser. »Eine ungewöhnliche Frau. Außer sich vor Leidenschaft. Ohne Anstand, ohne Gefühl für Sitte. Gefährlich, sag ich euch, gefährlich. So was sollte man nicht unterschätzen.«

»Und? Was wollte sie von dir, Jehuda? Du kennst sie doch gar nicht«, erkundigte sich Petrus.

»Vielleicht habe ich sie schon mal gesehen … irgendwo …«, überlegte der Dunkle. Dann bewegte er die Schultern, als wollte er eine unangenehme Erinnerung abschütteln. »Es spielt keine Rolle. Jedenfalls war das gerade eine überaus interessante Szene, die ich nicht missen möchte.«

»Interessant? Na, ich weiß nicht …«, murmelte Jakobus.

Jehuda betrachtete ihn abwägend und sagte: »Menschen sind immer interessant. Ich finde es faszinierend, wie unterschiedlich sie reagieren. Diese Vielfalt, diese Bandbreite menschlichen Erlebens! Diese animalische Emotionalität! Ich könnte …«

Jakobus blies die Backen auf und verdrehte die Augen.

Der Dunkle sagte hastig: »Entschuldige. Ich vergesse immer wieder, dass euch diese Vokabeln nicht vertraut sind. Ich meinte die – die Gefühlstiefe dieser Hure, ihre unverhüllte Leidenschaft, verstehst du?«

Jakobus brummte etwas und Jehuda fuhr fort: »Aber lassen wir das. Ich bin froh, dass ihr mich hierher eingeladen habt. Ihr habt nicht zu viel versprochen, Freunde. Dieser Wunderrabbi versteht sein Handwerk. Er hat Charisma – Ausstrahlung – Einfluss. Ich schließe mich gern eurer Gruppe an. Gemeinsam können wir etwas für unser Land bewirken, religiös auf jeden Fall, vielleicht auch politisch. Ich kann meine Beziehungen spielen lassen … ihr werdet sehen! Ich führe eure Sache zum Sieg!«

Alle außer Jakobus applaudierten.

Philippus murmelte: »Da hast du einen guten Fang gemacht, Andreas.« Der stand wie immer einen halben Schritt hinter seinem Bruder Petrus und lächelte verstohlen, während der Fischer einen stolzen Blick in die Runde warf, als hätte *er* diesen genialen Fisch an Land gezogen.

»Ja, so einen klugen Kopf wie dich können wir gut gebrauchen«, sagte Petrus. »Wir sind einfache Leute, unser Lehrer hat auch nicht studiert. Wenn man heutzutage etwas bewegen will –«

»Wie gesagt, ich engagiere mich für eure Sache«, unterbrach Jehuda. »Ich bringe mein gesamtes Wissen und meine Talente ein.« Er entblößte zwei Reihen makelloser Zähne. »Ihr habt gut gewählt. Ihr werdet nicht bereuen, dass ihr mich in euren Kreis aufgenommen habt.«

Johannes, der Lockenkopf mit den unschuldigen Zimtaugen, hatte die ganze Zeit in einer Ecke gestanden und auf den Boden gestarrt, tief in Gedanken versunken. Jetzt hob er den Kopf und sah den Dunklen an, bis dieser die Wangenmuskeln straffte und sagte: »Oder hast du etwas dagegen einzuwenden?«

Der Lockenkopf schwieg, schwieg lange.

»Kleiner, man hat dich was gefragt!«, sagte Jakobus und gab seinem jüngeren Bruder einen Klaps auf die Schulter. »Träumst du wieder mal mit offenen Augen?«

Johannes biss sich auf die Lippen und runzelte die Stirn, als müsste er die Worte herbeizwingen. Dann sagte er langsam:

»Lass sie in Ruhe, Jehuda. Lass bloß das Mädchen in Ruhe.«

Als Maria erwachte, kam es ihr vor, als wäre sie von einer langen Reise zurückgekehrt. Die Sonne stieg gerade hinter der Hügelkette herauf, ein früher Vogel probierte ein, zwei Töne. Sie sprang aus dem Bett und lief zum Fenster. Draußen im Garten spazierte er, der sie von ihrer Kette frei gemacht hatte. Irgendwie hatte er *Es* vertrieben, und jetzt war *Es* fort, ohne Schmerz, ohne den schalen Nachgeschmack, den Ekel, der ihr sonst die Magensäure über die Zunge jagte.

Warum hatte er ihr geholfen? Er war anders als alle Männer, die sie kannte, und sie kannte viele. *Er hat Augen wie meine Mutter. Oder wie mein Vater. Wenn er mich anschaut, dann liest er in mir wie in einer Buchrolle. Aber er macht mir keine Angst. Ich spüre, dass er mich nicht verachtet.*

Sie goss aus dem Krug etwas Wasser in die Schüssel und tauchte ein weiches Tuch hinein, tupfte damit ihr Gesicht ab und fuhr sich mit dem Kamm dreimal durchs Haar. Das sollte erst einmal genügen. Rasch in das Oberkleid geschlüpft, die Sandalen geschnürt, huschte sie auch schon die Treppe hinunter.

Unten war alles still. Sie warf einen Blick in die Halle. Die neuen Freunde ihres Bruders schliefen noch, hatten sich auf Polstern und Couchen gelagert, auch der Dunkle mit den Feueraugen und der Lockenkopf mit dem unschuldigen Blick. Der Fischer schnarchte.

Sie ging hinaus in den Garten. Die Halme waren schwer vom Tau, die kleinen Steine am Weg rochen nach Nässe, und sie schauderte unter der Morgenbrise zusammen. Dann sah sie ihn. Zehn Schritte entfernt, mit dem Rücken zu ihr, stand der Fremde, der ihr seltsam vertraut war – wie seit Ewigkeiten gut bekannt. Als hätte er ihren Blick gespürt, wandte er sich um und sagte: »Maria …« Nichts weiter. Und doch war es für sie die schönste Musik.

Sie stürzte auf ihn zu, warf sich vor ihm auf die Knie und berührte seinen Fuß mit ihrem Haar. »Ich weiß gar nicht, wie ich dir danken soll.«

Er sah sie aufmerksam an und streckte ihr die Hand entgegen, um ihr aufzuhelfen. Seine Hand war warm und trocken und sie bedauerte heftig, dass er sie so schnell wieder losließ. Sie hatte sich bei dieser Berührung gefühlt wie ein Vogel, der nach langem Flug in sein Nest zurückkehrt.

»Wie heißt du, Herr?«, fragte sie, um irgendetwas zu sagen, obwohl es eigentlich als vorlaut galt, einen Mann anzusprechen. Doch er schien nichts Schlimmes dabei zu finden, denn er sagte unbefangen:

»Ich heiße Jesus.«

»Der Zimmermann aus Nazareth?«, rief sie erstaunt. »Von dir habe ich schon gehört. Du bist der große Zauberer, der alle Krankheiten heilen kann!«

»Nicht durch Zauberei, Maria«, sagte er. »Die Menschen werden heil durch Gottes Kraft.«

»Gottes Kraft …« Sie holte tief Atem. *Natürlich. Anders kann man* Es *auch nicht verjagen.*

»Und was führt dich nach Betanien?«

»Wir kamen von Jericho und waren müde, weil wir unterwegs keine Rast gemacht hatten. Dein Bruder fand uns am Tor und lud uns zu sich ein.«

»Lazarus? Das sieht ihm gar nicht ähnlich!«, platzte sie heraus, dann schlug sie die Hand vor den Mund. »Verzeihung. Ich sage oft, was mir gerade in den Sinn kommt, ohne zu überlegen …«

Jesus lächelte. »Ich schätze Menschen, die ehrlich sind und sich nicht verstellen.«

Maria wurde rot und dachte an ihre Übungsstunden vor dem Spiegel, in denen sie verschiedene Gesten einübte, Augenaufschläge, Mundstellungen, die Augenbrauen hochziehen, einzeln und zusammen – und die Wirkung studierte. »Früher war ich immer offen und geradeheraus«, gestand sie. »Aber jetzt …«

In diesem Augenblick warf die Sonne ihre ersten Strahlen in den Garten und ließ die Sträucher und Bäume strahlen, als hätte man sie mit heimlichen Fackeln beleuchtet. Maria genoss den Anblick und flüsterte: »Ein neuer Tag; auch für mich?«

Er sah sie an: »Komm, wir gehen hinein, dir wird kühl.«

Nebeneinander traten sie ins Haus, und Maria war, als träumte sie. Normalerweise ging sie einige Schritte hinter dem Mann, wie sich das gehörte. Oder sie ließ sich, was ihr lieber war, in einer Sänfte vorantragen.

Der Zimmermann stieß die Tür auf und hielt sie offen, damit sie hindurchgehen konnte. »Wo können wir uns in Ruhe unterhalten?«, wollte er wissen.

Sie führte ihn durch den Innenhof in das helle Blumenzimmer. Jesus setzte sich neben das Fenster, sodass weder sie noch er vom einfallenden Licht geblendet wurden, und Maria holte aus Lazarus' Zimmer den Hocker, der ihr als Kind so lieb gewesen war. Sie ließ sich auf die zerschlissene Seide sinken, hatte den Sitz dicht neben die Beine des Lehrers geschoben, als wäre sie seine Schülerin. Sie wusste, dass ein Lehrer, der etwas auf sich hielt, niemals ein Mädchen unterrichten würde. Kein Rabbiner in ganz Judäa nahm eine Frau unter seine Schüler auf, das war verpönt. Aber dieser Jesus war anders, das spürte sie.

»Ich muss gestehen, dass ich ein bisschen lesen kann«, flüsterte sie. »Ein – ein Freund hat es mir beigebracht, heimlich. Nachts, wenn alle schliefen, haben wir die Thora aufgerollt und darin gelesen. Oder in den

Psalmen. Am liebsten mochte ich die Jesajarolle. Ich wollte sie auswendig lernen. Aber dann – dann hat – « Sie brach ab. Nein. Das konnte sie nicht erzählen. Keinem. Auch ihm nicht.

Jesus blickte sie mit stillen Augen an. Dann begann er aus der Jesajarolle zu zitieren. Die Worte schlugen sie in den Bann, sie hing an seinen Lippen und saugte das Wort des Allmächtigen in sich ein. »Eure Sünden sind blutrot und doch sollt ihr schneeweiß werden. Sie sind so rot wie Purpur und doch will ich euch reinwaschen wie weiße Wolle. Wenn ihr mir von Herzen gehorcht, dann könnt ihr wieder die herrlichen Früchte eures Landes genießen.«

Herrliche Früchte. Sie schloss die Augen und sah sie vor sich: dunkelrote Trauben, Datteln, saftige Feigen, Granatäpfel … Wie lange hatte sie das nicht mehr mit unbeschwertem Herzen genossen als Geschenk aus Gottes Garten? Für sie war Obst ein Mittel zur Verführung, eine Dekoration, die bei ihren Kunden die Sinnlichkeit verstärken sollte. Ihr Diener kaufte täglich marktfrische Früchte, die sie dann in Schalen und Körben überall im Schlafgemach arrangierte. Granatäpfel waren dafür bekannt, dass sie die Leidenschaft anregten. Sie wusste die Spannung zu steigern, indem sie die einzelnen Spalten der Granatäpfel unendlich langsam voneinander löste, die Stücke in den Fingern drückte, bis der rote Saft auf die weichen Tücher spritzte, und wenn sie dem unruhigen Mann dann ein solches Stück zwischen die Lippen schob, wurde seine Atmung schneller und schneller. Oder eine reife Feige, zuckersüß, mit gefühlvollen Fingern durchgerissen. Aber wohin waren ihre Gedanken schon wieder geflüchtet? Sie rief sich zur Ordnung: *Ich will zuhören!*

»Wenn ihr mir von Herzen gehorcht …«

Gehorchen. Und wenn nicht? Sie kannte den nächsten Vers und flüsterte: »Wenn ihr euch aber weigert und euch weiter gegen mich stellt, dann werdet ihr von euren Feinden –«

Die Tür flog auf. Maria musste den Kopf nicht drehen, um zu wissen, dass ihre Schwester im Türrahmen stand.

»So, hier bist du also!«, sagte sie. »Ich such dich im ganzen Haus. Hab mir Sorgen gemacht um dich – nach dieser Nacht!«

Maria zog unwillkürlich die Schultern hoch. »Das tut mir leid«, sagte sie leise.

Als die Schwester mit ungeduldigen Schritten hereinkam und die Tür zuschob, dachte Maria: *Jetzt wird sie sagen: Es gehört sich nicht, dass du hier sitzt – allein mit dem Lehrer! Was werden die Leute sagen! Denk wenigstens an seinen Ruf, wenn dir der deine schon gleichgültig ist!* Maria wappnete sich schon gegen diesen Schlag, aber er blieb aus.

Marta schenkte ihr einen Blick, in dem keine Verachtung mitschwang, eher eine Spur von Mitgefühl. Dann wischte sich die Schwester mit dem Handrücken über die Stirn, seufzte und sagte in einem Ton, der wohl beiläufig klingen sollte: »Also, es gibt eine Menge zu tun.« Sie zögerte eine Weile und wandte sich zum Gehen.

Sie erwartet, dass ich mithelfe, aber ich möchte so gern dem Lehrer zuhören. Spürt sie nicht, dass ich innerlich halb verhungert bin? Ich brauche seinen Zuspruch, ich brauche das Wort des Allmächtigen.

In der Tür blieb Marta stehen, drehte sich noch einmal um und wandte sich an den Lehrer: »Findest du es eigentlich gerecht, dass die ganze Arbeit an mir hängen bleibt? Maria sitzt da, als wäre sie die Gattin des römischen Prokurators, die sich von vorn bis hinten bedienen lässt … Aber von mir lässt sie sich ja nichts sagen. Könntest du sie nicht davon überzeugen, dass sie ein bisschen mit anpacken sollte?«

Maria zuckte zusammen und schaute betroffen zu Jesus hinüber. Die Scham überrollte sie wie eine heiße Woge. Sie schämte sich nicht nur, weil sie von Marta offen kritisiert wurde; sie genierte sich auch für ihre Schwester. So konnte man doch nicht mit einem berühmten Rabbiner sprechen! Ihm Befehle erteilen! Ihn mit Kleinkram belasten! Als ob er nichts Wichtigeres zu bedenken hätte, als zwischen ihr und der Schwester zu schlichten!

Aber Jesus ärgerte sich nicht. Er sagte freundlich: »Marta, liebe Marta, du gibst dir große Mühe. Du machst dir Sorgen um Dinge, die im Grunde gar nicht so wichtig sind.«

Marta zog scharf die Luft ein. Maria wusste genau: Für ihre Schwester war Frühstückmachen eine heilige Handlung: Brotfladen mussten gebacken werden, die Früchte gewaschen, der Tisch für sechzehn Personen gedeckt, vom Blumenschmuck ganz zu schweigen. Ihr ganzes Leben drehte sich um Küche und Esszimmer – und das sollte plötzlich unwichtig sein? Eine Nebensache?

Marta öffnete den Mund zum Widerspruch, doch Jesus hob die Hand und sagte: »Wichtig ist nur eins: Gott suchen und Gott finden. Ausgesöhnt sein mit dem Schöpfer. Das hat Maria verstanden. Und davon werde ich sie nicht abbringen.«

Marta schob das Kinn nach vorne, aber Jesus lächelte sie an. Sie erwiderte sein Lächeln nicht, doch die Härte in ihren Zügen schmolz, und als sie den Raum verließ, geschah es zögernd, man hörte ihre Schritte kaum.

Diese Worte darf ich nie vergessen, dachte Maria. *Ich werde sie in Seide einschlagen wie Smaragde und Amethyste und werde sie hüten wie einen Schatz.*

Kapitel III

Als Marta zum Essen rief, hatte Maria bereits eine ganze Schatzkiste voll kostbarer Worte in ihrem Gedächtnis gehortet. Dankbar streckte sie Jesus beide Hände hin und er nahm sie und drückte sie kurz.

Auf einmal hatte Maria Freude daran, ihrer Schwester zu helfen. Sie türmte frische Brotfladen in Körbe, sie häufte Datteln in eine Schüssel und spülte die dunkelroten Trauben ab. Vergnügt summte sie vor sich hin, als sie die schwere Obstschale auf die Schulter hob und ins große Zimmer trug, wo sich die Männer gelagert hatten. Sie verteilte die Becher, reichte den Krug herum, schenkte allen den süßen Traubensaft ein, räumte leere Gefäße zur Seite und fühlte sich frei und unbeschwert wie seit Langem nicht mehr.

Plötzlich sah sie aus den Augenwinkeln, wie ihr der Dunkle mit seinen Blicken folgte. Sie drehte den Kopf und schaute ihn an. *Er ist wirklich der schönste Mann, den ich seit langer Zeit gesehen habe! Wie ein Fürst aus einem fernen Land, wie ein König sieht er aus. Und seine Stimme – sie geht mir durch und durch. Jehuda … der Name passt zu ihm.*

Wieder spürte sie das vertraute Kribbeln, fühlte ihr Blut schneller kreisen. Sie floh aus dem Raum, lief die Treppe hinauf und wieder hinunter, ohne zu wissen, was sie wollte. Endlich verkroch sie sich in einem Winkel der Vorratskammer. *Nein. Nicht schon wieder. Nicht heute, solange der Lehrer da ist!*, stöhnte sie.

Sie hörte die Männer durcheinanderreden. Der Fischer hatte die lauteste Stimme. Ab und zu meldete sich Jehuda zu Wort. Maria genoss das heisere Timbre, das seine Worte begleitete. *Und er ist klug. Was er sagt, hat Hand und Fuß. Er kann sich ausdrücken. Er passt nicht zu diesen einfachen Fischern. Wie ein Adler im Wachtelschwarm. Jehuda …*

Wieder sah sie seine brennenden Augen vor sich, die vollen Lippen, das kräftige Kinn. Wonach mochten seine Haare duften – nach Sonne, nach Salzwind und Meer? *Was für ein Mann!* Sie stellte sich vor, wie sie mit beiden Händen sein Haar durchwühlte und ihr Gesicht darin versenkte, wie seine Hände über ihre Schultern strichen, ihre Oberarme umfassten – und schauderte vor Wonne. Sie würde ihn locken mit all ihren Künsten. Dann würde sie ihn hinhalten, eine kleine Weile warten lassen. Er sollte auf den Knien vor ihr winseln, um Erlösung flehen, bis er ihr gnadenlos ausgeliefert war. Doch manchmal ließen ihr die Feuergeister keine Zeit für solche Spiele, manchmal wurde sie überwältigt von einem *Es*, das viel zu stark war.

»Maria, wo steckst du denn?« Martas energische Stimme verscheuchte den Dunst, der ihre Gedanken einhüllte. »Ich brauche dich, komm schnell!«

Maria presste die Fäuste auf die Augen, bis sie rote und grüne Kreise sah. Sie biss sich auf die Lippen und schmeckte Blut. Was hatte der Zimmermann gesagt? »Sie können dich nicht zwingen, wenn du sie nicht rufst. Du bist frei.«

Aber *wollte* sie denn frei sein? Auf die Ekstase verzichten, den Rausch von Wollust und Macht? Still und bescheiden die Augen niederschlagen und eine sittsame Frau werden wie Marta oder die anderen Weibchen im Ort, die Jahr um Jahr ein Kind gebaren und farblos und bescheiden mit dem Wasserkrug zum Brunnen pilgerten – im Kopf nichts als Kochrezepte und Kindergeplapper? *Nein. Das ist nichts für mich. Für so ein langweiliges Leben bin ich ein für alle Mal verdorben. Kommt, meine Feuerfreunde, nehmt mich mit auf euren Funkenflug, lasst mich tanzen und schreien vor Lust!*

Sie stand auf wie in Trance und huschte in ihr altes Zimmer. Ob ihre Zaubermittel noch da waren? Sie schob den Hocker von der Wand weg und tastete nach dem lockeren Stein, hinter dem sie ihre Parfüms versteckt hatte. Triumphierend zog sie die Hand heraus und hielt ein paar kleine Fläschchen in der Hand. *Was haben wir denn da?*, murmelte sie. *Granatapfelduft, Zeder, Alraune …*

Sie tupfte sich einige Tropfen auf die Handgelenke, hinter die Ohren, bestrich den Haaransatz mit einer Salbe aus einem kleinen goldfarbenen Tiegel. *Das sollte genügen.* Dann riss sie das Lederband aus dem Haar und schüttelte die Locken auf. Sie zupfte ihr Kleid zurecht, sodass der Ausschnitt größer wurde, leckte über die Lippen, bis sie glänzten, und warf den Kopf zurück.

Als sie in die Halle tänzelte, drehten sich alle Köpfe. Maria sah, wie ein Schatten über das Gesicht des Lehrers fiel; doch nun kümmerte sie sich nicht darum. In ihren Adern loderte das Feuer, während sie von einem Platz zum anderen huschte und die Becher mit dem dunkelroten

Blut der Trauben füllte. Der Fischer zog die Brauen zusammen und brummte. Der unschuldige Junge starrte sie angstvoll an. Einen kurzen Moment zögerte sie.

Da traf sie der Blick aus den Glutaugen Jehudas. Sie fixierte ihn, während sie die Platte mit den Fladenbroten herumreichte. Und als sie hinter ihm stand, streifte sie mit dem Arm über seine Schulter. Er wich ihrer Berührung nicht aus, sondern neigte sich auf dem Polster zurück und lehnte sich an ihre Brust. Es fuhr ihr wie flüssiges Eisen durch und durch.

Lazarus hatte sie aus den Augenwinkeln beobachtet. »Maria! Nicht!«, schrie er, als er sah, wie sich ihre Pupillen weiteten und die Röte in ihre Wangen schoss. Aber sie wollte nicht zurück, sie wollte dieser glitzernden Verführung nachgeben. Es *ist wieder da! Ja! Jaaa!* Mit einer fließenden Bewegung glitt sie auf das Ruhebett und schmiegte sich Jehuda in die Arme. Die Zimmerdecke hob sich, der Boden begann zu schwanken, als sie sich an den Lippen des Mannes festsaugte. Sie spürte ihn beben, fühlte seine heiße Hand auf ihrer Kehle, griff mit gespreizten Fingern in sein volles Haar. Die anderen Männer stockten mitten im Satz, Hände erstarrten in der Bewegung, Köpfe fuhren herum.

Plötzlich wurde Maria von einer starken Hand zurückgerissen. Sie taumelte, während sich die Wände um sie drehten, immer schneller. Sie schloss die Augen, überließ sich dem anschwellenden Dröhnen in ihren Ohren. Ihre Arme und Beine zuckten, Schaum trat ihr aus dem Mund und sie schrie auf wie ein Lamm vor dem Schlachten, kläglich, flehend. Ihre Augäpfel verdrehten sich und sie hörte entsetzt, wie eine kratzige Männerstimme aus ihrer Kehle schreckliche Flüche und Verwünschungen quellen ließ, zotige Worte und derbe Anspielungen, die jeder anständigen Frau die Schamröte ins Gesicht jagen würden. Sie konnte die Stimme nicht daran hindern, hatte ihre Stimme und ihre Glieder nicht mehr unter Kontrolle, fühlte nur, wie sich die Gelenke verkrampften, wie sich ihr Gesicht verzerrte zur abscheulichen Grimasse.

Irgendwann war der Sturm vorüber. Als sie wieder klar denken konnte, fand sie sich auf dem Boden, das Gesicht zwischen den Knien, die Arme über dem Kopf verschrankt, als wollte sie einen Schlag abwehren. Sie hörte, wie der Lehrer für sie betete, eindringlich, voller Vertrauen. Er sprach mit Gott, wie man mit einem Freund redet, mit einem Vater, den man liebt. Er dankte für den Sieg, den er über die bösen Mächte errungen hatte.

Vorsichtig hob sie den Blick: Niemand im Raum, nur sie und er. Wo waren die anderen? Wie lange schon …?

Jesus erhob sich von den Knien und setzte sich wieder auf das Ruhepolster. »Es wird immer wieder über dich kommen, wenn du dich nicht dagegen wehrst«, erklärte er.

»Ich weiß auch nicht so genau, wie *Es* über mich gekommen ist. Damals, als ich zum ersten Mal –« Sie brach ab. Nein, darüber konnte sie nicht sprechen.

Jesus sah sie ernsthaft an.

Sie hob die Achseln. »Ich weiß nicht genau, wie es dazu kam. Ich kann mich nur noch an den Schmerz erinnern, als er mich packte und – ich dachte, er zerreißt mich. Irgendwie hab ich es überlebt. Seither musste ich immer und überall nach etwas suchen, was mich wieder zufrieden macht, dieses innere Loch verschließt, aber ich konnte es nirgendwo finden. Meine Angst und die Scham wurden stärker, je öfter ich mit einem Mann – aber keiner hat mir geholfen. Sie haben immer nur gelacht, wenn ich weinte. Und dann dachte ich, wenn mir niemand hilft, wenn mich ohnehin keiner gern hat, dann ist es auch gleichgültig, was mit mir geschieht.« Sie zuckte mit den Achseln.

»Ich habe mich treiben lassen. Ich habe mich jedem hingegeben, der zahlen konnte. Später kam die Wut dazu, und was für eine Wut! Ich wundere mich selbst, dass ich keinen dieser grässlichen Männer mit meinen beiden Händen erwürgt habe. Und dann bin ich eines Nachts an einen Mann geraten, der mir einfach nur wehtun wollte. Er – er hatte ein Messer bei sich – und …« Sie schlug die Hände vors Gesicht und schauderte. »Er schleppte mich hinaus aufs Feld, damit niemand meine Schreie hörte, als er mit dem Messer die Haut meiner Beine ritzte und dann zustach, als müsste er sich in mich eingraben. Als er seine grausame Lust befriedigt hatte, wurde ich ohnmächtig. Wahrscheinlich wäre ich verblutet, wenn mich nicht eine alte Kräuterfrau gefunden hätte. Sie nahm mich in ihr Haus und verband meine Wunden. Sie gab mir zu trinken und kühlte mein Fieber. Wenn sie nicht gewesen wäre …«

Maria atmete tief durch und nahm die Hände vom Gesicht. »Und als es mir besser ging, da fragte sie mich, ob ich ein Zaubermittel besitzen möchte, das mich vor grausamen Männern beschützen könne. Natürlich wollte ich das! Sie erzählte mir von ihren ›kleinen Dienern‹, ja, so nannte sie ihre Schutzgeister. Sie war bereit, mir ein paar ihrer ›Diener‹ zu überlassen, natürlich gegen Bezahlung. Ich ließ mir auch einen Zauber geben, der mir die Männer unterwirft. Denn ich wollte nie, nie mehr zulassen, dass mich ein Mann demütigt und quält und mir wehtut. Und seither kommt *Es* über mich wie ein Sandsturm, ich kann mich nicht widersetzen, *Es* treibt mich, verstehst du? *Es* macht mich aber auch stark, viel stärker als meine Kunden, und ich brauche keine Angst mehr zu haben, dass mich einer meiner Freier mit dem Messer bearbeitet. *Es* beschützt mich.«

»Und geht es dir gut unter diesem Schutz?«

Sie kaute auf ihrer Unterlippe herum und überlegte. Dann seufzte sie: »Ich hatte mir das anders vorgestellt. Diese ›kleinen Diener‹ gehorchen mir nicht immer. Sie kommen, wenn ich sie rufe, aber sie gehen nicht, wenn ich sie loswerden will. Oft überrumpeln sie mich und bringen mich in peinliche Situationen. Aber was soll ich machen – ohne meinen Zauber bin ich hilflos und jeder kann auf mir herumtrampeln. Ich brauche *Es*.«

»Maria, willst du wirklich so weiterleben – als Spielzeug anderer Menschen und böser Mächte? Bist du dabei glücklich?«

»Ich hab mir dieses Leben nicht ausgesucht«, begehrte sie auf. »Ich will irgendwie damit überleben. So schlecht ist es gar nicht, wenn ich einen großen, berühmten Offizier bei mir habe, der mir völlig ergeben ist und mir alle Wünsche von den Augen abliest. Das tut mir gut, verstehst du? Es gibt mir das Gefühl, wichtig und stark zu sein – wenigstens für die Dauer einer kurzen Nacht.«

»Maria, willst du frei werden – frei von deiner Sucht nach Rache und Macht, frei von dem Diktat der Geister, die dich umtreiben, frei von den Schuldgefühlen, die dich quälen?«

»Frei?« Maria seufzte. »Du weißt nicht, was du von mir verlangst. Soll ich den Zauber hergeben? Verlieren, was ich mir aufgebaut habe? Mein Haus, meine Möbel, meine Juwelen? Was bleibt mir dann?«

Sie warf den Kopf zurück und schüttelte die Haare aus. »Ich brauche diesen Rausch und das Gefühl, dass ich jemanden ganz und gar besitze. Das nimmt mir den Schmerz, wenn auch nur für einen kurzen Augenblick. Außerdem verdiene ich gut dabei. Das gibt mir Sicherheit. Man kann eben nicht alles haben.«

Er sah sie nachdenklich an, dann stand er auf und ging hinaus. Sie hörte, wie sich die Männer draußen sammelten, ein paar Abschiedsworte flogen hin und her. Dann wichen die Stimmen zurück, es wurde still im Hof. Eine Fliege summte am Tisch, von Weitem hörte man eine Lerche jubilieren, doch dieser Klang konnte keine Freude in ihr wecken, nur Düsternis.

Lazarus kam herein und setzte sich neben sie auf den Boden. Er legte ihr stumm die Hand auf den Arm. Aber sie konnte seine Berührung nicht ertragen. Sie stand auf und hielt sich an der Tischkante fest. Ihre Knie zitterten.

»Ich gehe«, sagte sie. Es klang brüchig. »Hier in Betanien habe ich nichts mehr verloren.«

Er sagte leise: »Hier hast du *alles* verloren.« Sein Blick umarmte sie, dann glitt er über sie hinweg, als wollte er sie loslassen, schweifte durch den Raum und zum Fenster hinaus bis hinüber, wo das Nachbardach durch die Zypressen schimmerte. »Alles …«, bekräftigte er.

Weiß mein Bruder etwas, ahnt er, was damals geschah? Nein, Simon hat sicher nicht geplaudert. Für ihn – eine Schande. Für mich – Himmel und Hölle.

Kapitel IV

Die Schüler des Zimmermanns waren bald in ganz Galiläa bekannt. Sein Ruf flog vor ihm her. Sie brachten die Kranken zu ihm – trugen sie in Tüchern, in Tragekörben, führten sie auf Eseln herbei. Manche wankten auf Krücken zu ihm und sie hüpften auf ihren eigenen Füßen wieder nach Hause, an Leib und Seele neu geworden. Jesus heilte die Taubstummen, die Blinden, er weckte sogar Tote auf. Aber er begnügte sich nicht damit, die Leute selbst zu heilen – er leitete seine Schüler an, den Menschen zu helfen, und er gab seine Kraft an sie weiter, damit sie in seiner Vollmacht heilen konnten. Er schickte sie in Zweiergruppen los und sie zogen durchs Land, machten Frauen und Kinder gesund, heilten Leprakranke, Blinde und Lahme. Hier und dort holten sie Sterbende von der Schwelle des Todes zurück.

Es war ein großer Tag, als sie alle wieder bei Jesus zusammentrafen. Von Weitem schon riefen sie sich gegenseitig zu: »Wir können es auch!«

»Die Krankheit hat keine Kraft mehr, wenn wir auftauchen!«

»Sogar die bösen Geister gehorchen uns!«

Jesus lächelte über ihren Eifer. »Ich sah den Satan vom Himmel fallen wie einen Blitz!«, sagte er. »Ich habe euch die Macht gegeben, auf Schlangen und Skorpione zu treten und die Gewalt des Feindes zu brechen. Nichts kann euch schaden.«

Und sie wechselten stolze Blicke und fühlten sich als Herren dieser Welt. Doch dann sprach Jesus weiter: »Freut euch nicht, dass euch die bösen Geister untertan sind. Freut euch, dass eure Namen im Himmel aufgeschrieben sind!«

Sie wurden nachdenklich und fragten einander: »Mein Name – im Himmel?« »Steht er wirklich im Buch des Lebens?« »Bin ich würdig?« »Habe ich mich ganz und gar für den Rabbi Jesus entschieden? Oder folge ich ihm nur mit halbem Herzen?«

Nur einer fragte nicht – der Dunkle mit den Glutaugen und dem vollen, sinnlichen Mund: Jehuda – berühmt und beliebt bei den Reichen und Gebildeten –, über den die Mitglieder des Sanhedrin tuschelten:

»Von diesem Mann wird man noch viel hören. Er hat eine großartige Laufbahn vor sich: einer, der Geschichte macht!«

Jehuda schüttelte sein halblanges Haar zurecht und sagte: »Ich verstehe eure Selbstzweifel nicht. Habt ihr kein Vertrauen? Der Meister hat uns gerufen. Das muss uns genügen.«

»Aber Jehuda, wie kannst du so sicher sein?«

Er richtete sich auf und straffte die breiten Schultern. »Ich habe Jesus gewählt, weil er Kraft hat. Er ist der Retter, auf den unsere Väter gewartet haben. Er wird unser Volk wieder zur Blüte bringen. Wartet nur, bis wir die dreimal verfluchten Römer aus dem Land gejagt haben. Dann wird sich alles erfüllen, was die Propheten vorausgesagt haben. Israel wird die Welt beherrschen! Und unser König wird an der Spitze stehen, umjubelt von Millionen, und wir mit ihm!«

»Du hast recht. So wird es sein …«, stammelte Thomas, der sonst so zaghaft war, und der Fischer Petrus schlug sich mit der Faust in die geöffnete Hand und rief: »Wir leben in einer großen Zeit!«

»Ich will nicht mehr so weitermachen wie bisher«, erklärte Jehuda. »Es muss doch noch etwas Besseres geben als arbeiten und essen und trinken. Was hat das für einen Sinn? Wir plagen uns ab, verbringen unsere Jahre unter Kummer und Sorgen, leben mühsam vor uns hin – dabei liegen unsere Talente und Fähigkeiten brach. Freunde, wir sind zu Höherem geboren!«

Die anderen applaudierten begeistert. Jehuda schloss die Augen und hob die Hand zum Himmel. »Ich träume – träume von einer neuen Welt, in der Gerechtigkeit herrscht. Ich träume davon, dass sich die Bürger dieser Welt untereinander respektieren und sich gegenseitig Raum zum Atmen lassen. Ich träume davon, dass keiner hungern muss und keiner friert. Und dass alle Völker den Gott Abrahams und Davids verehren und wir ihm gemeinsam dienen. Jesus wird uns diesen Traum erfüllen. Wir alle werden es erleben. Wir werden dabei sein!«

»Jawohl!« »Wir kämpfen für Jesus!« »Auf in die Zukunft!«, schrien die Männer.

Nur der Lockenkopf Johannes runzelte die Stirn. »Mir ist nicht klar, wie das gehen soll. Damit deine schöne neue Welt möglich wird, müssen die Menschen von innen heraus anders werden. Und dazu kannst du keinen zwingen. Es ist ein freier Entschluss. Glaubst du wirklich, dass sich unser ganzes Volk von heute auf morgen zu Gott hinkehrt? Und überhaupt – wo soll die Nahrung herkommen, die uns alle satt macht?

In unserem Land wächst nicht genug für alle. Wie stellst du dir eine Welt vor, in der keiner hungert? Soll unser Gott plötzlich Brot vom Himmel werfen? Oder vielleicht Gold?«

»Junge, dir fehlt es an Weitblick und Bildung. Im Sanhedrin leben Männer, die so reich sind, dass sie die Bürger von Jerusalem zehn Jahre lang ernähren könnten. Wir müssen dieses Geld gleichmäßig verteilen, dann reicht es für alle. Du wirst es erleben. Ich habe schon meine Pläne – mehr will ich jetzt nicht verraten … Du würdest es ohnehin nicht begreifen«, lächelte Jehuda und glättete mit seiner schlanken, aristokratischen Hand eine Falte im Obergewand des jungen Johannes. Der spannte die Wangenmuskeln an und schwieg.

Petrus sagte gedankenverloren: »Ja, wir leben in einer großen Zeit.«

»Du wiederholst dich«, sagte Jehuda sanft. »Die große Zeit wird uns nichts *nützen*, wenn wir den Augenblick nicht *nutzen*.«

»Was für ein Wortspiel!«, staunte Andreas.

Jehuda lächelte und schien vor den Augen der anderen zu wachsen. »Man muss eben im rechten Moment die rechten Ideen haben«, sagte er bescheiden. »Und die Beziehungen, damit diese Ideen auch realisiert werden.«

Johannes hatte nicht mehr zugehört. Seine Augen kletterten den Berghang hinauf, bis er Jesus gefunden hatte. Der Rabbi stand auf einem Felsen und hatte die Arme zum Himmel erhoben. Sein Gesicht war hell vor Freude und seine Augen leuchteten.

Johannes murmelte: »Es muss wunderbar sein. Ich wünschte, ich könnte sehen, was er gerade sieht, und fühlen, was er empfindet.«

»Gefühlsduselei!«, knurrte Petrus.

Jakobus schlug vor: »Wir könnten etwas näher herangehen, damit wir seine Worte verstehen.«

Jehuda runzelte die Stirn. »Müsst ihr immer gleich wieder vom Thema ablenken? Kein Wunder, dass wir nicht vorankommen mit unseren Plänen. Aber gut, wenn ihr meint. Gehen wir also zum Lehrer hinauf.«

Die Männer stiegen schweigend hinauf, bis sie das Gebet hören konnten: »Mein Vater, Herr über Himmel und Erde! Ich danke dir, dass du die Wahrheit vor denen verbirgst, die sich für klug halten; aber den Unwissenden hast du sie enthüllt. Ja, Vater, das war deine Absicht …«

»Hörst du das, Jehuda?«, wisperte Johannes.

Der Dunkle presste die Lippen aufeinander. »Das darfst du nicht wörtlich nehmen«, flüsterte er zurück. »Er meint das anders – im übertragenen Sinn. Er weist auf die griechische Philosophie hin, von der die Sadduzäer beeinflusst sind.«

»Bist du sicher, dass er von den Sadduzäern spricht?«

Jehuda nickte und fuhr Johannes mit der Hand durch die Locken. »Aber ja, mein Junge. Von wem denn sonst?«

Kapitel V

Maria seufzte. Es war nicht mehr wie vorher. Nichts war mehr wie vorher. Der Lehrer ging ihr nicht aus dem Kopf. Nicht einmal in einem solchen Moment der rasenden Leidenschaft, wenn die Feuerboten in ihr tobten, bis sie ihren Kunden zum Wahnsinn getrieben hatte – oder doch beinahe so weit –, konnte sie Jesus vergessen. Immer wieder blitzte ein Licht in ihr auf, ein Wort, gesprochen von einem, der stärker war als alles andere: »Du musst nicht mehr so leben. Du kannst neu werden.« Und dann setzten die Schmerzen ein, jagten wie tausend Messer durch ihre Brust, ihren Unterleib, ihre Beine, bis sie stöhnte und schrie. Dann sagte der Freier: »Maria, du wirst immer besser!«, und sie verachtete ihn, weil er ihre Lust nicht vom Schmerz unterscheiden konnte.

Endlich wich die Nacht der Morgensonne. Der letzte Kunde in dieser Nacht verließ das Haus und die beiden Zofen wärmten Wasser für das tägliche Bad. Sie salbten und massierten die verkrampften Muskeln, wuschen ihr das Haar und trockneten es mit weichen Tüchern.

Inzwischen kam der Hausverwalter vom Markt zurück und rief nach dem Leibwächter. »Ich brauche Hilfe. Die Obstkörbe sind zu schwer. Ich kann sie nicht alleine abladen.« Der Gärtner klopfte an der Tür, trug ein Gesteck von Lilien und Zedernzweigen in die Halle und setzte es behutsam ab, als wäre es kostbarer Edelsteinschmuck, und so teuer war es dann auch.

Unterdessen jagte die Dienerin mit dem Staubwedel durch alle Räume, schüttelte Decken und Kissen auf und sprengte Rosenöl auf die Vorhänge und Polster. Dann wischte sie mit einem nassen Leinenlappen über den grünen Marmorboden, mit dem alle Räume des Hauses gefliest waren. Maria bestand darauf, dass an jedem Tag die Spuren der nächtlichen Eskapaden getilgt wurden. An jedem Morgen mussten die Zofen alle Tücher auf dem Liegebett abnehmen und waschen. Die durchscheinenden weißen und hellblauen Seidenstoffe, die Maria zwischen den Säulen aufgespannt hatte, damit die Strenge der großen Halle etwas gemildert wurde, wurden an jedem Rüsttag vor dem Sabbat abgenommen und durch parfümiertes Wasser gezogen. »Damit das

Haus zum Ruhetag sauber ist«, erklärte Maria, als sie die neuen Dienerinnen anleitete. »Das ist eine Familientradition.« Der Verwalter hatte damals spöttisch die Lippen verzogen und in seinen Bart gebrummt: »Als ob dein Haus durch Wasser und Lauge sauber werden könnte.« Doch Maria hatte es gehört und ihn mit einem gehetzten Blick bedacht, da hatte er sich auf die Lippen gebissen und gemurmelt: »Wie du willst, Herrin. Was wir mit Wasser und Seife in Ordnung bringen können, wird erledigt.«

Das große Haus am Hügel war schon seit Generationen im Besitz der Familie. Ihre Mutter entstammte der königlichen Sippe der Makkabäer und hatte große Reichtümer in die Ehe mitgebracht: Häuser und Grundstücke im ganzen Land. Auch Marias Vater Syrus war vermögend. Als Oberbefehlshaber der Truppen in Syrien hatte er die besten Verbindungen zu den Politikern und Geschäftsleuten in Palästina und konnte sich sogar mit den Römern arrangieren. Nach dem Tod der Eltern ging der Besitz an die drei Geschwister über. Lazarus verwaltete die Anwesen und Grundstücke in Jerusalem, Marta kümmerte sich um die Häuser und Liegenschaften in Betanien und führte außerdem die Geschäfte der Familie in Magdala. Dazu gehörten ganze Straßenzüge, Fischereibetriebe und mehrere Webereien, eine Werft, eine Fisch-Pökelanlage und drei Werkstätten zur Flachsbearbeitung. Der Pökelfisch aus ihrer Fabrik wurde bis nach Rom geschickt, und die feinen Leinenstoffe aus der Familienfirma wurden von den Reichen in Jerusalem gekauft. Selbst die römischen Offiziersfamilien ließen sich von ihnen beliefern. Eigentlich stand dieser Teil des mütterlichen Erbes der jüngeren Schwester Maria zu. Doch Marta war der Ansicht, dass sich das Geld bei Maria unwohl fühle und viel zu schnell »Flügel« bekäme. Nur das Haus am Hügel hatte sie Maria überlassen.

Der Hausverwalter klopfte an, kam ins Zimmer und verbeugte sich: »Herrin …«

»Was gibt es?«

»Die Weberin hat das rote Kleid zur Anprobe gebracht. Sie wartet draußen.«

Schon wieder ein rotes Kleid … Dabei habe ich so viele Kleider, ich kann sie nicht einmal zählen. Aber es ist schon wahr, rote Kleider lassen meine Augen aufleuchten. Den meisten gefalle ich am besten in Rot. Und gefallen muss ich.

Laut sagte sie: »Ich lasse bitten.«

Die Weberin war eine hagere Frau mit knochigen Händen. Sie ging gebeugt, sodass ihr Kopftuch die blassen Züge und die tief liegenden Augen beinahe versteckte. Ihre Holzschuhe klapperten auf den Fliesen. »Herrin, ich habe das Kleid beinahe fertig. Es wird dir ausgezeichnet stehen. Die Frau des Gouverneurs Pilatus trägt ein ähnliches.«

Maria rümpfte die Nase: »Wir sind Juden und keine Römer. Vergiss das nicht. Unsere Vorfahren haben gegen die Truppen des Herodes gekämpft. Wir waren Kämpfer! Haben uns in den Höhlen bei Migdal verschanzt und Widerstand geleistet bis zum Schluss. Wer weiß, wie viele Waffen sie heute noch dort versteckt halten. Die Leute munkeln, dass sich die jungen Männer der Stadt nachts dort treffen und im Kämpfen üben. Sie proben den Aufstand.«

Die Weberin hob die Schultern. »Meine Söhne gehen nicht dorthin. Ich hab's ihnen verboten. Hab sie mit Schmerzen geboren und mit Mühe großgezogen, und will nicht, dass sie eines Tages an einem römischen Kreuz enden. Die Römer sind nervös und haben ihre Spione überall. Sie haben nun mal das Sagen im Land. Das ist hier in Galiläa nicht anders als unten in Judäa. Und wer nicht brechen will, muss sich biegen.«

Maria seufzte: »Du hast recht. Ich kann mir keinen Nationalstolz leisten. Nun zeig mir das Kleid.«

Die Weberin schüttelte den zarten Leinenstoff und hielt ihn gegen das Licht. »Ich habe den dünnsten Faden gewählt, den ich finden konnte. Und hab ihn dann mit Purpur aus der Stadt Philippi gefärbt.«

Maria strich mit der Hand über das feine Gewebe. »Es ist so gleichmäßig geworden«, staunte sie. »Sonst hat ein Leinenstoff dicke und dünne Stellen. Aber dieser Faden ist gut gelungen.«

»Vollkommen, wolltest du sagen!« Die Weberin hob das Kinn und lächelte stolz. »Die rote Farbe wird aus zerquetschten Purpurschnecken gewonnen. Sie ist sehr teuer, aber auch haltbar. Nur in die pralle Sonne solltest du nicht damit gehen, aber das wird ja ohnehin nicht nötig sein.« Sie grinste verschwörerisch.

Maria ging nicht auf ihre anzügliche Bemerkung ein. »Wie hast du es geschafft, den neuen Faden an den alten anzuknüpfen, ohne dass man es sieht?«

»Das ist mein Geheimnis. Aber nun komm, ich möchte das Kleid an dir sehen.« Sie warf Maria das Leinenhemd über, zupfte den Ausschnitt zurecht, verschob die hellrote Schärpe nach oben, um die Brust stärker zu betonen. Dann trat sie ein paar Schritte zurück, prüfte ihr Werk mit schmalen Lidern. »Hier sollte es noch etwas enger sein«, murmelte sie und markierte die Änderungen mit einem Stück weißen Kalksteins. »Und unten müssen wir es kürzen. Es schleift auf dem Boden. Herrin, stell dich auf diesen Holzschemel, damit ich die richtige Länge bestimmen kann.«

Während Maria auf dem Hocker balancierte, kauerte die Weberin vor ihr auf dem Boden und malte weiße Punkte auf einer gedachten Saumlinie. Dabei erzählte sie Familiengeschichten, berichtete vom Beschneidungsfest[2] ihres jüngsten und der Bar Mizwa[3] des ältesten Enkels. »Er ist gerade erst zwölf Jahre alt und kann schon alle Psalmen Davids rezitieren«, prahlte sie.

Die Stimme der Weberin plätscherte vor sich hin wie ein Bach im Libanongebirge. Maria zwang sich zum Zuhören, und als ihr das nach einer Weile nicht mehr gelang, nickte sie nur noch mechanisch: »Ah ja? ... Ach ja? ... Ja, wirklich? ... Hmm ...«

Endlich war die Folter der Anprobe ausgestanden, die Änderungen waren besprochen. Die Weberin schlug das rote Leinen sorgsam in ihr Wolltuch ein und verabschiedete sich: »Ich bringe dir das Kleid nächste Woche.«

Maria begleitete die Frau bis zur Eingangstüre, stand unter der Türe und sah ihr nach, bis sie mit klappernden Schuhen um die Ecke gebogen war. Von der Uferstraße her hörte Maria die Säge der großen Holzfabrik kreischen, und in den Werften hämmerten die Bootsbauer um die Wette. Aus den offenen Fenstern der Taverne am Marktplatz schallte das laute Lachen und Streiten der Künstler. Aus dem ganzen Land kamen Holzschnitzer, Bildhauer, Maler und Architekten hierher nach Magdala, suchten reiche Gönner für ihre Kunstwerke oder trafen sich mit den Abgesandten des Königs Herodes, der für seine Bauprojekte ständig

---

2 Nach jüdischer Tradition werden alle neugeborenen Jungen am 8. Tag »beschnitten«, dabei wird der überstehende Teil der Vorhaut am Glied entfernt. Diese hygienische Maßnahme ist bis heute bei Juden wie Moslems Brauch. Dadurch lässt sich der Penis viel leichter reinigen und sauber halten, das schützt die Frauen vor Geschlechtskrankheiten und erwiesenermaßen vor Gebärmutterhalskrebs und entzündlichen Infektionen.

3 Mit zwölf oder dreizehn Jahren wurde ein israelitischer Junge zum Mann erklärt. Er durfte zum ersten Mal in einem öffentlichen Gottesdienst aus der Thora vorlesen. Die Thora galt als der heiligste und wichtigste Teil der alttestamentlichen Bibel, sie entspricht den 5 Büchern Mose.

tüchtige Handwerker und begabte Künstler brauchte. Nicht nur am Tag pulsierte das Leben; wenn es dunkel wurde, mischten sich die süßen Töne der Flöte mit dem harten Schlag der Trommeln. Die Tanzhäuser öffneten ihre Tore, geschminkte Kurtisanen und dralle Landmädchen flanierten über die Plätze und warben um die Gunst der Soldaten und Handwerker, die sich für die Mühe eines Arbeitstages mit einem gekauften Vergnügen belohnen wollten. Nicht umsonst nannte man Magdala »die verdorbene Hurenstadt«.

Hier passe ich hin, nirgendwo sonst ist mein Platz, dachte Maria und schlenderte durch den Garten hinüber zum Feldrand. Eine Lerche warf sich in den Himmel und jubelte vor Lebensfreude. *So frei möchte ich noch einmal sein*, seufzte Maria. Und da waren sie wieder, die Worte: »Du musst nicht mehr so leben. Du kannst neu werden, neu beginnen.«

Eine kleine Sehnsucht keimte in ihr auf, doch sie wurde gleich wieder erstickt von dem Gedanken: *Nicht für so eine wie mich.* Mit hängenden Schultern ging sie ins Haus zurück und rief ihren Verwalter. »Wer ist für heute angemeldet?«

Er holte einen Lederstreifen aus der Tasche, auf dem er sich Namen und Zahlen notiert hatte.

»Am Spätnachmittag der Zenturio vom Nachbarort, abends dann der Zolleinnehmer von Kapernaum und um Mitternacht«, er beugte sich vor und flüsterte: » – du weißt schon, der Synagogenvorsteher, aber er will auf keinen Fall erkannt werden.«

»Der alte Heuchler. Seine Frau tut mir leid. Sie hat keine Ahnung, aber …« Maria zog die Schultern hoch und ließ sie fallen, als fiele damit auch eine schwere Last von ihr ab. »Geschäft ist Geschäft. Für Skrupel ist es längst zu spät.«

Der Verwalter sah sie ausdruckslos an und wartete auf weitere Aufträge.

Wieder jubelte die Lerche, Maria konnte sie durchs Fenster hören und schloss die Augen. Sie meinte, den Duft der reifen Gerste zu riechen. *Ach, einmal noch durch die Felder streifen wie ein Kind, ohne irgendetwas zu müssen …*

»Herrin?«

Ich habe dieses Leben satt. Bin doch nur eine Sklavin meiner eigenen Launen, obwohl mich meine Diener »Herrin« nennen. Dabei verachten sie mich alle, doch sie lieben mein Geld und meinen Ruhm. Aber was ist das für ein Ruhm? Manchmal möchte ich vor mir selber ausspucken.

Der Verwalter räusperte sich, weckte sie aus schweren Gedanken. Sie straffte die Schultern.

»Hör zu«, begann sie entschlossen. »Ich nehme mir einige Tage frei. Ich muss ausspannen, einmal etwas ganz anderes sehen und hören. Sonst werde ich noch verrückt. Sage alle Verabredungen ab. Ich melde mich wieder, wenn ich zurück bin.«

»Aber du kannst doch nicht einfach ...«

»Ich kann und ich will es so.«

»Wer soll dich begleiten?«

Maria dachte an das endlose Schnattern der Zofen, an ihre Empfindlichkeit, wenn das Bett zu hart, das Zimmer zu eng wäre. Damit wollte sie sich nicht belasten.

»Ich nehme Kaleb mit«, entschied sie. Sie hatte noch kein festes Ziel ins Auge gefasst, aber sie spürte wieder die bekannte Unruhe, die Vorahnung einer schicksalhaften Begegnung. »Kaleb wird mich unterwegs beschützen, ohne mir lästig zu werden. Auf seine Treue kann ich mich verlassen.«

Maria vermutete, dass Kaleb ein entlaufener Sklave war. Er war vor drei Jahren plötzlich in ihrem Haus aufgetaucht, genauer gesagt: in ihrem Schlafzimmer. Justin, der Hauptmann der Garnison, legte gerade seine Tunika und die ledernen Beinschienen ab und drehte ihr den Rücken zu, als Kaleb seinen muskelbepackten Körper durch den Fensterrahmen schwang und ihr einen flehenden Blick zuwarf. Blitzschnell schob sie den zitternden Mann zu ihrem Bett, warf eine Felldecke über ihn und legte sich in verführerischer Pose auf die Decke. Minuten später schwärmten die Legionäre durchs ganze Haus. Sie steckten den Kopf ins Schlafgemach, husteten verlegen, als sie ihren Hauptmann sahen, und zogen sich hastig und unter vielen Entschuldigungen zurück. Sie lachte über Justins verblüffte Miene, als er den riesenhaften Flüchtling in ihrem Bett entdeckte. Aber der Römer hatte ein großes Herz und einen guten Grund, über diese Szene zu schweigen, denn seine Frau sollte nichts von seinen heimlichen Besuchen bei Maria erfahren.

Seit diesem Tag lebte Kaleb im Haus der »Kurtisane von Magdala« und war ihr treu ergeben. Sie behandelte ihn, als wäre er ein gutmütiges Haustier. Er sprach nur im allergrößten Notfall und seine Schweigsamkeit war eine Labsal für Maria, denn ihre Freier waren meist schwatzhafte Männer »in den besten Jahren«, die sich für unwiderstehlich hielten und in diesem Irrwahn auch noch bestärkt werden mussten, damit ihnen der Geldbeutel entsprechend locker saß. Kaleb war groß wie ein Baum und so stark, dass er sie mit einer Hand hochheben konnte. Er hatte ihr einmal das Leben gerettet, als sie unterwegs in den Bergen von einem Räubertrupp angefallen wurden. Drei Männer mit schwarz gefärbtem Gesicht sprangen von einem Felsen herab und warfen Kaleb zu Boden. Ein vierter verdrehte ihr den Arm auf den Rücken, riss ihren Geldbeutel aus dem Gürtel, dann hielt er ihr seinen Dolch an die Kehle und wollte gerade zustechen. Doch Kaleb hatte sich freigestrampelt. Er boxte und trat nach seinen Angreifern, dann stürzte er sich mit einem Löwengebrüll auf den vierten Mann, schlug ihm einen Stein auf den Kopf und schleuderte ihn in einen Dornstrauch. Die anderen drei griffen wieder an, doch Kaleb tobte und raste wie ein Wahnsinniger, bis er die Räuber vertrieben hatte. Zu seiner Herrin Maria war Kaleb sanft wie ein Lamm, das im Haus gehätschelt wird. Aber alle anderen mussten sich vor seinen Fäusten in Acht nehmen.

Rasch packte sie das Bündel: eine Decke, ein paar Fladenbrote, einen Wasserschlauch aus weichem Antilopenleder, ein Tuch gegen Sonne und Wind. Kaleb nahm es ihr wortlos aus der Hand und legte es oben auf seine Rückentrage. Er fragte nicht, wohin sie gingen, er wollte nicht wissen, wie lange sie fortblieben, er war einfach da und folgte ihr wie ein Schatten.

Kapitel VI

Es war schon spät, die anderen Schüler hatten sich auf ihren Schlafmatten ausgestreckt, doch Johannes fand keine Ruhe. Leise schlich er aus dem Haus, um den Sternenhimmel anzusehen. Aus dem Garten hörte er halblaute Stimmen und hätte nicht weiter darauf geachtet, wenn er nicht die eine Stimme erkannt hätte. Sie gehörte Jehuda, und der sagte gerade: »Mit diesen Leuten ist nicht viel anzufangen. Die meisten sind einfache Handwerker und Fischer ohne politische Ausbildung.«

Das ließ ihn aufhorchen. Er schlich sich um die Ecke und versteckte sich im Gebüsch. Jehuda unterhielt sich mit einem Mann, der sein Gesicht mit einem dunklen Tuch verhüllt hatte. Nur die Augen blitzten heraus.

»Wir sollten uns zusammentun«, drängte der Fremde. »Ich kenne eine heimliche Waffenschmiede in Jerusalem. Beim nächsten Passahfest schlagen wir los.«

»Du bist zu stürmisch, Jesus«, sagte Jehuda.

Jesus? Noch ein Jesus? Johannes bog die Zweige auseinander, aber es war zu dunkel, er konnte die Männer kaum sehen.

Der Fremde lachte kehlig. »Ich habe gehört, dass dein berühmter Lehrer meinen Namen gestohlen hat.«

»Er heißt nun mal Jesus wie du. Hast du Angst vor Verwechslungen? Keine Sorge, wer euch beide kennt, der kann Jesus aus Nazareth wohl von dir unterscheiden, Jesus Bar-Abbas.«

Johannes zog scharf die Luft ein und wich etwas zurück. Bar-Abbas! Der berühmt-berüchtigte Führer der israelitischen Widerstandskämpfer! Sein Name schmeckte nach Blut – und nicht nur nach römischem – Bar-Abbas opferte auch bedenkenlos die eigenen Männer, wenn es ihm nützlich erschien. Ein Mann der Gewalt.

Jehuda sagte: »Wir brauchen noch mehr Rückhalt im Volk, verstehst du? Deine Krieger sind tüchtige Leute, das bestreite ich nicht, aber so ein Aufstand ist bald niedergeschlagen, und was dann? Nein, nein, mein Lieber, das muss gründlich vorbereitet werden.«

Der Mann im schwarzen Umhang grunzte. »Ihr Überschlauen mit eurer ewigen Nachdenkerei – ich sag dir's – wer zu lange zögert, hat schon verloren.«

»Eins will ich auf keinen Fall verlieren, und das ist mein Kopf«, sagte Jehuda kühl. »Ich brauche Zeit. Ich muss Jesus erst einmal davon überzeugen, dass er ein kräftiges Signal setzen muss. Ihm fehlt der politische Weitblick und das Gespür für die Gunst der Masse.« Er seufzte. »Vor ein paar Wochen wurde bekannt, dass Johannes Bar-Zacharias verhaftet wurde.«

»Der Prophet aus der Wüste?«

»Du kennst ihn?«, wunderte sich Jehuda.

Bar-Abbas lachte auf. »Wer kennt ihn nicht? Ich hab mir den Burschen angeschaut. Ein Kerl wie aus Leder. Wohnt in einer Höhle, lebt von Johannisbrotschoten und wildem Honig. Nackt bis auf ein grobes Fell und einen Ledergürtel. Klettert im Gebirge herum und führt zornige Reden. Aber sonst ist nicht viel dahinter. Nur Worte.« Er spuckte verächtlich aus.

»Ich sehe das anders«, sagte Jehuda. »Johannes hat Charisma.«

»Charisma? Was ist das? Gold?«

»Damit meine ich Ausstrahlung und Einfluss. Er beeindruckt die Leute. Sogar die Priester aus dem Sanhedrin sind zu ihm an den Fluss gekommen und wollten sich taufen lassen.«

»Sag nur, die hätten sich wirklich *bekehrt*?« Das kam höhnisch.

»Ich würde sagen, sie wissen sich in Szene zu setzen. Sie haben den Täufer gefragt, ob er der Messias sei.«

»Und? Ist er's?« Auf einmal klang die Stimme des Bar-Abbas angespannt.

Jehuda schwieg eine Weile.

»Hör, ich hab keinen Sinn für Kinderspiele. Ich will wissen, was Johannes geantwortet hat!«, knurrte Bar-Abbas.

»Nicht so laut. Am Ende hört uns jemand.«

»Das ist mir gleich. Ich hab meine Freunde bei mir: mein Schwert und meinen Dolch, die haben mich noch nie im Stich gelassen. Wenn mich einer fangen will, muss er früh aufstehen!«

»Gut, gut, ich zweifle ja gar nicht an deinen Qualitäten. Du wolltest wissen, ob der Täufer sich für den Messias hält?«

»Ja. Spuck's endlich aus. Ich kann deine Mätzchen nicht vertragen!«, knurrte Bar-Abbas.

Johannes verlagerte sein Gewicht, weil ihm ein Bein eingeschlafen war. Dabei knackte ein Zweig. Bar-Abbas fuhr herum. »Was war das?«

»Jetzt werde nicht gleich hysterisch. Wahrscheinlich ein Vogel oder ein kleines Tier. Also, der Täufer hält sich *nicht* für den Messias. Er sagt, er hätte ihm nur den Weg bereitet. Er zeigte auf Jesus und sagte: ›Das ist das Lamm Gottes, das der Welt Sünde wegträgt.‹«

»Frommer Schmonzes!«, murrte Bar-Abbas. »Was soll denn das nun wieder heißen?«

»Wahrscheinlich bezieht er sich auf den Opferdienst im Tempel.«

»Tempel? Damit hab ich nichts am Hut. Ich war seit 20 Jahren nicht mehr in der Synagoge. Wo war Gott, als die dreimal verfluchten Römer meine Eltern massakriert haben? Nein, nein, ich habe die Nase voll von frommen Sprüchen. Hilf dir selbst, dann hilft dir Gott – das ist mein Motto.«

»Jedenfalls hat mir der Täufer damals einen Hinweis gegeben, und ich habe mich daraufhin dem Zimmermann aus Nazareth angeschlossen. Er wird nicht bereuen, dass er mich in seine Schülergruppe aufgenommen hat.«

»Und wie ist er so – als Lehrer?«

»Großartig. Faszinierend. Ich kann dir das gar nicht mit Worten beschreiben. Was er sagt und was er tut, das provoziert. Vor allem seine Hintergründigkeit … Aber seine Heilungen erst! Bar-Abbas, so etwas hat die Welt noch nicht gesehen! Er heilt alle Krankheiten, er hat sogar Tote auferweckt. Und was noch besser ist: Er hat uns eine Zeit lang bevollmächtigt, verstehst du? Wir durften als seine Stellvertreter durchs Land ziehen. Wir konnten dasselbe tun wie er. Wir hatten dieselbe Macht. Stell dir das vor! Ich, Jehuda aus Kariot, habe einem Blinden das Augenlicht zurückgeschenkt. Ich habe einem Mann mit einem verkrüppelten Bein die Hand aufgelegt und er konnte wieder gehen. Ich habe ein fieberkrankes Mädchen gesund gemacht und dann …«

»Hör auf, hör auf! Das reicht!« Bar-Abbas hob abwehrend die Hände.

»Du begreifst nicht, Bar-Abbas! Wenn wir die Macht haben, Menschen zu heilen, dann können wir auch Schwertwunden heilen, verstehst du? Unsere Kämpfer sind dadurch praktisch unverwundbar.«

»Tolle Worte!«, spottete Bar-Abbas. »Und was macht er daraus, dein – dein Gotteslamm? Wann marschiert ihr los und befreit den Täufer aus dem Kerker? Dieser eingebildete Fettsack Herodes verdient eine Lektion!«

Jehuda zog die Luft zwischen den Zähnen hindurch. »Du hast natürlich recht. Ich habe mit Jesus darüber gesprochen, aber er ist noch nicht bereit, eine Audienz bei Herodes zu beantragen.«

»Wer spricht denn von Audienz? Wenn dein Messias so stark ist, dann geht er glatt durch die Wand und holt Johannes raus. So einfach ist das!«

»Das erscheint dir so, Bar-Abbas, weil dein Gemüt ziemlich einfach gestrickt ist. Du kannst differenzierte Strategien nicht durchschauen. Deshalb wird man dir eines Tages die Kehle durchschneiden, und zwar schneller, als du bis drei zählen kannst. Jesus hat andere Pläne.«

»Pläne!«, schnaubte Bar-Abbas. »Wenn dein Jesus nicht merkt, wie viel Einfluss er auf die Leute hat – und zwar jetzt und hier –, dann ist ihm nicht zu helfen. Er müsste seinen Vetter Johannes so bald wie möglich befreien. Er redet doch immer so viel von Liebe. Ich will endlich Taten sehen.«

»Ich auch, Bar-Abbas, das kannst du mir glauben. Und ich mache eine gute Überzeugungsarbeit. Die meisten Schüler denken ähnlich wie wir. Auch sie sind unzufrieden, weil Johannes immer noch in Haft sitzt.«

»Wenn ihr euch nicht beeilt, dann verschimmelt der Prophet im Verlies. Kannst du dich wenigstens auf deine Leute verlassen?«

Jehuda seufzte. »Das ist das nächste Problem. Wie gesagt: Die meisten sind einfache Fischer und relativ ungebildet.«

Wieder schnaubte Bar-Abbas und Jehuda sagte hastig:

»Das war jetzt nicht gegen dich gemünzt, ich weiß ja, dass du keine Chance hattest, eine Schule zu besuchen. Das kann man von einem Waisenkind auch nicht verlangen. Du musstest um dein nacktes Überleben kämpfen. Keiner macht dir daraus einen Vorwurf. Aber ich sage, wie es ist. Dieser Fischer, den Jesus ›Petrus‹ nennt, ist so impulsiv, dass er immer zuerst handelt und dann nachdenkt. Er kann uns mit seinem Ungestüm in Teufels Küche bringen.«

»Und die anderen?«

»Einer von denen ist ein wirklich kluger Kopf, Levi Matthäus. Er arbeitet durchdacht und systematisch, aber er verzettelt sich in Kleinigkeiten und verliert darüber den Blick für das Ganze, verstehst du? Berufskrankheit der Zöllner.«

Bar-Abbas fuhr auf: »Ein Zolleinnehmer? Pfui Teufel!« Er spuckte aus. »Blutsauger! Beuten ihre eigenen Brüder aus! Haben keine Ehre, kein Gewissen. Mit solchem Pack gibst du dich ab?«

»Pfff«, machte Jehuda. »Levi Matthäus hat seinen Irrtum eingesehen. Er hat sein Geschäft aufgegeben und ist jetzt in unserer Gruppe.«

»Was hilft das?«, brummte Bar-Abbas. »Einer hört auf und zehn neue fangen damit an.«

»Ich kann es ja auch nicht verstehen, dass sich immer wieder Juden dazu hergeben, für die Römer zu arbeiten und den Wegzoll zu kassieren.«

»Wenn es nur der Wegzoll wäre. Aber die vielen anderen Steuern und Gebühren«, brummte Bar-Abbas. »Wer soll das aushalten? Ich sage dir, die Zeit ist reif! Ich will endlich losschlagen!«

»Nichts überstürzen«, mahnte Jehuda. »Aber wo war ich stehen geblieben ... Ich wollte dir von unserem Trupp erzählen. Lass mich nachdenken, wen haben wir da noch ... Ach ja, Andreas.

Er ist ein netter Kerl, sieht im anderen immer nur das Gute und schleppt uns alle möglichen Leute an, aber im Grunde kann man auf ihn auch nicht zählen. Jakobus ist schon besser, er hat eine Menge Erfahrung in seinem Beruf, aber er ist ziemlich empfindlich und leicht beleidigt. Thomas, der Zwilling, rührend naiv, dabei ein Angsthase, wie er im Buch steht, dann Philippus, ein notorischer Pessimist, sieht immer nur die Hindernisse, will alles ganz genau wissen, das kann einem wirklich auf die Nerven gehen. Und sonst? Thaddäus, ein Mann mit einem ausgeprägten Gerechtigkeitssinn, aber so konsequent, dass es dich im Hals würgt, weil er niemals einen Kompromiss eingehen würde, eher lässt er sich umbringen. Und so kannst du einen nach dem anderen abhaken.«

»Und was ist mit Schimeon?«

»Der Zelot, der früher bei deiner Bande war? Nein, dem kann man auch nicht über den Weg trauen. Er fuchtelt mir zu schnell mit dem Messer herum. Wir können keinen Skandal brauchen, jedenfalls jetzt noch nicht.«

»Und dieser Lockenkopf, der Sohn des Fischers Zebedäus?«

»Du bist gut informiert, woher kennst du die Namen?«

Bar-Abbas lachte heiser. »Ich hab meine Quellen. Also, was ist mit ihm?«

»Johannes ist ein Idealist und Träumer. Er hängt an den Lippen des Lehrers, als müsste er jedes einzelne Wort einsaugen. Er lebt in seiner Gedankenwelt und ist derart fasziniert von Jesus, dass er sich an ihn klammert wie eine Klette. Aber er ist unfähig, eine Situation sachlich und objektiv zu beurteilen. Er ist jähzornig und unberechenbar. Ich glaube, er will möglichst weit aufsteigen. Berühmt werden. Mächtig sein. Sein Ehrgeiz kennt keine Grenzen.«

»Da ist er in guter Gesellschaft«, brummte Bar-Abbas trocken.

»Was meinst du damit?!«

»Du hast mich schon richtig verstanden«, sagte Bar-Abbas. »Ich kenn dich lang genug. Wahrscheinlich wirst du erst Ruhe geben, wenn du den Mond geküsst hast.« Er lachte blechern.

Jehuda schwieg eine Weile, dann sagte er: »Jedenfalls ist dieser Johannes noch viel zu jung und zu unreif. Ich kann nicht begreifen, was der Lehrer an ihm findet. Wahrscheinlich fehlt es Jesus an Menschenkenntnis. In seiner Position bräuchte er einen Berater, der den richtigen Riecher hat und Talente erkennen kann.«

»Und mein Riecher sagt mir, dass du diesen Johannes auf den Tod nicht ausstehen kannst«, sagte Bar-Abbas.

»Wie kommst du denn darauf?«

»Hohoho! Gib's zu – du hasst ihn!«, dröhnte Bar-Abbas.

Jehuda zog hörbar die Nase hoch. »Ich bemühe mich, mit allen gut auszukommen. An mir liegt es wirklich nicht, wenn mich jemand nicht leiden kann. Und ich kann nichts dafür, dass mich die anderen beneiden, weil sie spüren, wie sehr ich ihnen überlegen bin. Dabei bin ich zu jedem freundlich. Das kannst du mir glauben.«

»Der reinste Unschuldsengel«, summte Bar-Abbas.

»Auf jeden Fall weiß der Lehrer, was er an mir hat. Er hat mich zum Geldverwalter ernannt.«

»*Geldverwalter?* Ausgerechnet dich?!«

»Ja. Warum nicht? Ich bin ein schneller Rechner, ich behalte den Überblick und ich kann gut einschätzen, wer das Geld wirklich braucht und wer die Armut nur vorspielt und ein Almosen einheimsen will. Wenn ich den Armen Almosen gebe, dann gut überlegt. Unser Geldbeutel ist schließlich keine dicke Regenwolke, die ihren Segen wahllos über das Land ausschüttet. Nein, mein Lieber. Ich habe immer die Zukunft im Blick. Ich verschwende nichts.«

Bar-Abbas murmelte: »Ist ja gut. Jedenfalls muss ich jetzt weg. Ich hör von dir.«

»Ja. Pass auf dich auf.«

»Da kannst du Gift drauf nehmen …«, brummelte Bar-Abbas und tauchte ins Gebüsch.

Jehuda schlich zurück ins Haus, Johannes dagegen blieb fast die ganze Nacht draußen unter den Sternen und grübelte.

Am nächsten Morgen weckte er seinen Bruder Jakobus noch vor dem Hahnenschrei. »Stimmt das, was Jehuda über mich sagt? Bin ich wirklich jähzornig und krank vor Ehrgeiz? Und warum wirft ausgerechnet *er* mir das vor?«

Jakobus legte ihm den Arm um die Schultern. »Ärger' dich nicht, kleiner Bruder. Wir haben ja alle unsere Fehler. Und vielleicht ist Jehuda auch ein kleines bisschen neidisch, weil du so oft mit Jesus zusammen bist.«

»Und was ist falsch daran, dass ich Jesus ganz nahe kommen will? Dass ich ihn durch und durch kennen möchte? Dass er mich bezaubert mit seiner Liebenswürdigkeit und mein Herz erwärmt mit seinen guten Worten? Bin ich wirklich zu jung, um sein Schüler zu sein? Zu idealistisch? Zu unreif?«

Jakobus grinste. »Unreif trifft es ganz gut.« Er wuschelte dem jüngeren Bruder durch die Locken. »Aber er hat dich nun mal ausgewählt, unser Lehrer. Warum – weiß ich auch nicht. Wahrscheinlich hättest du sonst keine Ruhe gegeben.«

Johannes fuhr auf und knuffte Jakobus in die Seite. »Ich kannte Jesus schon früher als du. Und Mutter hat immer gesagt –«

»Mutter hat gesagt«, spottete Jakobus. »Hängst du immer noch an ihrem Schürzenbändel? Du wärst doch nie mit uns mitgezogen, wenn sie nicht auch in der Nähe wäre.«

Johannes zog den Kopf zwischen die Schultern und machte ein finsteres Gesicht.

»Ich finde es ja großartig von unserem Vater, dass er so lange auf uns drei verzichtet«, sinnierte Jakobus. »Immerhin musste er noch mehr Gehilfen einstellen, damit der Betrieb weiterlaufen kann. Die Boote müssen ja jede Nacht auslaufen, sonst fangen wir nicht genügend Fische.«

»Vater weiß genauso gut wie du und ich und Mutter, dass wir in einer besonderen Zeit leben«, sagte Johannes eifrig. »Der Messias ist endlich gekommen, auf den unser Volk schon seit Jahrhunderten wartet. Und wir dürfen dabei sein!«

»Ja, wir dürfen dabei sein«, bestätigte Jakobus. »Aber komm jetzt ins Haus, es riecht nach frischem Fladenbrot. Mutter hat gebacken.«

Kapitel VII

Maria und Kaleb gingen durch die verwinkelten Straßen von Magdala. Sie kamen an der Pferderennbahn vorüber, dann an der Synagoge. Unten am Hafen bogen sie in die Uferstraße ein. Auf den Felssteinen saßen junge und alte Fischer und putzten ihre Netze. Sie sammelten Holzstücke und Fischreste aus den Maschen und stopften die frischen Löcher mit Flachsfäden. Sie überprüften die Bleigewichte, die die Netze unter Wasser ziehen sollten, und dabei plauderten sie oder summten vor sich hin.

Kaleb klopfte an die Tür des familieneigenen Fischereibetriebes. Der Aufseher öffnete und verbeugte sich freudig. »Schalom, Herrin Maria. Ich fühle mich geehrt durch deinen Besuch!«

»Schalom, Aaron. Wie steht es?«

»Es steht gut, wir haben in diesem Winter kein einziges Boot eingebüßt«, strahlte Aaron. »Wir haben Glück mit unserem Hafen.«

»Ja, er liegt so geschützt, dass die Stürme vom Westen her den Schiffen nichts anhaben können«, sagte Maria. »Ich möchte gern über den See fahren. Hast du ein Boot für uns?«

Aaron führte sie zum Pier und zeigte auf ein flaches Fischerboot mit einem leichten Segel. »Das könnt ihr nehmen. Die Ruderbank ist frisch poliert. Ruder liegen im Bug. Heute habt ihr gutes Wetter.« Kaleb schaute zum Himmel hinauf und nickte. Das hieß: »Kein Sturm im Anzug, wir können es riskieren.« Die Winde, die manchmal von den Golanhöhen auf den See Genezareth herabfielen, waren gefürchtet, sie konnten den friedlichen See im Nu in einen brodelnden Kessel verwandeln. Aber heute trübte keine Wolke das strahlende Blau. Maria ließ sich von Kaleb an Bord helfen, Aaron löste das Tau und gab dem Boot einen kleinen Stoß. Kaleb ruderte eine halbe Stunde lang am Ufer entlang nach Norden.

Sie legten kurz in Kapernaum an, Maria kaufte am Markt Datteln und frische Feigen. Sie teilten die Früchte, rasteten eine Stunde, dann stiegen sie wieder ins Boot und Maria zeigte nach drüben ans Ostufer. »Dort will ich hin, quer über den See. Es gibt da einen herrlichen Weg über die Hügel. Hoffentlich finde ich ihn noch. Vater ist einmal mit mir hinaufgewandert.«

Einige Stunden später landeten sie in Bethsaida. Kaleb sprang aus dem Boot, half Maria beim Aussteigen, wickelte das Schiffstau um einen Holzpfahl und folgte Maria. Sie wanderten an den Häusern vorüber durch die Gärten, den Berghang hinauf. Im Herbst hatte es hier kräftig geregnet, jetzt keimte die Saat und verhieß eine gute Ernte. Ab und zu hielt Maria an und presste sich die Hand unter die Rippen. *Seitenstechen … höchste Zeit, dass ich wieder mal auf einen Berg steige, ich bin ja gar nichts mehr gewohnt.* Einmal drehte sie sich dabei um und schaute über den See.

Überrascht rief sie: »Kaleb! Wo kommen auf einmal diese vielen Boote her?«

Kaleb hob die Schultern und Maria suchte sich selbst eine Antwort:

»Wahrscheinlich eine Hochzeit oder ein großes Fest. Es muss eine berühmte Familie sein, die dazu eingeladen hat. So viele Leute …«

Hoch über dem Wasser schrie ein Fischadler. Sie blickte ihm nach, wie er auf der warmen Luftschicht dahinsegelte. *So frei sein wie du, auf dem Morgenwind reiten in ein Leben ohne Grenzen …* Plötzlich ließ sich der Adler fallen wie ein Stein. Bevor er aufs Wasser prallte, breitete er die Schwingen aus und packte mit den Klauen einen Fisch. Wieder schrie er, diesmal im Triumph, und verschwand zwischen den Felsen am Ufer. *Du bist auch nicht grenzenlos frei,* dachte sie. *Du musst deine Jungen satt kriegen. Und dafür tötest du Fische, die auch an ihrem Leben hängen. Doch wenn sie deinen Klauen entkommen, dann schwimmen sie ins Netz, und was für den Fisch das Ende ist, das bringt den Fischern einen vollen Magen und hält sie am Leben.*

Der Weg ging steil bergan, wieder musste sie stehen bleiben und nach einem Halt tasten. Kaleb war sofort neben ihr und fragte besorgt mit den Augen.

»Es ist – nichts – bin nur zu schnell – gestiegen«, sagte sie.

Er zeigte auf einen schmalen Ziegenpfad, der sich nicht weit von ihnen entfernt in Serpentinen hügelaufwärts schlängelte.

»Du hast recht, das ist der Weg, den ich gesucht habe«, sagte Maria. »Du bist großartig, Kaleb.«

Er verzog das Gesicht, als hätte er Zahnschmerzen, doch Maria wusste, dass diese Grimasse ein Lächeln sein sollte. Sie legte ihm kurz die Hand auf den Arm und wurde durch ein Strahlen aus seinen aschgrauen Augen belohnt. Sie stiegen weiter bergan.

Als die Sonne ihren höchsten Stand überschritten hatte, machten sie Rast und setzten sich ins warme Gras. Sie ließen den Blick über den See wandern. »Sie nennen es ›das Galiläische Meer‹«, sagte sie.

Kaleb nickte.

»Dabei ist das gar kein richtiges Meer. Hast du das große Meer schon einmal gesehen?«

Wieder nickte der Mann und rieb seine Handgelenke.

»Hatten sie dich damals – in einer Galeere festgebunden?«

Kaleb brummte. Er sprach nie über seine Vergangenheit.

»Verglichen mit dem großen Meer ist dieser See hier nur eine kleine Pfütze«, sagte Maria nachdenklich. »Und doch haben die Fischer alle Hände voll zu tun, wenn ein Sturm aufzieht. Manchmal fällt der Wind ganz plötzlich von den Bergen herunter und peitscht die Wellen hoch. Er ist genauso wie unser Volk, dieser See. Klein und unberechenbar und leicht in Wut zu bringen.«

Kaleb nickte wieder. Maria seufzte und stand auf, klopfte sich den Staub ab. Sie wanderten weiter. Als sie den Hügelkamm erreicht hatten, sahen sie, dass der Berghang unter ihnen schwarz war von Menschen.

»Was ist hier los?«, wunderte sich Maria. Kaleb zeigte auf einen Mann, der von Gruppe zu Gruppe ging und sich mit den Leuten unterhielt. Der Wind trug seine Stimme fort, aber Maria hatte genug gesehen.

»Das ist der Zimmermann aus Nazareth«, sagte sie. »Komm, wir schlagen einen Bogen. Ich möchte ihm nicht begegnen. Und dann die vielen Leute … das ist heute nichts für mich.«

Kaleb zog fragend die Augenbrauen hoch.

»Ich habe den Lehrer in Betanien kennengelernt. Er – er war gut zu mir. Aber was er sagt, bringt mich ganz durcheinander.«

Sie bog vom Pfad ab und setzte vorsichtig einen Fuß vor den anderen. Der Hang war felsig, die rutschigen Felsplatten waren nur durch kleine, borstige Grasflecken unterbrochen. Kaleb reichte ihr immer wieder die Hand, damit sie nicht fiel. Nachdem sie zum dritten Mal stolperte und beinahe gestürzt wäre, schüttelte Kaleb energisch den Kopf und zeigte zurück zum Ziegenpfad.

»Also gut«, seufzte Maria. »Wenn wir weiter hinauf wollen, gibt es wohl keinen anderen Weg. Wir müssen ja nicht zuhören.«

Aber das war gar nicht so einfach. Die Stimme des Lehrers trug jedes Wort zu ihnen herüber. Maria biss die Zähne zusammen. Jesus sprach in Rätseln: »Glückselig sind die Armen, die Trauernden, die Sanften, die nach Gerechtigkeit hungern …«

»Hörst du das, Kaleb?«, keuchte Maria. »Er nennt solche glücklich, die man normalerweise bedauert! Mit denen keiner tauschen will! Als ob der Mensch nicht mit Zähnen und Klauen um sein bisschen Glück kämpfen müsste. Als ob es uns in den Schoß fiele – mit herzlichen Grüßen vom Himmel. Und wenn dich ein Römer auf die Wange schlägt, dann sollst du nicht zurückschlagen, hörst du? Nein, du sollst sogar noch die andere Wange hinhalten! Und wenn dich ein römischer Soldat zwingt, sein Gepäck eine Meile weit zu tragen, dann sollst du dich nicht dagegen wehren.«

Kaleb hatte die Augen weit aufgerissen und streckte den Kopf vor, um noch besser zu hören.

»Ja, Kaleb, was sagst du dazu? Du sollst dann den Sack des Römers zwei Meilen weit tragen. Freiwillig! Wie findest du das?«

Er schwieg, aber sie fand in seinen Zügen keine Spur von Abwehr oder Widerspruch.

Maria schüttelte den Kopf. Am liebsten hätte sie sich die Ohren zugehalten, aber sie brauchte beide Hände zum Balancieren auf dem schmalen Pfad, der sich zwischen spitzen Felsen hindurchwand.

Nun war sie auf gleicher Höhe mit Jesus, wollte an ihm vorübergehen, aber plötzlich fühlte sie sich wie von unsichtbaren Fäden zu ihm hingezogen. Unschlüssig blieb sie stehen. Kaleb nickte ihr aufmunternd zu, machte einige Schritte, winkte und zeigte auf eine weiche Grasmatte, auf der sich einige Frauen gelagert hatten. Sollten sie wirklich hierbleiben? Eine kurze Rast konnte ja nicht schaden.

Sie ließ sich ins Gras sinken und sah zu, wie Jesus einem Blinden die Hand auf die starren Augen legte, sie hörte einen Taubstummen singen. Sie beobachtete, wie Jesus einen kleinen Jungen auf den Arm nahm und ihm das Haar streichelte. Die Frau neben ihr fingerte an ihrem Oberkleid herum und legte ihren Säugling an die Brust. Daneben spielte ein Mädchen mit den schmutzigen Zehen und wickelte sich Grashalme um die Handgelenke. Ein Greis lächelte ihr aus zahnlosem Mund zu. Maria vergaß ihre Ungeduld. Sie schaute und hörte, genoss die Brise, die nach Minze duftete und nach Rosmarin. Und da wurde sie innerlich still, alle Hast und Reizbarkeit fielen von ihr ab.

Dann rutschte die Sonne hinter die Hügel, der Abendwind rauschte in den Terebinthen. Jesus hatte seine Rede beendet, sprach hier mit einem

Mann, strich dort einem kleinen Jungen über das Haar, tröstete eine alte Witwe im Trauerkleid. Schließlich traten einige Männer zu ihm.

Maria flüsterte Kaleb zu: »Das sind die Schüler des Zimmermanns. Ich habe sie schon einmal gesehen. Sie waren mit ihm zusammen bei Lazarus und Marta, in Betanien.«

Kaleb quittierte die Bemerkungen mit seinem gewohnten Nicken und sah aufmerksam zu dem kräftigen Fischer hinüber. Der gestikulierte heftig, wies auf die Menschenmenge und zeigte hinunter ins Tal, wo sich die ersten Häuser von Bethsaida an den Berghang schmiegten. Jesus deutete auf seine Schüler und breitete danach die Arme aus, als wollte er all die Menschen umfassen, die ihm zugehört hatten. Der Lockenkopf wandte sich an den dunklen Mann mit den Glutaugen. Maria erinnerte sich: Er hieß Jehuda. Jehuda holte einen schlaffen Lederbeutel aus seiner Tasche, schaute hinein, schüttelte den Kopf.

Maria stand auf und ging langsam auf die Gruppe zu. Sie war neugierig geworden.

»200 Denare«, sagte Jehuda. »Das ist alles.«

»Das reicht nie im Leben«, meinte der Fischer. »Wie viele Leute sind es?«

»Mindestens 5000 Männer, die Frauen und Kinder nicht eingerechnet«, sagte Jehuda.

Philippus wandte sich an Jesus: »Auch wenn wir für 200 Denare Brot kaufen, ist das viel zu wenig für all diese Leute.«

Jesus fragte zurück: »Wie viel Brot habt ihr?«

Sie tuschelten miteinander, fragten herum. Ein kleiner Junge zupfte den Bruder des Fischers am Ärmel und zeigte auf ein geflochtenes Weidenkörbchen. Seine helle Stimme übertönte das Gemurmel der Menschenmenge. »Ich habe fünf Brote und zwei Fische. Wenn der Rabbi will, kann er mein Essen gerne haben.«

Andreas zauste ihm liebevoll den Kopf und schob ihn zu Jesus hinüber. Der Junge zögerte, dann stellte er seinen kleinen Korb vor den Füßen des Lehrers ab. »Hier. Für dich!«, sagte er, drehte sich um und rannte davon.

Jesus hob den Korb auf, sah hinein und lächelte.

»Das ist wunderbar«, sagte er.

Die Schüler sahen sich ratlos an.

»Was will er denn mit dem Korb?«, wunderte sich Petrus. »Das reicht noch nicht mal für uns zwölf.«

Jesus befahl: »Die Leute sollen sich hinsetzen. Immer in Gruppen zu 50.«

»Das ist gut«, sagte der Dunkle. »So behalten wir den Überblick und keiner wird getreten.«

»Was hat er vor?«, fragte der Fischer. »Kennst du seinen Plan, Jehuda?«

Der Dunkle schüttelte den Kopf, aber die Glut seiner Augen vertiefte sich. »Ich habe so eine Ahnung – Leute, gebt acht, jetzt werdet ihr die Kraft Gottes sehen! Ihr werdet ein Wunder erleben!«

Es dauerte eine Weile, bis sich die Gruppen formiert hatten. Hier und dort rannte noch ein Kind herum und suchte nach Mutter oder Vater, aber dann hatten sich alle gefunden und im weichen Gras niedergelassen. Es wurde still. Alle schauten zu Jesus hinüber.

Jesus nahm die kleinen Fische und die Brotfladen aus dem Korb und hob sie hoch. Er sah zum Himmel hinauf, als säße Gott gleich da oben über den Wolken, nicht mehr als eine Armeslänge entfernt, und rief: »Vater, wir danken dir für diese Nahrung. Segne sie, damit alle davon satt werden.«

Dann brach er den Brotfladen entzwei und reichte die Stücke an seine Schüler weiter. »Gebt den Leuten das Essen.«

Der Lockenkopf war der Erste. Er nahm Brotstücke und Fische aus der Hand seines Lehrers und ging hinüber zur ersten Gruppe. Dann lief er zurück zu Jesus und holte neues Brot und neue Fische.

Maria starrte hinüber und konnte es nicht glauben.

Kaleb fasste ihren Arm. »Schau nur, Herrin!«, stammelte er. »Das Brot. Es teilt sich und wird mehr. Auch die Fische. Es waren nur zwei – jetzt sind es – viele!« Für Kalebs Verhältnisse war das eine lange Rede.

Inzwischen hatten sich die anderen Schüler von ihrer Überraschung erholt. Der Dunkle organisierte eine Stafette, sodass die Wege kürzer wurden und die Leute schneller zu essen bekamen. Nur der Lockenkopf ließ sich das Brot nicht aus der Hand nehmen. Er lief hin und her. Seine Wangen waren rot geworden vor Eifer und seine Augen blitzten.

»Geh, hol uns auch von diesem Himmelsbrot«, sagte Maria, und Kaleb streckte seine Pranke aus. Die Brotstücke und die kleinen Fische verschwanden beinahe darin. Er reichte ihr das Essen und sie nahm sich die Hälfte: einen Brocken Brot und einen Fisch. Sie kostete davon – es schmeckte köstlich. Danach holte Kaleb noch einmal eine Portion und sie schafften es kaum, alles aufzuessen.

Sie schaute in die Runde. Überall lächelnde Männer, Frauen und Kinder, Geplauder, leises Lachen. In keinem Gesicht Neid oder Gier oder Unzufriedenheit. Alle aßen sich satt. Dann sammelten die Schüler die übrigen Brotstücke ein.

»Sieh nur, Herrin!«, rief Kaleb. »Sie haben immer noch zwölf Körbe voll Brot!«

»Darf ich etwas davon mitnehmen?«, fragte ein junger Mann. »Ich will meiner Frau etwas bringen. Sie musste mit dem jüngsten Kind zu Hause bleiben.«

Jesus nickte und wies die Jünger an, die übrigen Brotstücke zu verteilen. Der Dunkle kletterte auf einen Felsen, breitete die Arme aus, bis alle still waren. »Ihr lieben Leute, nehmt euch von diesem Brot. Es soll nichts verkommen. Bringt die Stücke euren Verwandten mit, euren Freunden und Nachbarn als einen Gruß von unserem himmlischen Vater!«, rief er, und seine klare Stimme erreichte auch die weit entfernten Gruppen

Wieder einmal fuhr es Maria wie ein heißes Messer in den Leib. *Das ist ein Mann! Eine ganz andere Klasse als der Synagogenvorsteher mit seinen Fettwülsten und den schwabbeligen Händen! Und so viel reizvoller als die glatten Römer.* Als der Dunkle an ihr vorüberkam, streckte sie die Hand nach seiner Tunika aus und hielt ihn fest.

»Jehuda …«, sagte sie heiser. Die Laute kamen tief aus ihrer Kehle. Ungeduldig drehte er den Kopf nach ihr. Seine Augen wurden weit. Sie stand auf und sah ihm voll ins Gesicht.

»Hast du etwas Zeit für mich?«, fragte sie und lächelte seidig.

Jehuda trat einen Schritt zurück und hob den Kopf. »Ich wüsste nicht, was wir miteinander zu bereden hätten«, sagte er kalt und wandte sich ab.

Die Zornesröte schoss ihr ins Gesicht. Sie biss sich auf die Lippe. *Du bildest dir ein, du könntest mir widerstehen? Nicht, wenn ich dich wirklich will!*, dachte sie.

»Warte nur … warte …«, flüsterte sie vor sich hin und schloss die Augen. *Kommt und helft mir, meine Feuergeister!* Sie atmete tief aus und ein, bis sie das vertraute Kribbeln spürte. Dann setzte sie langsam Fuß vor Fuß und ließ sich von dem inneren Ziehen und Zerren zu dem Kreis von Männern hinschieben, die sich um Jehuda geschart hatten.

Plötzlich spürte sie eine leichte Berührung am Ärmel. Der Lockenkopf Johannes strahlte sie an.

»Maria! Du bist auch hier?«, sagte er.

Sie zwang sich zur Ruhe. Dieser Junge sollte nichts von ihrem inneren Aufruhr spüren. Sie setzte ein unbefangenes Lächeln auf. »Ich habe mir heute freigenommen für einen kleinen Ausflug. Ich wohne dort drüben.« Sie zeigte auf das Westufer.

»In Magdala, ich weiß«, sagte er und schlug die Augen nieder. Und nach einer Weile fragte er zaghaft: »Und wie geht es dir?«

Irgendetwas verbot ihr, den Lockenkopf mit einer Phrase abzuspeisen. Sie seufzte. »Ich weiß nicht, was ich von Jesus halten soll. Diese neue Art zu leben, von der dein Lehrer erzählt, passt nicht in diese Welt. Jedenfalls nicht in meine. Das klingt viel zu schön, um wahr zu sein.«

»Vertraue dem, was Jesus sagt. Lebe so, wie er es uns empfiehlt, und du wirst glücklich!« rief Johannes feurig..

»Also, das kann ich mir wirklich nicht vorstellen«, entgegnete Maria. »Wie soll das gehen: ›Liebt eure Feinde, tut denen Gutes, die euch hassen und verfolgen, seid vollkommen wie euer Vater im Himmel‹ – so viel Liebe hat kein Mensch! Das ist unmöglich!«

»Dann komm zu Jesus und lass dir erklären, wie er das meint«, drängte er. »Komm schon!«

Er nahm sie ohne Umstände bei der Hand und zog sie von Jehuda weg und in die Menschentraube hinein, die sich – wie immer – um den Lehrer gebildet hatte.

Jesus wandte sofort den Kopf, als sie von hinten zu ihm trat. Er lächelte.

»Maria möchte ein neues Leben beginnen!«, rief der Lockenkopf.

»Stimmt das?«, fragte Jesus.

Sie nagte an ihrer Unterlippe und warf einen Hilfe suchenden Blick zu Johannes, der sie mit leuchtenden Augen beobachtete. »Ich – ähm – vielleicht – ähm …«

»Dann wollen wir ein Stück abseits gehen«, sagte Jesus. Die Leute machten Platz, bildeten eine Gasse.

Sie kamen an Jehuda vorüber, der ihr einen begehrlichen Blick zuwarf. Auf einmal wurden ihr die Knie schwach. Sie kauerte sich auf den Boden und sah zu Jesus auf. »Ich weiß nicht, was ich wirklich will. Bete du für mich.«

Er nickte langsam und hob die Augen zum Himmel. »Vater, ich bitte dich für Maria. Die bösen Engel haben sie als ihren Wohnplatz missbraucht. Sie benutzen sie für ihre niederträchtigen Ziele. Bitte vergib Maria, dass sie das immer wieder zugelassen hat. Wecke in ihr den Wunsch, nach deiner Ordnung zu leben. Und schenke ihr Kraft, der Versuchung zu widerstehen. Vater, hilf ihr zum Sieg!«

Die letzten Worte hatte Maria nur noch wie von Weitem gehört. In ihren Ohren rauschte es, und dann spürte sie, wie sich ihre Lippen bewegten, und sie krächzte mit einer fremden, bösen Stimme: »Lass mich in Ruhe! Ich möchte gar kein neues Leben! So wie es ist, gefällt es mir!« Ihr Puls hämmerte, die Brust wurde ihr eng, als läge ein schwerer Felsklotz darauf. Sie ließ sich fallen, dann spürte sie nichts mehr.

Sie träumte, sie läge in einer Kinderwiege. Sie genoss das Schwanken und Schaukeln und fühlte sich klein und wohlbehütet. Dann hörte sie vertraute Stimmen und begriff, dass dies kein Traum war. Sie lag in einer Decke und wurde von vier kräftigen Männern den Berg hinabgetragen. Kaleb hatte die Führung, und der Lockenkopf ging an ihrer Seite.

»Oh, du bist aufgewacht«, strahlte er.

»Was – was ist geschehen?«, wollte sie wissen.

»Eine kleine Ohnmacht, nichts weiter«, sagte er leichthin, doch seine Augen waren ernst.

Maria schloss die Augen. »Wie soll es denn jetzt weitergehen? Jesus hat schon dreimal für mich gebetet und trotzdem fühle ich mich noch nicht frei.«

»Vielleicht wolltest du das alte Leben nicht ganz aufgeben.«

Maria biss sich auf die Lippen. Nach einer Weile gab sie zu: »Ich habe Angst, dass ich dann mit leeren Händen dastehe.«

»Der große Gott im Himmel will dich als seine Tochter annehmen. Ist das nichts?«

»Das – das ist wunderbar. Aber wenn ich doch immer wieder in meine Gewohnheiten zurückfalle?«

»Das wird immer wieder passieren. Ich habe auch viele Fehler, weißt du. Meine alte Art ist zäh und klebt an mir wie Baumharz.«

Maria hob die Hand und griff nach seinem Arm. »Wirklich?«

Er nickte. »Manchmal bin ich voller Freude. Aber an manchen Tagen packt mich wieder der Zorn. Dann würde ich am liebsten Feuer vom

Himmel herunterholen und alle verbrennen, die böse und ungerecht sind und andere unterdrücken.«

»Das kann ich mir bei dir gar nicht vorstellen. Du wirkst so sanft, so freundlich.«

»Das ist nur die eine Seite. Oft steht mir der Ärger bis unters Kinn, ein Wort und ich breche aus.« Er seufzte. »Wenn ich dann wieder in den Jähzorn zurückgefallen bin, verlässt mich der Mut. Dann würde ich am liebsten aufgeben. Aber dann spricht mich Jesus an und erklärt mir, dass ich Geduld haben muss. Was man sich ein Leben lang angewöhnt hat, das verschwindet nicht so schnell. Es braucht Zeit, weißt du?«

»Wie lange muss ich denn warten, bis mein neues Leben beginnt?«

Der Junge schwieg eine Weile, dann sagte er: »Wenn Gott durch seinen Geist in dir das neue Leben entfacht, dann ist das wie ein kleiner Funke, der ein Stück nach dem anderen von dir entzündet, bis ein richtiges Feuer daraus geworden ist.«

»Und was kann ich tun, damit der Funke nicht ausgelöscht wird?«

»Du stellst schwere Fragen, Maria ... Ich weiß nur, wie es bei mir geht. Ich will bei Jesus sein, jeden Tag und jede Stunde. Ich möchte von ihm lernen. Ich schau ihn an, immerzu.«

Sie ließ sich wieder zurücksinken. »Aber jetzt bist du nicht bei ihm. Du hast ihn verlassen.«

Er lächelte zu ihr herunter, ein kleines, weises Lächeln. »Nein. Ich hab ihn nicht verlassen. Er gab mir den Auftrag, dich nach Hause zu bringen. Er sagte: ›Hab keine Angst. Du bist nicht allein, Johannes.‹ Das sagte er zu mir.«

»Johannes ... ein schöner Name«, flüsterte Maria.

»Nicht wahr?«, strahlte er. »Er bedeutet: Gott ist –«

»Ich weiß, was er bedeutet: Gott ist gnädig. Ob er auch mir gnädig ist?«

»Ganz sicher. Jesus hat uns erklärt, dass Gott keinen wegstößt, der zu ihm kommt. Hörst du? Keinen!«

Die Männer blieben stehen und ließen die Decke vorsichtig aufs Gras sinken, dann rieben sie die verkrampften Armmuskeln und bewegten die Schultern.

Maria setzte sich auf und sagte: »Ich glaube, jetzt kann ich zu Fuß weitergehen. Kaleb wird mich stützen. Vielen Dank für eure Hilfe.«

Johannes fragte: »Bist du wirklich stark genug für den Heimweg?«

»Ja. Es geht schon. Kaleb hat Kraft für uns beide.«

»Dann seid ihr schon drei. Denk daran, auch du bist nicht allein.«

»Ich danke dir. Bitte grüß den Lehrer von mir. Er war so gut zu mir. Aber jetzt geh zurück auf den Berg. Dein Meister braucht dich.«

Johannes hob die Hand zum Abschied, dann kehrte er wieder um und stieg den Berg hinan. Sie sah ihm lange nach.

Kapitel VIII

Jehuda ruderte, dass die Schultern knackten, der Schweiß tropfte ihm von Stirn und Kinn. Ihm war es recht so. Irgendwie musste er seine innere Spannung entladen, seine Unzufriedenheit, seinen Ärger herauslassen. Das Wasser spritzte auf, wenn er die Riemen eintauchte. Die Freunde tauschten vielsagende Blicke.

So eine Chance zu verpassen! Das Volk, satt und zufrieden von der wunderbaren Speisung, hatte ihm zugejubelt: Jesus, der neue König der Juden! Brot ohne Arbeit, einfach geschenkt, ja, das gefiel allen. Vergessen war die Predigt, Gedanken vom Reich Gottes im alltäglichen Leben. Schluss mit Moral und Theologie – sie wollten Taten sehen, wollten Jesus vor ihren politischen Karren spannen und die dreimal verfluchten Römer aus dem Land jagen. Endlich wieder eine Nation von Weltruf werden!

Jehuda hatte seine große Stunde, er sah schon Ruhm und Krone winken. Kein Problem, die Leute anzuheizen. Sie waren ohnehin begeistert von Jesus. Und die anderen Schüler zogen mit – schließlich konnte es ihnen nur nützen, wenn ihr Lehrer zum König ausgerufen wurde.

Doch Jesus war unbemerkt verschwunden. Langsam hatte sich die Menge zerstreut, zögernd waren die Zwölf zum Strand hinabgewandert. Es dämmerte schon. Sie hatten gewartet, ob Jesus zu ihnen käme, dann stiegen sie ins Boot, setzten die Segel und legten ab, wie er es angeordnet hatte. Aber sie kamen bei dieser Flaute nicht vom Fleck.

Petrus reichte ein paar Ruder herum, und die Männer tauchten die Ruderblätter ein.

»Wenn Jesus nicht mitfahren will, soll er selber zusehen, wie er weiterkommt!«, knurrte Jehuda. Er war bitter enttäuscht, und damit stand er nicht alleine da. Normalerweise dachten sie mit Zuneigung an Jesus, aber nicht an diesem Abend.

»Güte und Barmherzigkeit – das ist ja alles gut und schön, aber damit wird er es nie auf den Thron Davids schaffen«, prophezeite Jakobus.

Und Schimeon, der Zelot, schimpfte: »Wie sollen wir die dreimal verfluchten Römer jemals loswerden, wenn wir nach einem Schlag auch noch die andere Wange hinhalten? Wenn wir ihnen zum Rock auch noch den Mantel geben? Das ist eine Religion für Schwache und Feiglinge, aber kein politisches Konzept für unser Land!«

»Matthäus, du warst lange genug Oberzöllner. Wie denkst du über das, was Jesus fordert?«, fragte Jehuda.

Matthäus runzelte die Stirn und sagte langsam: »Ich halte es für problematisch, jedem etwas zu geben, der mich darum bittet. Wer garantiert mir, dass ich dabei nicht ausgenutzt werde?«

Jehuda nickte heftig. »Genau das meine ich. Fordert man damit das Unglück nicht geradezu heraus? Außerdem unterstützt man die Trägheit der anderen ... He, du da! Johannes! Träumst du oder was? Du hast schon lange nicht mehr gerudert!«

Der Lockenkopf sah ihn an, als wäre er in Gedanken weit weg. Er sagte leise: »Jesus will, dass wir so lieben wie Gott im Himmel. Wir sollen jeden Menschen achten, sogar hoch achten, weil in Gottes Augen jeder gleich viel wert ist – das Kind wie der Alte, der Arme wie der Reiche, der Mann wie die Frau ...«

... wie die Frau. Jehuda stieg die Röte ins Gesicht, als er an die Schöne aus Magdala dachte.

Beinahe hätte sie ihn vorhin mit ihrer Szene aus dem Konzept gebracht. Im letzten Augenblick konnte er sich von ihr losreißen und einen halbwegs würdevollen Abgang zustande bringen. Und dann lief sie ihm auch noch nach! Zum Glück trat Johannes dazwischen, und diesmal war Jehuda von ganzem Herzen froh darüber, denn seine Lenden hatten schon zu pochen begonnen, und er war nahe dran gewesen, alle Selbstbeherrschung fahren zu lassen und dieser süßen Verlockung nachzugeben. Wie peinlich! Und dann hatte Johannes die Kurtisane zu Jesus gebracht. Als ob der Rabbi keine anderen Sorgen hätte als eine besessene Hure! Jehuda war dazugekommen, als sie am Boden lag und zuckte, da hatte er sich wieder unter Kontrolle.

»Ich weiß nicht, ob es Sinn hat«, hatte er zu den Umstehenden gesagt. »Ich gehe jede Wette ein, dass sie in der nächsten Woche wieder rückfällig wird. Sie will es gar nicht anders haben. Hoffnungslos!«

Johannes hatte einen roten Kopf bekommen und ihm einen Blick zugeworfen, der einen Stein zerschmettert hätte. Dann rempelte er ihn auch noch mit der Schulter an – eine Unverschämtheit! *Was bildet sich dieser junge Heißsporn überhaupt ein?* Schon wollte er laut protestieren und hatte bereits eine wahrhaft vernichtende Bemerkung auf der Zunge, da fiel sein Blick auf die schwieligen Fäuste des Jakobus, der seinem Bruder zu Hilfe kam. Mit diesem Raufbold wollte er sich lieber nicht anlegen. Deshalb zog er sich zurück. Es lohnte nicht, wegen einer solchen Frau zu streiten. Die anderen würden schon bald einsehen, dass er recht gehabt hatte mit seinem Urteil über Maria. – *Sie hat faszinierende Augen, das muss man ihr lassen. Überhaupt, was Jesus da verlangt, ist unrealistisch. Jeder Mann schwelgt ab und zu in wollüstigen Fantasien. Na und? Was ist dabei? Doch Jesus nennt diese Tagträumereien »Ehebruch«. Und dann die Forderung: »Behandle den anderen so, wie du von ihm behandelt werden willst.« Das ist zu viel.*

Noch etwas anderes nagte an ihm. Hatte Jesus nicht zufällig in seine Richtung geblickt – oder bildete er sich das nur ein –, als er vor der Selbsttäuschung warnte: »Viele werden zu mir sagen: Herr, haben wir nicht in deinem Namen gepredigt und Wunder getan? Trotzdem werde ich sie fortschicken, denn sie haben versäumt, nach Gottes Willen zu leben.«

Gottes Wille – wie sieht er aus? In dieser Situation?

Aber nun saßen sie alle in einem Boot und ruderten mit voller Kraft voraus. Das Wasser spritzte auf. Dann ließ Jehuda die Ruder sinken, zog mit einer Hand ein feines Baumwolltuch aus seiner Innentasche, tupfte sich die Stirn trocken und stöhnte: »Leute, dieser Nachmittag ist gründlich danebengegangen. Wir hatten eine Chance, und die haben wir verpasst.«

Schimeon rief vom Heck des Bootes: »Ich stand in einer Gruppe von Männern, die wussten, was sie wollten. Die meisten haben eine Ausbildung als Scharfschützen und treffen eine Mücke am Flügel, sag ich dir. Mit dem Pfeil oder mit der Steinschleuder. Prima Kerle sind das. Mit denen hätten wir den Täufer befreien können, bevor man ihn einen Kopf kürzer machte. Und ich sag dir, Jehuda – auf *ein* Wort von dir hätten sie heute losgeschlagen.«

Jehuda seufzte und hob die Achseln: »Heute wäre ein Kampf unnötig gewesen. Wenn ihr auf mich gehört hättet, dann wäre Jesus jetzt der König von Israel. Ihr wart wieder einmal viel zu träge.«

»Du bist ungerecht!«, murrte Petrus. »Ich wollte Jesus auf meine Schultern heben, ich kniete vor ihm und drängte ihn, endlich hinaufzusteigen, aber er hat sich geweigert. Er hat sich einfach geweigert!«

»Ja, was konnten wir denn tun, wenn er nicht wollte? Wir durften ihn doch nicht zwingen!«, stimmte Philippus zu.

»Manchmal verstehe ich ihn wirklich nicht«, sagte Jehuda. »Er hat über den Täufer gesagt, er wäre der größte aller Propheten, sogar mehr als ein Prophet. Und trotzdem lässt er ihn im Kerker schmachten. Er befreit ihn nicht, obwohl er die Macht hätte. Und dann duldet er auch noch, dass der Täufer hingerichtet wird.«

»Noch dazu auf eine so gemeine Art!«, schnaubte Petrus.

»Ja«, sagte Jehuda. »Er fiel der Niedertracht einer Frau zum Opfer.«

»Du drückst dich immer so vornehm aus«, seufzte Andreas, und Jehuda lächelte dezent.

»Aber was hätten wir dagegen tun können?«, fragte Thomas.

»Ganz einfach. Jesus weiß solche Dinge im Voraus«, schwärmte Jakobus. »Schließlich ist er nicht nur ein kleiner Prophet – er ist der Messias. In der Nacht vor der Hinrichtung hätte Jesus mit uns zum Palast des Herodes gehen können. Wir hätten Johannes befreit ohne einen einzigen Schwertstreich!«

Jehuda zog die Ruder ein und setzte sich aufrecht hin: »Wenn man die Planung dieser Aktion *mir* überlassen hätte, dann wäre diese Szene dramaturgisch durchkonstruiert worden bis ins letzte Detail. Also, stellt euch vor, wir stürmen den Palast des Herodes. Dort drüben liegt Herodes auf seiner Couch. Er ist schon ziemlich – äh – angeheitert. Salome, das kleine Biest, hat sich gerade von ihrer Mutter Rat geholt. Sie tänzelt auf Herodes zu und säuselt: ›Schenke mir den Kopf des Johannes auf einer Silberschale.‹« Jehuda versuchte, die Stimme einer hochnäsigen und launischen Frau nachzuahmen, die anderen lachten. Jehuda dozierte weiter: »Wie reagiert Herodes? Wahrscheinlich erschrocken. Auch die anderen Gäste sind betroffen. Es wird still im Saal. Könnt ihr euch das vorstellen? Genau in diesem Augenblick erscheint Jesus.«

»Wie meinst du das – er erscheint? Er kann doch nicht einfach durch die Wand gehen ...«, murmelte Thomas.

»Nein? Kann er nicht? Und ob er das kann!« Jehuda stieg auf die Ruderbank und breitete die Arme aus. »Habt ihr vergessen, wie oft Jesus einfach verschwunden ist, wenn ihn der wütende Mob steinigen wollte? Und? Wie hat er das gemacht?«

»Er ging mitten durch die Leute durch und keiner hielt ihn zurück«, murmelte Petrus.

»Das haben wir mehr als einmal erlebt. Und auf demselben Weg wäre Jesus auch an den Wächtern des Herodes vorbeigekommen. Er steht also vor Herodes, und der König erbleicht. Alle seine Sünden fallen ihm ein.

Salome, dieses liederliche Weibsbild, bekommt weiche Knie, sobald ihr Jesus einen seiner zornigen Blick zuwirft, und sie –«

»Keinen zornigen Blick«, wandte Johannes ein. »Jesus hat viel Verständnis für die menschlichen Schwächen. Er hätte Salome nicht verurteilt, weil er wusste, *weshalb* sie so boshaft wurde.«

Jehuda schob das Kinn vor. »Unterbrich mich nicht. Was weißt *du* schon von Frauen?«

Aber Johannes ließ sich nicht bremsen. »Lange nicht so viel wie du, aber vielleicht kenne ich *Jesus* besser. Er hätte Salome auf keinen Fall zornig angeschaut, eher mitleidig. Er hätte sie ermutigt, nicht verdammt. Zornig spricht er immer nur mit den ganz Frommen, die sich für besser halten als die anderen.«

»Johannes hat recht«, sagte Andreas, und Jakobus und Petrus nickten beifällig.

»Möglicherweise«, gab Jehuda zu. Er nagte kurz an seiner Unterlippe, dann winkte er ab. »Einerlei, das tut nichts zur Sache. Ihr sollt euch die Szene so richtig ausmalen, damit euch klar wird, welchen starken Eindruck unser Auftritt hinterlassen hätte. Drei von uns wären inzwischen ins Verlies hinabgestiegen und hätten den Täufer nach oben geholt. Auf Befehl des Königs. Wir hätten ihn auf unseren Schultern aus dem Palast getragen und keiner hätte uns aufgehalten. Und dann wären wir weitermarschiert und in jedem Dorf, in jeder Stadt, wäre der Triumphzug länger geworden, und schließlich wären wir nach Jerusalem –«

»– du vergisst eins: Jesus hat seine eigenen Pläne«, unterbrach Johannes.

»Du fällst mir schon wieder ins Wort! Wo ist dein Benehmen?«, knurrte Jehuda. »Lass mich doch endlich meine Strategie skizzieren. Wo war ich stehen geblieben?«

In diesem Augenblick schwankte er heftig, stürzte ins Wasser und wäre untergegangen, hätte nicht Johannes mit beiden Händen zugepackt und ihn an den Beinen erwischt. Petrus und Jakobus halfen mit, Jehuda wieder ins Boot zu ziehen. Der zitterte vor Schreck und Nässe und hustete sich die Lunge frei. Und dann sagte er nichts mehr.

Der Wind hatte aufgefrischt und warf Schaumkronen über die Wellen. Bei ihrer lebhaften Unterhaltung hatte keiner bemerkt, dass ein Sturm aufgezogen war. Eine steife Brise drückte das Boot vom Land weg. Weder Mond noch Sterne erhellten die Nacht.

»Mir wird unheimlich«, stotterte Thomas. »Die Wellen sind so schrecklich hoch. Wenn so eine in unser Boot schwappt …« Er hatte es kaum ausgesprochen, als ein Brecher ins Boot schlug und alle bis auf die Haut durchnässte.

Petrus lachte und wischte sich die Schaumspritzer aus dem Bart. »Ja, du Landratte, jetzt flattert dir die Wäsche. Kriech nach hinten und hol den Schöpfeimer. Aber halt dich gut fest. Wenn du uns hier über Bord gehst, endest du als Fischfutter!«

»Sei doch nicht so grob zu dem Jungen!«, mahnte Andreas.

»Grob oder nicht, wir müssen uns jetzt zusammenreißen, sonst ist es mit uns aus!«, schrie Petrus gegen den Wind an. »Durchhalten, Leute. Rudert, was das Zeug hält! Pass auf, Johannes, hinter dir!«

Ein neuer Wasserschwall platschte ins Boot. Jakobus holte eilig die Segel ein, bevor sie vom Wind zerfetzt wurden. Thomas wurde grünlich blass und krümmte sich im Heck auf einer Rolle Tau zusammen. Die erfahrenen Fischer hatten alle Hände voll zu tun, um das Schiff zwischen den Wellenbergen hindurchzusteuern.

Dann brach das Steuerruder. Eine haushohe Wasserwand türmte sich vor ihnen auf.

»Achtung, fest-hal-ten!«, schrie Jakobus, als das Boot hinaufgerissen wurde und auf der anderen Seite wieder hinabfuhr. Eine Kreuzsee stürzte über dem Heck zusammen und begrub Johannes, Jakobus und Andreas unter sich. Das Boot streckte seinen Bug flehend zum Himmel, als käme ihm von dorther Hilfe.

»Wir keeeentern!«, brüllte Petrus.

Doch was war das? Etwas schwebte über den Wellen wie eine Geistererscheinung und kam rasend schnell näher. Die Wolken rissen auf, ein weißer Mond übergoss das Boot mit Licht. Jehuda öffnete den Mund zum Schrei, doch die Angst presste ihm nur ein Röcheln ab. War dies ein böser Traum oder das Ende?

Doch die Gestalt wurde hell, freundlich, und eine bekannte Stimme rief: »Habt keine Angst, ich bin's!«

Jesus geht über das Wasser, als wäre es eine feste Straße, dachte Jehuda. *Die Elemente gehorchen dem Schöpfer. Der Zorn der Wellen ist gebrochen.*

Als erster fand Petrus seine Sprache wieder. »Rabbi Jesus – bist du es wirklich? Ja? Dann lass mich zu dir kommen!«, stieß er hervor.

»Komm her!« Jesus winkte ihm zu.

Petrus schwang die Beine über den Bootsrand und stand – jawohl: stand auf dem Wasser, als wäre es fester Boden. Er machte einen langsamen Schritt auf Jesus zu. Er drehte den Kopf, Triumph im Blick, riss den Arm hoch und schrie:: »Seht ihr das? Schaut ihr alle zu?«

Jehuda knirschte: »Jawohl, wir sehen alle zu!« Und für einen Augenblick bereute er, dass er so besonnen, so vorsichtig gewesen war. Eigentlich hätte *er* jetzt dort gehen können, von allen bewundert – er als der rechtmäßige Anführer der Zwölfergruppe – und nicht dieser ungehobelte Klotz von einem Fischer.

Plötzlich schwankte Petrus. Hatte ihn ein Wellenberg erschreckt? Hatte ihn eine Windbö erwischt?

Er sieht aus, als würde er gleich ertrinken. Gut, dass ich nicht so unvernünftig war. Jehuda hatte diesen Gedanken kaum zu Ende gedacht, da stand Petrus das Wasser schon an der Kehle.

»Hilf mir, Herr!«, brüllte er. Und da war auch schon eine Hand über ihm, die ihn packte und hochriss, heraus aus dem Wasser, aus der Todesangst, die ihn niederdrücken wollte mit Eisenklammern.

Jesus half ihm ins Boot, und während sie noch Platz machten und das Schwanken des Bootes ausgleichen wollten, waren sie unversehens am Ufer angelangt.

Thomas, noch grün im Gesicht, fragte: »Wieso ist das jetzt so schnell gegangen? Wir waren doch eben noch mitten auf dem See.«

Niemand gab ihm Antwort. Und Jehuda dachte: *Ein merkwürdiger Messias. Verschwendet seine Wunder und nutzt ihre Wirkung nicht. Hat er denn kein Gespür für die Gunst der Stunde? Wir könnten im Nu die Volksmenge auf unsere Seite bringen. Aber will Jesus das überhaupt? Macht und Ruhm und Ehre?* Er seufzte. *Da habe ich noch ein großes Stück Überzeugungsarbeit vor mir.*

Kapitel IX

»Der Ausflug hat dir gutgetan, Maria!«, sagte Justin. Er saß auf ihrem Bett und streckte sich genüsslich. »Du siehst erholt aus. Da werden wir heute Abend viel Spaß miteinander haben!«

»Eigentlich wollte ich dir für heute absagen. Ich bin nicht so recht in Stimmung.«

»Aber Maria! So kenne ich dich gar nicht! Du bist doch sonst nicht launisch.« Er strich ihr mit beiden Händen über die Arme. »Das schätze ich so an dir – dass du nicht so reizbar bist wie eine ausgeleierte Ehefrau. Und sieh nur, was ich dir mitgebracht habe.« Er öffnete ein Kästchen, das mit roter Seide ausgeschlagen war, und holte eine Goldkette heraus.

»Halt still, damit ich sie dir umlegen kann.« Er hob die Kette vorsichtig über ihren Kopf und ließ seine Hand auf ihrem Nacken liegen. Maria sah in den Spiegel aus poliertem Messing. Die Kette hatte einen smaragdgrünen Anhänger in Form eines Wassertropfens.

»Zauberhaft, wie alles an dir«, schmeichelte der Römer.

Maria wich ein Stück zurück. »Ich muss mit dir reden«, begann sie.

»Das tun wir doch gerade. Wir reden über dich. Oder nein, reden wir über das schönste Thema der Welt – die Liebe.«

»Nein, im Ernst, Justin. Ich glaube, es wäre besser, wir würden uns nicht mehr treffen.«

Er lachte laut. »Das nennst du ›Ernst‹? Ich nenne es einen Witz! Wir können doch gar nicht anders, als uns immer und immer wieder sehen, riechen, spüren.«

»Mir gefällt das nicht, so abhängig zu sein.«

»Ich weiß nicht, was du hast, ich finde es herrlich. Du bist mein geheimer Jungbrunnen. Ich brauche dich wie Essen und Trinken.«

Maria seufzte. »Justin, ich denke an deine Frau. Wir tun ihr Unrecht.«

Er zog die Augenbrauen hoch. »Hab ich richtig gehört? Du – ausgerechnet du – hast Mitleid mit einer Ehefrau?«

»Ja. Ich versetze mich in ihre Lage.«

»Aber das kannst du doch gar nicht. Du warst noch nie eine anständige Frau, und du wirst auch nie eine sein. Du bist das geborene Freudenmädchen, und wir alle lieben dich, so wie du bist.«

Sie stand auf und wanderte im Zimmer auf und ab. »Ja, weil ich eure Männerwünsche erfülle. Für dich und deinesgleichen bin ich nur ein Spielzeug.«

»Ja, aber ein sehr kostbares Spielzeug. Was hast du dagegen einzuwenden? Du verdienst doch gut dabei. Mehr als ein Zimmermann, mehr als ein Fischer.« Er streckte den Arm aus und nahm sie am Ellenbogen. »Komm her, mein Vögelchen. Du bist nicht dazu geschaffen, eine spießige Ehefrau zu sein. Bleib so und du wirst immer dankbare Kunden haben, so wie mich.«

»Begreifst du nicht? Dieses Leben widert mich an!«, schrie sie.

Er runzelte die Stirn. »Wie soll ich das verstehen?«

»Du stillst dein Begehren und vergnügst dich mit meinem Körper, dann gehst du fort zu deiner Familie und ich bleibe allein zurück. Keiner fragt, wie ich mich fühle – danach. Keiner sorgt sich um mich, wenn ich Schmerzen habe oder krank bin. Keiner tröstet mich, wenn ich einsam bin und mich nach Gesellschaft sehne, ich bin allein, hörst du? Allein!«

Justin richtete sich auf. »Meine Liebe, unsere Spielregeln sind klar abgesteckt. Du weißt, was du von mir zu erwarten hast. Ich war immer fair zu dir, ich habe immer gut gezahlt. Mehr kannst du nicht verlangen. In meiner Position kommt eine Scheidung nicht infrage.«

»Ich spreche nicht von Scheidung. Ich möchte nur nicht so weiterleben. Ich möchte auch irgendwo dazugehören.«

Er zuckte mit den Achseln. »Ich bin dein Liebhaber, nicht dein Priester. Such dir einen, der deine Seele füttert, vielleicht diesen Wunderrabbiner aus Nazareth. Mein Kollege aus Kapernaum ist ganz begeistert von ihm.«

Maria holte tief Atem. »Der Zenturio von Kapernaum? Was hat der mit Jesus zu schaffen?«

»Der Rabbi hat seinen Sklaven geheilt.«

»Jesus hat das Haus eines *Römers* betreten?«

Justin lachte. »Das ist bei euch Juden eine Todsünde, was? Nein, er hat sein Haus nicht betreten. Er hat den Sklaven geheilt, ohne ihn zu sehen.«

»Das – das ist nicht – möglich!«, stotterte Maria.

»Jedenfalls ließ der Zenturio dem Lehrer ausrichten, es wäre gar nicht nötig, dass er sich persönlich bemühe. Es reiche völlig aus, wenn er einen Befehl gebe. Dann müsse die Krankheit gehorchen und weichen.«

»Wenn es so einfach wäre ...«, flüsterte Maria.

»In diesem Fall war es so einfach. Der Sklave wurde gesund. Aber lassen wir das. Was mache ich heute mit dir? Du bist ja wirklich nicht gut aufgelegt. Soll ich wieder gehen und diesen kostbaren Schmuck mitnehmen? Oder lässt du dich überreden, wenn ich mir noch ein klein wenig mehr Mühe gebe?«

Maria ließ sich überreden, wenn auch mit schlechtem Gewissen, und um dieses innere Nagen und Beißen zu überdecken, rief sie ihre Feuerfreunde. Die gönnten ihr diesmal kein gutes Gefühl. Die ganze Zeit über tobte der Schmerz in ihr und ein unbändiger Zorn auf sich selbst und auf die ganze Welt, und sie gebärdete sich wild wie eine Löwin, der man die Jungen geraubt hat. In dieser Nacht hinkte Justin wie ein geprügelter Hund aus ihrem Haus, kaum konnte er draußen sein Pferd besteigen. Kaleb musste ihm hinaufhelfen und ihn ein Stück weit führen. Dann stießen sie auf einen Legionär, der gerade keinen Dienst hatte, und der brachte Justin zurück in seine Kaserne.

Am nächsten Morgen erwachte Maria erst, als die Sonne hoch am Himmel stand. Sie fühlte sich erschöpft und am ganzen Leib zerschlagen, als wäre sie um den See Genezareth herum gewandert. Die Zofe brachte Obst und frische Sahne herein und wollte das Bad vorbereiten, aber Maria winkte ab.

»Ich hab keine Zeit. Bring mir meine Reisekleider.«

»Schon wieder?«

»Frag nicht. Ich muss den Zimmermann finden. Weißt du, wo er gerade ist?«

Die Zofe schüttelte den Kopf. »Mit solchen Leuten habe ich nichts zu tun«, sagte sie. »Aber wenn du es wünschst, kann ich den Hausverwalter beauftragen, damit er sich nach ihm erkundigt.«

»Ich bestehe darauf.«

Der Hausverwalter kam eine halbe Stunde später, als Maria angekleidet am Tisch saß und eine dünne Gerstensuppe aß. Sie musste auf ihre Linie achten – die jungen Römer bevorzugten schlanke Frauen, danach musste sie sich richten, denn mit den einheimischen Männern war nicht so viel Geld zu verdienen. Deshalb aß sie nur spärlich und mied fette, süße Speisen.

»Herrin, der Zimmermann aus Nazareth hält sich in Kapernaum auf. Er wohnt bei dem Fischer Simon Bar-Jona, der von den Leuten auch Kephas oder Petrus genannt wird. Du weißt schon – der Mann, der auf dem Wasser gehen konnte.«

»Du redest Unsinn«, fand Maria.

»Doch-doch!«, beharrte der Hausverwalter. »Der Sohn meiner Schwester geht mit dem Enkel des alten Jona in den Thora-Unterricht, und der hat es ihm erzählt.«

»Man darf nicht alles glauben, was die Leute sagen.«

Der Hausverwalter zog gekränkt die Schultern hoch und schwieg.

»Also gut. Ich danke dir für deine Auskunft. Schick mir Kaleb und lass einen leichten Reisekorb packen.«

»Du verreist schon wieder?« Der Vorwurf war unüberhörbar.

»Muss ich mich vor dir rechtfertigen?«, fragte sie schneidend.

»Nein, Herrin ... nur – es ist nicht gut fürs Geschäft.«

»Ach so? Das ist alles, was dir am Herzen liegt?«

»Natürlich, Herrin, dein Erfolg und deine Gesundheit und dein Wohlergehen ...«

»... und dein Geldbeutel. Vergiss deinen Geldbeutel nicht.«

Er wurde rot und zuckte mit den Achseln. »Die Bezahlung ist gut, Herrin, sonst würde ich wohl nicht ...«

»Nein, sonst würdest du nicht. Auf keinen Fall bei einer Hure. Ihr alle denkt so und meint, ich wüsste das nicht. Aber mein Geld stinkt nicht, das nehmt ihr gern. Im Grunde seid ihr auch nicht anders als ich.«

Sie wandte sich ab, und der Verwalter ging wortlos hinaus.

Kaleb hatte das Boot schon flottgemacht, als sie zum Hafen herunterkam. Er half ihr einsteigen und setzte das leichte Segel. Mit ein paar Ruderschlägen hatte er das Boot in den Wind gebracht und steuerte es an der Küste entlang zum nächsten Hafen. In Kapernaum brauchten sie nur dort hinzugehen, wo eine Menschentraube zu sehen war – Jesus stand mittendrin. Der Lockenkopf sah sie sofort und drängte sich zu ihr.

»Schalom Maria!«, sagte er. »Du bist hergekommen!«

»Wie du siehst«, lächelte sie. Aber dann wurde sie ernst. »Ich möchte Jesus sprechen. Allein.«

Johannes schaute zu Jesus hinüber. »Ich werde es ihm sagen. Aber hier sind zu viele Leute. Geht schon mal vor zum Haus des Fischers Petrus.«

Kaleb nickte, als sie ihn bat, das Haus des Fischers zu suchen. »Es ist dort drüben. Komm, Herrin, die Leute schauen schon.«

Und es stimmte, die Menschen wichen vor ihr zurück. Eine Frau schrie: »Die Hure ist es! Die Hure von Magdala!« Mütter versteckten ihre Kinder hinter dem Rücken, als könnten sie sie damit vor dem Übel schützen. Männer reckten neugierig die Hälse, stießen sich mit den Ellenbogen an, grinsten verstohlen. Maria hob den Kopf und ging durch die Gasse, die sich vor ihr auftat, bemühte sich, das Getuschel zu überhören und die hämischen Blicke nicht zu sehen. Kaleb ging an ihrer Seite wie ein Riese aus einem Nachtmärchen, und wieder einmal war sie froh, dass er Schultern hatte wie Dachbalken und Fäuste, mit denen er Nägel ins Hartholz treiben konnte. Trotzdem wurden ihr die Beine schwer, als hätte man ihr Eisenkugeln daran gekettet. Sie musste sich zu jedem weiteren Schritt zwingen. Endlich hatte sie die Haustür des Petrus erreicht und klammerte sich an den Knauf, als wäre schon dort die Hilfe zu finden.

Die Tür ging auf, eine ältere Frau mit freundlichen Augen nickte ihr einen Gruß zu und bat sie ins Haus.

»Vielleicht sollte ich doch lieber draußen …«, flüsterte Maria.

»Komm nur herein, du bist uns willkommen.« Sie zeigte auf eine Bank an der hinteren Zimmerwand. »Ich bin eine alte Frau, aber so viel habe ich begriffen, dass es nur zwei Sorten von Menschen gibt: solche, die Hilfe annehmen und solche, die sich einbilden, sie wären gut genug und bräuchten nichts weiter. Ich glaube, du gehörst zur ersten Sorte.«

»Ja«, sagte Maria. »Ich brauche einen Rat.«

»Du siehst gar nicht krank aus«, wunderte sich die alte Frau. »Du bist jung und frisch wie ein Frühlingstag.«

»Es gibt auch kalte Tage im Frühling mit Wind und Nebel und Sturmböen.«

Die alte Frau seufzte. »Ja, ins Herz kann dir nur einer schauen. Aber hab Mut. Jesus hat mich gesund gemacht, als ich ein schlimmes Fieber hatte. Es ging mir schlecht, ich dachte schon, ich müsste sterben. Und dann kam Jesus hierher und nahm meine Hand und befahl dem Fieber zu weichen – und was soll ich sagen: Ich konnte sofort wieder aufstehen und hatte sogar die Kraft, das Essen für viele Gäste zu bereiten!«

»Wie schön für dich!«, sagte Maria und ihre Augen wurden feucht. »Wenn es bei mir auch so einfach wäre …«

»Jesus kann alles. Du musst ihm vertrauen.« Sie tätschelte Marias Hand, dann stand sie auf und holte einen Krug mit frischer Ziegenmilch. »Trink etwas, Mädchen. Du wirst Durst haben. Und dein Diener auch.« Sie winkte Kaleb herbei und schob ihm einen Schemel zu. Aber er blieb an der Türe stehen.

»Komm her, du darfst genauso sitzen wie alle anderen auch. Seit der Zimmermann bei uns wohnt, denke ich anders über die Menschen. Ich sehe keinen Unterschied mehr zwischen Sklaven und Herren. Ich glaube inzwischen, dass vor Gott alle Menschen gleich viel wert sind, denn wir alle sind seine Geschöpfe.«

»So habe ich das noch gar nicht bedacht. Aber es leuchtet mir ein«, sagte Maria. »Also, Kaleb, du hast es gehört. Komm her und setz dich zu uns.«

Es war Abend, als Jesus mit seinen Schülern das Haus betrat. Er ging ohne lange Vorrede auf Maria zu und sagte: »Willst du frei werden?«

Maria wand sich unter seinem liebevoll prüfenden Blick.

»Möchtest du umkehren zu unserem himmlischen Vater und neu beginnen?«

Sie schwieg lange. Schließlich sagte sie leise: »Ich schäme mich. Ich habe gesündigt, absichtlich und bewusst. Da habe ich wieder die Kontrolle über mich verloren. Aber ich hasse dieses Leben. Ich habe es satt, ein Spielzeug zu sein. Ich möchte endlich selbst entscheiden, was ich tue oder nicht tue.«

»Mein Vater im Himmel hat dir deine Schuld vergeben. Und er schenkt dir die Freiheit. Glaubst du das?«

»Ja. Das heißt – nicht ganz. Ich möchte so gerne glauben, aber …«

Jesus hob die Hände und rief zum Himmel: »Mein Vater, ich bitte dich für Maria. Zeige ihr, wo sie gegen dich gesündigt hat. Hilf ihr, die Gründe zu verstehen, die sie immer wieder zur Sünde treiben. Befreie sie aus der Gewalt des Feindes. Maria will dein Kind sein. Nimm sie an, Vater. Schaffe in ihr ein neues, ein reines Herz, das nur noch tun will, was du willst. Und gib ihr Mut und Zuversicht, damit sie nicht aufgibt.«

Maria kniete am Boden und schluchzte. »Gott im Himmel, so langsam begreife ich, dass ich mich auch an dir vergangen habe, wenn ich mit Männern ... Wie konnte ich nur!« Leise, abgehackt, doch unaufhaltsam brach es aus ihr heraus – eine traurige, schlimme, bittere Beichte.

Petrus und Johannes wanderten inzwischen vor dem Haus auf und ab. Johannes knirschte: »Dass der Feind es wagt, immer wieder zurückzukehren! Warum lässt er diese Frau nicht in Ruhe?«

Petrus wühlte mit der Hand in seinem Bart. Dann sagte er: »Jehuda meint, sie will gar nicht wirklich mit dem Sündigen aufhören. Ob das so stimmt?«

»Jehuda!« Johannes schüttelte den Kopf, dass die Locken flogen. »Wie kann er so etwas sagen? Er hat kein Herz.«

Petrus warf ihm einen kurzen Seitenblick zu. »Dafür hast du eher zu viel davon.«

»Was meinst du damit?«, fuhr Johannes auf. Seine Augen funkelten und er hatte die Fäuste geballt.

»Diese junge Frau ist dir sehr wichtig, stimmt's? Hast du dich vielleicht in sie verliebt?«

»Ich will doch nur, dass sie zu Gott findet. Und dass es ihr besser geht. Nichts weiter!«, rief Johannes. Seine Stimme überschlug sich.

»Ruhig, Kleiner«, mahnte Petrus und hob beide Hände, als müsste er einen plötzlichen Angriff abfangen. »Ich wollte dir nicht zu nahe treten. Aber ich finde es seltsam, dass sie immer wieder zurückfällt. Das hab ich noch bei keinem erlebt, der von Jesus aus der Gewalt der bösen Geister befreit wurde.«

Johannes nagte an seiner Unterlippe. Dann sagte er: »Du und ich, wir haben auch unsere Rückfälle. Nur fällt es bei uns nicht so auf. Es ist nicht so extrem, verstehst du?«

Petrus horchte an der Tür. »Ich glaube, sie beten immer noch. Wahrscheinlich macht Maria dieses Mal ernst«, murmelte er.

»Und ich glaube, sie hat es immer ernst gemeint!«, widersprach Johannes.

Nach dem Gebet half die Schwiegermutter des Fischers der jungen Frau auf die Beine und klopfte ihr den Staub vom Kleid. »Wie fühlst du dich, Maria? Kannst du nach Hause gehen? Oder möchtest du noch eine Weile hierbleiben? Eine kleine Ecke wird sich für dich schon finden.«

Maria schüttelte den Kopf. »Kaleb kann mich stützen. Ich möchte lieber in meinem eigenen Bett schlafen.« Sie musterte die schlichten

Möbel. »Der Fischer hat viele Münder zu stopfen. Ich will euch nicht zur Last fallen.«

»Aber Kind!«, lächelte die alte Frau. »Du gehörst doch jetzt zur Familie!«

Maria spürte eine warme Welle in sich aufsteigen. *Das hat schon lange keiner mehr zu mir gesagt. Wie wohl das tut!*

Die Alte machte drei, vier Schritte und nahm Maria in die Arme. Sie küsste sie zärtlich auf beide Wangen und sagte: »Du bist so schön, dass mir die Tränen kommen. Gott mit dir, meine Kleine.«

»Schalom, Mutter«, flüsterte Maria. Es hörte sich fremd an. Sie probierte es noch einmal: »Mutter!« Die alte Frau lachte über das ganze Gesicht. »Komm uns bald wieder besuchen.«

Maria wollte sich bei Jesus bedanken, aber der war still hinausgegangen. So konnte sie nur noch Johannes zuwinken und dem Fischer eine Münze in die Faust drücken. Er betrachtete sie verlegen, hob die Schultern und murmelte: »Das wäre aber nicht nötig gewesen.«

»Ich weiß«, sagte sie. »Aber nimm es trotzdem. Kauf dafür Brot und Trauben für den Meister und seine Schüler. Und natürlich für deine Familie. Du bist ein guter Mensch.«

»Oh – äh – also wirklich«, stotterte Petrus und wandte den Blick ab, als ihm die Röte ins Gesicht schoss.

Kaleb setzte ein Segel und sie kamen nach Magdala, als der Abendstern am Himmel aufblitzte. Maria sank in ihr Bett und fühlte einen Frieden, den sie viele Jahre lang vermisst hatte.

Der Fischer Petrus aber kam lange nicht zu Ruhe. Er kauerte auf einem großen Stein am Ufer, hatte sein Fischnetz auf dem Schoß, doch seine Finger blieben untätig. Er kaute ratlos auf seiner Unterlippe. *Was hat Jesus mit dem Satz gemeint: »Die Gesunden brauchen keinen Arzt. Ich bin hier, um die Verlorenen zu suchen, nicht die Gerechten«? Kann es sein, dass Maria in den Augen des Lehrers genauso wertvoll ist wie ich?*

Er war Simon Bar-Jona, den der Rabbi so liebevoll »Petrus« nannte, kleines Steinchen, den Mann der ersten Stunde, eine Stütze der neuen Bewegung, die Gottes Herrschaft auf der Erde verkünden sollte. Er, der bereit war, alles zu verlassen und aufzugeben, um diesem Zimmermann auf seiner Mission zu folgen, stand doch haushoch über all den anderen bedauernswerten Geschöpfen, die zu Jesus kamen, weil sie seine Hilfe brauchten, so wie diese Hure Maria. Oder etwa nicht? Ihm klingelten die Ohren, als ihm einfiel, was Jesus beim Abendessen gesagt hatte: »Die Ersten werden die Letzten sein.« Und hatte ihn Jesus nicht dabei besonders ernst angeschaut? Petrus stöhnte.

Kapitel X

Die nächsten Tage flogen vorüber. Maria wanderte frühmorgens zum Markt und kaufte ein, was sie brauchte. Dabei fiel ihr auf, dass die Preise über Nacht wohl ins Bodenlose gefallen sein mussten. Oder sollte ihr Verwalter etwa die ganze Zeit über in die eigene Tasche gewirtschaftet haben? Danach besuchte sie die Weberin aus dem Familienbetrieb.

»Kannst du mir einen Webstuhl besorgen?«, fragte Maria. »Ich möchte endlich wieder einmal etwas mit meinen Händen schaffen, als Kind habe ich öfter gewebt.«

Die Weberin verzog spöttisch die Lippen und schwieg. Maria deutete auf einen Stoff und sagte: »Dieses Muster gefällt mir gut. Kannst du es mir aufzeichnen, damit ich es probieren kann? Ich brauche feines Garn. Byssos aus Ägypten.«

»Ich habe einmal ein solches Kleid gesehen. Man konnte es durch einen Ring ziehen und es war durchsichtig wie Seide. Wenn du ein solches Kleid trägst, sieht man alles.«

»So dünn sollte das Material nicht sein. Etwas fester, aber zart und trotzdem fest wie Seide.«

»Hui!«, sagte die Weberin. »Das wird teuer.«

»Spielt keine Rolle. Ich brauche so viel Faden, wie man für ein Unterkleid benötigt.«

»Gut. Ich werde gleich einen Boten zum Schreiner schicken. Dein neuer Webstuhl wird heute Abend geliefert«, sagte die Weberin und hob den Kopf erwartungsvoll. Als kein Widerspruch kam, fragte sie ungläubig: »Soll ich wirklich *heute Abend* liefern?«

»Warum nicht?«, fragte Maria.

Als die Weberin kicherte, verstand sie. Sie hob das Kinn und sagte: »Kümmere dich um deine Sachen. Ich lebe so, wie ich will, verstanden? Und wenn ich die ganze Nacht durch weben will, dann geht das keinen etwas an!«

»Gut, gut. Sei nur nicht so empfindlich.«

Am gleichen Abend wurde der Webstuhl geliefert und ein Bote brachte ein dickes Bündel mit Fäden, Garn und Weberschiffchen. Maria stürzte sich mit Eifer in ihr Vorhaben. Bevor es ganz dunkel geworden war, hatte sie die Kettfäden aufgezogen und das Garn auf die Weberschiffchen gewickelt. Dann rief sie nach Licht. Die Zofe musste alle verfügbaren Leuchter ins Zimmer tragen. Sie sah eine Weile zu, dann gähnte sie und ging zu Bett. Maria aber ließ das Schiffchen gleiten. Im Geist sah sie das Unterkleid vor sich – aus reinem, feinfädigem Byssos, ohne eine einzige Naht gewebt. Sie wollte es dem Rabbi Jesus schenken als Dank für seine Hilfe. Es sollte ein Kunstwerk werden.

Und es wurde ein Meisterstück. Maria webte und webte. Sie machte in jeder Stunde eine kurze Pause, streckte die schmerzenden Glieder, drehte den Kopf im Nacken hin und her, trank etwas Wasser. Dann setzte sie sich wieder an den Webstuhl und arbeitete weiter, die ganze Nacht hindurch, den folgenden Tag und wieder eine Nacht lang. Endlich konnte sie das fertige Werk von den Kettfäden abschneiden und vernähen. Sie wickelte das Tuch in ein Stück blauen Baumwollstoff und versteckte es zwischen ihren Kleidern. Aber dann dachte sie an den Parfümgeruch, der in ihrem Ankleidezimmer hing, schwer wie eine Gewitterwolke.

Jesus wird diesen Duft nicht mögen. Er erinnert an Sünde und Verführung, an Gier und schweißnasse Ermattung. Damit hat er nichts zu tun. Er ist rein, durch und durch. Nein, das ist nicht der rechte Platz. Sie trug das Bündel ins Frühstückszimmer. Dort roch es nach frischer Seife, weil sie morgens nach dem Baden immer hierher ging und sich einbildete, das heiße Wasser hätte Schuld, Ekel und peinliche Erinnerungen von ihrem Körper abgespült, sodass sie endlich sauber war. Meist hielt dieser Wunschtraum bis zum frühen Vormittag an – bis es dann höchste Zeit wurde, die Verabredungen zu treffen für Abend und Nacht.

Doch nun sollte das alles ein Ende haben. Sie baute den Webstuhl ab, als die ersten Vögel erwachten, räumte die Geräte in eine leere Kammer, dann kroch sie wieder ins Bett. Als die Zofe kam und die Vorhänge aufzog, sagte Maria:

»Ich bleibe heute im Bett. Ich bin müde und habe Bauchschmerzen.«

»Soll ich die Kräuterfrau holen?«, wollte die Zofe wissen.

Die Kräuterfrau wohnte in einer halb verfallenen Hütte am Stadtrand und kochte aus Kräutern geheimnisvolle Tränke. Sie hatte Maria schon oft mit einem bitteren Sud kuriert. Sie mischte ihr auch Parfüms und Duftöle, die bei den Männern die Leidenschaft wecken konnte.

Eigentlich hatte Maria keine Lust, die alte Frau zu sehen. Es ging immer etwas Unheimliches von ihr aus. Man erzählte sich, sie hätte mit ihrem Gift schon zwei Ehemänner unter die Erde gebracht, aber das waren vielleicht auch nur Gerüchte. Jedenfalls wusste sie von der Alten selbst, dass sie regelmäßig mit dem Geist ihrer verstorbenen Mutter redete und von ihr Tipps und Rezepte einholte. Das fand Maria gruselig. Durch die alte Frau war sie damals auch mit den Feuergeistern bekannt geworden.

Aber die Zofe bestand darauf, die Kräuterfrau zu holen. »Immerhin hat sie dir einmal das Leben gerettet«, gab sie zu bedenken. Nach langem Zureden gab Maria nach.

Eine halbe Stunde später kam die Alte ins Zimmer geschlurft. Sie holte ein kleines silbernes Messer aus ihrem Lederbeutel und eine kleine Tonschale. Dann ritzte sie sich mit der Messerspitze am Unterarm, fing die Blutstropfen in der Tonschale auf und spuckte hinein. Sie schnitt Maria eine Haarsträhne ab und warf sie in die Tonschale. Dann murmelte sie ein paar unverständliche Silben und kratzte mit ihrem langen, gebogenen Zeigefingernagel in der Tonschale herum.

»Da, siehst du?«, krächzte sie. »Du hast dich mit traurigen Gedanken verunreinigt. Ich schicke dir einen Trank, der wird dich wieder auf die Beine bringen, mein kleiner Rabe.« Sie kicherte. »Trink davon, so viel du kannst. Morgen musst du dich noch ausruhen. Wenn du dich schlecht fühlst, dann nimm etwas Bittersalz zum Erbrechen. Übermorgen wirst du dann wieder sein wie früher.«

Nachdem sie gegangen war, hatte Maria ein seltsam taubes Gefühl im Kopf. Sie versuchte sich an das zu erinnern, was sie am Berg erlebt hatte – an die Worte des Lehrers, an die wunderbare Mahlzeit, an das Gebet, das Jesus um ihretwillen gesprochen hatte. Sie wollte an das befreiende Gebet im Haus des Fischers denken, an die Güte der alten Frau und an die Kraft, die von Jesus ausging und die Dämonen in die Flucht schlug. Aber ihr war, als zögen sich die guten Gedanken immer weiter in ein Gewirr von Zweigen und Büschen zurück wie die wilden kleinen Füchse, die so oft die Weinberge verwüsteten, und die man kaum fangen konnte, weil sie so scheu waren. Auch ihre Gedanken ließen sich nicht greifen. Je länger sie darüber nachgrübelte, umso unwirklicher wurden die Erinnerungen, und am späten Nachmittag fragte sie sich: *Habe ich das alles vielleicht auch nur geträumt?*

Gegen Abend brachte die Zofe einen Krug und einen Becher herein – mit besten Wünschen von der alten Kräuterfrau. Maria ließ sich einschenken und schnupperte daran. Der Trank roch würzig und scharf. Sie kostete einen Schluck. Er brannte im Hals, aber im Magen zauberte er eine wunderbare Wärme herbei. Was hatte die alte Frau geraten? »Trink davon, so viel du kannst.« Sollte sie sich wirklich berauschen? Sie hatte das vor Jahren einmal getan und danach war *Es* mit aller Macht über sie gekommen und hatte sie einen ganzen Tag und eine Nacht lang nicht losgelassen.

Aber jetzt war sie ja von den Dämonen frei – sie konnte tun und lassen, was sie wollte, nichts würde ihr schaden können, oder?

Sie probierte noch einen Schluck von dem Gebräu. Es prickelte angenehm und sie beschloss, den ganzen Becher zu leeren. Kaum hatte sie ausgetrunken, bekam sie einen Durst, als hätte das Getränk ein Höllenfeuer in ihren Adern entfacht. »Noch mehr … gib mir mehr …« Sie trank, bis sie nicht mehr sprechen konnte.

Mitten in der Nacht sprang plötzlich ein Mann durch ihr Zimmer. »Wie – wie bist du hereingekommen?«, lallte Maria. Ihr Kopf schwirrte, sie fand keine Kraft zur Gegenwehr, als er zum Angriff ansetzte. Er riss ihre Haare nach hinten und zerrte sie über den Marmorboden. Sie versuchte aufzustehen, doch er schlug sie mit einem Fausthieb nieder. Sie hob die Hände vors Gesicht, wollte ihren Kopf vor den Boxhieben schützen und ihre Augen vor seinem furchtbaren Anblick. Denn er sah aus wie ein Geschöpf aus dem schlimmsten Albtraum: das Gesicht von Narben zerrissen, die Nase schief, die Lippen blutig und die Augen starr, als blickten sie durch sie hindurch. Seine Stimme knarrte wie ein alter Baum im Sturm, als er Verwünschungen ausstieß und sie mit den ärgsten Beleidigungen beschimpfte, die sie sich vorstellen konnte. Immerzu trat er nach ihr, bis sie zitternd und wimmernd in der Ecke lag und wünschte, sie wäre tot. Dann verschwand der Mann ohne eine Erklärung.

Maria hob den Kopf und rief nach der Zofe, doch niemand kam, um sie zu säubern und ihre Beulen zu kühlen, ihre Schürfwunden zu verbinden, das Bett neu zu richten.

Am nächsten Morgen entschuldigte sich die Zofe mit vielen Worten – sie hatte von der Kräuterfrau auch einen Krug mit Wein geschenkt bekommen und das Hauspersonal zum Trinken eingeladen. Bis auf Kaleb hatten alle bei der fröhlichen Feier mitgemacht. Jedenfalls hatten alle Kopfschmerzen und kamen nur mit Mühe aus den Betten.

Bis zum Mittag war Marias Zimmer wieder aufgeräumt, ihre Wunden waren versorgt. Doch sie fühlte sich zu schwach zum Aufstehen. Drei Tage blieb sie liegen, bis sie sich halbwegs von dem Überfall erholt hatte. In dieser Zeit dachte sie nach.

Am vierten Tag holte sie ihre Leute zusammen. »Es ist genug. Ich werde mein Geschäft aufgeben. Ich habe dieses Leben endgültig satt. Sucht euch eine andere Arbeit, eine andere Bleibe.«

»Müssen wir alle gehen?«, fragte der Hausverwalter beklommen. Er würde eine angenehme Stelle mit gutem Verdienst verlieren.

»Ich werde euch keinen Lohn mehr zahlen, weil ich keine Männerkundschaft bestelle«, erklärte Maria. »Ich danke euch allen für eure Dienste. Lebt wohl.«

Die Zofen, der Verwalter und der Gärtner gingen ohne Bedauern. Aber Kaleb blieb stehen, hatte die Fäuste geballt und zwang Worte über seine Lippen, die nicht so einfach kommen wollten.

»Herrin, ich bleibe«, sagte er schließlich. »Ich kann im Garten – Gemüse anpflanzen. Dann haben wir zu essen. Ich brauche nicht viel zum Leben.« Er seufzte erleichtert auf, als er seinen Vortrag beendet hatte.

»Aber du hast doch gehört, dass ich kein Geld verdienen werde.«

»Das ist mir gleich. Wo soll ich sonst hingehen? Du – du bist mein Zuhause.«

Maria wischte sich eine Träne aus dem Augenwinkel. »Du bist ein guter, treuer Mann«, sagte sie leise. »Ich danke dir. Ich bin froh, dass du bleibst.«

Am Vormittag schrieb sie einige Briefe an ihre Kunden und erklärte, dass ihre Dienste von nun an nicht mehr zur Verfügung stünden. Nach dem Mittagessen trabte Kaleb los und verteilte die Briefe. Gegend Abend fühlte sich Maria so gut wie schon lange nicht mehr. Sie spielte ein Brettspiel mit Kaleb und wollte sich früh zur Ruhe legen. Ihre Prellungen schmerzten immer noch und sie rieb sie mit einem Kräuteröl ein, das ihr die alte Frau gegeben hatte. Kaleb verriegelte ihre Fenster mit festen Balken und legte sich vor ihrer Türe schlafen.

Mitten in der Nacht erwachte Maria von einem lauten Krachen. Der geheimnisvolle Mann war wieder da. Er warf den Tisch um, brach den Stühlen die Beine ab und hielt eines davon als Knüppel in der Hand, als er näher kam. Sie wich bis ans Ende ihres Bettes zurück.

»Wer bist du? Was willst du von mir?«, flüsterte sie.

»Ich will dich!«, keuchte er und beugte sich über sie. Sie sah wieder in glasharte Augen, das zerklüftete Gesicht, einen Mund, der das Lächeln nie gelernt hatte.

»Aber ich will dich nicht. Du hast mir wehgetan. Verschwinde!« Das sollte selbstsicher klingen, wurde aber ein heiseres Flüstern.

»Du weißt nicht, warum ich hier bin, Maria?«, fragte der Mann und richtete sich auf. Er wuchs unter ihren Augen, bis er bis zur Zimmerdecke reichte. »Du gehörst mir!«

»Nein!«, widersprach sie heftig. »Ich kenne dich nicht. Geh weg. Geh doch endlich weg!«

»Du willst mich rauswerfen? Versuch es doch!«, höhnte der Mann und packte sie am Handgelenk.

»Au, du tust mir weh!«, schrie sie. »Kaleb! Kaleb! Hilf mir!«

Der Mann ließ sie los und hob die stark behaarten Hände. Sie waren verkrampft wie Klauen und schoben sich näher, auf ihren Hals zu.

»Kaleb!«, schrie Maria, dann konnte sie nur noch röcheln. Sie kämpfte mit aller Kraft gegen die Umklammerung dieser harten, eiskalten Finger, die sich um ihre Kehle geschlossen hatten, um alles Leben aus ihr herauszuquetschen.

Kaleb brach an ihrem Bett in die Knie. Maria ächzte und keuchte und war bereits blau angelaufen. Sie strampelte mit den Beinen und ihre Finger fuhren immerzu am Hals herum. Er wusste keinen Rat. Da fiel ihm der Zimmermann ein, der für Maria gebetet hatte. Er rief: »Im Namen des Zimmermanns Jesus – Gott im Himmel, hilf!« Mehr wusste er nicht zu beten – doch es half. Die Klammer der unsichtbaren Finger lockerte sich, Maria holte zitternd Atem, zwei, drei Mal, dann öffnete sie die Augen.

»Ist – er – fort?«, formten ihre Lippen.

»Wer?« Kaleb schaute sich suchend um.

»Hast du ihn nicht gesehen? Er war schon wieder da«, keuchte sie.

»Das geht nicht mit rechten Dingen zu«, knurrte er. »Ich werde morgen nach Jesus fragen. Er muss für dich beten.« Er schüttelte verwundert den Kopf, so als fiel ihm jetzt erst auf, wie viel er geredet hatte.

»Ach Kaleb«, seufzte sie. »Ich glaube nicht, dass sich Jesus noch einmal für mich einsetzt. Er hat schon fünfmal für mich gebetet, aber ich falle immer wieder zurück. Für mich gibt es keine Hilfe. Es ist hoffnungslos.«

»Das glaube ich nicht!«, widersprach Kaleb. »Ich werde ihn holen.«

»Und du meinst, er wird hierher kommen – in das Haus einer *Hure*?« Sie spuckte das Wort aus, als wäre es giftig.

»Er schaut ins Herz«, sagte Kaleb leise.

In dieser Nacht blieb Kaleb auf ihrer Bettkante sitzen und hielt ihre Hand, weil sie immer wieder vor Angst und vor Schmerzen aufschrie. Er tröstete sie, wie man ein kleines Kind tröstet, er streichelte ihr Haar und brummte leise dazu. Erst gegen Morgen schlief sie ein und er schlich hinaus. Bevor er das Haus verließ, schaute er zum Himmel hinauf und sagte: »Herr im Himmel, bitte hilf, damit ich den Lehrer finde, und beschütze meine Herrin Maria.«

Er lief zum Hafen hinunter. Dort kam gerade ein Boot an und Kaleb erkannte die Schüler und ihren Meister. Außer Atem zupfte er den Lockenkopf am Ärmel und flüsterte: »Maria ist wieder krank und wird sehr geplagt. Sie möchte Jesus um Hilfe bitten, aber sie traut sich nicht.«

Johannes nickte und sagte: »Er wird kommen, sobald er sich hier freimachen kann.«

»Du musst ihn nicht erst fragen?«, wunderte sich Kaleb.

»Ich weiß, was er antworten wird.« Johannes lächelte. »So gut kenne ich meinen Meister schon. Er wird Maria nicht enttäuschen. Ich habe noch nie erlebt, dass er Nein sagte, wenn ihn jemand um seine Hilfe bat. Ich begleite dich, Jesus wird später nachkommen.«

Schweigend gingen sie durch die gewundenen Straßen am Marktplatz vorüber bis hinauf zu Marias Haus. An der Schwelle zu ihrem Schlafzimmer zögerte Johannes, doch Kaleb schob ihn durch die Tür hinein. Der Junge holte tief Luft und ging auf das Bett zu.

Maria hatte sich die Haare frisch gebürstet und ein Seidentuch um den Hals gelegt, der immer noch schmerzte, obwohl die Würgehände keine Spuren hinterlassen hatten. Johannes lächelte scheu und sie las Bewunderung in seinen Augen. Er nahm ihre Hand, drückte sie kurz und legte sie behutsam wieder auf die Decke.

»Der Meister wird kommen«, versprach er.

»Ich habe keinen Mut mehr«, gestand Maria. »Jesus hat mich schon so oft befreit und *Es* ist doch immer wieder über mich gekommen.«

Johannes überlegte eine Weile, dann fragte er: »Hast du schon einmal über die Ursachen nachgedacht?«

Sie seufzte. »Vielleicht hat der Meister doch nicht genügend Kraft.«

»Nein!«, sagte Johannes fest. »Daran liegt es nicht. Wen Jesus frei macht, der ist wirklich frei.«

»Aber für wie lange?«

»Das bestimmst du selbst, Maria. Überlege einmal. Erforsche dein Herz. Wolltest du wirklich frei sein – und für immer frei bleiben?«

Sie schloss die Augen und dachte nach. Dann sagte sie: »Wenn ich ehrlich bin, muss ich zugeben, dass ein Teil von mir gar nicht frei werden wollte. Mein Leben erschien mir so schillernd und so bunt – ich konnte einfach nicht darauf verzichten. Aber inzwischen ist mir klar, dass ich nicht mehr so weiterleben kann. Ich möchte nichts mehr mit den bösen Geistern zu tun haben. Warum lassen sie mich nicht in Ruhe?«

»Vielleicht hast etwas getan, was ihnen die Tür geöffnet hat?«

Maria setzte sich kerzengerade auf: »Du meinst, ich hätte sie selbst …? Nein! Wie könnte ich … doch, wart einmal … mir fällt etwas ein. Ich habe vor einigen Tagen eine alte Kräuterfrau zu mir bestellt. Sie hat mir Wein verordnet. Würzwein, ziemlich stark. Könnte es daran liegen? Ich war so berauscht, dass ich nicht mehr wusste, wo ich bin.«

Johannes nickte: »Ich habe in den Sprüchen des weisen Salomo darüber gelesen. Der Wein bringt Unordnung in unser Denken. Wo der Weingeist herrscht, bleibt kein Platz mehr für den guten Geist Gottes. Und was ist das für eine Kräuterfrau?«

Maria lachte verlegen. »Sie ist – ein bisschen verrückt. Sie sammelt Kräuter und Wurzeln und solches Zeug und kocht daraus Medizin. Und na ja … sie behauptet, mit ihrer verstorbenen Mutter zu sprechen.«

Johannes machte erschrockene Augen. »Aber das ist ja schrecklich!«

»Ich glaube nicht, dass etwas Schlimmes dabei ist. Sie erzählt immer ganz glücklich von diesen Gesprächen.«

Der Lockenkopf kaute eine Weile auf seiner Unterlippe herum. Dann raffte er sich auf:

»Maria, ich muss dir etwas sagen. Weißt du, warum Gott so streng verboten hat, mit den Totengeistern zu reden?«

»Hat er das? Wirklich? Steht es in der Thora?«

»Ja. Es steht an vielen Stellen in der Thora. Und nicht nur dort. Auch andere Propheten haben davor gewarnt. Sogar Salomo schrieb darüber, dass die Toten gar nicht mehr sprechen können. Und unser Rabbi Jesus sagt: ›Die Toten wissen nichts. Sie liegen in der Erde bis zum Auferstehungstag. Sie schlafen.‹«

»Aber wieso – das verstehe ich nicht – die Kräuterfrau hat doch mit dem Geist ihrer Mutter geredet. Sollte das –«

»Satan ist ein Meister der Lüge. Er betrügt die Menschen, wo er kann. Wahrscheinlich hat sich einer seiner bösen Engel maskiert und die Rolle der Mutter übernommen.«

»Dann hat die Kräuterfrau in Wirklichkeit mit einem bösen Geist gesprochen? Mit einem Dämon?«, stieß Maria hervor.

»So wird es wohl gewesen sein, und wenn du dieser Frau vertraust und ihr gehorchst, dann zeigst du damit, dass du mit dem Reich des Bösen verkehren willst.«

Sie setzte sich kerzengerade auf. »Ach, so ist das? Jetzt verstehe ich … Wie dumm von mir, wie unüberlegt! Ich will nie wieder mit der Kräuterfrau sprechen. Und auch ihre Zaubermittel nicht mehr verwenden.«

»Das ist gut.« Johannes atmete auf. »Du brauchst sie nicht.«

Er klopfte leise an der Tür. Kaleb führte den Rabbi Jesus herein und zog sich respektvoll in den hintersten Winkel des Zimmers zurück.

»Ach, Herr«, schluchzte Maria, »es wird und wird nicht besser mit mir. Hilf mir doch!«

Jesus wechselte einen Blick mit Johannes. Dann sagte er: »Dein Leben gleicht einem Haus. Gott vertreibt die bösen Geister, die sich bei dir eingenistet haben. Du bist froh darüber und säuberst und schmückst das Haus. Aber wie geht es danach weiter? Lässt du das Haus leer stehen? Dann wird der Dämon zurückkehren und seine Kumpane mitbringen, denn das Haus gefällt ihm jetzt viel besser – sauber geputzt und renoviert und festlich geschmückt. Mit solchen Menschen wird es schlimmer als zuvor.«

»Ich will aber nicht, dass die Dämonen zurückkehren«, seufzte Maria. »Ich habe genug von ihnen und von diesem alten Leben. Ich habe allen meinen Kunden abgesagt. Ich habe doch getan, was ich konnte, um mein altes Leben loszuwerden. Was fehlt mir noch?«

»Aus eigener Kraft kannst du dem Bösen nicht widerstehen. Lade den guten Geist Gottes ein, in dir zu wohnen.«

»Aber wie? Wie kann das geschehen?«

»Du kannst ihn darum bitten, immer wieder.«

»Und wenn ich doch wieder versage?«

»Dann kannst du dich von ihm korrigieren lassen. Er zeigt dir, was falsch war.«

»Das weiß ich selber!«, weinte Maria auf. »Und ich schäme mich so sehr, dass ich am liebsten tot wäre.«

»Diese Scham bringt dich nicht weiter, Maria. Vertraue darauf, dass unser Vater im Himmel deine Schuld vergeben hat. Und dann entschließe dich, immer nur das zu wollen, was unser Vater im Himmel will.«

»Das möchte ich gern«, seufzte Maria, »aber ich bin daran gewöhnt, mir alles zu nehmen, was ich haben möchte. Dabei denke ich gar nicht mehr nach, ob das richtig ist oder falsch.«

»Gott wird dir auch die falschen und bösen Wünsche und Begierden wegnehmen, wenn du das wirklich willst. Aber es wäre leichter für dich, wenn du neue Freunde fändest, solche, die das gleiche Ziel haben wie du und dir Mut machen.«

»Das wäre schön. Aber wo finde ich solche Menschen?«

»Bei mir, Maria. Komm mit, begleite mich auf meiner Wanderung.«

Maria schlug die Hände vors Gesicht. »Nein, Herr, ich bin nicht würdig. Ich mache dir nur Schande.«

Er legte ihr sanft die Hand auf die Stirn und sagte: »Maria, ich werde jetzt für dich beten. Du wirst frei, und dein altes Leben ist vergeben und vergessen. Verstehst du?«

»Und du willst mich wirklich als deine Schülerin mitnehmen?«

»Warum nicht? Du bist übrigens nicht die einzige Frau in unserer Gruppe. Schulamit und Mirjam und die Mutter des Joses – sie werden sich über dich freuen«, rief Johannes.

»Dass sich andere Frauen über mich freuen, das wäre immerhin etwas Neues«, murmelte Maria. Dann stieg sie aus dem Bett und kniete sich auf den Boden neben Jesus.

»Herr, vergib mir, denn ich habe gesündigt. Ich tue es immer wieder, obwohl ich mich ändern wollte. Bitte heile mich. Heile meine Wünsche, meine Gedanken. Mach mich frei von dieser Gier, von dem Drang, andere zu besitzen und zu beherrschen«, bat sie.

Dann hob Jesus die Augen zum Himmel und betete.

Sie hörte nur noch die ersten Worte, dann überfiel sie ein Krampf und schüttelte sie, bis sich alles um sie her drehte. Doch die Qual verebbte, sie schöpfte Atem und fühlte sich müde, aber frei. Sie fiel Jesus zu Füßen.

»Ich danke dir, Herr. Meine Ketten waren so schwer, meine Peiniger so grausam. Ich will nicht, dass sie mich noch einmal in ihre Gewalt bekommen.«

»Gott hat dir die Freiheit geschenkt. Jetzt nutze sie auch. Sage der Scham und der Selbstverachtung Lebewohl. Fülle deine Gedanken mit dem Guten und Schönen. Erzähle anderen, was Gott an dir getan hat. Lass keine Hintertür offen für das Böse. Schalom, Maria. Gottes Friede soll dich begleiten.«

Er nickte ihr freundlich zu und ging hinaus.

Maria setzte sich auf und sagte: »Johannes, ich will mich wirklich bemühen, aber ich fürchte, ich werde es nicht schaffen.«

»Wir haben ein Leben lang Zeit zum Lernen, Maria. Wir fallen immer wieder, wie ein Kind, das zu laufen beginnt. Wir stolpern und Gott hilft uns auf und schickt uns wieder auf unseren Weg.«

»Aber ich will nicht dauernd hinfallen! Es tut so weh! Kann ich es nicht verhindern?«

Kaleb kam näher und hörte mit großen Augen zu.

»Ich glaube schon«, murmelte Johannes und holte tief Luft. »Also wenn ich spüre, dass ich gleich etwas ganz Falsches tun will, dann beginnt in mir ein Kampf. Meine alte Art will es tun, das neue Leben in mir sagt: ›Nein! Tu es nicht!‹ – ›Aber ich möchte doch so gern‹, jammert meine alte Art.«

Kaleb nickte und kam noch einen Schritt näher.

»Wenn ich in diesem Augenblick an Jesus denke und an seine Liebe zu mir, dann bekomme ich Kraft, das Gute zu wollen, verstehst du? Dann bete ich: ›Vater im Himmel! Ich kann dieser Sünde nicht widerstehen. Ich brauche deine Hilfe. Bitte nimm mir den bösen Wunsch!‹«

»Und? Ist er dann weg?«, fragte Maria atemlos.

Johannes schaute auf den Boden und bewegte die Zehen in den Sandalen. Nach einer Weile zuckte er mit den Achseln und lächelte: »Manchmal, aber manchmal auch nicht sofort. Unsere Wünsche kleben in unserem Herzen. Vielleicht dauert es eine Weile, bis sie abgelöst und verschwunden sind.«

Maria seufzte. »Ich habe sie ja lang genug gehegt und gehätschelt wie Haustiere. Kein Wunder, dass sie immer noch gefüttert werden wollen.«

»Wenn der Wunsch nicht weggeht, dann rufe ich: ›Vater, bitte bewahre mich davor, dass ich das Böse tue!‹«

»Und das hilft?«

»Ja. Das hilft. Er hält meine Hände, meine Füße, mein Herz. Er hält mich fest, bis der starke Wunsch immer schwächer geworden ist und bis ich wieder klar denken kann.«

»Und wenn ich doch wieder versage?«, flüsterte Maria.

»Dann ist Gott größer als unser Herz. Er kennt uns. Er versteht uns. Er weiß alles. Und er hat uns trotzdem lieb.«

»Ich will immer daran denken«, versprach Maria.

Aber sie wusste noch nicht, wie schwer dieses Versprechen zu halten ist.

Kapitel XI

Als Jesus und seine Schüler drei Tage später im Hafen von Magdala anlegten, fanden sie den Kai dicht bevölkert. Sie mussten sich mühsam hindurchschieben. Unterwegs kamen sie an der Herberge vorüber. Dort standen viele Maulesel, eine Sänfte mit zugezogenen Vorhängen war zu sehen; vor dem Gastzimmer drängten sich die Leute.

»So ein Betrieb?«, wunderte sich Petrus.

»Heute feiert Maria ihren Abschied!«, sagte ein alter, runzliger Hausdiener. »Sie hat eine Menge Gäste eingeladen und du darfst raten, was das für Gäste sind…« Er verdrehte die Augen.

»Zum Beispiel Rabbi Jesus, der berühmte Wunderheiler aus Nazareth, und seine Schüler«, sagte Jehuda kühl. Der Hausdiener wurde verlegen.

»Ach, ihr seid das. Ich wollte euch nicht beleidigen, es hat mich nur gewundert, dass ihr euch mit solchen Leuten abgebt.«

»Was für Leute?«, erkundigte sich Johannes.

»Na ja, es sind die Zolleinnehmer aus der Umgebung, die reinsten Halsabschneider, sag ich dir! Und dann Frauen, mit denen sich kein anständiger Mann sehen lässt, wenn du weißt, was ich meine.«

Johannes wurde rot bis unter seine Locken und presste die Lippen zusammen. Dann schüttelte er den Kopf und meinte: »Sie gehören zu unserem Volk. Auch sie sind Töchter Abrahams. Wir dürfen sie nicht verachten.«

Der Hausdiener hob die Schultern. »Ich bin jedenfalls froh, dass nur *eine* solche Frau in unserer Herberge abgestiegen ist.« Er spuckte aus. »Sie ist mit dem Wirt bekannt, da konnte er schlecht Nein sagen.«

»Ich nehme an, ihr Geld nimmt er ganz gern«, sagte Johannes. Seine Stimme schnitt durch die Luft wie eine Peitschensehne, und der Diener zog den Kopf ein und breitete die Arme aus: »Was will man machen? Geschäft ist Geschäft.«

Sie gingen weiter den Hügel hinauf. Vor Marias Haus stand eine Kutsche mit dem Königswappen des Herodes. Johannes pfiff durch die Zähne.

»Schau dir das an, Jakobus. Echte Araberstuten. Und das hier in Magdala!«

Sein Bruder nickte. »Ich möchte nur wissen, wem die Kutsche gehört.«

»Sie gehört dem König Herodes«, sagte ein Pferdeknecht, der gerade aus dem Haus gekommen war. »Wenn er sie nicht braucht, dann kann sein Verwalter damit herumfahren.«

»Chuza? Der Haushofmeister? Er ist hier?«, fragte Jehuda.

»Er nicht, aber seine Frau Johanna. Sie möchte unbedingt den Zimmermann aus Nazareth treffen. Sie ist schwer krank. Vielleicht kann der Lehrer sie wieder gesund machen.«

Kaleb empfing sie in der Halle. »Schalom, Rabbi Jesus«, sagte er und nickte den Schülern zu. Dann zeigte er auf die offene Tür.

Maria streckte Jesus beide Hände entgegen. »Herr, ich danke dir, dass du gekommen bist. Ich habe einige Frauen eingeladen, die genauso ihr Geld verdienen wie ich früher. Und natürlich Freunde, die dich gerne kennenlernen möchten. Sie werden sich in den anderen Räumen aufhalten, wir lassen die Türen offen stehen, so können sie deine Worte hören.«

Sie führte die Männer ins Frühstückszimmer. »Hier ist für euch der Tisch gedeckt.«

»Warum hier?«, fragte Johannes.

»Weil dies der einzige Raum des Hauses ist, der sauber ist.«

Jesus lächelte. »In dieser Welt gibt es nur eines, was wirklich sauber ist – ein Herz, dem verziehen wurde. Der Schmutz kommt nicht von außen durch das, was wir tun; er steigt aus dem Innern der Menschen und zeigt sich dann in lieblosen Worten und selbstsüchtigen Taten.«

»Trotzdem kann ich dir nicht zumuten, dass du dich mit uns an einen Tisch setzt«, entgegnete Maria.

»Warum nicht? Ich bin in die Welt gekommen, um die Sünder zur Umkehr zu rufen. Die Frommen, die sich einbilden, dass sie so etwas nicht nötig hätten, interessieren sich ohnehin nicht für mich. Du brauchst deine Freunde nicht von mir fernzuhalten. Bring sie her, ich will sie kennenlernen.«

Die Gäste waren so fasziniert von Jesus und seinen Worten, dass sie nur wenig aßen. Kaleb bemühte sich, die Kruge mit dem süßen Traubenblut immer voll zu halten. Die Musiker, die Maria bestellt hatte, um Jesus eine Freude zu machen, hatten nach dem ersten Lied ihre Harfen,

Pauken und Flöten beiseitegelegt. »Lass uns bitte zuhören!«, bettelten sie, und Maria wollte ihnen diesen Wunsch nicht abschlagen.

Anfangs hatten die Zolleinnehmer die Nase gerümpft, als sie Marias grell geschminkte Freundinnen sahen, und die Freudenmädchen ihrerseits schickten abfällige Blicke hinüber. Aber dann sprach Jesus über die Vergebung der Schuld, über das Angebot, noch einmal neu zu beginnen – als ein Kind Gottes. Die meisten Gäste murmelten ihre Zustimmung, andere wiegten nachdenklich den Kopf, und einige liefen mit rotem Kopf hinaus und ließen sich nicht mehr blicken.

Dann ging Jesus zu Johanna, der Frau des Chuza, und nahm ihre Hand. Er betete für sie. In einem Augenblick wich die Schwäche, die sie so lange niedergedrückt hatte. Sie spürte, wie neue Lebenskraft durch ihre Adern rauschte. Ihre Wangen wurden rot, Glanz stieg in ihre Augen, sie schwang die Beine von dem Ruhebett und stand auf. »Ich bin gesund! Ich bin geheilt!«, rief sie immer wieder. Freudentränen liefen ihr über das Gesicht. Sie rief den Pferdeknecht und sagte: »Sage meinem Mann, dass ich in der nächsten Zeit bei Jesus und seinen Schülern bleibe. Es ist sehr wichtig für mich.«

»Herrin, du führst ein bequemes Leben am Hof des Herodes«, wandte der Knecht ein. »Willst du das aufgeben? Und was wird dein Gatte sagen, wenn ich ohne dich zurückkehre?«

»Jesus hat mir das Leben neu geschenkt. Erzähle ihm das. Chuza wird froh sein, dass ich wieder gesund bin. Ich kehre zurück, wenn meine Aufgabe erfüllt ist.«

Es war kurz vor Mitternacht, als Maria hinters Haus ging, um Luft zu schnappen. Sie pflückte einen Zweig Rosmarin, zerrieb die Nadeln zwischen den Fingern und senkte ihre Nase in die Handfläche, um den fein-würzigen Duft zu genießen, als sie weiter hinten im Garten Männerstimmen hörte. Sie achtete nicht weiter darauf, bis sie Jehuda sagen hörte: »Diese Maria verdirbt uns das ganze Konzept.«

Sie konnte der Neugier nicht widerstehen und schlich näher.

Petrus sagte: »Ich weiß nicht, was du meinst. Das Fest ist doch ein echter Erfolg. Denk nur, die Frau des Chuza schließt sich unserer Gruppe an. Damit haben wir Beziehungen zum Adel.«

Jehuda lachte bitter. »Aber was für welche! Kannst du dir vorstellen, was Chuza für ein Gesicht macht, wenn er erfährt, dass seine Frau dem Lehrer aus Nazareth hinterherläuft? Wie sie bei Hof über ihn spotten werden? Glaubst du, das wird uns bei Herodes beliebt machen?«

»Es kümmert mich nicht, ob wir bei Herodes beliebt sind oder nicht.«

»Ja, weil du kurzsichtig bist und nur so weit denkst, wie deine Nase reicht«, knurrte Jehuda. »Glaubt ihr, dieses Fest lässt sich geheim halten? Schon morgen früh – denkt an meine Worte! – schon morgen früh wird der Sanhedrin davon erfahren.«

»Na und? Ist es ein Verbrechen, ein Fest zu besuchen?«, fragte Petrus.

Jehuda stöhnte. »Dass Jesus mit Huren und Zöllnern an einem Tisch sitzt, *ist* schlimm. Als würde er einen Leprakranken streicheln!«

»Aber das tut er doch auch«, platzte Johannes heraus. »Was soll daran falsch sein?«

»Ihr habt überhaupt kein Gefühl für das, was sich gehört. Man merkt, dass ihr euer Leben lang nur Fischnetze geflickt habt. Der Messias kann sich doch nicht mit dem gemeinen Volk verbrüdern, mit dem Abschaum!«

Petrus zuckte mit den Achseln. »Ich weiß nicht, was du meinst. Unser Lehrer sagt uns immer wieder, dass er Menschen retten möchte, die genug haben von der Sünde. Solche Leute findest du nicht in der Synagoge oder im Sanhedrin oder in den Hallen der Reichen. Warum soll ich nicht neben einem Zolleinnehmer sitzen – solange er mir kein Geld aus der Tasche zieht, stört's mich nicht. Und eine Hure am Tisch – meine Güte, was ist schon dabei? Du musst zugeben, dass diese Mädchen hübsch sind. Sie haben eine freie Art, die wir von unseren Frauen nicht kennen. Sie sind so unabhängig und lustig.«

»Deine Frau wird aber von dieser Ansicht nicht entzückt sein.«

»Du solltest deine Gedanken einmal durchspülen«, sagte Petrus und auf einmal lag in seiner Stimme ein Klang von Eisen. »Meine Frau weiß, dass ich ihr treu bin. Deshalb kann ich doch mit einem solchen Mädchen *reden*. Das macht mich noch lange nicht zum Ehebrecher. Aber jetzt hab ich genug von deinem Geschwätz. Ich geh wieder rein, ich möchte hören, was Jesus zu den Zöllnern sagt.«

Als der Fischer an Maria vorüberkam, zuckte er ein wenig zusammen, dann breitete er die Hände aus, als wollte er sich entschuldigen. Maria legte den Finger auf die Lippen und winkte ihn fort. Er hob die Achseln und ging zurück ins Haus, während Maria noch ein paar Schritte näher schlich.

»Und du, mein Kleiner«, hörte sie Jehuda spotten, »bist wahrscheinlich derselben Meinung. Auch du findest diese Maria rundherum bezaubernd. Jedenfalls schaust du sie an, als wolltest du ihr Gesicht auswendig lernen.«

»Sie gefällt mir. So eine Schwester habe ich mir schon immer gewünscht«, sagte Johannes trotzig.

Maria spürte, wie ihr Herz zuckte.

»Schwester? *Schwester?* Aus der wird nie eine ›Schwester‹! Sie ist eine Hure durch und durch. Und dass sie uns jetzt unbedingt begleiten will, das ist eine Falle des Teufels. Sie wird uns jeden Tag in Versuchung führen, glaub mir, Johannes, jeden Tag und jede Nacht.«

»Aber Jehuda! Woran du immer denkst!«

»Du bist noch naiv und unschuldig, aber ich kenne die Frauen. Und wenn es ihr nicht gelingt, einen von uns zur Sünde zu verleiten, weil wir ihrem Einfluss widerstehen, wird sie uns trotzdem schaden.«

»Wodurch könnte sie uns schaden?«

»Überleg doch mal! Hier in Galiläa kennt jeder ihr Gesicht. Wenn sie mit uns geht, werden alle sagen: ›Jesus kann gar nicht der Messias sein. Sonst würde er eine solche Hure nicht in seiner Nähe dulden.‹ Ich höre schon, wie sie über uns spotten.«

»Das glaub ich nicht. Wir haben noch andere Frauen in unserer Gruppe, und noch nie hat jemand schlecht über uns gesprochen. Jesus ist so rein, dass niemand auf schlechte Gedanken kommt, und wir anderen – ... Au, lass meinen Arm los, du tust mir weh!«

Jehuda zischte: »Und ich sage dir, diese Schlange ist hinter Jesus her. *Ihn* will sie bezirzen. Sie will die Frau des Messias werden, weil sie meint, dass sie dadurch berühmt würde und reich.«

Johannes hatte sich losgerissen. Etwas außer Atem keuchte er: »Wie kommst du nur auf solche Ideen?«

»Sie ist eine Hure, und eine Hure denkt nur ans Geld. Alles, was sie tut, geschieht aus Berechnung. Das wird sich niemals ändern.«

»Das ist nicht wahr! Maria hat sich schon geändert. Und wenn sie jeden Tag mit Jesus zusammen ist, dann wird sie ein ganz neuer Mensch, du wirst sehen.«

»Ach? Bist du etwa ein neuer Mensch geworden, nur weil du Jesus hinterherläufst wie ein Welpe, der noch nicht entwöhnt ist? Du bist immer noch derselbe Johannes – ja, ball du nur die Faust und schlag mich! Jesus hatte recht, als er dich ›Donnerskind‹ nannte.«

Johannes knirschte mit den Zähnen, und Jehuda sagte mit einem bösen Triumph in der Stimme:

»Und deine Maria, die du so bewunderst, hat sich diesmal verrechnet. Jesus wird sie *nicht* heiraten, nie im Leben. Kein anständiger Mann wird so eine heiraten, und wenn sie noch so hingebungsvoll mit den Wimpern klappert.«

Maria hatte genug gehört. Sie rannte in die kleine Vorratskammer. Dort roch es nach Feigen und frischem Gerstenbrot, aber sie hatte keine Nase dafür. Sie presste die Fäuste auf die Augen, um die Tränen zurückzudrängen. *Endlich weiß ich, wie ich wirklich bin. Wie dumm ich war, wie töricht, als ich dachte, ich könnte mein altes Leben abstreifen wie eine vertrocknete, abgeschabte Haut, die mir zu eng geworden ist. Jehuda hat mich durchschaut. Ich bin durch und durch schlecht. Ich habe nicht geahnt, was mich zu Jesus hinzog und weshalb ich bei ihm sein wollte. Aber es ist wohl so, wie Jehuda gesagt hat. Er ist klug, er kann Menschen einschätzen. Er kennt das Leben. Einmal Hure, immer Hure.*

Sie schauderte und biss so fest in ihren Daumenballen, dass sie Blut schmeckte.

Und beinahe wäre ich ein Werkzeug des Bösen geworden! Ich hätte mich an Jesus gehängt und ihm seine Zukunft verdorben, denn niemals könnte Jesus der König von Israel werden, solange ich in seiner Nähe bin! Ich hätte seinen Auftrag zerstört, ich hätte Unfrieden zwischen den Schülern gestiftet und sie ständig in Versuchung geführt. Wer weiß, was ich angerichtet hätte? Vielleicht den unschuldigen Lockenkopf verführt, der noch so wenig von den Nachtseiten des Lebens weiß?

Ein Zittern überfiel sie. Wie konnte sie aus diesem Komplott ausbrechen? Was konnte sie tun?

Eine sanfte Stimme in ihrem Innern schlug vor: »Sprich mit Jesus. Sag ihm alles.«

Nein! Ich schäme mich zu Tode! Er wird mich ansehen mit Augen, die unendlich verletzt sind. Er wird sagen: ›Maria! So schlecht bist du? So abgrundtief böse?‹ Nein. Ich kann es nicht ertragen, von ihm verurteilt zu werden. Das überlebe ich nicht!

Die sanfte Stimme sagte: »Vertrau ihm doch. Er versteht dich. Und er kennt dein Herz besser als Jehuda.«

Unmöglich. Über solche Dinge kann ich nicht mit ihm sprechen. Ich schäme mich zu sehr.

Sie schlich aus ihrem eigenen Haus wie eine Dienerin, die man beim Stehlen ertappt hat. Die Straßen waren still, hinter dem Nachbarhaus bellte ein Hund, zwei Katzen strichen umeinander und sangen ein schauriges Lied. Maria hielt sich die Ohren zu und begann zu laufen. Sie durchquerte den Ort und kam an den Hafen. Sie setzte sich eine Weile auf einen Holzpflock an der Mole, dann trottete sie am Ufer entlang, setzte wie im Traum einen Fuß vor den anderen, tränenblind und mit hängenden Schultern.

Als die letzten Häuser von der Dunkelheit verschluckt waren, blieb sie stehen, sah sich um. Der Mond hatte sich hinter ein Wolkenband verkrochen. Eine Brise kam vom See und brachte frische Nachtluft mit. Sie atmete tief ein. Eine Welle umspielte ihre Sandalen, sie band sie auf, schlüpfte heraus und tappte barfuß ins Wasser. Es war weich und lauwarm und lockte: *Hier ist Vergessen, hier ist die Ruhe. Leg deine Sorgen ab, deine Tränen, dein zerrissenes Herz. Endlich Frieden.*

Sie watete tiefer in den See hinein. Er nahm sie auf, als hätte er schon immer auf sie gewartet. *Mach ein Ende. Dein Leben hat keinen Sinn, hat kein Ziel. Warum noch länger Schmerzen leiden? Es ist so einfach – du gehst noch drei, vier Schritte weiter und dann wird es dunkel und still.*

Wie im Traum gehorchte sie dem Befehl. Beim übernächsten Schritt trat sie ins Leere. Das Wasser schwappte ihr ins Gesicht, und sie schrie auf und schlug um sich. Sie schluckte Wasser, hustete. Auf einmal erschien ihr der See nicht mehr als der tröstende Freund. *Du hast mich betrogen. Du willst mir gar nicht helfen. Du willst mich – töten!*

Der See griff nach ihr, hielt das nasse Kleid umklammert und zog sie nach unten. Maria kämpfte und paddelte wie rasend. Nach einiger Zeit verließen sie die Kräfte. Sie schlug noch ein paar Mal um sich, dann gab sie auf und ließ sich sinken.

Johannes schlenderte durchs Haus und schaute in alle Räume. Auf einmal ging ihm das Plaudern der Gäste auf die Nerven. Eine rätselhafte Unruhe packte ihn. Er konnte seine Finger nicht mehr stillhalten. Er stellte sich zu Jesus und in einer Gesprächspause flüsterte er: »Rabbi, es wird spät! Bist du noch nicht müde?« Der Lehrer betrachtete ihn aufmerksam, dann lächelte er. »Wie gut du für mich sorgst. Ruf die anderen zusammen, dann gehen wir.«

Bis sich alle von allen verabschiedet hatten, verging eine ganze Weile. Endlich waren sie auf dem Weg zum Hafen. Johannes lief der Gruppe voraus, schaute in alle Seitengassen, als könnte er dort eine Spur von Maria finden.

Jehuda witzelte: »Der Kleine hat heute Ameisen verspeist. Sie kribbeln in seinem Bauch herum.« Jakobus zog die Augenbrauen hoch und knirschte: »Lass meinen Bruder in Ruhe!«

»Schon gut, schon gut«, sagte Petrus und schob sich zwischen die beiden. Jesus schwieg dazu.

Dann waren sie am Hafen angelangt und kletterten in das Fischerboot. Petrus löste das Tau vom Poller und stieß ab, mit einem großen Sprung setzte er in sein Boot über und hangelte sich ins Heck zum Steuerruder. Jehuda und Jakobus legten sich in die Riemen. Johannes kauerte sich vorn in den Bug, hatte die Knie angezogen und das Kinn darauf gestützt. Eine Hand ließ er durchs lauwarme Wasser gleiten. Sie waren noch nicht weit gerudert und hatten gerade die kleine Halbinsel umrundet, die den Hafen von Magdala vor den Westwinden schützt.

Da, was war das? Johannes schreckte hoch. Drüben am Strand schimmerte etwas Weißes. In diesem Augenblick riss die Wolkendecke auf, der Mond gab Licht.

»Petrus! Dort am Ufer liegt jemand!«

»Ja. Ich sehe es auch.« Der Fischer stand auf und kniff die Augen zusammen. »Ich glaube, es ist eine Frau. Männer, rudert so schnell ihr könnt!«

Einige schwer erkämpfte hundert Meter weiter hatte Petrus auch schon sein Obergewand abgeworfen und war aus dem Boot gesprungen. Er kraulte aufs Ufer zu und rief über die Schulter: »Bis hierher könnt ihr fahren, weiter nicht, sonst sitzt ihr in den Felsen fest!« Mit drei, vier Sätzen war er am Kiesstrand und beugte sich über die leblose Gestalt.

»Lebt sie noch?«, schrie Johannes.

Petrus kniete neben der Frau nieder. Er schob seine Arme unter ihren Leib, drehte sie um und hob sie in der Körpermitte auf. Ein Schwall Wasser ergoss sich über seine Füße. »Sehr gut, Mädchen. Noch einmal, bitte sehr«, brummte er. Inzwischen war Johannes hinter ihm hergekommen. Er zog scharf die Luft ein.

»Das – das ist Maria!«, flüsterte er.

Petrus nickte. »Wir kamen noch rechtzeitig, Gott sei Dank!« Sie rieben und kneteten Marias Hände und Füße und beobachteten ihre Brust, die sich ab und zu leise hob.

»Sie atmet ... Wie konnte das nur passieren?«, fragte Johannes.

Petrus seufzte. »Ich glaube, sie stand draußen im Garten, als Jehuda so schlecht über sie sprach.«

»Du meinst, sie hat euer Gespräch mit angehört?«

»Ich weiß nicht, wie viel davon, aber … es muss sie schrecklich entmutigt haben. Komm, Junge, leg mir ihre Arme um den Hals. Wir schaffen sie in ihr Haus.« Er nahm das Mädchen auf den Rücken und Johannes stützte sie mit einer Hand und lief nebenher und redete leise und tröstend auf Maria ein, obwohl sie in ihrer halben Bewusstlosigkeit wohl nichts davon hörte.

Im Haus war alles still, als sie ankamen. Johannes hämmerte ans Tor, keuchte und rief: »Aufmachen! Kaleb! Schnell!«

Endlich hörte er Sandalen auf den Fliesen klatschen, knarrend schwang der Türflügel auf. Johanna stand vor ihnen und schrie auf, als sie Maria sah, so nass und bleich. »Legt sie aufs Bett«, rief sie im Laufen. »Ich hole Kaleb, damit er Wasser wärmt und das Feuer im Kamin anzündet. Er muss euch trockene Kleider bringen. Kaleb! Kaleb!«

Der lief herbei und stöhnte: »Ich hatte sie überall gesucht. War vor Sorge außer mir. Aber sie wird doch nicht sterben? Sag, dass sie wieder gesund wird!« Er nahm Johannes bei den Schultern und schüttelte ihn wie ein grobes Sieb, in dem man Weizen von Staub und kleinen Steinen befreien will.

»Hör auf damit, Kaleb, lass mich los«, sagte Johannes matt. »Was ist denn in dich gefahren? So kenne ich dich überhaupt nicht.«

Kalebs Schultern sackten vornüber. »Ich will sie nicht verlieren. Sie war so gut zu mir.«

»Kaleb!«, rief Johanna. »Wo bleibst du denn? Ich brauche warmes Wasser und trockene Tücher. Beeil dich!«

»Ich muss Feuer machen!«, erinnerte sich Kaleb und lief los.

Kurze Zeit später hatte er im Schlafzimmer und in der Halle die Feuerstellen angeheizt. Im Vorüberhasten warf er trockene Tücher und Kleidung auf den Boden und war schon wieder verschwunden, bevor Johannes ihm danken konnte. Er rieb sich mit einem rauen Leinentuch trocken und warf sich eine Decke über die Schultern. Petrus war auch schon umgekleidet, als sie in der Halle zusammentrafen.

Es klopfte an der Haustür. Jesus und die anderen Schüler kamen herein. Jehuda trat als erster ans Feuer und streckte die Hände aus, um sich zu wärmen. Johannes warf ihm einen anklagenden Blick zu und wollte schon den Mund öffnen, als Jesus die Hand hob.

»Still!«, sagte er. »Öffnet dem Bösen nicht die Tür, indem ihr einander verurteilt und richtet.« Er winkte Jakobus und ging mit ihm in Marias Zimmer.

Petrus sagte: »Er hat recht. Durch Anklagen und Entmutigung ist heute schon genug Schaden angerichtet worden.«

Jehuda kam zu ihm herüber. Er wirkte betroffen. »Das hab ich nicht gewollt«, sagte er, und seine Stimme klang dünner als sonst. Er seufzte. »Hoffentlich kommt sie durch!«

Johannes riss den Kopf hoch. »Das sagst du, ausgerechnet du? Dabei hättest du sie am liebsten selbst ins Wasser getreten!«

»Du bist ungerecht. Ich habe Maria nie etwas Böses gewünscht.«

»Aber auch nichts Gutes!«

Jehuda fuhr sich mit der Hand durch die halblangen schwarzen Haare. »Jeder macht Fehler. Du bist auch nicht vollkommen. Ich mache mir eben meine Gedanken um die Zukunft. Ich bin nicht so wie ihr anderen – die von einem Tag zum anderen leben. Mir prickelt es in den Beinen. Ich spüre, dass uns kostbare Zeit durch die Finger rinnt. Manchmal verstehe ich den Lehrer nicht. Und ich begreife nicht, warum er sich so stark um solche Außenseiter kümmert. Ich meine – er hat doch nichts davon. Er bekommt nichts zurück. Er verschenkt sich an die Menschen, und was ist der Dank?«

»Ja, danken *wir* ihm denn?«, entgegnete Johannes.

»Wir danken ihm durch unsere Treue«, sagte Jehuda. Seine Stimme bebte. »Wir halten zu ihm, wir teilen seine Armut, wir hören ihm zu und nehmen seine Lehren in uns auf. Das tut ihm gut, wertet ihn auf. Was wäre ein Rabbi ohne Schüler?«

Er sah in die Runde. Die anderen nickten und er sagte mit Bedacht: »Aber es ist nicht gleichgültig, *wie* seine Schüler sind.«

Johannes riss den Kopf hoch: »Sag es doch gleich: Maria ist dir nicht gut genug.«

»Nein. Ja. So kann man es nicht ausdrücken.« Er seufzte und ließ sich schwer auf eine Polstercouch fallen. »Verstehst du mich denn kein bisschen? Jesus sollte die Chancen besser nutzen. Er braucht Beziehungen zum Sanhedrin, zu den Politikern. Er braucht Freunde mit Geld und Einfluss. Und ich dachte mir, so eine gescheiterte Frau wie Maria wäre nicht gerade ein gutes Aushängeschild für unsere Sache. Aber wenn Jesus sie unbedingt mitnehmen will, habe ich keine Einwände. Ich meine, wer bin ich denn, dass ich den Meister kritisiere?«

Johannes sagte durch die Zähne: »Das machst du dauernd. Merkst du das gar nicht mehr? Du bist ein Rechthaber, ein arroganter Besserwisser!«

Jehuda strich sich die Haare hinters Ohr, seine Hand zitterte dabei und seine Augen glühten, als hätte man frische Kohlen aufgelegt. »Arrogant? Ein Besserwisser? So?« Er hob die Brauen bis zum Haaransatz. »Jetzt will ich dir mal sagen, was du bist«, fing er an, aber in diesem Augenblick öffnete sich die Tür, Jesus kam herein, Jakobus folgte. Der Lehrer warf einen forschenden Blick von einem zum anderen: »Seid ihr schon wieder am Streiten?«

Johannes senkte den Kopf, knetete seine Finger und wurde rot und Jehuda fragte schnell: »Wie steht es?«

Jakobus setzte sich auf einen Schemel, stützte die Unterarme auf die Knie und sagte müde: »Sie atmet und sie hat wieder Mut zum Leben.«

»Aber«, setzte Jehuda an, »ich verstehe nicht, wie das passieren konnte.«

Jakobus erklärte: »Von der Entmutigung führt nur ein kurzer Weg zur Selbstverachtung, und von dort ist es nicht mehr weit zum Hass auf sich selbst. Dieser Selbsthass setzt zerstörerische Kräfte frei. Beinahe hätte sich Maria in den Tod treiben lassen.« Er holte tief Luft: »Aber es ist noch einmal gut gegangen.«

»Und wie soll es nun weitergehen mit Maria?«, fragte Johannes.

»Sie will dieses Haus aufgeben. Hier stecken zu viele Erinnerungen, die sie an ihr altes Leben binden. Sie wird sicher rasch einen Käufer finden. Und wenn sie das Haus verkauft hat, holen wir sie ab. Sie kommt mit uns. Sie begleitet uns auf der nächsten Reise«, lächelte Jakobus.

Triumphierend stieß Johannes mit dem Ellenbogen nach Jehuda. Der presste die Lippen zusammen und drehte den Kopf weg.

Kapitel XII

Jehuda mit seinen Beziehungen hatte es geschafft: Ein junger Adeliger, Mitglied des Sanhedrin, wollte Jesus kennenlernen. Die unvermeidliche Menschenmenge teilte sich, als der Fürst aus seiner Kutsche stieg und langsam auf Jesus zuging.

Die Leute tuschelten: »Schau dir diese Tunika an. Reine Seide! Und die Stickerei am Turban!«

Sogar Johannes trat einen Schritt zurück und spürte den unerklärlichen Wunsch, sich zu verneigen. So hatte er sich immer einen König vorgestellt. Der junge Mann lächelte charmant nach links und rechts, dann war er bei Jesus angekommen. Er brach in die Knie, hölzern, als wäre er eine solche Übung nicht gewohnt. Dann hob er den Kopf und fragte: »Schalom Rabbi Jesus. Ich habe schon viel von dir gehört. Alle sagen, du wärst ein guter Lehrer. Sag mir, was muss ich tun, um das ewige Leben zu bekommen?«

»Warum nennst du mich ›gut‹?«, fragte Jesus. »Nur Gott ist gut.«

Jehuda biss sich auf die Lippen. *Ein schlechter Anfang*, dachte er. *Wenn man einen solchen Mann kritisiert, hat man von vornherein verspielt.*

Doch der junge Fürst schien nicht gekränkt. Er hielt Jesus mit den Augen fest und sein Blick war offen.

»Wenn du bei Gott leben willst, dann halte seine Gebote«, erklärte Jesus.

»Gut«, sagte der Fürst. »Welche Gebote meinst du?«

»Du sollst nicht töten, nicht ehebrechen, nicht stehlen, nicht lügen, niemanden berauben, Vater und Mutter ehren.«

»Ah«, machte der Fürst und lächelte bescheiden. »Diese Gebote habe ich von klein auf befolgt. Ich bin darin erzogen worden. Und trotzdem bin ich nicht restlos zufrieden. Etwas fehlt …«

Erleichtert ließ Jehuda den Atem ausströmen, den er die ganze Zeit über angehalten hatte. *Ich habe mich nicht in ihm getäuscht. Er ist reich und trotzdem anständig geblieben. Und sein größter Pluspunkt: Er nimmt Anteil an unserer großen Sache. Wenn er erst einmal Feuer gefangen hat, dann wird er uns unterstützen.*

Er schaute aus den Augenwinkeln zu Jesus hinüber. Jesus hatte in dem offenen Gesicht des Fürsten gelesen und lächelte jetzt auch. *Er gefällt ihm! Der Funke ist übergesprungen!* freute sich Jehuda. Er kannte seinen Lehrer gut genug, um die Zeichen einer wachsenden Zuneigung zu erkennen. Und wenn Jesus jemanden mochte, dann zeigte er das auch. Sein Lächeln vertiefte sich, sein Blick wurde warm und herzlich, als er sagte:

»Ja, ich weiß, was dir fehlt. Und ich weiß auch, wie du es bekommen kannst. Geh nach Hause und verkaufe alles, was du hast. Gib dein Geld den Armen. Dadurch sammelst du dir einen Schatz im Himmel. Und dann komm mit mir, werde mein Schüler.«

Jehuda schnappte nach Luft. *Alles verkaufen – das Geld den Armen geben! Ein Rat, den der junge Fürst später einmal in Betracht ziehen könnte, nachdem er im Zusammensein mit dem Rabbi Jesus geläutert und gereift wäre. Aber warum platzt Jesus bei der ersten Begegnung mit einer solchen Forderung heraus? Wie kann er diesen Mann dermaßen schockieren?*

Über das Gesicht des Fürsten zog etwas wie eine Regenwolke. Er senkte den Blick, schaute auf seine Hände, zog einen Ring aus schwerem Gold vom Ringfinger, betrachtete ihn, steckte ihn wieder an und seufzte. Dann wandte er sich ab, ging langsam und mit gesenktem Kopf zu seiner Kutsche. Er hob den Fuß, um hinaufzusteigen, hielt inne, drehte sich halb zu Jesus zurück, den Fuß in der Luft, die rechte Hand am Griff. Seine Brust hob sich und senkte sich wie nach einem schnellen Lauf. Er öffnete den Mund – aber kein Laut kam heraus. Schließlich stieg er ein und gab dem Kutscher das Zeichen zur Abfahrt. Kaum zogen die Pferde an, hatten es die Zuschauer plötzlich sehr eilig und strebten von Jesus weg. Einige Augenblicke später war der Platz wie leer gefegt.

Jesus sah sich um – nur noch die Schüler standen bei ihm, erschrocken, verstanden die Welt nicht mehr.

»Die Reichen haben es schwer«, sagte er langsam, »wenn sie in das Reich Gottes kommen wollen.«

Jehuda spannte die Kieferknochen und schluckte hart. *Mit so viel Mühe eingefädelt – alles verdorben! Muss er immer so radikal sein? So taktlos? Warum hat er diesen Fürsten vor den Kopf gestoßen? Der Mann hätte uns vorangebracht, da bin ich sicher!*

Jesus sah ihn an und sagte eindringlich: »Meine Lieben, es ist schwer, ins Reich Gottes zu kommen! Eher geht ein Kamel durch ein Nadelöhr als ein Reicher ins Reich Gottes.«

Jehuda räusperte sich. »Wer kann dann überhaupt selig werden?«, stieß er zwischen zusammengepressten Kiefern hervor.

Jesus schwieg lange, dann sagte er mit Wärme: »Aus eigener, menschlicher Kraft ist es unmöglich, aber nicht bei Gott – alle Dinge sind möglich bei Gott.«

Jehuda schüttelte sich. Diese Philosophie widersprach allem, woran er glaubte. Sein Motto hieß: »Hilf dir selbst, dann hilft dir Gott.« Wenn man etwas auf dieser Welt erreichen wollte, dann musste man zupacken, festhalten, vorwärtsdrängen. *Sollen wir vielleicht die Hände in den Schoß legen und warten, bis Gottes Reich aus dem Himmel herabfällt? Passiv abwarten, bis irgendetwas passiert? Nichts für mich! Ich will mein Leben aktiv gestalten, ich will den besten Weg wählen, der mich und uns alle weiterbringt!*

Petrus hatte schon eine ganze Weile herumgedruckst. Endlich fasste er sich und sagte zu Jesus: »Du weißt, wir haben unser Heim und unsere Familien alleingelassen, unseren Broterwerb aufgegeben, als wir deine Schüler wurden. Was bringt uns das?«

»Ja, das mochte ich auch wissen«, warf Philippus ein. »Ich habe die Fäden hinter mir abgeschnitten, alle materiellen Sicherheiten losgelassen, weil ich dir vertraut habe. War das umsonst?«

Jesus sagte: »Aber nein. Ihr könnt euch darauf verlassen: Keiner kommt zu kurz, der sein Haus, seine Geschwister, seine Eltern oder Kinder, seine Äcker verlassen hat, um mir zu folgen. Er wird schon jetzt hundertfach dafür entschädigt. Er wird als Gast in anderen Häusern willkommen geheißen. Er findet unter meinen Nachfolgern neue Freunde und Gefährten, die ihm näherstehen als leibliche Brüder und Schwestern, Mütter und Kinder. Allerdings muss er damit rechnen, dass ihm manche nun feindselig begegnen, ihn vielleicht sogar hassen und verfolgen. Dafür ist ihm in der zukünftigen Welt das ewige Leben sicher.«

Jehuda blickte auf, die fein gemeißelten Züge verkrampft, die hohe Stirn gerunzelt. Jesus schickte ihm einen wehmütigen Blick und sagte leise: »Aber viele von den Ersten werden die Letzten sein.«

Maria hatte die Szene von Weitem beobachtet. Als der reiche Fürst aus der Kutsche stieg, hatte sie sich hinter dem knorrigen Stamm eines uralten Olivenbaumes versteckt, denn sie kannte diesen jungen Mann; sein Vater hatte ihre Dienste ab und zu angefordert. Sie wollte nicht von ihm gesehen werden – das hätte ein schlechtes Licht auf Jesus werfen können. Johannes wollte sie aus ihrem Versteck hervorholen und schüttelte den Kopf, als sie ihm von ihren Bedenken erzählte. »Du bist zu ängstlich. Ich glaube nicht, dass die Leute über solche Dinge nachdenken, wenn sie uns sehen.«

»Aber ich habe doch Ohren und Augen!«, widersprach sie. »Hast du gestern nicht gehört, wie sie gemurrt haben, die frommen Männer? ›Mit Huren und Zöllnern gibt er sich ab! Mit Aussätzigen!‹ Ich glaube, es schadet eurem Ruf, wenn ich in der Nähe bin.«

»Im Gegenteil. Du machst den Leuten Mut, weil sie an dir sehen, dass du anders geworden bist.«

Sie seufzte. »Bin ich das wirklich, Johannes? Manchmal denke ich, das Reich Gottes ist für mich so weit weg wie der Mond, wie die Sonne – nie zu erreichen.«

»Hast du nicht gehört, wie Jesus sagte, dass bei Gott alle Dinge möglich sind?«

Sie dachte an die Nächte, in denen sie gegen den Sturm der Bilder ankämpfte, an das Zucken ihres Herzens, wenn ihr Jehuda unter die Augen kam, an die Wärme, die sich in ihrem Bauch ausbreitete und sie mit großer Gewalt zu diesem Mann hindrängen wollte. So manche Stunde hatte sie in einer steinigen Ecke gekniet und gefleht und gebetet: »Herr, befreie mich von diesem Zwang. Ich bin hilflos und schwach, du *musst* für mich siegen!« Die Fäuste geballt, die Kiefer verkrampft, mit dem festen Entschluss, nicht nachzugeben, bis der Drang verebbte, die Sehnsucht versiegte, bis sie wieder frei atmen konnte und wusste: »Diesmal ist es gut gegangen. Ich habe es zwar gewollt, aber nicht getan.« Und immer häufiger spürte sie, wie auf ihr Beten hin auch die lüsternen Bilder verblassten und unwichtig wurden, sodass sie an andere Dinge denken konnte und wieder Frieden fand.

Der Kampf gegen die bösen Erinnerungen war schlimmer. Oft wurde sie von bitteren Stimmen gepeinigt, die ihr den Schmerz und die Demütigung der vergangenen Jahre lebendig machten. An solchen Tagen konnte sie kaum die Augen heben vor Scham und Selbstverachtung. Manchmal wurde sie auch von einer Wut überfallen, für die sie keinen Namen hatte. Dann hasste sie alle und jeden und sich selbst am allermeisten. Die anderen Schüler gingen ihr dann aus dem Weg und flüsterten scheu hinter ihr her, während Schulamit, die Mutter des Johannes und des Jakobus, mit großer Geduld und Ausdauer versuchte, ein Loch in ihre selbst gebaute Mauer zu graben und zu ihr durchzudringen.

Doch immer wieder war es der Lehrer, der ihr mit einem Wort, einem Blick wieder Mut gab zum Weiterkämpfen. Er nickte ihr zu, wenn sie die Schlacht schon verloren glaubte, und sie konnte an ihm beobachten, wie liebevoll er mit den Menschen sprach, die zu ihm kamen. Die verwitterten Greise fühlten sich in seiner Nähe wertvoll und geschätzt und die jungen, heißköpfigen Männer, denen der Groll gegen die römische Besatzung scharfe Linien in die Gesichter geschnitzt hatte, fanden bei ihm Ruhe. Erschöpfte Mütter, die nicht wussten, wie sie die vielen hungrigen Münder satt kriegen sollten, lebten auf und strahlten, wenn er ihre Kleinen auf den Schoß zog und ihnen über die verschwitzten Locken strich. Und immer wieder sah sie, wie kranke Menschen durch seine liebevolle Berührung gesund wurden, wie ihre Wunden heilten und ihre Augen aufleuchteten, denn er stillte ihre Sehnsucht nach dem Unaussprechlichen: nach Gott.

Und jeder Tag, den sie in der Nähe dieses Lehrers verbrachte, ließ die kleine Pflanze ihres Glaubens ein kleines Stückchen höher wachsen und ihre Blätter wurden fest und grün.

Kapitel XIII

Die Rundreise durch Galiläa war vorüber. Jesus kehrte mit seinen Schülern nach Kapernaum zurück. Dort besuchten die Fischer ihre Familien, Petrus widmete sich mit Hingabe dem Fischfang, »nur damit ich es nicht ganz verlerne«, und Johannes und Jakobus halfen ihrem Vater beim Entladen der Fischerboote und flickten die zerrissenen Netze. Die Tagelöhner, die Zebedäus eingestellt hatte, gingen nicht sorgsam damit um, sie waren nur auf den Lohn aus und fühlten keine innere Bindung an ihre Arbeit. Schulamit rumorte in ihrer Küche und schimpfte mit der Magd, die in der Zwischenzeit den Haushalt geführt hatte, weil sie ihre Töpfe nicht am gewohnten Platz fand.

Johanna hatte sich schon unterwegs verabschiedet: »Mein Mann braucht mich für eine Weile. Aber ich komme bald wieder.«

Nur noch eine kleine Gruppe stand am Hafen. Kaleb, der seit der Begegnung mit Jesus wie verwandelt war: lebhaft und offen – als wäre er aus einer inneren Starre erwacht –, sagte: »Maria, jetzt bist du die einzige Frau in der Gruppe. Das Haus des Fischers ist überfüllt. Wo willst du hingehen?«

Sie löste ihren Blick vom See, wo sie einen Fischadler beobachtet hatte. »Vielleicht sollten wir nach Betanien gehen zu meinen Geschwistern. Oder was meinst du?«

Kaleb nickte und sagte: »Ich besorge einen Maulesel, damit die Reise einfacher wird. Du kannst im Haus des Fischers auf mich warten.«

»Vorher möchte ich noch etwas in Magdala erledigen«, sagte sie.

»In Ordnung. Wir können den Maulesel auch dort kaufen. Johannes, wir möchten ein Boot ausleihen.«

Johannes legte das Netz beiseite, an dem er frische Bleigewichte angeknotet hatte, und sprang auf. »Nimm meines«, sagte er eifrig, »es ist wendig und leicht, für euch beide gerade richtig.«

Er kletterte ins Boot, hob einige Fischtröge von der Ladefläche, dann winkte er Maria und reichte ihr die Hand, damit sie leichter herüberklettern konnte. Er balancierte das Boot aus, das heftig schwankte, als der hünenhafte Kaleb ins Boot stieg. Johannes legte ein trockenes Fell auf die schmale Bank im Bug, auf die sich Maria sinken ließ. Er reichte Kaleb die Ruder, schwang sich auf den Landesteg, löste das Tau vom Poller und stieß mit einer Holzstange das Boot vom Steg ab. »Schalom Maria, eine gute Fahrt, Kaleb«, rief er. Maria hob grüßend die Hand, Kaleb verzog den Mund zu einem breiten Grinsen und nach einigen kräftigen Ruderschlägen hatte er das Boot auf Kurs gebracht.

In Magdala fanden sie einen geschützten Anlegeplatz am Südende des Hafens. Kaleb half ihr an Land und vertäute das Boot. »Ich werde einen Maulesel[4] für dich suchen«, sagte er. Maria nickte und holte einige Münzen aus ihrem Beutel, den sie aus der Innentasche ihres ärmellosen Mantels zog. »Hier, das sollte genügen. Ich gehe inzwischen zur Weberin, du kannst mich dann bei ihr abholen.«

Maria wanderte den Hügel hinauf zum Haus der Weberin. Die Tür stand offen und Maria warf einen Blick in den halbdunklen Raum. Die Weberin stand an einem hohen Arbeitstisch und stieß beide Fäuste mit einer rhythmischen Bewegung in einen Teigklumpen. Ab und zu warf sie den Teig in die Luft, ließ ihn auf das Holzbrett zurückfallen, knetete weiter, dann träufelte sie aus einem schlanken Tonkrug grün schimmerndes Olivenöl auf das Teigstück, verrieb es mit den Händen, stäubte Gerstenmehl darüber und deckte ein grobes Leinentuch darüber. Maria räusperte sich. Die Weberin drehte sich um und sah Maria in der Türe stehen. »Schalom Maria«. Sie wischte sich die mehligen Hände an der Schürze ab. »Dich hätte ich hier nicht erwartet. Du wohnst doch gar nicht mehr in Magdala.«

Maria zog die Achseln hoch. »Ich bleibe auch nicht lange. Ich möchte mein Bündel abholen, das ich bei dir ließ.«

Die Weberin zog die Lippen ein. »Was für ein Bündel? Ich erinnere mich nicht …«

»Ich hatte vor einigen Wochen ein Unterkleid gewebt – ohne Naht – aus feinem ägyptischem Byssos. Das gab ich dir zur Aufbewahrung, als ich mein Haus verkaufte.«

»Ich weiß nicht, wovon du sprichst.«

4 Maulesel, eine Kreuzung aus Esel und Pferd, waren damals als Reittiere sehr beliebt. Sie waren ebenso belastbar wie Pferde, dabei viel unempfindlicher und leichter zu versorgen. Sie hatten auch einen weicheren Gang.

Maria wurde ungeduldig. »Soll ich deinem Gedächtnis auf die Sprünge helfen? Das Kleid war in ein blaues Tuch gewickelt, und du hast es auf das oberste Regalbrett gelegt. Ich weiß es noch genau.«

»Dann müsste es dort noch liegen«, behauptete die Weberin. »Aber da ist kein blaues Tuch.« Sie führte Maria in ihre Werkstatt, zündete eine Öllampe an und leuchtete die Regale ab.

»Siehst du? Da ist nichts!«, rief sie triumphierend.

»Dann hast du das Unterkleid irgendwo versteckt. Wo ist es? Es hat mir viel Arbeit gemacht.«

»Du und Arbeit?«, höhnte die Weberin. »Jedermann weiß, womit du dein Geld verdienst!«

Maria wurde weiß vor Zorn. »Gib mir mein Bündel zurück! Du willst mich bestehlen!«

»Sag das noch mal!«, fauchte die Weberin.

»Wie du willst: Du hast mich bestohlen!«

Die Weberin holte aus und schlug Maria ins Gesicht.

»Das soll dich lehren, keine ehrbaren Frauen zu verleumden, du dreckige Hure!«, keifte sie.

Ohne ein Wort drehte sich Maria um und floh aus der Werkstatt.

Die Weberin sah ihr nach, die Arme in die Seiten gestemmt: »Der hab ich's gegeben!«

Kaleb hatte schon bald ein gutes Maultier gefunden und obendrein eine Reisegruppe, die am gleichen Nachmittag nach Jerusalem aufbrechen wollte. Nun suchte er nach Maria und fand sie in der Nähe ihres früheren Hauses. Sie weinte hilflos und wütend und hatte sich den Fingerknöchel blutig gebissen. Kaleb erinnerte sich noch gut an das Bündel, denn er selbst hatte es damals beim Verkauf des Hauses zur Weberin getragen.

»Ich werde dafür sorgen, dass du dein Recht bekommst«, knurrte er und lief mit Riesenschritten zum Haus der Weberin. Er riss die Tür zur Werkstatt auf und trat so nahe an die Weberin heran, dass sie den Kopf heben musste, um seine Augen zu sehen.

»Wo hast du das Unterkleid versteckt?«, herrschte er sie an.

Die Weberin taumelte zwei Schritte zurück. »Ich – ich hab es nicht. Geh weg, du machst mir Angst.«

Kaleb drängte ihr nach und nahm sie bei beiden Ellenbogen. »Dann webst du sofort ein neues Unterkleid. Dieselbe Qualität, dieselben Muster.«

»Lass mich, du tust mir weh!«, keuchte die Weberin. Sie riss sich von Kaleb los: »Wie komm ich mir vor? Eine Hure und ein entlaufener Sklave wollen mich herumkommandieren!«

»Nein. Ich möchte nur abholen, was meiner Herrin gehört«, sagte Kaleb mit erhobener Stimme.

Aus der dunkelsten Ecke der Werkstatt kreischte eine dünne Männerstimme: »Du Hurensohn, mach, dass du wegkommst, und lass dich nie wieder hier blicken!«

Der Ehemann der Weberin war ein altes, verhutzeltes Männlein, das sonst keinen Piepser wagte, solange seine kräftigen Söhne nicht im Haus waren. Kaleb dachte an die fünf baumlangen Kerle und ihre Fäuste und zog sich grollend zurück.

»So ist es richtig, so ist es gut!«, rief die Weberin. »Euer Lehrer hat gesagt, ihr dürft euch nicht wehren. Ihr müsst auch noch die andere Wange hinhalten, wenn man euch schlägt. Und wenn euch jemand etwas wegnimmt, dann gebt ihr ihm noch mehr dazu.« Sie lachte spöttisch und schlug die Haustür zu.

Kaleb entdeckte Maria auf einem Stein mitten im Feld. Sie hatte die Hände vors Gesicht geschlagen. Ihre Schultern bebten und sie schluchzte wild. Er zog ihr die Hände weg und brummte: »Man sieht es immer noch. Fünf rote Striemen.«

Sie richtete sich auf. »Ich hasse sie! Ich hasse sie alle, diese hochanständigen Frauen, die so tun, als wären sie unschuldig, und in Wirklichkeit sind sie habgierig und durch und durch böse. Und dann spucken sie mich an und nehmen weg, was mir gehört.«

Kaleb knirschte mit den Zähnen. »Das wird sie büßen!«

»Du wirst sie bestrafen, nicht wahr? Ja, das ist gut! Sie soll am eigenen Leib spüren, wie das ist, wenn man weggestoßen und verletzt wird.«

»Du sollst mit mir zufrieden sein«, versprach er. »Reite du nur mit den anderen voraus, ich komme später nach, wenn ich dich gerächt habe.«

»Ja, räche mich!«, stöhnte Maria. Rache, ein reizvolles Gefühl – süß und scharf zugleich. Es betäubte ihren Schmerz ein wenig. »Wie willst du es anstellen?«

»Frag nicht. Je weniger du weißt, umso besser für dich.«

»Ja. Du hast recht.« Sie drückte seinen Arm und stand auf. »Du bist ein treuer Diener, Kaleb.«

Kaleb sah ihr nach, bis sie nicht mehr zu sehen war. Sein sonst so stilles Gesicht war von Sehnsucht zerrissen. »Diener? Nur Diener?« Dann schüttelte er den Kopf und seufzte. »Sie wird mich niemals lieben. Ich kann sie nicht zur Frau haben. Aber ich kann ihr dienen. Ich werde sie rächen.« Er wandte sich um, die Fäuste geballt.

Die Sonne war aus dem Zenit gerückt, ein leichter Wind fuhr vom See her über den Platz vor der Herberge. Die Reisenden sattelten ihre Esel und banden Bündel und Pakete an die Kamelsättel. Maria wechselte ein paar Worte mit dem Führer der Gruppe, der sagte: »Du willst am Schluss der Karawane reiten? Das ist nicht gut. Die Esel laufen vorne besser.«

Sie schob das Kopftuch zurück, das sie sich halb übers Gesicht gezogen hatte: »Ich bestehe darauf!«

»Du bist das? Schalom Dame Maria.« Er verneigte sich übertrieben und sagte geziert: »Natürlich hat unsere gnädige Dame ein Anrecht auf Sonderbehandlung. Vielleicht kann ich mich ja auf eine nette Belohnung freuen?«

Sie zwang sich zum Lächeln und sagte: »Wir werden sehen …«

Der Führer rieb sich vergnügt die Hände und wandte sich ab.

Ich könnte vor mir ausspucken! Warum habe ich es ihm nicht gesagt? Es ist doch so einfach: ›Nein, ich bin keine Hure mehr. Ich bin jetzt eine ehrbare Frau.‹ Ja, ich weiß, er hätte mir nicht geglaubt. Niemand glaubt mir das! Hoffentlich werde ich unterwegs nicht belästigt. Wo steckt Kaleb – er ist schon so lange fort!

Die Gruppe brach auf. Maria als die Letzte schaute sich immer wieder um, doch von Kaleb keine Spur. In Gedanken stellte sie sich vor, wie er die Weberin zur Rede stellte, wie er sie in die Enge trieb und beschimpfte, ja bedrohte, bis sie vor Angst in die Knie ging und winselnd um Gnade bat. Sie lutschte diese Gedanken, als wären es Stücke des Granatapfels, sie ließ den süß-scharfen Saft der Rachsucht in sich eindringen, bis sie kaum noch etwas anderes denken konnte. *Wenn er kommt, wird er mir alles erzählen … ich werde es mir ausmalen … ich kann es nicht mehr erwarten.*

Doch Kaleb kam nicht.

Kapitel XIV

Sie machten in Tiberias Rast. Im Hof der Herberge drängten sich die Kamele, ein bockiger Esel schmetterte seinen Protest in die Nacht, Diener eilten hin und her, schütteten Stroh auf für die Tiere, Sklavinnen schleppten Wasserkrüge herbei und füllten die Tränken. Maria zog sich das Tuch über den Kopf und ging ein paar Schritte nach draußen.

Ich mache mir Sorgen um Kaleb. Wer weiß, was er treibt? Wenn er richtig wütend ist, lässt er sich kaum bremsen.

Ein römischer Offizier galoppierte an ihr vorüber, zügelte sein Pferd, dass es sich hoch aufbäumte und rief: »Wo wohnt der Zenturio?«

Ein kleiner Junge zeigte nach Westen. »Die Kaserne liegt dort drüben.«

»Gut!« Der Offizier wischte sich mit dem Unterarm über die Stirn und Maria drückte sich enger in den Mauerschatten. *Justin …*

»Hol mir Wasser!«, befahl er dem Jungen und reichte ihm einen Lederbeutel. Der Kleine lief zur Zisterne, die neben der Herberge lag, und füllte die Lederflasche.

»Hier«, sagte er schüchtern.

»Es gibt Ärger, drüben in Magdala«, brummte der Offizier. »Die halbe Stadt brennt und wir brauchen Leute zum Löschen, damit das Feuer nicht auf die Kaserne übergreift.«

Die halbe Stadt brennt!?

Sie warf den Schleier zurück und trat vor. »Justin! Was ist geschehen?«

Er beugte sich vor, um sie besser zu sehen. »Maria! Zum Jupiter, was machst du hier? Ich habe gehört, du wärst mit dem Zimmermann aus Nazareth zusammen?« Er lachte derb. »Neue Kundschaft, wie? Mal was anderes – Fischer und Handwerker. Zahlen die besser als ich?«

Sie biss sich auf die Lippen

Er schwang das rechte Bein herüber und ließ sich aus dem Sattel gleiten. »Meine schöne Taube … ich habe oft an dich gedacht, weißt du das? Meine Frau hat mich nämlich verlassen. Sie ist mit den Kindern nach Rom zurückgekehrt und seither bin ich so allein …«

Maria schwieg.

»Aber so sag doch etwas, Mädchen! Wir haben uns so lange nicht mehr gesehen und du stehst da wie ein Stockfisch. Erzähl mir – hast du mich sehr vermisst?«

»Justin, ich muss wissen, was in Magdala passiert ist«, drängte sie und schob seine Hand fort, die sich in ihren Haaren verirrt hatte.

»In Magdala? Ach so, du machst dir Sorgen um dein Haus. Tja …« Er seufzte. »Es tut mir leid, Maria. Aber das ganze Viertel ist abgebrannt.«

»Ab-ge-brannt?«, keuchte sie.

»Ja. Das Feuer begann beim Haus der Weberin. Bevor jemand helfen konnte, stürzte das Dach ein und begrub alle, die darin waren. Wir fanden die Leichen der Weberin und ihres Mannes und noch einen Unbekannten, einen großen Mann. Er ist völlig verbrannt. Man wird wohl nie herausfinden, wer das war. Dann trug der Wind die Funken hinüber zur Herberge. Als die so richtig brannte, griff das Feuer auch auf die anderen Häuser über. Wir konnten nichts mehr tun.«

»Und Kaleb?« Sie schrie es fast.

»Kaleb? Ich erinnere mich – dein Leibwächter. Ich habe ihn nicht gesehen. Ist er denn nicht bei dir?«

Maria zog die Schultern hoch. Auf einmal fröstelte sie.

»Ich muss gehen«, flüsterte sie und schlüpfte durchs Tor.

»Halt! Warte noch!«, rief Justin. »Wir haben doch noch gar nicht … Ich möchte dich …«

Sie hielt sich die Ohren zu und lief ins Haus. Dort irrte sie durch die Gaststube und verkroch sich schließlich in der Sattelkammer, wühlte sich ins trockene Heu, bis man nichts mehr von ihr sah.

Schwere Träume plagten sie in der Nacht: Die Weberin steht in der Werkstatt – das Bündel in der Hand, mein Bündel. Sie hält es fest. Kaleb kommt herein, will es ihr wegnehmen, dabei löst sich die Hülle. Sie packen das Unterkleid, jeder an einem Ende, sie zerren an dem zarten Gewebe herum, bis es reißt. *Die Weberin wirft ihr Stück zu Boden und trampelt darauf herum. Doch der Stoff bleibt nicht am Boden liegen. Er wird von einem geheimnisvollen Luftzug nach oben getragen bis in den Lichtkegel, der durchs halb blinde Fenster hereinfällt. Jedes Mal, wenn ein Stoffstück von der Sonne beschienen wird, entzündet es sich und spuckt eine hellgelbe Flamme aus. Sie wächst und wächst, wird rot und gefährlich, vereint sich mit anderen Flammen. Jetzt haben sie den Webstuhl erreicht. Das Feuer brüllt auf und frisst ihn mit allen Kettfäden und dem Holzgestell. Drohend kriechen die Flammen auf die Weberin zu. Sie züngeln an ihren Beinen empor, bis ihre Schürze Feuer fängt, ihr Haar zu knistern beginnt und verglüht. Sie schreit, schreit – plötzlich ein Krachen, der Dachstuhl stürzt herab und begräbt sie unter den Balken. Aber sie ist da unten nicht allein. Etwas rührt sich in der Glut, etwas Großes, Verkohltes – »Kaleb? Bist du das?« Und eine Stimme wie Asche: »Ich habe es für dich getan. Das war deine Rache!«*

Sie erwachte zitternd und außer sich vor Qual, lief aus dem Haus, weil sie meinte, zwischen den Mauern nicht mehr atmen zu können. Eine kalte Stimme in ihrem Innern höhnte: »Du willst eine Schülerin des großen Zimmermanns sein? Sieh nur, was du angerichtet hast!«

Leise und fast schüchtern wagte sie den Einwand: »Aber das wollte ich doch gar nicht …«

»Lüg dir nicht in die eigene Tasche«, widersprach die harte Stimme. »Du wolltest, dass Kaleb Rache nimmt. Du steckst voller Hass und Gift.«

»Nein, bestimmt nicht, obwohl …«

»Schau der Wirklichkeit ins Auge, Maria«, sagte die Stimme und sie ätzte ihr das Herz wie Lauge. »Du bist die, die du schon immer warst. Du bist eine Hexe. Denkst nur daran, wie du anderen schaden kannst. Du warst schon immer so.«

»Aber das stimmt nicht«, jammerte Maria leise. »Ich denke heute anders. Ich möchte anderen Gutes tun und will nicht –«

Die Stimme schnitt ihr das Wort ab. »Sei ehrlich: Wo du hintrittst, bleibt nur noch Asche. Schon dein Schatten ist giftig. Denk nach, erinnere dich an damals, an das erste Mal …«

Maria schüttelte heftig den Kopf, als könnte sie die Stimme zum Schweigen bringen.

»Du hast versagt und du wirst immer versagen. Du hast die halbe Stadt zerstört. Dafür gibt es keine Entschuldigung. Was wird dein glorreicher Lehrer dazu sagen? Siehst du seine Augen vor dir?«

Die Tränen liefen ihr übers Gesicht. »Ja, seine Augen«, flüsterte sie, »seine Augen sind voller Trauer.«

»Trauer?« Die Stimme wurde eisern. »Voller Zorn sind sie, und dieser Zorn wird dich zerschmettern!«

»Nein«, wimmerte sie. »Wenn er mich wegstößt …«

»Das wird er. Darauf kannst du dich verlassen. Er ist rein, er ist heilig. Menschen wie dich kann er nicht ertragen«, behauptete die Stimme und Maria fühlte den Schmerz wie einen Schwertstich.

»Gib auf, gib auf, gib auf«, kreischte ein ganzer Chor von Stimmen. Maria presste die Hände auf die Ohren, doch der Chor schwoll an, bis sie meinte, ihr Schädel müsste platzen. Sie floh aus dem Ort, als jagte ein Rudel wilder Hunde hinter ihr her, und rannte durch die Felder ohne Ziel. Ihre Gedanken verirrten sich in einem roten Nebel, und sie stolperte zwischen den Steinen und Felsbrocken herum, bis sie stürzte. Sie blieb liegen, wo sie war.

Gegen Morgen kam ein Trupp römischer Soldaten auf dem Übungsmarsch vorüber. Die Männer johlten und betrachteten sie als leichte Beute. Doch Maria wehrte sich. Wie eine wilde Katze wand sie sich, schlug mit Fäusten um sich und tobte, als ihr die Soldaten das Unterkleid hoben. Einen biss sie sogar in den Arm und zerkratzte zwei anderen das Gesicht. Daraufhin verging den Männern die Lust. Sie verprügelten sie, schleppten sie in die Kaserne und warfen sie in eine leere Zelle. Dort lag sie zwei Tage und zwei Nächte ohne Essen, ohne Wasser und stammelte immer wieder: »Sie sind alle tot und es ist – alles – meine – Schuld.«

Am dritten Tag erfuhr Justin von der seltsamen Gefangenen. Er stieg in den Kerker hinab, weil er die Frau verhören wollte. Er zuckte zurück, als er Maria erkannte. Dann kniete er sich neben der stöhnenden Frau ins schmutzige Stroh.

»Maria! Was haben sie mit dir gemacht?!«, keuchte er. Sie sah durch ihn hindurch. Er sprang auf und brüllte Befehle, verlangte den Militärarzt. Der kam und untersuchte Maria gründlich, dann zuckte er mit den Achseln. »Körperlich kann ich nichts Besonderes entdecken. Ein paar Prellungen, Schrammen, Beulen, nichts Ernstes.«

Justin atmete auf. »Dann kann sie als geheilt entlassen werden?«

Der Arzt wiegte den Kopf hin und her. »Ich fürchte, ihre Seele hat Schaden genommen. Sie faselt ständig vor sich hin, spricht dauernd von ihrer großen Schuld und von einem Unterkleid ohne Naht und von einem Feuer, das sie verursacht hätte und einem Toten namens Kaleb. So geht das ununterbrochen. Möglicherweise hat sie den Verstand verloren. An deiner Stelle würde ich sie so schnell wie möglich von hier wegbringen.«

»Aber wohin?«, grübelte er. »Ich kann sie nicht einfach sich selbst überlassen.«

Sein Pferdebursche hatte die rettende Idee: »Nimm sie mit nach Jerusalem. Dort finden wir bestimmt ein Freudenhaus, in dem sie unterkommen kann. Schön genug ist sie.«

Justin warf ihm einen scharfen Blick zu. »Wir nehmen sie mit, aber sie kommt *nicht* in ein Bordell.«

»Ach so, du willst sie ganz für dich haben. Ja dann …«

»Ich vergreife mich nicht an einer Kranken. Das wäre ein Verbrechen!«, sagte Justin streng. »Dieser Frau verdanke ich viele schöne Stunden. Sie war eine großartige Liebhaberin und ich kann sie jetzt nicht einfach fallen lassen, nur weil sie krank geworden ist. Ich werde ihr eine Unterkunft mieten und eine Pflegerin suchen. Geh und besorg ein neues Kleid, hol zwei Sklavinnen her.«

Während die Frauen Maria wuschen und ankleideten, bewegte sie unaufhörlich die Lippen und sah ins Leere. Sie ließ alles über sich ergehen, als wäre sie eine Puppe, die keinen eigenen Willen hat.

Eine bequeme Liegesänfte wurde gebracht, drei Männer hoben Maria hinein und zogen die Vorhänge zu. Dann nahmen die Träger die Stangen auf. Justin warf sich auf seinen Hengst und gab das Handzeichen. Der Heerestrompeter schmetterte ins Signalhorn, die Hundertschaft marschierte los nach Jerusalem.

Die nächsten Tage verbrachte Maria wie im Halbschlaf. Ab und zu brachte Justin einen Brotfladen und kaltes Ziegenfleisch, eine Handvoll Datteln und fütterte sie, als wäre sie ein kleines Kind. Ihre Augen irrten herum, sie reagierte auf nichts, selbst wenn er sie heftig an den Schultern packte und durchschüttelte, sagte sie immer nur: »Ich bin schuld, er hat es für mich getan.« Nachts träumte sie schlecht und schrie und weinte stundenlang, bis die Soldaten wütend darauf bestanden, die Sänfte in einer anderen Herberge unterzubringen. Dann musste Justin von einem Gasthaus zum anderen laufen, bis er eine Bleibe für Maria gefunden hatte. Sie verließ die Sänfte nur, um ihre Notdurft zu verrichten, und dabei sah sie niemanden an und murmelte nur ununterbrochen.

Der Pferdebursche zeigte zwei Reihen prächtiger Zähne und sagte: »Da hast du dir eine schöne Irre angelacht!« Der Spottvers machte die Runde und eilte den Soldaten voraus. In jedem Ort, den sie erreichten, wurden sie mit Gelächter empfangen: »Zenturio Justin und seine schöne Irre sind da.«

Justin mahlte mit den Kiefern und versuchte, seinen Ärger zu unterdrücken. Doch eines Tages – sie hatten gerade den gefährlichen Felsenweg von Jericho hinter sich gebracht und machten Rast in einem kleinen Ort kurz vor Jerusalem – riss ihm der Nerv.

»Du machst mich zum Gespött der Leute!«, fuhr er Maria an. »Kannst du dich nicht zusammennehmen? In einer Stunde sind wir in Jerusalem. Ich habe so viel für dich getan – du lohnst es mir schlecht!«

Sie hob nicht einmal den Kopf, wimmerte nur leise vor sich hin.

Justin strich ihr über das verfilzte Haar und seufzte. »Was soll ich nur mit dir machen?«

Die Träger schlugen vor: »Wir lassen die Sänfte hier. Du marschierst in Jerusalem ein, wie es sich für einen berühmten Zenturio gehört. Du beziehst dein Quartier, und wir können inzwischen in aller Stille einen Platz für die Verrückte suchen. Morgen holen wir sie ab und bringen sie unauffällig in die Stadt.«

Zuerst wehrte sich Justin gegen diesen Vorschlag. »Ich kann Maria nicht einfach abstellen wie ein Gepäckstück. Wenn ihr etwas passiert?«

Der Pferdebursche grinste: »Dann bist du sie wenigstens los.«

Justin hob die Hand zum Schlag, zögerte, der Bursche duckte sich und sagte schnell: »Wir suchen einen, der auf sie achtgibt.«

Kurze Zeit später kam eine Frau zum Wasserholen. Justin beobachtete, wie sie die Stufen zum Brunnen hinunterstieg. Sie nahm den Eimer vom Brunnenrand und ließ ihn am Seil in die Tiefe gleiten. Dann drehte sie das quietschende Schöpfrad, packte mit einer raschen Bewegung den Eimer und füllte ihren Krug. Sie erschien ihm seltsam vertraut, als sie mit dem Krug auf der Schulter an ihm vorüberging.

Er nahm den Helm mit dem hohen Federbusch ab und sagte höflich: »Salve, ich bin Justin, der neue Zenturio auf dem Weg nach Jerusalem. Ich brauche Hilfe. Wir haben eine Dame dabei, die über Nacht rasten sollte. Wo könnte sie bleiben?«

Eigentlich hatte er eine Abfuhr erwartet. Jüdische Frauen ließen sich gewöhnlich nicht auf Gespräche mit römischen Soldaten ein, schon gar nicht mit einem Offizier. Aber diese schob den Krug von der linken Schulter auf die rechte, schaute ihn nachdenklich an und sagte:

»Die Dame könnte bei uns übernachten. Wo ist sie?«

Er führte sie zur Sänfte und gab den Trägern ein Zeichen. Sie nahmen die Tragstangen auf die Schultern und folgten der gastfreundlichen Frau, die immer noch den Wasserkrug auf der Schulter balancierte. Sie bog an zwei hohen Markierungssteinen von der Straße ab, ging einen gekiesten Gartenweg entlang bis hinauf zum Haus. Dort drehte sie sich um und wartete.

Die Träger setzten die Sänfte ab, Justin fasste nach dem Vorhang und ließ die Hand wieder sinken. »Es ist nur so – die Dame ist – sie ist geistig etwas verwirrt. Am besten lässt man sie einfach da drinnen. Sie könnte bei einer Störung ungemütlich werden, verstehst du?«

Die Frau zog die Brauen hoch. »Ach so? Ich möchte sie trotzdem gern sehen, diese Dame, bevor ich sie in mein Haus einlade.«

Justin wurde eifrig. »Sie wird dich nicht belästigen. Wir tragen sie in den Hausflur oder in einen stillen Raum, wo sie dir nicht im Wege ist, und da bleibt sie, bis ich sie abholen lasse.«

Aber die seltsam vertraute Frau war nicht nur gastfreundlich, sondern auch energisch. Mit einem Ruck zog sie die Vorhänge beiseite – und schrie auf: »Maria! Was haben sie mit dir gemacht?«

Maria stierte sie mit leeren Augen an und lallte.

Kapitel XV

Der hagere Mann mit den asketischen Zügen schauderte unter der Hand des Priesters zusammen. Die Hand bewegte sich sachlich, unbeteiligt. Sie tastete über seinen Rücken, seine Schulter, hielt inne beim rechten Schulterblatt, zuckte zurück, als hätte sie etwas Heißes berührt. Er drehte den Kopf, um das Gesicht des Priesters zu sehen. »Was – was ist?«, stammelte er.

»Ich brauche mehr Licht«, murmelte der Priester und rief seinen Diener herbei. »Bring eine Lampe!«, befahl er. Er wartete, die Hände in den langen Ärmeln seines Oberkleides verborgen, auf die kleine Lampe aus Ton. Der Diener beschnitt den Docht und zündete ihn an.

»Gut so«, sagte der Priester. »Und jetzt schließ die Tür und lass uns allein.«

Schweigend führte er seine Untersuchung fort. Dann blies er die Lampe aus und stellte sie auf ein Regal. Er drehte dem Patienten den Rücken zu und sah aus dem Fenster.

Der Patient drängte: »Sag es mir. Du hast etwas entdeckt.«

Der Priester schüttelte unwillig den Kopf. »Ich will sichergehen. Ich glaube, es ist nichts. Ein Ausschlag, ein Ekzem … wir wollen es noch eine Woche länger beobachten.«

»Das sagst du schon zum zweiten Mal. Ich will endlich eine Antwort. Ich halte diese Ungewissheit nicht länger aus!«

Der Priester fuhr herum. »Sei froh über diese Ungewissheit! Solange ich nicht sicher bin, hast du noch Hoffnung!«

Der Patient tastete nach der Bank und ließ sich schwerfällig darauf niedersinken. »Ist es – ernst?«

Der alte Priester seufzte und versteckte die Hand im langen, weißen Bart. »Simon, ich kenne dich seit deiner Geburt. Ich sah zu, wie du deine ersten Schritte an der Hand deiner Mutter wagtest. Ich hörte, wie du deine ersten Verse aus der Thora deklamiertest. Ich wiegte dich auf meinen Knien, mehr als einmal bist du in meinen Armen eingeschlafen. Es fällt mir schwer, dir die Wahrheit zu sagen, das kannst du mir glauben. Wenn diese weißen Flecken wirklich das sind, was ich befürchte, dann bricht mir das Herz!«

Der Patient beugte sich vor. Es schoss ihm rot in die abgezehrten Wangen. Mit einer hastigen Bewegung schob er sich eine Haarsträhne aus der Stirn. »Du meinst also –«

»Ja. Diese weißen Flecken auf deinem Schulterblatt sind die ersten Vorzeichen. Ich habe sie oft genug gesehen.«

»Ein Irrtum ist nicht möglich?«

Der Alte zuckte mit den Achseln. »Einmal, nur einmal hab ich es erlebt, dass diese weißen Flecken wieder verschwanden. Es war noch ein junger Mann, viel jünger als du, ein halber Junge noch.«

Der Thoralehrer sprang auf: »Wie kam das? Welche Kur hast du angewandt? Eine Heilsalbe? Bäder, Kräuter, Umschläge? So rede doch!« Er nahm den Alten bei den Schultern und schüttelte ihn.

»Hör auf! Willst du mir den Verstand aus dem Kopf beuteln?«, knurrte der. »Lass los und setz dich.«

Simon ließ sich auf einer knorrigen Holzbank nieder und wartete, bis der Alte weitersprach.

»Nein, ich gab dem Jungen keine Medizin, denn gegen diese Krankheit ist kein Kraut gewachsen. Der Junge wurde ein paar Tage nach der Untersuchung von einer giftigen Schlange gebissen. Zwei Tage später waren die weißen Lepra-Male verschwunden. Das konnte sich keiner erklären.«

»Und? Wurde er gesund?«

»Nein. Er quälte sich eine Woche herum, dann starb er.«

»An der Lepra?«

»Natürlich nicht. Das hätte länger gedauert. Er starb am Schlangengift.«

Simon ließ den Kopf hängen. »Lepra … Ich kann es noch nicht glauben.«

»Sei froh, dass deine Eltern das nicht mehr erleben müssen, der Kummer hätte sie umgebracht.«

»Das kann mich nicht trösten. Meine Eltern starben, als ich sie noch sehr nötig gebraucht hätte.« Seine Stimme war dunkel vor Schmerz.

»Ich weiß. Damals, als die Pest durch das Dorf zog und die Hälfte aller Bewohner aufs Lager warf. Nur die ganz Alten und die Kinder überlebten. Wahrscheinlich weil sie keine Angst vor dem Sterben hatten.«

»Du wurdest damals nicht krank?«

»Mich hat der Herr bewahrt. Schließlich bin ich ein Diener an seinem großen Tempel und lebe so, wie es ihm gefällt.«

»So? Und warum bin ich krank geworden? Kannst du mir das erklären? Warum lässt er zu, dass mich die Lepra frisst, bei lebendigem Leibe? Habe ich ihm schlecht gedient? War ich ihm jemals ungehorsam?«, brach es aus ihm heraus.

Der alte Priester wiegte den Kopf. »Befrage dein Gewissen. Der Herr ist gerecht. Du musst eine furchtbare Sünde begangen haben. Sonst wäre die Strafe nicht so hart.«

»Strafe nennst du das? Er bringt mich um! Langsam werden mir die Glieder verfaulen, eins nach dem andern. Jeder, der mich sieht, wird sich vor mir ekeln!« Er schlug die Hände vors Gesicht.

Der Priester legte ihm sachte die Hand auf den Scheitel. »Wir warten noch ein, zwei Wochen. Dann untersuche ich dich zum dritten Mal. Wenn die weißen Male nicht verschwunden sind, dann muss ich über dir den Bann ausrufen.«

»Du wirst mich ausstoßen?«, keuchte Simon. »Vertreiben aus meinem Haus, aus meinem Wohnort, weg von meinen Freunden, meinen Büchern, weg von der Schule?« Er war totenblass geworden.

»Mir bleibt keine Wahl«, sagte der Priester. »Du kennst unsere Gesetze. Kennst sie besser als jeder andere. Schließlich unterrichtest du die anderen täglich in der Thora –«

»– und gehörst zur strengen Sekte der Pharisäer, die jeden Buchstaben der Heiligen Schrift auswendig dahersagen können, ich weiß, ich weiß … Das hilft mir jetzt auch nicht weiter.«

»Ich rate dir, bleib in den nächsten Tagen zu Hause. Denk über dein Leben nach, versenke dich in die Heiligen Schriften, gib den Armen von deinem Reichtum, sei gerecht zu deinen Schülern, vielleicht hat der Herr Erbarmen.«

Simon warf sich ein Tuch über den Kopf und schlüpfte durch die Hintertür aus dem Haus des Priesters. Die Straße war menschenleer, denn die Hitze brütete gnadenlos über den Häusern und trieb einen jeden in den Schatten. Er lief, bis ihm das Seitenstechen Einhalt gebot. Außer Atem kam er an seiner Haustür an. Der Hund grüßte ihn wie immer mit fröhlichem Gebell, aber heute hatte er keinen Blick für das Tier, schob ihn beiseite wie einen Stuhl, der im Wege steht. Barras kniff den Schwanz zwischen die Hinterbeine und kroch winselnd in die Ecke hinter der Tür.

Inzwischen hatte Rebekka, die treue Dienerin, den Tisch gedeckt: Trauben, Fladenbrot und frisches Lammfleisch, alles so dekoriert, wie er es liebte. »Man isst auch mit den Augen!«, predigte er, und Rebekka war gelehrig. Sie wollte ihm alles recht machen.

Lustlos nahm er ein Stück Lammbraten, roch daran, legte es wieder zurück, zerkrümelte ein Stück Brot zwischen den Fingern, dann schob er den Teller weg. Rebekka fragte ängstlich: »Schmeckt es nicht?«

»Doch natürlich, aber …«

»Dann bist du krank, Herr?«

Viele Worte drängten sich auf seiner Zunge, wollten herausspringen, seine Angst offenbaren, das Schreckgespenst der nächsten Jahre beschwören, als könnte er es durch viele Worte zum Einlenken zwingen. Doch er widerstand dem Drang. Rebekka war verschwiegen und trotzdem – es konnte etwas durchsickern. Deshalb sagte er nur: »Das Essen ist großartig, Rebekka. Ich bin heute mit den Gedanken woanders, verstehst du?«

Sie nickte und räumte zögernd den Tisch ab. Als sie die Platte mit dem Lammfleisch heraustrug, hob Barras den Kopf und sah ihr wehmütig nach. Doch seine Erziehung verbot ihm das Betteln. Er schleckte sich deprimiert die Schnauze und versank wieder in sein Brüten.

Nach einer Weile brachte Rebekka einen Obstkorb herein und einen Krug mit Wasser. Simon stand am Fenster und sah hinaus. Ohne sich umzudrehen sagte er: »Ich mache mir Sorgen um einen Bekannten aus Jerusalem. Man hat ihn seit einiger Zeit nicht mehr gesehen.«

»Vielleicht ist er von den Römern verhaftet worden«, meinte Rebekka.

Er schüttelte den Kopf. »Nein, das kann nicht sein. Undenkbar. Er hat gute Beziehungen zum Sanhedrin. Alle Beamten und Offiziere kennen ihn.«

»War er reich? Ist er vielleicht beraubt und ermordet worden? In Jerusalem passiert so manches.«

»Nein, er war weder reich noch arm. Ich fürchte eher, dass er krank wurde und sein Haus verlassen musste.«

»Du meinst, er ist vielleicht aussätzig?« Rebekka presste die Lippen zusammen. »Der Ärmste. Da wäre es besser für ihn, wenn ihn ein Räuber erwischt hätte. Dann hätte er es wenigstens schnell hinter sich.« Sie fuhr sich mit dem Zeigefinger über den Hals.

Er schauderte. »Sag doch nicht so was! Was ist denn so schlimm an der Lepra?«

»Herr! Das weißt du nicht?! Viele Jahre lang siechen sie dahin, verlieren Finger und Zehen, Nase und Augenbrauen. Löcher fressen sich in ihr Gesicht, in ihren Körper. Sie leben wie Tiere! In den Höhlen am Berghang, dort wo der Abfall verbrannt wird und der Bauschutt aus der Stadt lagert, haben sie sich verkrochen.«

»Gibt es dort Wasser?«

»Eine Quelle im Tal, aber wenn es lange nicht geregnet hat, fließt nur ein trübes Rinnsal heraus. Es schmeckt schal. Brackig. Nicht gut. Überhaupt nicht gut.«

»Und wovon leben die – Aussätzigen?«

»Sie wühlen in den Abfällen, die aus der Stadt gekarrt werden. Einige bekommen jeden Tag einen Korb mit Nahrung von ihren Verwandten, vielleicht teilen sie es mit anderen, ich weiß es nicht.«

»Warst du schon einmal dort?«

Rebekka nickte zögernd. »Die Frau meines Onkels lebt dort. Ich besuche sie ab und zu, wenn ich nach Jerusalem komme.«

»Kannst du mich morgen dort hinführen?«

»Das ist kein Ort für dich, Herr. All der Schmutz, der Gestank, die verkrüppelten Gestalten – mir reicht es schon, wenn ich bis zur Quelle gehen muss.«

»Ich will, dass du mich hinführst!«, beharrte er.

Rebekka seufzte. »Du weißt nicht, was du dir antust. Die Leute, die zur Quelle kommen, sind noch halbe Menschen. Sie können sich bewegen. Trotzdem sehen sie furchtbar aus. Dir wird übel davon!«

»Und die anderen?«

»Die schon länger krank sind, bleiben in den Höhlen.«

»Du warst also noch nie in der Höhle?«

Rebekka schüttelte den Kopf, dass ihre dünnen grauen Zöpfe flogen. »Niemals! Das kannst du nicht von mir verlangen. Ich will mich nicht anstecken.«

»Und wenn die Frau deines Onkels so schwer krank ist, dass sie nicht mehr zur Quelle gehen kann?«

»Dann – dann werde ich sie nicht mehr besuchen«, flüsterte Rebekka.

»Was geschieht mit denen, die niemand mehr besucht?«, bohrte er weiter.

Rebekka senkte den Kopf. »Sie werden vergessen.«

Vergessen – das Wort traf ihn wie ein Schlag. Er war es gewohnt, allein im großen Haus zu leben, tagelang über Buchrollen zu brüten, ohne einen Menschen zu sehen, abgesehen von Rebekka, die in solchen Zeiten wie ein stummer Geist auftauchte und wieder verschwand. Er hatte sich damit abgefunden, von keinem ganz und gar verstanden zu werden, von seinen Gefährten im Kreis der Bibellehrer kaum, von seinen Freunden selten, von seinen Schülern schon gar nicht. Er liebte es, allein durch die Felder und Wiesen zu streifen, begleitet nur von Barras, dessen schlanke Schnauze nie weiter als zwei Finger breit von seiner Hand entfernt blieb. Und er konnte es ertragen, nachts am Fenster zu stehen, stundenlang, und dem Mond zuzusehen auf seiner stillen Reise – einsam wie er.

Aber vergessen zu sein, das war furchtbar. Als hätten seine Füße nur hauchfeine Spuren in den Sand gezeichnet, die von der nächsten Welle gelöscht wurden, gedankenlos. Als hätte ein Vogel seinen Namen gepiepst und der Sturmwind ihm die Laute vom Schnabel weggerissen. Vergessen ...

Die Traurigkeit legte sich über ihn wie ein nasses Wolltuch und er ließ sich zu Boden sinken und verharrte dort, bis die Abendsonne einen letzten Gruß in sein Zimmer sandte. Mühsam raffte er sich auf, setzte sich in die Bibliothek und kramte in den ehrwürdigen Pergamentrollen, bis er das Buch Hiob gefunden hatte.

Ihm war, als läse er das zum ersten Mal: der Streit, den Satan, der Ankläger, vom Zaun brach, die Wette: »Nimm ihm alles, was er hat, und er wird dir den Rücken kehren – wetten wir?« Die Katastrophen, die zuschlugen, gnadenlos: seine Kamelherden wurden geraubt, seine Eselinnen weggetrieben, seine Schafherden vernichtet. Dann stürzte das Haus zusammen, in dem seine zehn Kinder ein Fest feierten. Keines der Kinder überlebte. Und wie reagierte dieser Hiob, der so tadellos lebte, dass sein Schöpfer nur mit Stolz von ihm sprach?

»Ich bin nackt von meiner Mutter Leib gekommen, nackt werde ich wieder dahinfahren. Der Herr hat's gegeben, der Herr hat's genommen, der Name des Herrn sei gelobt.«

Simon, der Thoralehrer, knirschte mit den Zähnen. Die nächste Runde der Wette: Hiob wird krank. Vom Scheitel bis zur Sohle entzündet sich die Haut, juckt bis zum Wahnsinn, bis Hiob vor Qual nicht mehr aus noch ein weiß. Er sitzt in der Asche und kratzt sich mit einer Tonscherbe die Hautfetzen ab. Und seine Frau, die Freude seiner Augen, die geschworen hat, ihm beizustehen in guten wie in bösen Tagen? Sie zischt ihm zu: »Sag diesem Gott ab und stirb!«

Er seufzte und kratzte sich am Schulterblatt. In seinem Leben gab es zum Glück keine Frau, die ihn von Gott abbringen konnte. Aber die

»Freunde«, die sich als schlechte Tröster entpuppten, die hatte er auch. Die kannte er zur Genüge. Auch seine »Freunde« würden in seinen Truhen herumschnüffeln auf der Suche nach einem Skandal, nach einem heimlichen Verbrechen, das dieses schwere Los rechtfertigen konnte: »Siehst du, es gibt doch eine Gerechtigkeit.« Und wie Hiob würde auch er aufschreien: »Ich bin unschuldig! Glaubt mir doch! Gott, wo bist du? Warum verteidigst du mich nicht?«

Seit Langem hatte er sich eine ähnlich strenge Disziplin auferlegt wie Hiob: Er ließ seine Augen niemals streunen, er hielt seine Gedanken fest im Zaum. Wenn er einer Frau begegnete, dann senkte er den Blick. Nicht einmal die Nachbarin, Marta, das ewige Mädchen, konnte seine Augen länger als drei Wimpernschläge festhalten. Dabei schätzte er sie mehr als jede andere Frau. Sie war klug, und Klugheit war ihm wichtiger als vieles andere. Außerdem war sie auf eine herbe Art freundlich zu ihm.

»Komm doch herüber, damit du das Sprechen nicht völlig verlernst«, sagte sie immer wieder und ein Lächeln zupfte halb an ihren Lippen. Meistens sagte er ab. Ihm war unbehaglich, wenn ihr Bruder Lazarus zu Hause war und ihn musterte mit Augen, die so still waren.

Jedenfalls wusste jeder im Ort, dass man sich auf ihn, den Thoralehrer Simon, verlassen konnte. Keiner konnte ihm etwas vorwerfen und die meisten versuchten es gar nicht erst – aus Hochachtung? Aus Mangel an Beweisen? Er wusste es nicht. Doch ihm war es lieb, dass ihn ein jeder respektierte – das genügte völlig.

Doch nun sollte ihm auch das genommen werden. »Unrein! Unrein!«, würde er rufen müssen, sein leprazerfressenes Gesicht herzeigen, bis die Menschen vor ihm zurückwichen, vom Grauen geschüttelt. Das war eine andere Einsamkeit als die, mit der er bisher sein Leben geführt hatte. Als er an die Jahre dachte, die noch vor ihm lagen – 20, 30 oder mehr? – an die Höhlen im Berghang vor Jerusalem, an die Kranken mit ihrer süß-faulen Ausdünstung, an die lebendig Toten, die dort herumkrochen und in den angeschimmelten Resten wühlten, da überfiel ihn die Verzweiflung und ihm war, als presste ihm eine gewaltige Faust den Brustkorb zusammen, bis ihm kein Atem blieb und keine Hoffnung.

Kapitel XVI

Vier Tage war Maria nun schon im Haus ihrer Geschwister. Sie lag den ganzen Tag auf einer Couch in der Halle und starrte aus dem Fenster. Immerzu bewegten sich ihre Lippen, und wenn Marta sich über sie beugte, hörte sie die Worte: »Kaleb – Kaleb – alle tot – und ich allein bin schuld – und das Unterkleid ohne Naht ist auch hinüber – verbrannt – feines Byssosgarn aus Ägypten – Kaleb – Kaleb ...«

Lazarus flößte ihr geduldig Fruchtsäfte ein, die Marta aus frischen Trauben gepresst hatte, »damit das Kind zu Kräften kommt«. Der alte Priester kam ins Haus und nahm Marias Hand, betrachtete die verwirrten Augen, hörte ihr dumpfes Murmeln und schüttelte den Kopf. »Dagegen gibt es keine Medizin. Ihre Seele ist krank. Sie ist nicht mehr bei sich selbst«, sagte er.

In derselben Nacht bekam Maria einen Tobsuchtsanfall und verwustete die große Halle. Sie zerschlug einen kunstvoll glasierten Weinkrug. Mit der Tonscherbe zerfetzte sie die Seidenbezüge der Couchen und Liegen. Sie riss die Trauben aus der Obstschale und zertrat sie, sodass das grünblaue Bodenmosaik aussah wie in Blut gebadet. Die Bodenvase hatte sie umgestoßen, die weißen Lilien zerquetscht und zerrissen. Drei zierliche Tischchen hatte sie zu Bruch gehen lassen, die gedrechselten Beine zerbrochen, die Tischplatten zerkratzt. Lazarus musste drei starke Männer aus der Dienerschaft holen, die Maria festhielten, damit sie sich nicht verletzte, wenn sie mit dem Kopf auf den Boden schlug oder versuchte, sich selbst zu kratzen und zu beißen.

Am nächsten Morgen schickte Marta einen Eilboten nach Kapernaum. »Jesus, bitte komm! Maria braucht dich!«, hieß die Botschaft. Doch schon am Mittag erlebten sie eine Überraschung, als es klopfte und Jesus vor der Türe stand.

»Woher hast du gewusst ...?«, stammelte Lazarus.

»Schalom, mein Freund«, sagte Jesus und ging an ihm vorüber in die Halle. Maria lag auf einer Couch und warf den Kopf hin und her – die einzige Bewegung, zu der sie fähig war, weil man sie wie eine Mumie umwickelt und an der Liege festgebunden hatte. Ihre Haare waren wirr, die Lippen blutig gebissen, ihre Arme von blauen Flecken und Kratzern übersät.

Jesus sah Maria an und rief ihren Namen, bis sie stillhielt. Sie wand sich unter seinem Blick, stöhnte und seufzte, ihre Augen irrten blicklos umher. Dann plötzlich floss ein Schwall von unkontrollierten Silben aus ihrer Kehle, erst leise, dann immer lauter, schließlich schrie sie Wortfetzen, die keiner verstand, und es war so viel Verzweiflung und Angst darin, dass Lazarus mit Tränen in den Augen aus dem Raum stürzte. Marta blieb, aber sie hatte die Lippen fest aufeinandergepresst und knetete ihre Hände.

»Jesus, hilf ihr!«, flehte sie. »Du siehst doch, wie sie leidet.«

Jesus hob befehlend den Arm. »Ich gebiete dir, du böser Geist der Anklage und der Rachsucht, verlasse diese Frau und kehre nie wieder zurück!«, rief er.

Maria bäumte sich auf, ihr Gesicht verzerrte sich zur Grimasse, ihre Glieder zitterten im Krampf. Schaum trat ihr vor den Mund und ihre Augäpfel rasten im Kreis. Sie tat einen letzten lauten Schrei und sank mit geschlossenen Augen in sich zusammen.

Marta trat zu ihr, legte ihr erschrocken die Hand auf die Stirn, fühlte ihren Hals. »Sie lebt noch«, flüsterte sie.

»Ja«, sagte Jesus, »sie wird leben.« Und dann betete er kraftvoll – so laut, dass die Dienerin in der Küche den Brotteig stehen ließ und auf die Knie sank. Sein Gebet drang hinaus in den Garten, wo die Schüler standen und warteten. Es stieg hinauf bis zum Thron des Allmächtigen und als Jesus sein Gebet mit einem »Amen!« schloss, da schlug Maria die Augen auf und blinzelte verwirrt. Sie versuchte die Hand zu heben, spürte die Fesseln, runzelte die Stirn. »Was ist geschehen? Bin ich krank?«

Marta sagte leise: »Du warst schwer krank, Maria, aber Jesus hat dich geheilt. Er hat die bösen Geister vertrieben, die dich so lange plagten. Warte, ich binde dich los, dann hast du es bequemer.«

Sie begann, die Leinenbinden abzuwickeln, mit denen sie Maria an die Couch gebunden hatten, damit sie sich nicht verletzen konnte.

Lazarus steckte den Kopf durch die Tür. Als er sah, wie die Farbe in Marias Wangen zurückgekehrt war und der Glanz in ihre Augen, da ging in seinem blassen Gesicht die Sonne auf. »Jesus!«, rief er. »Ich danke dir! Du hast sie uns wiedergeschenkt.«

»Lazarus, mein Bruder«, flüsterte Maria. »Ich hatte schreckliche Träume.«

»Aber jetzt bist du aufgewacht«, sagte Jesus freundlich.

Maria lächelte vorsichtig und flüsterte: »Ja, du hast mich frei gemacht. Ich habe endlich wieder die Herrschaft über meine Gedanken und Gefühle. Ich kann wieder richtig sehen und hören. Und ich weiß, wo ich bin. Aber ich fühle mich trotzdem schlecht. Eine Stimme in meinem Kopf sagt mir, dass ich große Schuld auf mich geladen habe.«

»Ja, Maria, das hast du. Aber deine Schuld ist vergeben. Du hast neu begonnen«, sagte Jesus.

Maria holte tief Luft. »Alles vergeben, alles verziehen. An diesen Gedanken muss ich mich erst gewöhnen.«

Lazarus sagte: »Durch Jesus habe ich erst begriffen, wie groß die Güte Gottes ist. Stell dir vor: Er will uns als seine Kinder in sein Reich aufnehmen! In seinen Augen sind wir rein, als hätten wir nie versagt!«

»Das gilt aber nur für solche, die ihre Schuld vor Gott bekennen und die auch bereit sind, den anderen zu vergeben«, gab Marta zu bedenken.

»Anderen vergeben? Das ist schwer«, seufzte Maria. »Wie kann ich behaupten, es wäre nicht schlimm, was sie mir angetan haben? Wenn ich an die vielen Wunden denke, die andere Menschen mir zugefügt haben, krampft sich alles in mir zusammen. Aber noch schlimmer ist die Erinnerung an meine eigene Schuld. Und Kaleb –«

Marta fragte scharf: »Ja, wo ist er überhaupt? Dein Diener weicht dir doch sonst nicht von der Seite?«

Maria setzte sich auf, eine Grübelfalte zwischen den Brauen. Sie überlegte eine Weile und nagte an ihrer Unterlippe. Schließlich sagte sie zögerlich: »Ich glaube, Kaleb ist tot.«

»Tot?«, fuhr Lazarus zusammen. »Das tut mir leid! Er war ein treuer und zuverlässiger Diener. Wenn er in deiner Nähe blieb, war für deine Sicherheit gesorgt.«

»Wie konnte das passieren?«, forschte Marta.

»Ich versuche ja gerade, mich zu erinnern«, murmelte Maria. »Ich ging zur Weberin und wollte das Unterkleid abholen, das ich gewebt hatte. Für dich, Jesus, aus ägyptischem Byssos, weich und fein und am Stück gewebt, ohne Naht.« Sie machte eine Pause und schaute Jesus erwartungsvoll an. Er lächelte und sie verlor sich in seinem Blick. Die Sekunden tropften dahin. Marta drehte den Kopf in Richtung der Küche, aus der man schon das Klappern von Töpfen hörte.

»Maria«, mahnte die ältere Schwester, »es ist bald Zeit zum Abendessen. Du warst also bei der Weberin. Und was weiter?«

»Sie wollte mir das Gewand nicht zurückgeben.«

»Das ist unverschämt! Sie kann doch nicht einfach ein Werkstück zurückhalten, das du gewebt hast«, empörte sich Lazarus.

Marta warf ein: »Wieso hatte sie es überhaupt bei sich? War das nicht etwas vertrauensselig von dir, solch ein kostbares Stück bei ihr zu lassen? Einer solchen Frau, die nur daran denkt, wie sie andere übervorteilen kann?«

Maria senkte den Kopf. »Sie war immer so freundlich zu mir gewesen.«

»Ja, solange du sie gut bezahlt hast«, sagte Marta hitzig. »Welcher Rabe pickt in die Hand, die ihn füttert? Du müsstest die Menschen doch allmählich kennen, Maria.«

Lazarus legte der älteren Schwester die Hand auf den Arm. »Lass gut sein, Marta«, bat er leise. »Nicht heute und nicht so.«

Marta zog die Brauen finster zusammen und schob das Kinn vor, doch auf Lazarus' bittenden Blick hin entspannten sich ihre Züge und sie nickte.

Maria erzählte weiter. »Jetzt ist mir wieder alles eingefallen. Die Weberin beschimpfte mich und dann schlug sie mich ins Gesicht und jagte mich aus dem Haus. Als Kaleb davon erfuhr, wurde er wütend. Er wollte die Weberin für ihre Niedertracht bestrafen.«

»Und du hast ihn nicht zurückgehalten«, ergänzte Marta.

»Dabei wusste ich doch, wie jähzornig er wird, wenn mich jemand schlecht behandelt«, seufzte Maria. »Bei dieser Streiterei hat es wohl einen Unfall gegeben, dabei ging das Haus in Flammen auf. Und Kaleb verbrannte mit denen, die er bestrafen wollte.« Maria schlug die Hände vors Gesicht. »Er wollte mich rächen und bezahlte seine Treue mit dem Leben. Wenn ich daran denke, dass ich schuld bin an seinem Tod …« Sie holte mühsam Luft und ihre Worte hingen in der Luft wie eine schwere Wolke. Alle schwiegen. Dann sagte Jesus: »Dieser Schmerz ist die Last der Schuld, deine und die der anderen. Aber du musst diese Last nicht tragen. Du kannst sie loslassen, denn ich habe dir alles vergeben. Doch noch bitterer als die Trauer über deine eigene Schuld und über das Unrecht, das dir angetan wurde, ist der Groll. Er vergiftet deine Gedanken und deine Gefühle. Lass diese bitteren Erinnerungen los. Hör auf, andere deshalb anzuklagen. Unser Vater im Himmel ist ein gerechter Richter. Überlasse es Gott, für Gerechtigkeit zu sorgen und Vergeltung zu üben. Denn er allein kann ins Herz sehen und versteht alle Hintergründe. Er kennt die ganze Wahrheit und er ist gerecht.«

Jesus stand auf und ging ans Fenster. Die Abendsonne schickte die letzten Strahlen in die Halle und warf einen Goldschimmer über das Bodenmosaik. Die hellgelben Lilien in der Bodenvase leuchteten auf. »Gerecht und voller Güte«, fügte er hinzu.

Die Stille breitete sich aus, aber es war ein gutes Schweigen.

Dann platzte Petrus in die Halle. Er lief zu Maria und rief: »Du bist wieder gesund!« Er nahm Marias zierliche Hand in seine Pranke und zwinkerte unauffällig eine Träne weg.

Jakobus und die anderen Schüler kamen dazu. »Du hast uns gefehlt. In den letzten Tagen gab es nur noch Gerstenbrot und kalten Fisch zu essen, weil diesmal Jehuda für die Verpflegung sorgt. Er hält uns knapp ...«, murmelte Matthäus und blinzelte verschwörerisch.

Thomas warf ein: »Und sieh mal – meinen Rocksaum hat schon lange keiner mehr gebürstet. Es wird Zeit, dass du wieder mit uns gehst.«

Philippus seufzte. »Und keiner kümmert sich ums Quartier. Mir tut der Rücken weh, weil wir letzte Nacht auf einem Marktplatz schlafen mussten.

»Schämt euch!«, rief Johannes und drängte sich zwischen den anderen durch. Seine dunklen Augen blitzten. »Maria ist doch nicht unsere Sklavin! Sie ist genauso viel wert wie wir alle!«

»Schon gut, kleiner Bruder«, lachte Jakobus. »Wir wollten ihr nur sagen, dass sie einfach unentbehrlich ist. Wir brauchen sie!«

Jehuda war draußen stehen geblieben und schüttelte kleine Steinchen aus seiner Sandale. Er hatte es nicht eilig, Maria zu sehen. *Jetzt fängt der Kampf wieder an. Wenn sie nicht so schön wäre, so begehrenswert ... ich möchte sie an mich drücken, festhalten, ganz und gar besitzen. Sie muss ein Geschöpf der Hölle sein, das mich immer wieder neu herausfordert, auch wenn sie gar nichts tut, mich weder ansieht noch mit mir redet. Es reicht schon, dass es sie gibt! Nein, ich will sie nicht in meiner Nähe haben!*

Lazarus war aus dem Haus getreten. »Willkommen, Jehuda! Komm herein, das Essen steht bereit.« Doch Jehuda schüttelte den Kopf. »Ich möchte hier draußen im Garten ausruhen und danach muss ich noch etwas – erledigen«, sagte er ausweichend. »Man hat mir gesagt, dass hier in der Nähe ein berühmter Thoralehrer wohnt. Er hat gute Beziehungen zum Sanhedrin.«

»Ja, er heißt Simon und ist unser Nachbar«, sagte Lazarus. »Du siehst sein Hausdach, wenn du dich etwas reckst.«

»Ich möchte ihn besuchen«, sagte Jehuda.

»Warte noch, bis es ganz dunkel geworden ist. In letzter Zeit haben wir ihn selten gesehen, ich glaube, er ist tagsüber viel unterwegs. Willst du nicht doch mit uns zusammen essen?«

Aber Jehuda schüttelte den Kopf. »Ich möchte eine Weile allein sein und nachdenken.«

»Das kann niemals schaden«, lächelte Lazarus.

Kapitel XVII

Simon betrachtete die weißen Male, die sich auf seinen Oberarmen gebildet hatten. Als er sie zum ersten Mal bemerkt hatte, waren sie klein wie sein Daumennagel gewesen; er hatte sie seither mehrmals täglich mit scharfer Seife gewaschen und mit einer harten Bürste frottiert, aber es hatte nichts genützt – sie waren inzwischen doppelt so groß. Außerdem entdeckte er eine neue Stelle auf der Brust. Eigentlich hätte er schon vor einer Woche den alten Priester aufsuchen müssen. Er fürchtete sich davor. Doch es musste sein. Er nahm sich ein altes Kopftuch vom Haken, warf es um und schlich durch die hintere Tür aus dem Haus. Es dämmerte schon, die Leute saßen beim Essen, die Straße war wie leer gefegt. Hastig lief er hinüber zum Haus des Priesters. Auf sein Klopfen öffnete der Diener.

»Ich möchte mit dem Priester sprechen«, sagte Simon heiser und hielt sein Gesicht im Schatten.

Der Diener schnupfte auf. »Du weißt es noch nicht? Nein, natürlich nicht. Wir haben es noch keinem gesagt.«

»Wovon sprichst du?«

»Der Priester ist heute Nachmittag gestorben, ganz plötzlich. Er las gerade in der Thora. Ich fand ihn neben dem Heiligen Buch auf dem Boden liegen.«

Simon musste schlucken, sein Hals war plötzlich trocken.

»Wenn du ihn noch einmal sehen möchtest, dann komm, er wird gerade einbalsamiert«, sagte der Diener und ging ihm voran.

Auf Zehenspitzen folgte ihm Simon in die Halle. Dort knieten drei Frauen um eine Bahre. Sie hatten den Toten gewaschen und mit Balsamölen eingerieben. Jetzt umwickelten sie seine Gliedmaßen mit weißen Leinenbinden. Sie klagten laut und streuten immer wieder grüne Kräuter zwischen die Binden. Es roch scharf und süß zugleich.

Der Kopf des Priesters war noch frei, er wurde als Letztes behandelt. Der alte Mann hatte die Augen fest geschlossen, die Lippen aufeinander gepresst, als wollte er sagen: »Von mir erfahrt ihr nichts mehr!«

Und das ist gut so, sehr gut sogar!, dachte Simon. Das gab ihm noch eine kurze Gnadenfrist zum Nachdenken. Das Gesetz des Mose schrieb vor, dass er außerhalb des Dorfes wohnte, um eine Ansteckung zu verhindern. Außerdem musste ein Aussätziger jede Begegnung mit Gesunden vermeiden und schon von Weitem rufen: »Unrein! Unrein!« Diese Regel hatte Simon für sinnvoll gehalten. Doch nun, als es ihn selber betraf, bekam er Zweifel. Vielleicht konnte er doch noch eine Weile im Haus wohnen bleiben. Zumindest so lange, wie die Lepra nicht im Gesicht ausgebrochen war. Natürlich müsste er enge Kontakte mit anderen meiden – er wollte seine Krankheit nicht verbreiten. Er würde auf strenge Sauberkeit achten. Aber war es unbedingt nötig, dass er jetzt schon in die schaurige Leprakolonie am Berghang von Jerusalem zog? Als würde er lebendig begraben? War er nicht in seinem Haus viel besser aufgehoben? Hier konnte er durch gute Ernährung und Waschungen das Fortschreiten der Krankheit vielleicht bremsen? Eine schwere Entscheidung!

Auf dem Heimweg klopfte er am Haus des Synagogenvorstehers an. »Ich möchte dich nicht lange aufhalten«, sagte er, als er merkte, dass der Mann gerade beim Abendessen war. »Aber ich muss dir mitteilen, dass ich eine Zeit lang keinen Unterricht mehr geben kann.«

»O, das tut mir aber leid!«, sagte der Synagogenvorsteher mit vollem Mund.

»Ich befasse mich gerade mit einem wichtigen Forschungsprojekt. Es geht um die Frage, ob Jesus von Nazareth wirklich der Messias ist, wie einige behaupten. Du wirst einsehen, dass dies keinen Aufschub duldet – wir müssen die Antwort sehr bald gefunden haben. Bitte suche einen anderen Lehrer für die Thora-Schüler.«

Er beglückwünschte sich im Stillen dafür, dass ihm diese Ausrede eingefallen war. So konnte er sich in sein Haus zurückziehen, ohne Aufsehen zu erregen, und die Schüler blieben ungefährdet. Er glaubte nicht, dass er bereits einen anderen Menschen angesteckt hatte. Er hatte sich kundig gemacht – Lepra war nicht halb so infektiös, wie die Leute in ihrer Panik glaubten. Vor allem in den ersten Monaten würde er sein gewohntes Leben weiterführen können. Keiner würde es bemerken.

Er kam halbwegs getröstet nach Hause und wollte sich sofort auf seine Schriftrollen stürzen. Doch die Dienerin schüttelte den Kopf und zeigte wortlos auf einen Unbekannten, der in seinem Arbeitszimmer stand und die Bücher betrachtete. »Da ist jemand für dich – ein Fremder.«

Stirnrunzelnd musterte er den Fremden: Er war groß und schlank, die Schultern waren breiter, als man es erwarten würde, die Hände lang und schmal und so weiß, als hätten sie noch nie etwas Schmutziges berührt. Diese Hände streckten sich ihm entgegen und der junge Mann lächelte gewinnend, als er sagte: »Schalom Simon. Ich habe schon so viel von dir gehört. Ich *musste* dich einfach aufsuchen.«

»Schalom«, sagte Simon und ließ die ausgestreckten Hände des Besuchers unbeachtet. »Kennen wir uns?«

»Noch nicht persönlich«, lächelte der andere. »Ich gehöre zu den Schülern des Rabbi Jesus – du hast sicher von ihm gehört. Wir sind zu Gast bei Lazarus«, und er zeigte auf das Nachbarhaus, das man hinter der bewachsenen Mauer erahnen konnte. »Übrigens – ich bin Jehuda und stamme aus Kariot. Ich bin der Finanzverwalter unserer Gruppe.«

Simon nickte höflich und wies auf eine Sitzbank. »Es trifft sich gut, dass wir uns begegnen. Ich möchte mehr wissen über deinen Lehrer. Man hört so einiges – und ich will herausfinden, was davon Wahrheit ist und was Mythos.«

»Ich kann dir gerne erzählen, was ich weiß und was ich miterlebt habe. Über das, was mein Lehrer verkündet, wirst du inzwischen informiert sein?«

»Ja. Ich stehe in enger Verbindung zum Sanhedrin, dort werden seine Lehren immer wieder diskutiert.«

Er stand auf, holte einige Buchrollen vom Regal und rollte sie auf. Sie waren eng beschrieben. »Was mich besonders interessiert, sind Einzelheiten aus der Biografie des Zimmermanns. Ich habe hier die wichtigsten Prophezeiungen notiert, die den Messias beschreiben. Wenn es möglich wäre, diese Vorhersagen mit dem Lebenslauf zu vergleichen, dann –«

»Genau darüber wollte ich mit dir sprechen!«, fiel ihm Jehuda ins Wort. »Wir können diese Punkte systematisch durchgehen und dann wirst du dir ein Urteil bilden.«

»Im Buch Micha haben wir eine Prophezeiung über den Ort, an dem der Messias geboren werden soll – nämlich in Bethlehem«, sagte Simon. »Jesus stammt aber aus Nazareth.«

»Er wohnte dort einige Jahre«, gab Jehuda zu, »aber seine Mutter und sein Pflegevater stammen aus der Dynastie Davids und haben ihre Sippe in Bethlehem. Als Kaiser Augustus die erste Volkszählung anordnete – das muss zur Zeit des Quirinius gewesen sein – musste auch der Zimmermann Josef mit seiner Frau Maria nach Bethlehem wandern, damit sie dort registriert werden konnten. Auf dieser Reise wurde Jesus geboren, und zwar in einem Stall in Bethlehem.«

»Was meinst du mit ›Pflegevater‹?«, wollte Simon wissen.

»Du erinnerst dich an die Weissagung aus Jesaja von der Jungfrau, die schwanger wird und einen Sohn gebiert, den Immanuel?«

»Das sollte ein Zeichen sein, das Gott seinem Volk geben würde.«

»Richtig. Genauso hat es sich auch erfüllt. Maria wurde schwanger, ohne mit einem Mann verkehrt zu haben.«

Simon runzelte die Stirn. »So etwas ist unmöglich!«

»Nein, glaub mir. Sie hat es uns selbst erzählt.«

»Na, ich weiß nicht ...«

Jehuda hob beide Handflächen und beugte sich vor. »Der Zimmermann Josef war damals mit ihr verlobt. Er wollte sie heimlich verlassen, als er merkte, dass sie schwanger war – und nicht von ihm! Im Traum erschien der Engel Gabriel und erklärte, dieses Kind wäre vom Heiligen Geist gezeugt worden.«

»Träume lassen sich so oder so interpretieren – ich halte mich lieber an Tatsachen«, erklärte Simon.

»Gut. Dann hör weiter. Einige Zeit später erschien dem Josef wieder ein Engel im Traum. Er befahl ihm, sofort mit Mutter und Kind nach Ägypten zu fliehen. Josef gehorchte, und kaum war er mit Maria und dem Kind aus Bethlehem verschwunden, da kamen die Soldaten des Herodes und töteten alle kleinen Jungen.«

»Davon habe ich gehört«, sagte Simon düster.

»Und auch das wurde in der Schrift vorhergesagt!«, rief Jehuda. »Jeremia hat dieses Blutbad in Bethlehem prophezeit. Und Hosea erwähnt, dass Gott seinen Sohn aus Ägypten gerufen hat.«

»Moment mal. Wie kannst du diesen Text auf den Messias anwenden? Er bezieht sich doch auf sein Volk Israel?«, erkundigte sich Simon.

»Mose bezeichnete Israel als Gottes erstgeborenen Sohn, aber wir wissen, dass der Messias ebenfalls ein Sohn Gottes genannt wird. Also können wir diesen Text auf ihn anwenden«, sagte Jehuda.

»Hm«, überlegte Simon. Er wühlte in seinem Bart und spitzte die Lippen. »Also gut, wir wollen uns über diese Details nicht streiten. Bring mir mehr Fakten.«

»Gut. Du kennst die Weissagung über die 70 prophetischen Wochen aus Daniel?«

Simon nickte. »Ein Tag entspricht einem Jahr, insgesamt 490 Jahre, und der Messias müsste dann nach 486 Jahren und sechs Monaten gesalbt werden. Doch wann beginnen diese 490 Jahre?«

»Sie haben begonnen, als Jerusalem wieder selbstständige Stadt wurde mit einer eigenen Verwaltung und dem Recht, Urteile selbst zu vollstrecken.«

»Zur Zeit von Esra und Nehemia, nicht wahr?«

»Ja. Wenn du von dieser Zeit an rechnest, dann landest du im Herbst vor etwa drei Jahren, nämlich im 15. Jahr des Tiberius.«

»Und was geschah damals?«

»Johannes der Täufer rief das Volk zur Umkehr und taufte die Leute.«

»Ich erinnere mich. Ich hörte ihn einmal … sehr beeindruckend, nicht wahr?«

»Johannes und Jakobus gehörten damals zu seinen Schülern. Sie erlebten, wie sich bei der Taufe dieses Mannes Jesus der Himmel auftat. Der Geist Gottes kam wie eine Taube herab und Gottes Stimme sagte: ›Dies ist mein lieber Sohn, auf den sollt ihr hören.‹«

»Der Messias – der Gesalbte …«, flüsterte Simon.

»Als ich das sah, schloss ich mich dieser Gruppe an. Und ich habe es nicht bereut.« Jehuda beugte sich vor. »Simon, was ich in dieser Zeit erlebt habe … Blinde konnten plötzlich wieder sehen, die Taubstummen hörten und sprachen, die Lahmen warfen ihre Krücken weg und tanzten vor Freude – ich kann dir eines versichern: Jesus *erfüllt* die Vorhersagen der alten Propheten. Er ist der, auf den unser Volk schon so lange wartet. Er wird unser Volk wieder zur ersten Nation dieser Erde machen. Er wird die dreimal verfluchten Römer aus dem Land treiben und auf dem Thron seines Ahnen David sitzen.«

Simon hob lächelnd die Hände. »Du schäumst ja vor Begeisterung über! So schnell kann ich das gar nicht verdauen. Ich muss mich in Ruhe damit befassen. Demnächst möchte ich diesen Jesus auch einmal kennenlernen.«

»Tu das!«, nickte Jehuda. »Jesus stößt dir ein Tor auf in eine neue Welt. Wenn nur die Ratsherren im Sanhedrin einsehen könnten, was sie bisher nicht wahrhaben wollten – dass der Messias schon da ist.«

»Wie gesagt, ich werde das gründlich prüfen. Dann kann ich meinen Einfluss beim Sanhedrin geltend machen, ich habe da einige Verbindungen. Vielleicht kann ich dich mit dem einen oder anderen der Ratsherren bekannt machen.«

»Das hatte ich gehofft«, sagte Jehuda und stand auf. »Ich danke dir, dass du mich angehört hast.«

»O bitte, es war für mich hochinteressant«, gab Simon zurück und brachte seinen Besucher zur Haustür.

Als Jehuda gegangen war, setzte sich Simon sofort wieder über die Schriftrollen und studierte viele Stunden lang. Dann ging er zu Bett, doch seine Gedanken waren hellwach.

Kein Zweifel – er ist es. Ich werde ihn morgen aufsuchen und ihm meine Hilfe anbieten, damit wir mit vereinten Kräften den Sanhedrin überzeugen. Wen sollte ich als Erstes ansprechen … vielleicht Nikodemus?

Er plante und überlegte hin und her. Schließlich zündete er die Lampe wieder an und goss etwas Wasser in die Schüssel, um seinen heißen Kopf zu kühlen. Da fiel sein Blick auf den Handrücken. Er erstarrte: zwei neue weiße Flecken, kaum zu sehen. Aber sie würden wachsen.

Er schloss die Augen und ließ den Wasserkrug zu Boden gleiten. Die Wirklichkeit hatte ihn eingeholt.

Aus. Vorbei die Hoffnung auf ein Leben im Glanz, an der Seite des neuen Königs. Er würde sein Elend nicht mehr lange verbergen können. Er schlug die Hände vors Gesicht, und so saß er lange.

Kapitel XVIII

Maria war wie ausgewechselt. Sie sang, wenn sie im Haus herumwerkelte und Marta zur Hand ging, sie sang, wenn sie mit dem Diener zum Markt ging und frische Früchte kaufte, sie sang, wenn sie das Unkraut aus den Blumenbeeten rupfte. Nur in der Nähe der alten Mauer wurde sie still und warf scheue Blicke zum Nachbarhaus hinüber.

Die alte Rebekka erzählte, ihr Herr habe sich in seine Buchrollen gewühlt und lege nur zum Essen und zum Schlafen kurze Pausen ein. »Er ist wie besessen von seinen Studien!«, klagte sie. »Er wird mir noch krank. Er spricht nicht, er schaut durch mich hindurch – ich glaube, er lebt in einer anderen Welt.«

Lazarus schaute sie nachdenklich an und nickte. »Es ist seine Art zu fliehen.«

Rebekka protestierte: »Aber wovor sollte mein Herr fliehen? Er hat keine Feinde. Er ist überall beliebt!« Marta schüttelte energisch den Kopf und sagte zu Lazarus: »Was du manchmal daherredest.«

Lazarus widersprach nicht, aber Maria hatte verstanden. Sie wusste, worauf er anspielte.

Ein paar Tage später stand sie lange an der von Efeu umrankten Pforte und hielt schon den Knauf in der Hand. Dann riss sie sich los und lief zurück ins Haus, rannte hinauf in ihr Zimmer und warf sich Wasser ins Gesicht, bis die grellen Gedankenbilder endlich wieder verblasst, die lauten, harten Stimmen verstummt waren. Sie zwang sich, den Kopf abzuwenden, sobald das Dach des Nachbarhauses in ihr Blickfeld geriet. Nach ein paar Tagen war ihr diese Bewegung zur Gewohnheit geworden.

Eines Nachmittags kam sie in die Küche zu Marta, die gerade den Brotteig knetete. Diese Arbeit überließ sie den Dienern nur ungern. Sie sagte oft: »In einem guten Brot steckt mehr Kraft als in vielen frommen Sprüchen.«

Maria kostete einen Fingernagel voll Teig und nickte. »Großartig. Ich liebe dein Brot. Hab es all die Jahre sehr vermisst.«

Marta verzog den Mund zu einem raschen Lächeln und wischte sich mit dem Unterarm den Schweiß von der Stirn. »Schau her, wie ich's mache. Dann kannst du es selbst.«

Maria nickte und sagte nach einer Weile: »Lässt du mich auch mal kneten? Damit ich das Gefühl dafür bekomme.«

Marta schluckte und rückte zur Seite. Unter ihren kritischen Blicken rollte Maria den Teig hin und her. »Du musst ihn kräftiger packen!«, sagte Marta. »Nicht so zart. Richtig fest durchwalken, da muss viel Luft hinein. Schau mal – so!« Und schon hatte sie den Teigklumpen wieder in die eigenen Hände genommen.

Maria wischte sich die Finger an einem Handtuch ab und sagte nachdenklich: »Übrigens, was ich dich schon länger fragen wollte: Hast du noch den alten Webstuhl?«

»Natürlich! Er steht in der hinteren Kammer. Warum?«

»Ich möchte ... darf ich etwas darauf weben?«

»Aber ja! Ich bin froh, wenn er benutzt wird. Aber du hast wenig Licht in der Kammer. Du musst ein paar Leuchter holen, am besten die aus der Halle, oder nein, in der Abstellkammer unter dem Dach sind noch welche. Warte, ich helfe dir.«

»Lass nur, ich komme schon zurecht«, wehrte Maria ab. »Ich möchte dich nicht von der Arbeit abhalten.«

»Aber du brauchst ja noch Garn! Wähle ein festes Garn, sonst ist es schade um deine Mühe. Auch wenn das Weben damit etwas länger dauert, lohnt sich dieser Aufwand. Und welches Muster willst du überhaupt weben? Was hast du vor? Soll es ein Tuch für das Haus werden oder ein Oberkleid? Dann musst du es seitenverkehrt weben, und denke daran, dass die Nähte –«

Maria floh aus der Küche wie ein Wild, das der Schlinge des Jägers entkommen ist. Im Flur prallte sie mit Lazarus zusammen. Er fing sie auf und lächelte: »Nicht so stürmisch, meine Kleine.« Als er ihre erhitzten Wangen sah, wurde er ernst. »Gab es Ärger?«

»Ach, es ist nichts – nur ... Marta zerbricht sich wieder einmal *meinen* Kopf!«, klagte Maria.

»Sie meint es nicht böse, sie ist eben ein Tatmensch. Was würden wir ohne sie anfangen?«, sagte er sanft und tätschelte ihr die Schulter. »Aber ich verstehe dich auch, mein kleiner Vogel. Du musst fliegen – dir hat man allzu lange die Flügel gestutzt.«

Sie sah ihn ratlos an.

»Aber Schwesterchen, du warst doch nicht wirklich frei, all diese wilden Jahre hindurch, auch wenn alle dachten, du wolltest immer nur deinen Kopf durchsetzen.«

Wieder einmal staunte sie darüber, wie viel er von ihr wusste.

»Ja, da sagst du die Wahrheit«, seufzte sie. »Ich war nicht wirklich frei. Aber jetzt bin ich es – wenigstens ein Stück weit.«

»So weit, wie Martas Zügel reichen, nicht wahr?«

Maria senkte den Kopf.

»Hab Geduld mit ihr«, sagte Lazarus. »Auch sie verändert sich. Jedes Mal, wenn Jesus bei uns eingekehrt ist, wird etwas neu in ihr. In uns allen. Und ganz besonders in dir.«

Um von sich abzulenken, sagte Maria: »Ich möchte wieder einmal mit den Händen arbeiten. Etwas schaffen, was bleibt, verstehst du? Ich möchte weben.«

Lazarus legte den Finger ans Kinn. »Wir haben viele gute Garne im Haus. Sie lagern unter dem Dach. Nimm dir, was du brauchst. Und viel Glück dabei!«

Maria eilte die steile Treppe hinauf bis in die Abstellkammer und kroch zwischen den Garnbündeln herum, bis sie alles gefunden hatte, was sie brauchte. Sie schleppte das Garn in die hintere Kammer, besorgte sich Leuchter und Lampen. Eine halbe Woche lang webte sie – das Muster hatte sie noch im Gedächtnis. Sie verließ die Kammer nur, wenn Marta zum Essen rief oder wenn ihr die Augen vor Müdigkeit zufielen.

Dann endlich war sie fertig. Sie schnitt das Webstück von den Kettfäden ab und vernähte die losen Enden. Mit einem Jubelschrei stieß sie die Tür auf: »Marta! Lazarus! Ich bin soweit. Kommt her und schaut, was ich gewebt habe!«

Mit bedächtigen Schritten kam Lazarus in die Webkammer. Er beugte sich über das zarte Gewebe und strich behutsam mit der Hand darüber. Er schluckte schwer und flüsterte: »Das – das ist wunderschön …«

Marta, die sich hinter ihm in die Kammer drängte, warf einen Blick über seine Schulter und brummelte: »Hm, ja. Recht ordentlich. Lass mal sehen …« Sie nahm das Unterkleid mit spitzen Fingern hoch und untersuchte es von allen Seiten. Dann sagte sie überrascht: »So eine gute Webarbeit sieht man selten – ohne Naht, von oben bis unten gemustert – ich wusste gar nicht, dass du so geschickt bist beim Weben. Du könntest eigentlich einen Beruf daraus machen, was hältst du davon? Soll ich das

Kleid am Markt ausstellen lassen?« Mit einer flinken Bewegung klemmte sie sich das Kleid unter den Arm und wandte sich zur Tür.

»Marta, leg das wieder hin! Sofort!«, sagte Lazarus in einem Ton, den man von ihm nicht gewohnt war.

»Aber ja, natürlich, ich wollte doch nur – «, stotterte Marta und legte das Kleid zurück.

»Dieses Kleid wird nicht verkauft«, erklärte Maria. »Ich will es Jesus schenken. Ich hatte schon mal eines für ihn gewebt, aber das verbrannte in der Hütte der Weberin.«

»Ach so. Ja, natürlich«, sagte Marta. »Für Jesus, das ist sehr lieb von dir. Wir haben ihm so viel zu danken.« Sie lächelte freundlich und legte das Unterkleid behutsam wieder zurück.

Maria dachte: *Sie hat sich wirklich verändert. Früher hätte sie nach Fehlern gesucht. Hätte meine Arbeit klein geredet. Und früher hätte sie ihren Willen durchgesetzt, um jeden Preis. Sie hätte nicht lange danach gefragt, was ich wollte.*

»Heute Abend kommt Jesus und er wird sich über das Kleid freuen, da bin ich sicher«, prophezeite Marta, und wieder einmal sollte sie recht behalten: Jesus nahm das Unterkleid hoch, als wäre es aus Goldfaden gewebt, und betrachtete es lange. Sein Lächeln sprach Bände, als er sagte: »Es ist so weich, so zart wie Rosenblüten aus eurem Garten.« Und als er Maria ansah: mit Wärme und Herzlichkeit und großer Achtung, da dachte sie: *Für diesen einen Blick ginge ich mit ihm bis ans Ende der Welt.*

Kapitel XIX

Vorerst aber ging die Reise nach Jerusalem. Maria hatte genug damit zu tun, für alle Schüler Essen, Trinken und Nachtquartier zu beschaffen. Erst am Abend erfuhr sie, wie der Tag gelaufen war. Die Schüler erzählten, dass Jesus ständig in Streitgespräche verwickelt wurde. Mal warfen ihm die Pharisäer vor, er würde sich nicht an die jüdischen Traditionen halten, dann wieder stellten sie ihm Fangfragen und wollten ihn als Gesetzesbrecher bloßstellen. Jedes Mal durchschaute Jesus ihre Hinterlist und antwortete mit einer Gegenfrage oder einer genialen Antwort. Doch die Angriffe wurden heftiger, und mehr als einmal hatten die Leute Steine aufgehoben und wollten Jesus damit töten.

Als sie eines Abends alle miteinander am Berghang saßen und auf die Stadt hinunterschauten, die langsam schlafen ging, wandte sich Maria an Johannes.

»Warum glauben die Männer des Sanhedrin nicht daran, dass Jesus der Messias ist?«

Johannes fuhr sich mit der Hand durch die Locken und überlegte. Dann sagte er: »Sie lehnen ihn ab, weil sie die Finsternis mehr lieben als das Licht.«

»Du meinst, sie wollen nicht, dass das Licht in ihre dunklen Ecken scheint?«

»Ja. Sie haben etwas zu verbergen. Sie möchten sich nicht von Gott durchleuchten lassen, verstehst du? Sie spüren, dass Jesus in ihren Herzen liest. Deshalb meiden sie ihn.«

»Aber das kann doch nicht immer so weitergehen!«, rief sie. »Eines Tages müssen sie doch begreifen, wer Jesus ist! Sie müssen ihn als den Retter annehmen, der uns von Gott gesandt ist!«

Jehuda mischte sich ein. »Es wird nicht mehr lange dauern, bis der Sanhedrin überzeugt ist. Wir haben schon einige Leute für Jesus gewonnen. Nikodemus zum Beispiel und Josef von Arimathia.«

»Ist Josef wirklich so reich, wie man erzählt?«, erkundigte sich Jakobus.

»Ja.« Jehuda straffte die Schultern, als wäre der Reichtum des Josef sein höchstpersönliches Verdienst. »Er hat so viel Geld, dass er die Einwohner von Jerusalem jahrelang ernähren könnte.«

»Jetzt übertreibst du aber«, murrte Petrus.

Jehuda stand auf und verschränkte die Arme über der Brust. »Und wenn schon! Jedenfalls ist er bereit, sein Geld einzubringen, wenn wir Jesus auf den Thron Davids bringen. Und diese beiden Politiker sind nicht die einzigen.« Er reckte die Arme zum Himmel. »Ihr werdet sehen – schon bald haben wir den gesamten Sanhedrin hinter uns!«

Unbemerkt war Jesus zu ihnen getreten und hatte die letzten Worte gehört. Aber er ging nicht näher darauf ein. Er fragte: »Für wen halten mich die Leute?«

»Einige sagen, du wärst Johannes der Täufer, andere meinen, du wärst Elia«, sagte Jakobus.

»Und andere glauben, du wärst Jeremia oder einer der anderen Propheten«, meinte Philippus.

»Und was sagt ihr?«

Petrus stand auf und breitete die Arme aus. »Du bist der Messias, der Sohn des lebendigen Gottes!«

Jesus lächelte und legte ihm die Hand auf den Arm. »Petrus, du kannst froh sein – diese Einsicht hast du nicht aus dir selbst heraus gefunden, mein Vater im Himmel hat dir das gezeigt.«

Und Petrus strahlte, als hätte man ihm alle Fische im See Genezareth zum Geschenk gemacht.

»Aber ich möchte nicht, dass ihr mit anderen darüber sprecht. Behaltet das für euch«, verlangte Jesus.

»Wie soll das Volk aber dann erfahren, wer du bist?«, rief Jehuda. »Wenn du weiterhin deinen Auftrag verheimlichst, wirst du nie vom Sanhedrin anerkannt! Und wir wandern weiterhin durchs Land als arme Leute und heilen Krüppel und Blinde und streicheln Kinder, bis wir schwarz werden!«

»Ich rechne nicht damit, dass mich der Sanhedrin als Messias akzeptiert. Die Ratsherren und Priester wollen mich aus dem Weg schaffen. Sie werden einen Haftbefehl erwirken. Sie wollen mich foltern und zum Tod verurteilen.«

»Aber – aber das lässt du dir doch nicht gefallen«, stotterte Thomas.

Jesus gab ihm einen ernsten Blick und sagte: »Ich *werde* sterben. Aber ich bleibe nicht lange tot. Am dritten Tag werde ich wieder auferstehen.«

Petrus legte ihm den Arm um die Schulter und bat: »Komm mit mir, dort hinüber. Ich muss mit dir sprechen, aber nicht vor all den anderen.« Sie gingen ein paar Schritte in die Dunkelheit hinein.

Maria konnte ihre Neugier nicht zügeln. Sie schlich den Männern nach und verbarg sich hinter einem Gebüsch. Da hörte sie, wie Petrus laut herausplatzte: »Gott bewahre dich vor diesem Schicksal! So etwas darf dir nicht passieren!«

Und sie hörte die scharfe Antwort: »Weg von mir, Satan! Du bringst mich in Versuchung, denn deine Pläne sind menschlich, aber nicht Gottes Weg!«

Wie ein geprügelter Hund schlich Petrus zum Lager zurück, Maria folgte ihm nach einer Weile. Am Lagerplatz herrschte eine gedrückte Stimmung. Einige schauten schweigend ins Feuer oder betrachteten ihre Hände. Maria war verwirrt. Ihre Gedanken rasten. *Warum wurde Petrus für seine Anteilnahme und Fürsorge getadelt? Er hat mir aus dem Herzen gesprochen. Will Jesus nicht, dass wir mit ihm fühlen? Wie aber sollen wir ihm unsere Liebe zeigen?*

Am nächsten Tag gingen sie wieder in die Stadt. Jesus war schon früh von einer Menschentraube umringt. Einige brachten ihre Kranken zu ihm, andere wollten einen Rat für ein Alltagsproblem oder brauchten Trost, weil sie entmutigt waren. Gegen Mittag näherte sich eine Gruppe vornehm gekleideter Männer. Ein Sprecher löste sich aus dem Trupp und ging auf Jesus zu. Maria sah, wie sich in einer Seitenstraße zehn, zwölf jüdische Soldaten[5] aufstellten. Sie hielten sich im Hintergrund, als warteten sie auf ein Zeichen. Drüben am Marktplatz hatten sich einige ältere Männer aus der Gruppe der Pharisäer zusammengetan, Maria erkannte sie an ihren langen Quasten, die sie an fußlangen und ärmellosen Mänteln trugen.[6] Maria dachte: *Sie halten sich für fromm, das hält sie aber nicht davon ab, andere niederzutreten oder Mordpläne zu schmieden.* Sie schlich hinüber zu Johannes und flüsterte: »Passt auf, die Pharisäer dort drüben sammeln Steine.«

Johannes warf einen Blick über die Schulter und flüsterte zurück: »Vielleicht möchten sie uns damit ein Haus bauen?«

---

5 Die jüdische Selbstverwaltung hatte ihre eigenen Ordnungskräfte, die die Aufgaben unserer heutigen Polizei übernahmen.

6 Diese Quasten sollten die Menschen ständig an das Gesetz des Mose erinnern.

Maria runzelte die Brauen. »Sei nicht kindisch! Du, das ist kein Spaß! Jesus ist in Gefahr. Spürst du das nicht? Ihr seid hier nicht sicher!«

Die Soldaten schlenderten heran. Sie unterhielten sich etwas zu laut und lachten etwas zu derb, als wollten sie einen harmlosen Eindruck erwecken. Auch die graubärtigen Männer in den langen Roben hatten sich Jesus genähert, die Hände mit den Steinen hielten sie auf dem Rücken. Das Streitgespräch, das die Boten des Sanhedrin mit Jesus führten, war laut geworden.

Nun wurde auch Petrus aufmerksam. Er tuschelte mit Jakobus, der sagte etwas zu Thomas und Philippus. Schließlich drängte sich Petrus zwischen den diskutierenden Männern hindurch und packte Jesus am Arm. »Weg!«, schrie er und zerrte Jesus in ein Hoftor, das einen hinteren Ausgang hatte. Die anderen Schüler stoben in alle Richtungen davon wie ein Wachtelschwarm, wenn der Habicht niederstößt.

Maria duckte sich hinter einen Marktkarren, schlich gebückt zu einem Hauseingang und kauerte sich neben die Tür. Sie zog das Schultertuch über den Kopf, bis man ihr Gesicht nicht mehr sah. *Vielleicht bemerken sie mich nicht, wenn ich still bin.*

Aufgeregte Rufe, Flüche, gegenseitige Vorwürfe und Anklagen, dann klatschten die Sandalen der Verfolger auf den Pflastersteinen. *Hoffentlich können sie flüchten!*, dachte Maria. Das Herz klopfte ihr bis in die Kehle. Vorsichtig spähte sie unter dem Tuch hinüber zum Platz. Dort hatten sich die frommen Männer in zwei Gruppen zusammengerottet und zankten heftig miteinander.

Maria schauderte. *Diese Leute wollten Jesus mit Steinen bewerfen und totschlagen. Ob er entkommen ist?*

Nach einer Weile kamen die Soldaten aus den Seitengassen zurück auf den Platz und schüttelten mürrisch die Köpfe. »Sie waren zu schnell. Sie müssen mit dem Teufel im Bunde sein.«

»Sucht weiter!«, drängte einer der Frommen. »Weit können sie nicht gekommen sein!«

»Das ist aussichtslos. Jerusalem hat so viele Schlupfwinkel«, gähnte ein junger Söldner.

Und der Anführer der Truppe schnarrte: »Zurück zum Sanhedrin und Meldung machen. Wir haben auch noch Wichtigeres zu tun, als Wanderprediger zu verhaften.«

»Es gibt nichts Wichtigeres, als Irrlehrer zu fangen und sie zum Schweigen zu bringen!«, trompetete ein Wortführer der Pharisäer, und die anderen nickten beifällig. Aber die Soldaten hatten sich schon in Marsch gesetzt.

»Unser Plan ist misslungen«, verkündete der Wortführer. »Jesus ist uns wieder entkommen.« Die Steine polterten zu Boden und die Männer gingen einer nach dem anderen fort, ihre erregten Stimmen waren bald nicht mehr zu hören.

Eine Katze strich heran, schmiegte sich an Marias Beine. Gedankenverloren kraulte sie das Tier am Hals, spürte das behagliche Schnurren, das weiche Fell unter ihren Händen. Da ließ ihr Zittern nach. Sie wartete noch eine Weile, dann stand sie auf. *Es hat keinen Sinn, die anderen zu suchen. Ich gehe nach Hause.* Mit hängenden Schultern machte sie sich auf den Heimweg. Immer wieder musste sie daran denken, was Jesus vor einigen Tagen gesagt hatte: »Sie werden mich verhaften. Sie werden mich verurteilen. Sie werden mich hinrichten.« Ohne nach rechts und links zu sehen, ging sie über den Kräutermarkt und wollte gerade in die Gasse einbiegen, die hügelaufwärts zum Ölberg und von dort aus nach Betanien führte. Da hörte sie das Klappern von Holzsandalen auf dem Kopfsteinpflaster und eine Stimme: »Maria! Warte! Ich habe etwas für dich!«

Sie drehte sich um. Eine junge Frau lief ihr nach. Maria erkannte sie wieder: Sie hatte früher ab und zu Kosmetik von ihr gekauft.

Außer Atem keuchte die Händlerin: »Heute habe ich etwas besonders Feines für dich! Parfüms aus dem Osten. Aufregend, sinnlich, betörend, genau das, was du willst.«

»Danke, aber ich brauche kein Parfüm«, sagte Maria und wandte sich ab.

»Aber du hast doch immer ...«

»Ich bin nicht mehr das, was ich einmal war.«

»Oh! Ich verstehe. Aber willst du dir nicht trotzdem meine Ware ansehen?«, drängte die Händlerin und zeigte hinüber zu ihrem Karren.

Aus Höflichkeit ging Maria mit ihr zurück und betrachtete die Flakons und Fläschchen.

»Hast du meine Narde gesehen?«, schnurrte die Händlerin.

»Narde? Du hast Nardenöl?«

»Jawohl. Frisch eingeführt aus Indien. Sehr kostbar.«

Die Händlerin öffnete einen kleinen Korb. Dort lag, in weiches Heu gebettet, eine Alabasterflasche. Maria nahm sie heraus und schnupperte daran. Obwohl das Gefäß fest verschlossen war, konnte sie den Duft spüren wie eine Verheißung. Sie schloss die Augen.

»Das ist fantastisch. Ich glaube, ich habe noch nie so etwas Gutes gerochen. Wie viel?«

Die Händlerin neigte sich zu ihrem Ohr und wisperte.

Maria schnappte nach Luft. »Das ist so viel, wie unser Hausknecht im ganzen Jahr verdient!«

»Du musst bedenken: es ist reine Narde. Unverdünnt. So etwas bekommst du nicht oft in die Finger.«

Maria schüttelte den Kopf. »Es ist wirklich zu teuer.«

»Zu teuer für dich? So kenne ich dich gar nicht. Du hast eine feine Nase. Du kannst solche Ware von billigen Kopien unterscheiden«, schmeichelte die Händlerin. »Ich habe oft an dich gedacht. Deshalb habe ich die Narde für dich zurückbehalten. Ich hätte sie schon dreimal verkaufen können.«

Maria sah sie ruhig an. »So? Hättest du?«

Die junge Frau wand sich unter ihrem prüfenden Blick und beteuerte: »Ja, ja, das kannst du mir glauben! Und ich werde in den nächsten Monaten solch gute Ware auch nicht mehr bekommen. Die Karawanen werden erst wieder im Herbst eintreffen. Wer weiß, ob ich in meinem ganzen Leben wieder eine so gute Narde in die Hände kriege.«

Maria zog die Unterlippe ein und senkte den Kopf. *Wenn das, was ich befürchte, wahr werden sollte, dann könnte ich das Öl gut gebrauchen – für meinen letzten Dienst an ihm. Auch wenn er wie ein Verbrecher sterben muss, soll er doch ein gutes Begräbnis bekommen. Er darf nicht verscharrt werden, wir werden ihn einbalsamieren, wie es einem Fürsten gebührt.* Sie tastete in der Innentasche ihres Mantelkleides nach der Geldbörse.

»Du triffst eine gute Wahl!«, versicherte die Händlerin mit Triumph in den Augen. Hastig griff sie nach den Münzen, die Maria ihr vorgezählt hatte, und ließ sie in einen Tonkrug fallen. Dann zog sie ein braunes, löchriges Leinentuch aus einem Bündel und schlug den kleinen Korb darin ein.

»Steck deinen Schatz in den Mantelbausch! Du bist allein unterwegs, man weiß ja nie. Ist allerhand Gesindel unterwegs.«

Maria nickte, zog die beiden Seiten des ärmellosen Mantels über dem Gürtel nach oben und versteckte das Bündel in der Höhlung, die sich dadurch gebildet hatte. Dann stopfte sie den Leinenstoff links und rechts fester in den Gürtel.

»Jetzt wird dich jeder für eine schwangere Frau halten«, kicherte die Händlerin.

Maria lächelte müde und dachte: *Ich werde nie ein Kind zur Welt bringen. Drei Mal hat die alte Kräuterfrau mit ihren Tränken und Tinkturen das wachsende Leben in mir getötet. Und nun gelte ich als verflucht und verdorrt.* Langsam wanderte sie weiter.

Als sie die ersten Häuser von Betanien erreichte, überfiel sie ein Gedankenbild: Jesus, der mit geschlossenen Augen und blutiger Stirn auf dem Boden lag, still und stumm. Heute wäre es beinahe geschehen. Aber wie lange würde er seinen Verfolgern entkommen können?

Sie setzte sich auf einen großen Felsstein am Wegrand und zog das Körbchen aus ihrem Mantelbausch. Vorsichtig öffnete sie die Verpackung und hielt das kostbare Gefäß ins Licht. Der Alabaster schimmerte rätselhaft und ihre Beklemmung wuchs. *Er wird sterben. Wie soll ich weiterleben, ohne sein Gesicht zu sehen? Ohne seine guten Worte zu hören?*

Hundegebell weckte sie aus ihren Grübeleien. Der Nachbarhund Barras kam mit großen Sprüngen heran und legte ihr den Kopf auf die Knie. Sie kraulte ihm die Ohren, dann stand sie auf. »Du bist ein treuer Freund, Barras. Aber nun geh nach Hause. Geh schon!« Der Hund wedelte mit dem Schwanz, dann trottete er zurück zu Simons Haus. Maria warf einen Blick hinüber und seufzte. Dann wandte sie sich ab und ging über den knirschenden Kies weiter. In der Tür kam ihr Marta entgegen.

»Schalom Maria. Wo sind denn all die anderen? Warum kommst du allein?«

»Jesus und die anderen mussten fliehen«, sagte Maria gepresst. »Sonst wären sie verhaftet worden. Oder gesteinigt.«

»Wer macht denn so was!«, empörte sich Marta, die Hände in die Seiten gestemmt.

»Es waren Boten vom Sanhedrin dabei. Und natürlich ein paar Pharisäer.«

Marta schüttelte den Kopf und schimpfte: »Unbelehrbare Fanatiker! Ist denen noch zu helfen?«

Lazarus hörte die beiden reden, kam aus seinem Zimmer und machte fragende Augen. Marta nahm ihn am Arm, schob ihn in die Halle und rief über die Schulter zu Maria hinüber: »Komm und sag es ihm. Er muss es auch wissen!«

Maria erzählte, was sie erlebt hatte. Während sie sprach, sank Lazarus in sich zusammen. »Das habe ich befürchtet«, flüsterte er. »Sie wollen nicht wahrhaben, dass er der prophezeite Retter ist. Sie werden ihn niemals anerkennen.«

»Das ist nicht gesagt«, widersprach Marta. »Jetzt haben sie noch Vorurteile. Wenn diese Leute unseren Rabbi erst näher kennenlernen und ihm öfter zuhören, dann werden sie anders denken.«

»Sie hatten dreieinhalb Jahre Zeit, ihm zuzuhören«, gab Lazarus zurück. »Was muss noch geschehen, bis sie ihren Trotz aufgeben? Soll unser Volk inzwischen zugrunde gehen unter der Knute der Römer und der schweren Steuerlast? Die einfachen Leute wissen oft nicht, was sie am nächsten Tag essen sollen.«

»Wenn das so ist, dann sollten wir mehr Almosen geben«, schlug Marta vor. »Unsere Geschäfte laufen gut, wir haben einiges übrig.«

Inzwischen hatte Maria gedankenverloren die Alabasterflasche herausgeholt. Sie drehte sie zwischen den Fingern. Martas scharfen Augen war das nicht entgangen. Sie lehnte sich zu ihr herüber: »Was hast du denn da? Ein Riechwasser? Ich dachte, du brauchst so etwas nicht mehr?«

»Es ist auch nicht für mich«, gab Maria zurück. Und als sie Martas zweifelnd hochgezogene Brauen sah, erklärte sie: »Für Jesus. Für seine Bestattung.«

»Bestattung? Dummes Zeug! Er ist doch noch jung, knapp über 30.«

»Ja, aber er sprach in letzter Zeit immer wieder davon, dass er bald sterben müsse.«

Marta schob sich mit dem Unterarm eine Haarsträhne aus der Stirn. »Ich glaube, du siehst das alles viel zu düster.«

»Nein, Marta, er hat es wirklich gesagt.«

Marta runzelte die Stirn. Dann schüttelte sie heftig den Kopf. »Ich muss weiter, hab noch viel zu tun. Wenn du mir ein bisschen in der Küche helfen würdest, dann kämst du nicht auf diese traurigen Gedanken. Du grübelst viel zu viel herum. Das gilt übrigens auch für dich, Lazarus. Arbeit macht den Tag froh und hell, habt ihr das noch nicht bemerkt?«

»Doch, aber ...«

»Kein Aber.« Marta hob ihre Hände. »Mit diesen beiden Hände verjage ich alle Gedanken an Krankheit und Tod. Das könnt ihr mir glauben!«

Doch diesmal hatte sich Marta entschieden getäuscht. Am gleichen Abend klagte Lazarus über heftige Bauchschmerzen. Marta kochte ihm einen Kräutersud und legte einen heißen Stein an seine Füße, um die

Krämpfe zu lindern. »Du hast bestimmt etwas gegessen, das du nicht verträgst. Du wirst sehen, morgen früh geht es dir schon besser«, sagte sie forsch. »Vielleicht möchtest du ein Brechmittel versuchen?« Lazarus lächelte verkrampft und schüttelte den Kopf. »Lass mich einfach nur in Ruhe«, stöhnte er.

Maria sagte: »Ich glaube, er hat sich zu sehr aufgeregt. Er macht sich solche Sorgen um Jesus. Er ist eben sein bester Freund.«

»Aber so ein bisschen Aufregung macht doch keinen krank?«, wunderte sich Marta.

»Dir wird das nicht passieren, aber Lazarus nimmt sich alles sehr zu Herzen«, sagte Maria. Sie holte eine Tonschüssel mit kühlem Brunnenwasser und ein Wollvlies und tupfte dem Bruder den Schweiß von der Stirn. Er ließ es stumm geschehen.

In der Nacht stieg das Fieber. Sein Gesicht glühte. Maria wickelte nasse Tücher um seine Beine und flößte ihm immer wieder etwas Wasser ein. Er atmete flach und hastig, seine Hände fuhren durch die Luft, als wollte er nach einem Halt greifen. »Sollen wir Jesus rufen?«, fragte Maria.

»Nein«, keuchte Lazarus. »Er darf – sich nicht – in Gefahr bringen, Sie wollen ihn – töten.«

Marta warf Maria einen vorwurfsvollen Blick zu. »Du hättest ihm nichts von den Soldaten erzählen sollen.«

Maria fuhr auf, wollte sich verteidigen, aber dann sah sie, wie stark Martas Hände zitterten. *Sie hat auch Angst um Lazarus. Das ist nun mal ihre Art, damit fertig zu werden.* »Ach Marta«, sagte Maria leise, legte ihre Arme um die Schwester und schmiegte den Kopf in Martas Halsgrube. Zuerst wollte Marta die Umarmung abwehren, aber dann ließ sie es zu. Maria spürte, wie die harten Muskeln in Martas Schulterblättern schlaff wurden. »Danke, dass ich mich an dich anschmiegen darf«, wisperte Maria. »Ich fürchte mich so sehr. Deine Nähe tut mir gut.« Marta schluckte ein paar Mal, dann hatte sie sich wieder in der Gewalt und streichelte Marias Haar. »Sch-sch«, machte sie. »Ich bin ja bei dir.«

Am Morgen ließ Marta einen berühmten Arzt aus Jerusalem kommen. Er drückte und tastete an Lazarus herum, untersuchte die Haut, überprüfte den Herzschlag, die Atmung, dann schüttelte er den Kopf. »Ich bin ratlos. So ein rätselhafter Fall ist mir in meiner ganzen Laufbahn als Arzt noch nicht untergekommen.«

»Bitte tu doch etwas!«, drängte Marta, doch er hob die Hände und sagte: »Hier ist die ärztliche Kunst machtlos.« Sein Bedauern wurde nur noch von seiner Honorarforderung übertroffen. Marta bezahlte ihn zähneknirschend.

Als er das Haus verlassen hatte, schlachtete sie zwei junge Tauben und kochte daraus eine nahrhafte Suppe. Sie würzte sie mit Zwiebeln und Knoblauch und versicherte Lazarus, diese Suppe würde ihn wieder auf die Beine bringen, aber der Bruder nippte nur an der Schale und wandte den Kopf ab. Schließlich aß Marta die Suppe alleine auf, denn Maria hatte auch keinen Hunger. In der Nacht warf sich Lazarus stöhnend auf seinem Lager hin und her und kämpfte in Fieberträumen gegen unsichtbare Feinde. Gegen Morgen lag er reglos zwischen den zerwühlten Decken und war nicht mehr ansprechbar. »So kann es nicht weitergehen«, sagte Marta energisch. »Jetzt schicke ich doch einen Boten zu Jesus.«

Sie lief hinaus und beauftragte einen Diener. Dann kam sie wieder zurück. »So, jetzt können wir nur noch warten«, sagte sie und setzte sich ans Fußende der Liege. Sie wandte keinen Blick von dem Bruder, der sich kaum noch bewegte. Nur die knochige Brust hob sich zu mühsamen Atemzügen.

Eine Weile saßen die beiden Schwestern stumm beieinander. Dann fragte Maria leise: »Woher wusstest du eigentlich, wo Jesus hingegangen ist?«

»Einer von den Dienern hat mir eine geheime Botschaft von Johannes gebracht. Eigentlich galt sie dir. Vor lauter Aufregung hab ich ganz vergessen, dir das auszurichten: Jesus ist mit den anderen Schülern nach Galiläa gegangen. Zurzeit wohnt er in der Nähe von Dalmanuta.«

»Am Jordan«, murmelte Maria nachdenklich. »Dort hat damals der Wüstenprophet Johannes vom Reich Gottes gepredigt. Die Menschen wanderten in Scharen zu ihm an den Jordan und er tauchte sie im Wasser unter. Das war das Zeichen, dass sie zu Gott umgekehrt waren. Das alte Leben wurde ertränkt und alle Schuld abgewaschen.«

»Warst du damals auch dort?«

Maria schüttelte den Kopf. »Schulamit hat mir davon erzählt. Sie war dabei, als sich ihre beiden Söhne taufen ließen. Johannes und Jakobus waren ja zuerst Schüler des Täufers.«

»Ach ja? Und dort haben sie Jesus kennengelernt?«, fragte Marta.

»Als Jesus sich untertauchen ließ wie alle anderen, hörte der Täufer

Gottes Stimme, die sagte: ›Das ist mein geliebter Sohn.‹ Er erzählte seinen Schülern, dass Jesus der Messias sei.«

Lazarus ächzte und zuckte mit den Beinen. Maria sprang auf und hob ihm eine Schale mit Wasser an die Lippen. »Lazarus, komm, trink etwas! Du musst trinken!« Aber der Kranke war schon wieder in seinen Dämmerzustand zurückgeglitten. Maria seufzte: »Es wird immer schlimmer mit ihm.«

Marta legte ihr die Hand auf den Arm. »Nur Mut, der Bote holt Jesus her und Lazarus wird geheilt.«

»Das hoffe ich!«, sagte Maria.

Nach einer Weile nahm Marta den Gesprächsfaden wieder auf. »Ich muss immer wieder an den Täufer denken. Hat es ihn nicht gekränkt, dass einige seiner Schüler zu Jesus überwechselten?«

»Nein. Er *wollte* ja auf Jesus aufmerksam machen. Das war ihm wichtiger als seine eigene Gruppe. Darin sah er seinen Auftrag. Schulamit meinte, er hätte sich sogar darüber gefreut, wie sich der Brautführer freut, wenn sein bester Freund heiratet.«

»Das war wirklich edel von ihm. Und einen solchen Menschen ließ König Herodes hinrichten! Das hat er nicht verdient!«, rief Marta.

Der Tag verging mit Hoffen und Bangen. Die Kühle der Nacht brachte keine Besserung. Lazarus gab keinen Laut von sich und atmete so flach, dass Marta immer wieder eine Flaumfeder vor seine Nase hielt, um sich zu vergewissern, dass er noch am Leben war. »Halte durch, Bruder, du darfst nicht aufgeben! Bald kommt dein Freund Jesus. Dann wird alles gut!«

Maria wischte sich die Augen und flüsterte: »Wenn er uns nur nicht stirbt!«

Marta konnte nicht mehr ruhig sitzen. Sie wanderte im Zimmer auf und ab, blieb am Fenster stehen, sah hinaus. Schließlich sagte sie: »Eine Frage habe ich mir oft gestellt. Warum hat Jesus seinen Freund eigentlich nicht aus dem Kerker befreit?«

Maria hob die Schultern. »Ich weiß es nicht. Ich kann ihn oft gar nicht begreifen.«

Marta seufzte. »Also bleibt uns nichts anderes übrig, als ihm trotz allem zu vertrauen.«

Kapitel XX

»Ich bin froh, dass wir noch einmal davongekommen sind«, sagte Thomas. »Die Soldaten hätten uns beinahe erwischt. Gut, dass Jesus uns rechtzeitig gewarnt hat.«

»Man lebt gefährlich in Judäa«, murmelte Jakobus. »Ich kann nicht begreifen, wieso die Leute mit Steinen auf Jesus werfen wollten. Er hat doch keinem etwas Böses getan! Aber hier am Jordan wird uns nichts geschehen. Bei uns in Galiläa denkt man nicht so fanatisch. Hier wohnen so viele Menschen aus anderen Ländern, dass sich diese Engstirnigkeit gar nicht halten kann.«

»Wenn du einmal von den Nazarethern absiehst«, wandte Philippus ein. »Die hätten Jesus einmal beinahe vom Hausberg heruntergestürzt. Nur weil er sie in seiner Predigt gegen den Strich gebürstet hat.«

»Was sagst du dazu, Petrus?«, fragte Johannes.

Petrus sprang auf und begann, im Zimmer auf und ab zu laufen wie ein Löwe, den man in einem Graben gefangen hält. »Ich bin dagegen, dass wir jedes Mal davonlaufen! Wir sollten uns stellen. Jesus darf sich diese Missachtung nicht mehr gefallen lassen. Er muss den Männern des Sanhedrin beweisen, dass er der Messias ist. Dann können sie ihm seinen rechtmäßigen Anspruch auf den Thron Davids nicht mehr verweigern.«

Jakobus widersprach: »Sie wissen doch schon alles über ihn. Und trotzdem wollen sie Jesus nicht als den Messias anerkennen. Er durchkreuzt ihre politischen Pläne.«

»Und er widerspricht ihren religiösen Ansichten«, sagte Matthäus. »Vor allem die Gruppe um Kaiphas fühlt sich von Jesus herausgefordert, vielleicht sogar bedroht, weil er das einfache Volk hinter sich hat.«

»Diese Sadduzäer sind doch längst keine echten Juden mehr!«, protestierte der ehemalige Zelot Schimeon. »Sie haben so viele Hirngespinste von den Griechen übernommen, dass man sie eigentlich aus der Volksgemeinschaft ausschließen müsste.«

Petrus nickte. »Sie glauben weder an Engel noch an übernatürliche Zeichen. Sie biegen sich die Heiligen Schriften so zurecht, wie es ihnen passt. Und solche Leute stehen als Priester an der Spitze und wollen unser Volk führen!«

»Es sind Verführer, sage ich euch! Irrlehrer! Und sie müssen weg!«, eiferte Schimeon.

Jehuda beteiligte sich nicht an diesem Gespräch. Er hatte ein Knie auf die Sitzbank gezogen, das Kinn darauf gestützt und saß in finsteres Brüten versunken am Fenster.

Warum mussten wir wieder fliehen wie Lämmer vor dem Adler? Rabbi Jesus ist der Messias, da bin ich sicher. Weshalb zeigt er nicht, wie viel Macht er besitzt? Und warum sind meine Pläne bisher jedes Mal gescheitert? Ich hatte mir das alles ganz anders vorgestellt. Meine sorgfältige Planung wurde wieder einmal über den Haufen geworfen. Habe ich vergebens so viele Stunden damit verbracht, einige Männer vom Sanhedrin in unsere Pläne einzuweihen? Meine Kontakte zu Männern vom Adel, die guten Gespräche mit den Priestern, das kann doch nicht umsonst gewesen sein? Jesus sträubt sich, durch Türen zu gehen, die ich ihm aufgestoßen habe. Was soll ich denn noch für ihn tun? Plötzlich überfiel ihn ein erschreckender Gedanke. Und wenn es nun gar nicht an Jesus lag, sondern an ihm? Hatte er vielleicht eine falsche Vorstellung von dem Auftrag, den Jesus erfüllen wollte? Unbehaglich bewegte er die Schultern und massierte sich den verkrampften Nacken. Eine Szene drängte sich in seine Erinnerung. Es war erst ein paar Wochen her, als Jesus mit der Führungsriege ihrer Gruppe auf den Berg Tabor wandern wollte. Jehuda hatte seine Sandalen frisch geschnürt und füllte gerade seinen ledernen Trinkbeutel mit Wasser aus einem Tiefbrunnen, als er sah, wie Jesus mit Johannes, Jakobus und Petrus den Hügel hinaufstieg. »Halt, wartet auf mich!«, hatte er gerufen und war den Vieren nachgelaufen, doch Jesus hatte ihn ernst angeschaut und dann den Kopf geschüttelt. *Warum schließt ihr mich aus? Jesus, was habe ich an mir, dass du mich zurücksetzt? Ich will doch dabei sein, wenn wir dich auf den Thron Davids heben!*, hatte Jehuda innerlich geschrien, doch kein Laut war über seine Lippen gekommen. Er hatte das Kinn gehoben, die Schultern gestrafft und zu den anderen Schülern gesagt: »Jemand muss ja hierbleiben und die Aufsicht führen. Immerhin habe ich den Beutel in Verwahrung und muss mich um den Proviant kümmern.« Auf die Frauen konnte man sich nicht immer verlassen, die waren wieder einmal im Dorf zurückgeblieben, weil sie irgendwelche kranken Kinder pflegen wollten.

Jehuda wunderte sich überhaupt, weshalb Jesus diesen Trupp von Frauen in seiner Nähe duldete. Das brachte Unruhe, vor allem ihm.

Allerdings musste er zugeben, dass sie wahrscheinlich oft hungrig schlafen gegangen wären, hätten nicht Johanna und Maria immer wieder etwas zu essen besorgt, und Schulamit war unübertrefflich darin, geeignete Lagerplätze zu finden. *Für diese Dienste sind die Frauen ja gut genug, sie halten mir den Rücken frei, damit ich mich auf die wirklich wichtigen Aufgaben konzentrieren kann. Und dazu gehört nun mal eine sorgfältige Planung und Strategie.*

Jehuda nutzte die Wartezeit, um mit dem Synagogenvorsteher Kontakt aufzunehmen. Eine Gruppe von Thoralehrern versammelte sich, und schon bald waren alle Schüler in ein lebhaftes Streitgespräch verwickelt. Jehuda erinnerte sich noch genau an die Frage, die ihm der weißbärtige Rabbiner gestellt hatte: »Euer Jesus kommt aus Nazareth. Doch der Messias stammt aus der Familie Davids und muss in Bethlehem geboren werden. Warum lauft ihr einem Betrüger nach?« Jehuda begann eine wohlgesetzte Rede, um den Anspruch seines Lehrers zu begründen, als ihn jemand am Ärmel zupfte. Ein Mann bat: »Komm und schau dir meinen Sohn an. Er leidet furchtbar!« Zuerst hatte Jehuda die Hand abschütteln wollen, immerhin war er mitten in einem wichtigen Disput – heilen konnte man auch noch später. Doch als er die tiefen Sorgenfalten im Gesicht dieses Mannes sah, packte ihn das Mitleid. Er ging mit dem Vater zu einem Grasflecken, auf dem sich ein Junge herumwälzte. »Ein böser Geist quält ihn«, stammelte der Vater. »Immer wieder wirft ihn dieser Dämon ins Wasser oder ins Feuer. Er wird ihn noch umbringen!« Jehuda bückte sich und betrachtete die narbenbedeckten Arme und Beine des Jungen. Der Vater nickte heftig. »Du siehst, was ihm der Dämon schon alles angetan hat. Und es wird immer schlimmer mit ihm. Bitte heile mein Kind!«

Der weißbärtige Rabbiner blinzelte listig und meinte: »Jetzt wird sich ja zeigen, ob dieser Jesus ein Mann Gottes ist oder ein Verführer. Du bist sein Schüler, also bitte.« Er wies mit der Hand auf den Jungen.

Jehuda hatte sofort erfasst, wie günstig diese Stunde war. Nun könnte er ein für alle Mal klären, dass Jesus zu Recht den Anspruch erhob, der Retter und Befreier zu sein, auf den das jüdische Volk schon seit Jahrhunderten mit Sehnsucht wartete. Er hatte die Zipfel seines Obergewandes in den Gürtel gesteckt, damit sie vom lehmigen Boden nicht staubig wurden, und dann hatte er sich neben den Jungen gehockt und gerufen: »Taten sind mächtiger als Worte! In der Vollmacht, die Rabbi Jesus mir verliehen hat, befehle ich dir, du gräulicher Dämon, fahre aus und lass dieses Kind in Ruhe!« Der Junge schrie auf und schlug den Kopf auf den Boden. Schaum drang ihm aus dem Mund und floss über sein Kinn, seine Brust. Er verdrehte die Augen und zuckte heftig mit Armen und Beinen. Jehuda hatte eine ganze Weile gewartet, ob sich etwas an diesem Zustand änderte, während die Zuschauer einer nach dem anderen fortgingen, einige unter Spottreden, andere betreten. Als letzter wandte sich der Vater ab: »Ich hab's geahnt: Du kannst nichts.« Nie würde Jehuda den traurigen und enttäuschten Blick dieser Augen vergessen. Damals hatte er sich zum ersten Mal gefragt, ob er überhaupt zum Schüler des Rabbi Jesus taugte. Als Jesus kam, hatte er den Jungen geheilt, der Vater war glücklich mit seinem Kind fortgegangen, und selbst der zweifelnde Rabbiner schien überzeugt. Doch Jehuda schämte sich abgrundtief. Bitter schmeckte die Einsicht, dass er versagt hatte. Jesus hatte ihm eine Erklärung angeboten: Fasten solle er und beten, damit er solche Herausforderungen meistern könne. *Ist das eine Antwort? Hilft mir das weiter? Habe ich nicht den Allmächtigen aufgefordert, sich durch mich zu zeigen?* Seit diesem Tag war Jehuda immer wieder von Selbstzweifeln heimgesucht worden. Manchmal konnte er sie beiseiteschieben, aber in Zeiten wie dieser fühlte er sich hilflos hin- und hergeworfen von Fragen, auf die er keine Antwort wusste.

Lautes Klopfen weckte ihn aus seinen schweren Gedanken. Jehuda seufzte und streckte sich. Dann ging er zur Tür. Draußen stand ein junger Mann in der kurzen Tunika der Boten. »Ich habe hier eine Nachricht für Jesus von Nazareth. Sie stammt von Marta aus Betanien und lautet: ›Lazarus ist krank.‹«

»Und weiter?«, wollte Jehuda wissen. »Keine Bitte, keine Einladung?«

Der Bote schüttelte den Kopf. »Nichts weiter. Nur dieser eine Satz: ›Lazarus ist krank.‹«

»Ich werde es dem Rabbi melden«, sagte Jehuda und zog eine kleine Münze aus dem Geldbeutel. »Hier. Das ist für dich.« Der Bote nahm die Münze, zog aber seine Hand nicht zurück. »Das reicht. Mehr bekommst du nicht!«, sagte Jehuda streng und wedelte mit beiden Händen. »Geh. Du bist entlassen.« Enttäuscht schlich der Bote zur Tür und ließ sie mit einem Krachen zufallen.

Jehuda suchte Jesus im ganzen Haus. Schließlich fand er ihn bei der Familie des Hauswirtes. Jesus machte gerade mit den Kindern ein Rätselspiel. Jehuda drehte die Augen zum Himmel und murmelte: »Schon wieder Kinderkram!«

Jesus zeigte mit keiner Miene, dass er ihn bemerkt hatte. Schließlich räusperte sich Jehuda und sagte: »Ich habe eine wichtige Nachricht erhalten. Kann ich dich sprechen?«.

Jesus hob den Kopf und warf Jehuda einen forschenden Blick zu: »Etwas später. Wie du siehst, bin ich gerade beschäftigt.« Dann vertiefte er sich wieder in das Spiel mit den Kindern.

Jehuda drehte sich auf dem Absatz herum und ging zurück zu den anderen Schülern. Beim Abendessen sagte er: »Heute kam ein Bote mit einer wichtigen Nachricht.«

Johannes sah ihn neugierig an, die Hand, die das Brot zum Mund führen wollte, blieb in der Luft stehen. Jakobus unterbrach sein Gespräch, Petrus drehte ihm den Kopf zu. Jehuda wartete eine Weile, bis sich alle ihm zugewandt hatten, dann sagte er wichtig: »Lazarus ist krank – ich nehme an, dass wir zu ihm reisen?«

Jesus antwortete: »Diese Krankheit führt nicht zum Tode.«

»Ach so?«, »Ja, dann!«, machten die anderen, und Johannes, der bei dieser Nachricht erschrocken aufgefahren war, ließ die Schultern wieder sinken und tunkte sein Fladenbrot so schwungvoll in die Kräutersoße, dass sie über den Tisch spritzte: »Da bin ich aber froh!«

Zwei Tage später erklärte Jesus: »Lazarus schläft. Ich gehe zu ihm und wecke ihn auf.«

»Warum willst du ihn wecken? Es ist doch gut, dass er schlafen kann, dann ist er bald wieder gesund«, meinte Thomas, die anderen Schüler pflichteten ihm bei.

»Ich will damit sagen, dass Lazarus gestorben ist«, sagte Jesus ernst.

Johannes zuckte zusammen. »Das – das hast du zugelassen? Und Maria? Marta? Deine Freunde?«

»Gott wird zeigen, wie mächtig er ist«, sagte Jesus. »Und ihr sollt lernen, mir zu vertrauen, auch wenn ihr meine Pläne nicht bis ins Letzte verstehen könnt. Kommt, wir reisen wieder nach Betanien.«

Jakobus schüttelte den Kopf und murrte: »Jetzt willst du nach Judäa zurück? Erst vor Kurzem bist du knapp einem Steinhagel entgangen. Viel zu gefährlich.«

Jehuda sagte: »Da muss ich dir ausnahmsweise mal zustimmen. Es sind zu viele Menschen unterwegs. Die Römer sind nervös, befürchten Unruhen und einen Aufstand. Ich halte den Zeitpunkt für ungünstig.«

Jesus stand auf. »Keiner ist gezwungen, mich zu begleiten. Wenn ihr euch fürchtet –«

»Fürchten? Ich?«, rief Petrus. »Da kennst du mich schlecht!«

Schimeon sagte: »Auf geht's«, und Johannes war schon an der Tür.

»Der Kleine kann es wieder einmal nicht erwarten, nach Betanien zu kommen«, raunte Jakobus und Matthäus lächelte väterlich: »Er ist jung.«

»Ich lasse meinen Rabbi nicht alleine gehen. Ich komme auch mit, und wenn ich dafür sterben muss!«, beteuerte Thomas und hob die Hand wie zum Schwur.

Kapitel XXI

Bei ihrer Wanderung nach Betanien warfen sie so manchen schnellen Blick über die Schulter. Jehuda organisierte heimlich einen Sicherheitsdienst. Zwei Männer sollten vorausgehen, um Hinterhalte und Fallen zu entdecken. Zwei sollten in einigem Abstand hinterherkommen und Verfolger entlarven. Doch sie wurden nicht verfolgt und kamen unbehelligt in Betanien an.

Am Ortseingang lief ihnen eine Frau in Trauerkleidung entgegen.

»Das ist Marta!«, rief Johannes. »Aber wie sieht sie aus? Wie ihre eigene Mutter!«

Auch ihre Stimme klang fremd, als sie Jesus begrüßte: »Wärst du hier gewesen – mein Bruder wäre nicht gestorben.« Jehuda sagte leise: »Ich kann nicht begreifen, warum Jesus das nicht verhindert hat. Er wusste doch, dass Lazarus krank war. Immerhin war er ihm ein guter Freund.«

Marta warf Jehuda einen strengen Blick zu, dann sagte sie zu Jesus: »Trotzdem weiß ich, dass Gott jedes deiner Gebete erhört.«

»Marta, dein Bruder wird auferstehen«, sagte Jesus fest.

»Ja, das weiß ich«, seufzte sie. »Am Jüngsten Tag wird Gott ihn ins Leben zurückrufen.«

»*Ich* bin die Auferstehung und das Leben!«, rief Jesus. »Wer an mich glaubt, wird leben, auch wenn er stirbt. Glaubst du das?«

»Ja, Herr, ich glaube, dass du der Messias bist, der Retter, der Sohn Gottes.« Ihre Stimme zitterte nicht dabei, aber sie hatte Tränen in den Augen. Sie fügte hinzu: »Ich schicke dir Maria.«

Kurz darauf kam Maria aus dem Haus gelaufen. Sie rannte so schnell, dass die Trauergäste, die ihr folgen wollten, weit hinter ihr zurückblieben. Ihre Haare flatterten wie ein Schleier hinter ihr her und sie achtete nicht auf die Steine am Weg, auf die Baumwurzeln, auf die Dornen, die ihr Kleid festhalten wollten. Endlich war sie bei Jesus angekommen und warf sich zu seinen Füßen auf den Boden. Es dauerte lange, bis sie ihr Schluchzen so weit zurückgedrängt hatte, dass sie etwas sagen konnte.

»Mein Bruder wäre nicht gestorben, wenn du hier gewesen wärst.«

Jeder konnte sehen, dass ihm ihr Kummer ins Herz schnitt. Er spannte die Kiefer, presste die Lippen zusammen und bekam feuchte Augen.

»Wo habt ihr ihn hingelegt?«, fragte er leise.

Einer der Trauergäste rief: »Komm, schau es dir an.«

Ein anderer murmelte: »Er muss ihn sehr geliebt haben, sieh nur, wie er weint!«

Und ein Dritter: »Dabei hätte er das verhindern können. Er hat ja sogar Blinde geheilt!«

Jesus straffte die Schultern, und wieder waren seine Lippen zu einem Strich zusammengepresst.

Maria hob den Kopf und sah ihn an: *Er ist traurig, weil Lazarus nicht mehr da ist. Aber da ist nicht nur Schmerz – ich glaube fast, er ist zornig. Aber warum? Vielleicht durchschaut er die Verwandten, die laut herumheulen und Trauer heucheln und dabei ans Erben denken. Und doch – da ist noch mehr. Wahrscheinlich ist er zornig, weil ihm der Feind seinen guten Freund weggerissen hat. Ja, das wird es sein. Satan hat meinen geliebten Bruder gequält und gepeinigt, bis der letzte Lebensfunke erloschen ist. Er triumphiert, wenn Lippen verstummen, die vorher Gott gedankt haben, und wenn Augen erblinden, die Schönheit bewundert haben, wenn Herzen stillstehen, die Gott und Mitmensch geliebt haben. Hämisch lacht er, wenn Hände erlahmen, die vorher Not linderten und Nützliches zuwege brachten. Das kann Jesus nicht kalt lassen. Er ist Gottes Sohn. Er leidet mit.*

Dieser Gedanke tröstete sie, und sie ließ sich von Johannes auf die Beine helfen und klammerte sich an seine Hand, als wäre sie das einzige Stück Sicherheit auf dieser Welt. Johannes führte sie behutsam hinüber zur Felsengruft. Inzwischen hatten sich alle Trauergäste dort versammelt, auch Marta kam herüber. Jesus stellte sich vor den Eingang der Höhle.

»Hebt den Stein weg!«, befahl er.

Marta fiel ihm in den Arm. »Nein, bitte nicht! Er stinkt schon. Er liegt seit vier Tagen im Grab und ich möchte nicht, dass …«

Jesus sagte ernst: »Habe ich dir nicht gesagt: Wenn du glaubst, wirst du die herrliche Kraft Gottes erleben?«

Marta verzog das Gesicht, als hätte sie Schmerzen, und Johannes flüsterte ihr zu: »Nicht zweifeln, Marta, auch wenn du meinst, es sei zu spät, es gäbe keine Hoffnung mehr.« Es sollte wohl zuversichtlich klingen, doch seine Stimme zitterte dabei. Die runde Steinplatte knirschte in der Rinne und polterte von der Öffnung weg. Dumpfkalte Luft wehte aus der Höhle. Der tote Lazarus lag, in weiße Leinenbinden gewickelt, auf der Steinbank.

So nah, so weit weg, klagte Maria in Gedanken. *Er fehlt mir. Er fehlt mir ganz furchtbar. Seine Güte, sein nachdenkliches Lächeln, seine Freundlichkeit.*

Jesus hob die Augen zum Himmel. »Vater, ich danke dir, dass du mich erhört hast. Du hörst mich immer. Ich sage das wegen der Leute, die hier stehen. Sie sollen daran glauben, dass du mich gesandt hast und dass ich in deiner Vollmacht handle.«

Schweigen legte sich über den Platz. Maria hatte sich mit dem Ärmel das Gesicht trocken gewischt und schaute angespannt zur Grabhöhle hinüber. *Was will er tun? Er wird doch nicht – nein, das ist unmöglich, nicht nach vier Tagen!*

Da rief Jesus laut: »Lazarus! Komm heraus!«

Den Leuten stockte der Atem. Dort in der dunklen Grabhöhle regte sich, bewegte sich etwas. Unter einem Berg von Tüchern und Binden wand sich Lazarus. Kein Gespenst, kein Spukbild rätselhafter Geister, sondern Lazarus aus Fleisch und Blut. Alle staunten, vor Schreck und Freude erstarrt, während Lazarus mit den Hüllen kämpfte. Er konnte sich kaum rühren, so eng hatten sie ihn verschnürt. Doch es gelang ihm, die Beine von der Steinbank zu heben. Und dann kam er, Schrittchen für Schrittchen, zum Ausgang geschlurft.

»Lazarus!«, schrien Maria und Marta aus einem Mund und stürzten auf ihn zu, lachten und weinten.

»Vielleicht nehmt ihr ihm die Tücher ab, dann kann er besser gehen«, sagte Jesus trocken.

Stunden später hatte Marta die vielen Gäste mit Brot, kaltem Lammfleisch und Trauben versorgt. Lazarus, der sich inzwischen mit Jesus in ein Nebenzimmer zurückgezogen hatte, kam in die Halle.

Alle Gesichter wandten sich ihm zu. Es wurde still im Raum. Maria, die gerade ein Dessert aus Datteln und Sauermilch an die Freunde verteilt hatte, hob den Kopf.

»Mein Bruder!«, lächelte sie. »Du bist wieder bei uns. Geht es dir gut?«

Er strahlte über das ganze Gesicht. »Ich habe mich nie besser gefühlt.«

Johannes zupfte ihn am Ärmel: »Eines möchte ich zu gern wissen: Wie war es nach dem Sterben? Was hast du gesehen?«

Lazarus legte ihm den Arm um die Schultern und sagte laut, sodass es alle hören konnten: »Ich habe nichts erlebt, gar nichts. Ich habe einfach – geschlafen.«

Spät am Abend klopfte die Haushälterin Rebekka an die Tür. »Ich möchte den Rabbi sprechen«, flüsterte die Alte. Sie wagte keinen Schritt in die Halle, in der all die Männer saßen, sie blieb im dunklen Flur stehen und blinzelte ins Lampenlicht. »Bitte, Herr, kannst du kommen und einen Leprakranken heilen?«

Schlagartig wurde es still. Jesus stand auf und ging auf sie zu. »Führ mich zu ihm«, sagte er.

Kapitel XXII

An einem Sabbatabend vor der Passahwoche öffnete Simon sein Haus für viele Gäste. Er wollte ein Freudenfest feiern, denn nun fühlte er sich endlich wieder als ein vollwertiger Mensch! Rebekka hatte zwar gejammert: »So viel Besuch, das bin ich nicht gewohnt! Das wächst mir über den Kopf!«, aber wozu hatte man Nachbarn? Er hatte Marta gefragt und sie um Hilfe gebeten, und sie stimmte freudig zu.

»Wunderbar! Ein Fest, Jesus zu Ehren! Da sind wir dabei«, sagte sie. »Macht euch keine Sorgen, ich kümmere mich um alles.«

Und diesmal übertraf Marta alles, was man bisher von ihr gesehen hatte. Sie verwandelte Simons große Halle in ein Blumenmeer. Dazwischen hatte sie kleine Tische eingestreut, auf denen die Körbe von Trauben, Feigen und Granatäpfeln überquollen. Weiche Sitzpolster und bequeme Liegen lockten zum Ausruhen. Jesus wurde auf den Ehrenplatz gewiesen – die Stirnseite der Halle, links und rechts flankiert von Simon und Lazarus.

Die Halle füllte sich und der Beifall brandete auf, als Marta die Speisen auftrug. Keiner sah ihr an, dass sie in der letzten Woche beinahe pausenlos durchgearbeitet und nur den Sabbat über geruht hatte; sie wirkte frisch, pulsierte vor Energie und gab ihre Befehle mit gelassener Stimme an die Diener weiter.

Als Maria das Haus betrat, nahm Marta ihren Arm und zog sie beiseite. »Mädchen, ich habe meine Zweifel, ob es gut ist, wenn du da hineingehst. Keine Ahnung, wie Simon reagiert. Er hat dich noch nicht gesehen, seit du wieder bei uns wohnst – vielleicht solltest du dich etwas im Hintergrund halten.«

»Wie du meinst«, flüsterte Maria und fand eine Nische, in der sie nicht gesehen wurde, aber alles hören konnte. Sie schüttelte ein Kissen auf und ließ sich darauf nieder. Ganz in der Nähe saßen die Schüler Jesu.

»In den letzten Monaten haben wir einige strategische Fehler gemacht«, sagte Jehuda gerade.

»Was meinst du damit?«, wollte Petrus wissen.

»Ich denke an diesen jungen Adeligen, der vor einiger Zeit zu Jesus kam. Er hatte Beziehungen. Er hätte uns nützen können.«

»Ja, sicher, aber wenn er sich Jesus anschließen wollte, warum ist er dann einfach weggegangen?«

»Man hätte ihn zurückrufen müssen«, sagte Jehuda streng. »Leute in seinen Kreisen sind nicht daran gewöhnt, dass man ihnen Bedingungen stellt. Schon gar nicht solche –«

»Wahrscheinlich hat Jesus in seinem Herzen gelesen«, wandte Johannes ein. »Solange der Fürst noch an seinem Geld hing, war kein Platz in seinem Herzen.«

»Du redest Unsinn«, fand Jehuda. »Die Liebe zu Gott und eine realistische Einstellung zum Geld schließen sich doch niemals aus. Das kann man nicht nur vereinbaren, man muss es sogar, wenn man effizient für Gott arbeiten will!«

»Was heißt eigentlich ›effizient‹?«, erkundigte sich Andreas.

Jehuda seufzte. »Lernst du eigentlich nie dazu? Jetzt sind wir schon so lange mit dem Meister zusammen ...«

»*Er* hat dieses Wort noch nie verwendet. Er spricht immer so, dass ihn alle verstehen. Sogar die Kinder!«, verteidigte sich Andreas.

»Bauern und ungebildete Fischer ...«, knurrte Jehuda. Seine Stimme wurde laut: »Es wird Zeit, dass wir Jesus zum König krönen!«

Der ehemalige Zelot Schimeon nickte beifällig und meinte: »Endlich. Die Leute warten nur darauf.«

Die Gäste auf den umliegenden Polsterliegen applaudierten. »Wir sind dabei! Sagt uns Bescheid, wir unterstützen euch!«

Jehuda straffte die Schultern: »Ich verspreche euch, dass es nicht mehr lange dauert – höchstens noch ein, zwei Tage. Auf jeden Fall vor dem Passahfest. Es ist schon alles geplant und vorbereitet – mehr wird nicht verraten.«

Mehr brauchte Maria auch nicht zu hören. Sie huschte aus ihrem Versteck und verließ das Haus durch die Hintertür. Sie rannte durch den Garten hinüber ins eigene Haus, hinauf in ihr Zimmer. Hinter dem losen Mauerstein, wo sie früher ihre Parfüms aufbewahrt hatte, stand die Alabasterflasche mit dem teuren Nardenöl.

Auf dem Rückweg lief sie Marta in die Arme, die einen Korb Trauben aus dem Vorratskeller geholt hatte. Die Schwester hatte eine nervöse Steilfalte auf der Stirn und wirkte nun doch etwas abgehetzt.

Maria zeigte auf die Flasche und sagte: »Ich bin so froh, dass ich das Nardenöl gekauft habe! Eigentlich sollte es für das Begräbnis sein …«

»Fängst du schon wieder damit an?«

»Jesus hat gestern wieder einmal vorausgesagt, dass er das Passahfest nicht mehr überleben würde.«

Marta stellte den Korb ab. »Was sagst du da? Hast du auch richtig zugehört?«

»Natürlich. Wenn Jesus etwas sagt, dann höre ich immer richtig zu. Es hat mich furchtbar getroffen. Ich konnte die ganze Nacht nicht schlafen vor Kummer. Aber ich glaube, er hat seine Pläne nun doch geändert. Jehuda meinte, dass Jesus in den nächsten Tagen zum König gekrönt wird. Ist das nicht herrlich?«

Marta ließ den Atem wieder ausströmen, den sie die ganze Zeit angehalten hatte. »Ja. Ich habe davon gehört.«

»Und deshalb möchte ich ihm das Nardenöl heute schon geben!«

»Bist du sicher, dass er sich darüber freut?«, gab Marta zu bedenken. »Ich meine – was will er denn mit einem Parfüm?«

Maria lächelte. »Ein Parfüm für einen König!«

Leise huschte sie zurück in den Saal. In allen Ecken summten die Stimmen durcheinander. Keiner achtete auf Maria, als sie gebückt hinter die Couch trat, auf der Jesus lag. Es klirrte leise, als sie den Hals der Alabasterflasche abbrach. Sie träufelte etwas Öl in sein Haar und dachte: *Bevor dich die anderen zum König krönen, will ich dich salben. Für mich bist du schon lange ein König.* Sie dachte an das, was er für sie getan hatte. *Siebenmal hat er für mich gebetet, hat Gott im Himmel angerufen, um meine Befreiung gerungen. Er hat mich nie als einen »hoffnungslosen Fall« abgetan. Er hat mich akzeptiert, so wie ich war, bedingungslos. Er hat mir das Tor zu einem neuen Leben aufgestoßen.*

Auf einmal wurde sie von Dankbarkeit überwältigt und brach am Fußende der Liege in die Knie. Sie beugte sich über seine Füße und ließ den Tränen freien Lauf. *Ohne dich wäre ich schon nicht mehr am Leben. Was ich heute bin, das verdanke ich dir. Ich liebe dich!*

Sie nahm seine Füße so zart und behutsam in die Hände, als wären sie kostbare Juwelen. Sie küsste sie zart und tupfte die Spuren ihrer Tränen mit ihrem langen, weichen Haar ab, dann goss sie den Rest der Narde über seine Füße. Der Duft stieg auf wie eine Wolke und durchzog den großen Raum.

Auch Simon roch das Parfüm. Er warf einen Blick nach hinten und verschluckte sich an der Dattel, die er gerade in den Mund gesteckt hatte. Maria die Hure! In seinem Haus! Wie konnte sie es wagen! Sie würde doch nicht – nein, undenkbar!

Auf einmal drängte sich ein Bild in seine Erinnerung: ein Mädchen, rein wie der neue Morgen. Sie tritt aus dem Wald wie ein Reh, sie läuft über die Wiese, als berührten ihre Füße kaum die Gräser, sanft wie der Wind. Ihre Stimme klingt wie eine Silberglocke, die man mit dem Fingernagel anstößt. Und ihr Gesicht möchte man in Marmor meißeln und in der Halle aufstellen und tagelang betrachten. Sie kommt auf ihn zu, folgt ihm ins Haus, sinkt zu seinen Füßen nieder und bittet: »Lehre mich. Erklär mir die Welt.« Sie hört zu, als gäbe es nichts anderes auf der Welt als ihn. Sie hängt an seinen Lippen, sie nimmt seine Worte in sich auf. Aus dunklen Augen blickt sie zu ihm auf, und wenn sie nachdenklich zu Boden schaut, dann werfen ihre gebogenen Wimpern lange Schatten auf ihre Wangen. Und als er die Hände nach ihr ausstreckt, da zuckt sie nicht zurück. Sie lächelt: »Ich vertraue dir. Du bist gut, du bist wie ein Engel. Du wirst mir kein Leid zufügen, niemals.«

Aber dann – plötzlich – eine Wolke, die sich vor die Sonne schiebt. Ein Sturm fährt in die Olivenbäume, zerrt an den Ästen, reißt ihre Blätter ab, aber er achtet nicht darauf, als seine Leidenschaft aufflammt und er das Mädchen an sich reißt und – …

Er schreckte aus seinen Gedanken auf, der Puls jagte. Was für ein Albtraum! Oder Wirklichkeit? Nein. Das war unmöglich. So etwas konnte er nicht getan haben. – Oder vielleicht doch? Dann hatte *sie* ihn verhext mit ihren Samtaugen, mit ihrem seidenweichen Haar. Ja, so war es. So musste es gewesen sein. *Sie* hatte ihn verführt, ganz bewusst und aus heimtückischer Berechnung, sonst hätte er nicht … sonst hätte er doch niemals …

Energisch will er die Gedanken von sich schieben. Das war lange her. Eine Jugendsünde, wie sie wahrscheinlich jeder einmal getan hat, inzwischen tausendmal gesühnt durch gute Taten.

Während Simon mit seinen Gedanken kämpfte, hatte Jehuda einen mittleren Tumult verursacht. Zuerst murrte er nur leise, dann immer lauter: »So eine Verschwendung! Wie kann man nur!«, bis ihm die anderen beipflichteten: »Jawohl. Ganz recht! Du hättest so etwas nie geduldet.«

Er richtete sich auf und sagte etwas lauter: »Man hätte das vorher absprechen müssen. Solche spontanen Unternehmungen bringen uns nicht weiter. Diese Dinge müssen sorgfältig geplant und durchdacht werden, sonst bleiben wir in der Mittelmäßigkeit stecken und versumpfen am Ende in einem Morast von Sentimentalitäten.«

Bewundernde Blicke streiften ihn und einige der Schüler nickten.

»Typisch Maria! Sie denkt nie nach!«, brummte Matthäus.

Und Philippus fragte: »Was meinst du, wie viel Geld hat sie für dieses Öl ausgegeben?«

Bei dem Stichwort »Geld« wurde es plötzlich still im Saal. Alle Blicke richteten sich auf den großen Strategen, dessen Pläne alles in den Schatten stellten, was andere sich ausdenken konnten, den Meisterschüler, der ihre Träume von Glanz und Glorie realisieren würde, den Helden ihrer Truppe, der so elegant zu argumentieren verstand und dem kein anderer aus dem Kreis der Schüler das Wasser zu reichen vermochte. Jehuda sagte – und zog dabei die rechte Augenbraue bis zum Haaransatz hoch: »Dieses Nardenöl hätte man für mindestens 300 Silberdenare verkaufen sollen. Mit dieser Summe hätten wir jede Menge arme Leute unterstützen können.«

Johannes pfiff durch die Zähne und flüsterte ihm zu: »Arme Leute? Seit wann liegt dir so viel an denen?«

»Erlaube mal! Schließlich verwalte ich die Kasse und bin beauftragt, die Spenden zu verteilen!«, zischelte Jehuda.

»Mir kommt es so vor, als wäre unser Beutel in letzter Zeit ziemlich abgemagert«, murmelte Johannes und schaute anzüglich auf die langen, schlanken Finger Jehudas. Der versteckte sie in den Ärmeln und sagte tonlos: »Und wenn schon! Ab und zu ein kleines Taschengeld für meine erstklassige Arbeit! Das muss einfach drin sein!«

Jesus warf ihm einen wissenden Blick zu und sagte: »Arme habt ihr immer, aber ich bin nicht mehr lange bei euch.«

Jehuda presste die Lippen aufeinander, runzelte die Stirn und senkte die Augen, als könnte er damit verhindern, dass Jesus in ihm las wie in einem offenen Buch. Oder wollte er nur den Blicken der anderen ausweichen?

Dabei schaute ihn keiner an, weder neugierig, noch schadenfroh; Johannes betrachtete nun sehr aufmerksam die Dattelkerne, die er gerade abgenagt hatte, Jakobus verfolgte mit dem Finger das Muster der Tonschale, Petrus studierte die Krümel auf seinem Teller, denn immer noch hing – wie eine regenschwere Wolke – der Satz über allen Köpfen: »… aber ich bin nicht mehr lange bei euch …«

Maria war unterdessen flammend rot geworden. *Jetzt hab ich schon wieder etwas falsch gemacht! Wahrscheinlich hält mich Jesus für leichtsinnig, weil ich nur an ihn gedacht habe und nicht an die Armen, die so hart um ihr Überleben kämpfen. Immer noch ist mir Jesus so viel wichtiger als alle anderen in der Welt. Aber vielleicht ist das falsch. Ich lasse mich eben zu stark von meinen Gefühlen treiben, immer noch, immer wieder.*

Sie schämte sich. Hastig stand sie auf, nahm die Scherben der Flasche und wollte davonschleichen.

Aber Jesus hielt sie mit seinen Augen fest und lächelte ihr zu. Da versank die Welt vor ihr und alles, was die anderen von ihr denken mochten. Sie flüsterte: »Ich wollte dir eine Freude machen, Herr. War das verkehrt?«

Jesus sagte: »Wahrscheinlich ist dir gar nicht klar, was das alles bedeutet, Maria. So wie du das Alabastergefäß zerbrochen hast, so muss auch mein Leib zerbrochen werden. In sechs Tagen werde ich am Kreuz sterben als das wahre Passahlamm, das die Schuld der ganzen Welt sühnt. Ich werde mich für euch alle opfern. Aber ich werde am dritten Tag auferstehen, ich werde wieder leben, für dich, Maria, und für alle anderen, die mein Opfer zu schätzen wissen. Und genauso wie der Duft der Narde das Haus durchzieht, wird auch die Nachricht von dem, was ich tun werde, die ganze Welt erfüllen. Was du für mich getan hast, wird nie mehr vergessen. Es ist ein Zeichen, ein Symbol für die Liebe aller Menschen, die zu mir gehören.«

Maria trank seine Worte in sich hinein und fühlte sich reich, als wäre sie die Tochter eines Königs.

Aber die Gäste schauten verblüfft. »Was soll denn das nun wieder?« »Und was meint er mit ›Passahlamm?‹«, raunten sie. »Versteht ihr, was er uns sagen will?« »Ich denke, er wird in den nächsten Tagen zum König gekrönt?«

Zu seinen Schülern sagte Jesus: »Lasst Maria in Ruhe. Warum habt ihr sie gekränkt? Mit ihrem Öl hat sie meinen Leib zur Bestattung vorbereitet. Und auf eines könnt ihr euch verlassen: Überall in der Welt, wo man die gute Nachricht von der Versöhnung mit Gott verkündet, da wird man auch von dieser Frau sprechen und von ihrer Tat. Man wird sich bis in alle Ewigkeit an sie erinnern.«

Johannes warf einen Blick hinüber zu Jehuda. Doch der schaute auf den Fußboden und machte ein grimmiges Gesicht. Ob er etwas von dem, was Jesus sagte, gehört und verstanden hatte? Endlich sprang er auf, die Faust geballt, dass die Knöchel weiß hervortraten, und knirschte im Hinauslaufen: »So lasse ich mich nicht behandeln. So nicht.«

»Was hat er denn?«, wollte Petrus wissen.

Johannes hob die Schultern. »Beleidigt. Du weißt ja, er verträgt keine Kritik.«

»Aber es hat ihn doch keiner –«

Johannes zeigte auf Maria. »O doch. Durch das, was sie getan hat.«

Petrus schüttelte den Kopf, wandte sich ab und sagte zu Jakobus: »Der Junge spricht wieder mal in Rätseln.«

Kapitel XXIII

Simon hatte die ganze Zeit mit seinen Erinnerungen gerungen. Sie klebten in seinem Gedächtnis, als wären sie aus Honig. Endlich rettete er sich in die Strategie, die bisher immer geholfen hatte: Er konzentrierte sich auf den Gedanken, dass Maria durch und durch verdorben wäre. *Die geborene Hure. Eine Zauberin. Eine anständige Frau würde sich doch nie so aufführen, wie sie es jetzt wieder getan hat! Seltsam, dass Jesus das nicht durchschaut. Vielleicht ist er doch kein echter Prophet? Sonst würde er sich von so einer Frau doch nicht berühren lassen.*

In diesem Augenblick neigte Jesus sich zu Simon hinüber. »Simon, ich möchte dir etwas sagen«, begann er. Simon wurde blass bis in die Fingerspitzen. *Jetzt wird mir die Maske vom Gesicht gerissen. Jetzt wird mich dieser Prophet vor allen anderen bloßstellen. Jetzt werden alle mein dunkles Geheimnis erfahren, das Gott mit der Lepra gestraft hatte,* dachte Simon und zog die Schultern hoch, als könnte er sich damit gegen jeden Schlag wappnen, der kommen musste …

Doch Jesus griff nicht an. Im Plauderton erzählte er eine Geschichte von zwei Leuten, die ihre Schulden nicht zurückzahlen konnten. Einer schuldete 50 Denare, der andere 500. Doch der Gläubiger hatte Mitgefühl und erließ beiden den Kredit. »Wer von den beiden wird mehr lieben?«, fragte Jesus so leise, dass kein anderer mithören konnte.

Simon atmete auf: Da hatte er ja noch einmal Glück gehabt. Das Gespräch war unverfänglich. Es hatte nichts mit ihm zu tun. Er leckte sich die trockenen Lippen, zwang den Kloß in seiner Kehle nieder und murmelte: »Ich denke, der wird mehr lieben, dem mehr geschenkt wurde.«

»Siehst du diese Frau?«, fragte Jesus, und in diesem Moment begriff Simon, dass das Gespräch sehr wohl etwas mit ihm zu tun hatte.

O ja, er sah Maria. Er sah sie nur zu klar. Er sah sie nicht nur, wie sie heute aussah, mit den scharfen Linien um die Mundwinkel, um die Augen, er sah sie auch noch, wie sie früher war – eine Blume aus dem Paradiesgarten, so freundlich und lieb, dass man meinte, ihre Füße hinterließen eine goldene Spur. Sie hüpfte und lächelte sich in die Herzen aller Menschen hinein, mit denen sie zusammentraf. Wahrscheinlich gab es keinen im Ort, den ihr kindliches Vertrauen nicht rührte.

Aber dann hatte er ihre zarten Blütenblätter mit dem heißen Atem seiner Leidenschaft versengt. Er hatte ihren Stängel gebrochen, ihre Unschuld zerrissen. Danach hatte ihn die Scham überwältigt. Aus Zorn über seine Schwäche hatte er Maria von sich gestoßen, hatte nicht gesagt: »Es tut mir leid«, hatte nie gefragt: »Wie geht es dir, wie wirst du damit fertig?« Er hatte sie fortgejagt und die Erinnerung an ihre Liebe ins tiefste Verlies verbannt, die Tür verrammelt, den Schlüssel weggeworfen.

Doch nun holte ihn das alles wieder ein.

Plötzlich durchzuckte ihn die Einsicht wie ein scharfes Messer: Seine Schuld war ja zehnmal größer als die ihre! Es war seine ungezügelte Leidenschaft, die ihr Herz so tief verwundet hatte, dass sie innerlich krank wurde: süchtig nach Liebe, süchtig nach Sex, süchtig nach Macht, nach Geld, von Dämonen gejagt und getrieben, bis sie zur Hexe geworden war, die so viele Männer durch ihre Reize betörte.

Da überfiel ihn die Reue und er senkte den Kopf und schloss die Augen. Wie von Weitem hörte er Jesus weitersprechen, freundlich, geduldig: »Du hast mir kein Wasser für meine Füße gebracht, als ich dein Haus betrat. Sie aber hat meine Füße mit Tränen gewaschen und mit ihrem Haar getrocknet. Du hast mich nicht mit einem Kuss begrüßt. Sie aber hat meine Füße zärtlich geküsst. Du hast mich nicht mit Öl gesalbt, aber sie hat kostbares Nardenöl über mir ausgegossen.«

Simon stieg die Röte in die Wangen. Zum ersten Mal wurde ihm bewusst, dass er Jesus nicht etwa aus Liebe eingeladen hatte. Er wollte eine Dankesschuld abtragen, weil Jesus ihn von der Lepra befreit hatte. Doch nun spürte er, wie viel er schuldig blieb.

Jesus sagte, und die Zärtlichkeit in seiner Stimme hüllte Maria ein wie einen Mantel: »Ihr sind viele Sünden vergeben, deshalb hat sie mir viel Liebe gezeigt. Wem aber wenig vergeben wird, der liebt wenig.«

Simon schlug die Hände vors Gesicht. »Ach, wenn mir doch vergeben werden könnte!«, schrie es in ihm. »Meine Schuld, meine große Schuld!«

Doch mitten in seiner Scham und Trauer spürte er, dass er in diesem Aufruhr nicht verlassen war. Jemand berührt ihn sanft am Arm. Simon schaute auf und sah Jesus in die Augen, der sich zu ihm hinüberbeugte, und auf einmal wusste Simon, dass ihm die Schuld genauso erlassen wurde wie Maria. Es war ihm, als wäre er aus einem dunklen Flur ins helle Sonnenlicht getreten.

Simon fühlte, wie die harte Kruste zersplitterte, mit der er sein Herz all die Jahre hindurch gegen Gott und seine Mitmenschen abgeschottet hatte. Die Schuldgefühle überwältigten ihn beinahe, aber tief drinnen wusste er, dass er nicht verworfen war: Gott hatte Geduld mit ihm, es war noch nicht zu spät.

Im Geist sah er sich vor Jesus am Boden liegen, und nun begriff er, warum Maria die Füße Jesu so zärtlich geküsst hat, als wären sie das Kostbarste auf der Welt: Diese Füße treten keinen Sünder in den Staub.

Kapitel XXIV

Es war weit nach Mitternacht, als Rebekka die Tür hinter dem letzten Gast verschloss. Sie gähnte ungeniert.

»Leg dich schlafen. Es war ein langer Tag«, sagte Simon. »Wir räumen morgen auf.« Gedankenverloren strich er dem Hund über den Kopf. Barras winselte leise.

»Ja, du willst noch mal nach draußen. Komm.«

Weiß leuchtete der Mond über dem Feld. Der Hund tollte davon und Simon rief ihn nicht zurück, tief in Gedanken versunken. Er sah hinüber zum Nachbarhaus. Ob Maria schon schlief? Leise pfiff er durch die Zähne. Das war früher ihr heimliches Signal gewesen, der Ruf: »Komm zu mir!«

Aber das war lange her. Maria würde sicher nicht kommen, warum auch – nach allem, was er ihr angetan hatte. Die Jahre hatten ihren Preis gefordert. Sie ließen sich nicht mehr rückgängig machen.

Und doch knirschte der Kies drüben im Nachbargarten. Simon eilte zur Pforte, schob den Efeu beiseite, atemlos. »Maria, bist du das?«

Sie blieb stehen. »Ja, Simon. Kannst du auch nicht schlafen?«

Mit drei Sätzen war er bei ihr drüben und warf sich vor ihr auf die Knie wie ein Bettler.

»Hör mich an. Ich muss mit dir sprechen. Bitte«, stöhnte er, »verzeih mir. Ich kann sonst nicht weiterleben.« Er brach in Tränen aus.

Maria legte ihm eine leichte Hand auf den Scheitel und wartete, bis er sich beruhigt hatte.

»Komm, wir gehen hinüber zur Weide«, schlug sie vor. Das war immer ihr Lieblingsplatz gewesen. Sie setzten sich auf die niedrige Mauer und schwiegen.

Endlich sagte Simon: »Ich habe dein Leben zerstört. Ich habe schlimm an dir gehandelt.« Er rang nach Worten. »Wenn ich es nur wiedergutmachen könnte. Du musst furchtbar gelitten haben. Was ist seit damals geschehen?«

»Ach Simon … das sind dunkle Geschichten. Willst du es wirklich wissen?«

»Sag es mir.«

Maria schwieg lange und kämpfte mit sich. Mühsam kamen die Worte, sie musste jedes einzeln herbeizerren. Sie schilderte ihre Verwirrung und ihren Schmerz, als er das Liebesgeschenk, das sie ihm gemacht hatte, verachtete und zertrat. Damals fühlte sie sich beschmutzt und überaus schuldig und wusste nicht einmal genau, weshalb. Sie beschrieb ihren Kummer, ihre Trauer, als er sie von sich stieß, nachdem sie sich ihm doch ganz hingegeben hatte. Sie erzählte von den schlaflosen Nächten, in denen der Mondschein sie nach draußen trieb, immer auf der Suche, gejagt von einer namenlosen Sehnsucht. Sie sprach von ihrem inneren Hunger nach Wärme und einer Hand voll Glück, das ihr Minuten oder Stunden später durch die Finger rann wie trockener Sand. Und von ihren Wunschträumen, die sich nie erfüllen würden: ein treuer Ehemann, der sie mit Achtung behandeln und sanft mit ihr umgehen würde, drei oder vier Kinder, ein kleines Haus. Und sie malte mit Worten den Albtraum der vergangenen Jahre – wie sie von Dämonen gequält und gepeinigt wurde und ihr trotz verbissener Jagd nach Liebe doch nichts übrig blieb als Münzen im Beutel und Juwelen.

Maria verschwieg nichts – weder die Selbstvorwürfe noch den Ekel vor sich selbst. Sie sprach über die Schmerzen, die ihren Leib schier zerrissen, und sie schluchzte auf bei der Erinnerung an die Grausamkeit und Gier mancher Männer, die Schimpftiraden der betrogenen Ehefrauen und die verachtenden Blicke der »hochanständigen« Leute. Sie weinte aus Trauer um ihre Unschuld, aus Kummer über ihre ungeborenen Kinder, die nicht leben durften, aber auch aus Reue über die vielen Sünden, in die sie sich verstrickt hatte.

Als sie still geworden war, erzählte Simon – von dem Panzer, der sein Herz umschlossen hielt und alle zarten und warmen Gefühle aussperrte, von seinen verbissenen Studien, seinem Ringen um die Wahrheit, von den grausamen Flecken auf seiner Haut und der Angst vor jedem neuen Morgen, an dem er ein neues Lepra-Mal entdecken würde, von den endlosen Tagen und Nächten, in denen er sich in seinem Haus vergraben hatte, als wäre er lebendig eingemauert und trüge das Verdammungsurteil Gottes an seinem Körper.

Bei seinem Bericht, den er mit tonloser Stimme vorbrachte, als beschrieb er das Schicksal eines völlig Fremden, brach Maria wieder in Tränen aus. Sie nahm ihn in die Arme und wiegte ihn wie eine Mutter ihr krankes Kind

Der Mond war längst untergegangen, als sie zum Haus zurückkehrten. Maria zog ihr Umschlagtuch enger um die Schultern.

»Morgen werdet ihr mit Jesus nach Jerusalem gehen«, sagte Simon nachdenklich. »Ich würde euch gern begleiten. Das heißt, wenn ich darf.«

»Natürlich. Jesus wird sich freuen.«

»Meinst du?«

Sie nickte. »Ich kenne ihn. Er stößt keinen weg, der zu ihm kommt.«

Simon wurde eifrig: »Kann ich etwas für euch tun? Ich habe Geld gespart. Und ich habe Beziehungen zum Sanhedrin. Außerdem besitze ich Äcker und Wiesen und auch drei Häuser in Jerusalem. Das alles will ich Jesus schenken. Er kann darüber frei verfügen. Über alles, was ich habe – und bin. Das heißt, wenn er mich haben will. Wenn er mich gebrauchen kann.«

Sie nahmen Abschied, als der erste Hahn den Morgen begrüßte. Über dem Hügelrand erschien ein roter Saum. Simon blieb noch in der Mauerpforte stehen, bis Maria im Haus verschwunden war. Dann wandte er sich um und ging zu seinem eigenen Haustor. Deshalb sah er den Mann nicht, der sich im Schatten der Büsche herangeschlichen hatte und durch das offene Fenster in die Halle des Lazarus kletterte. Sie schliefen alle, keiner merkte, wie er sich zwischen die anderen Schüler auf die Matte niederlegte – wahrscheinlich hatte ihn keiner vermisst. Er tastete mit der Hand nach dem Lederbeutel, der plötzlich einen dicken Bauch bekommen hatte, und streichelte ihn genüsslich: *Dreißig Silberdenare, leicht verdientes Geld, ein gutes Geschäft, – und außerdem so nützlich für meine Pläne! Bald wird sich Jesus öffentlich zu seinem Anspruch bekennen. Ich werde ihn dazu zwingen. Und dann wird er auf dem Thron Davids sitzen. Und wem hat er das zu verdanken? Mir, Jehuda, und meiner genialen Strategie!*

Kapitel XXV

Maria ging hinaus in den Garten. Ein früher Vogel trällerte sein Lied und die hohen Gräser ließen sich vom Morgenwind den Tau abschütteln.

»Heute ist sein Tag!«, sang Maria, während sie ihre Nase im Lavendelstrauch versenkte und seinen süßen Duft einsog. »Heute ist sein Tag!«, jubelte sie, während sie durch die Beete lief und frisch erblühte Lilien schnitt. »Heute wird Jesus zum König gekrönt!«, summte sie, während sie die Blumen bündelte. Sie arrangierte sie in der großen Bodenvase in einer sonnigen Ecke der Halle. Dann lief sie wieder in ihr Zimmer hinauf. Sie warf sich Wasser ins Gesicht, um die müden Linien auszulöschen, die sich von der schlaflosen Nacht um Augen und Mund gezeichnet hatten. Dann striegelte sie ihr Haar, bis es seidig glänzte und ihr in Wellen über den Rücken fiel. Sie wählte ein dunkelblaues Kleid und ein weißes Schultertuch aus Byssos, das überall mit goldenen Palmzweigen bestickt war.

Als sie in die Halle trat, hatte Marta das Frühstück schon auf die Tische gestellt.

»Verzeih mir, ich hatte die Zeit vergessen. Ich hätte dir helfen sollen«, sagte Maria.

Marta nickte abwesend. »Ist ja gut … was wollte ich noch holen …«, murmelte sie; in ihrer Stimme schwang nicht einmal eine Spur von Ärger oder Vorwurf. Maria schaute ihr verwundert nach.

In der Tür zur Halle stand Lazarus. Er streckte ihr zum Gruß beide Hände entgegen.

»Maria, heute ist der Tag«, sagte er feierlich.

Sie nickte und sah zu Jesus hinüber. Er hob den Kopf, als hätte er ihren Blick gespürt. Wie schön er war! Wie gütig seine Augen! Der Mund, der nie ein liebloses Wort gesprochen hatte, die Ohren, die immer offen waren für Bitten und Fragen, und diese Hände – immer zum Segnen, zum Heilen bereit. So viele Wege waren seine Füße gelaufen auf Straßen, die ihn kreuz und quer durch Galiläa geführt hatten, durch Samaria nach Judäa, in die Dekapolis und sogar ins

Ausland. Sie erinnerte sich an die weite Reise nach Sidon, die er nur unternommen hatte, weil dort ein junges Mädchen seine Hilfe brauchte.

Eine warme Woge stieg in ihr auf. *Ich liebe ihn! Wenn ich ihn nur anschauen, seine Stimme hören kann! Am liebsten würde ich immer in seiner Nähe sein. Aber ich darf ihn nicht festhalten oder Forderungen stellen. Er hat mir eine Liebe gezeigt, die den anderen freilässt.*

Jehuda kam in die Halle gestürmt und klatschte in die Hände. »Leute, es ist Zeit. Wie lange wollt ihr noch dasitzen und träumen? Heute ist *der* Tag!«

Die anderen Schüler sprangen auf, Begeisterung im Blick, Vorfreude im Gesicht. Keiner dachte mehr ans Essen – sie hatten Wichtigeres im Kopf. Jeder redete auf den anderen ein, keiner hörte zu, denn alle dachten nur an ihre glorreiche Zukunft im Neuen Reich. Während die Männer durcheinanderwirbelten, kam Marta herein und begann in ihrer methodischen Art mit dem Aufräumen. Maria wollte helfen und griff nach einer schweren Obstschale aus Keramik. Sie trug sie zur Tür, als Jehuda an ihr vorüberdrängte und sie mit der Schulter anstieß. Die Schale flog ihr aus der Hand und krachte auf den Mosaikboden, die Datteln, Feigen und Nüsse rollten im Flur herum.

Jehuda war schneeweiß geworden. »Pass doch auf!«, herrschte er sie an. Sie kauerte sich auf den Boden und tastete nach den Scherben. »Du bist so ungeschickt – immer stehst du irgendwo im Weg!«

Sie hielt den Blick gesenkt, weil sie seinen Glutaugen nicht begegnen mochte.

»Und wie du dich wieder herausgeputzt hast! Du hast es wohl darauf abgesehen, Königin zu werden, wenn wir Jesus krönen, du eitler Pfau! Bildest dir ein, du dürftest dann an seiner rechten Seite stehen!«

Nun hob sie doch den Kopf und sah ihn ruhig an. »Nein, Jehuda«, widersprach sie. »Ich bin zufrieden mit einem Platz bei seinen Füßen. Mehr will ich nicht – nur ihm nahe sein, ihm zuhören, von ihm lernen. Seine Worte reichen mir zum Leben. Er ist mein ganzes Glück.«

Drei Wimpernschläge lang stand er da und starrte sie an, die Brauen ärgerlich zusammengezogen, die Fäuste geballt, die Lippen verkniffen. Dann atmete er hörbar aus und drehte sich weg.

Maria spürte eine leichte Berührung an der Schulter und wandte den Kopf: Johannes stand hinter ihr und hatte die Arme vorgestreckt, als wollte er sie mit dieser Gebärde schützen.

»Dieser Rüpel!«, empörte er sich. »Stößt dich um und entschuldigt sich nicht einmal. Dabei ist er sonst ein Ausbund an Höflichkeit und gutem Benehmen. Was hat er nur gegen dich?«

»Er mag mich eben nicht«, sagte Maria leise.

»Da muss noch mehr sein«, grübelte er. »Vielleicht fühlt er sich von dir – herausgefordert oder bedroht.«

»Aber weshalb? Ich gebe mir solche Mühe.« Jetzt hatte Maria Tränen in der Stimme.

Johannes seufzte. »Es liegt nicht an dir. Jehuda hat irgendetwas an sich ... ich bin nur ein einfacher Fischer und kann die feinen Leute sowieso nicht richtig begreifen, aber ich fürchte, er ist nicht immer aufrichtig.«

Maria biss sich auf die Lippen. »Wir sollten nicht so über ihn reden.«

»Nein, wirklich, Maria. Manchmal verstehe ich nicht, weshalb Jesus solche Leute in seinem engsten Kreis duldet.«

Maria flüsterte: »Er duldet auch mich.«

Seine Augen wurden sanft. »Das ist etwas ganz anderes. Komm, ich helfe dir.« Er kniete sich neben sie. Beim Aufsammeln berührten sich ihre Finger. Johannes zuckte ein wenig zurück, als hätte er sich verbrannt. Maria sah ihn ruhig an. Da wurden seine Schultern locker. Er holte tief Luft und sagte: »Weißt du, eigentlich habe ich mir schon immer eine Schwester gewünscht.«

Sie lächelte.

»Maria, wo bleibst du denn?«, rief Lazarus von der Haustür her. »Wir warten auf dich! Simon ist auch schon da.«

Simon!

Sie sprang auf und strich sich mit dem Handrücken die Haare aus der Stirn, warf ihm einen scheuen Blick zu. Simon erschien ihr um Jahre jünger, als er von der Morgensonne angestrahlt in der Türe stand.

»Du blutest ja«, sagte er und war mit fünf Schritten neben ihr. Er zog ein Tuch aus seiner Innentasche, nahm ihre Hand und tupfte damit ihren Finger ab.

»Jetzt ist es schmutzig«, murmelte sie.

»Das stört mich nicht. Es soll ein Andenken sein an diesen Tag«, sagte er. »An den ersten Tag meines neuen Lebens. Daran soll mich dieser Blutfleck erinnern. Und – an dich!«, stieß er hervor.

Maria spielte mit der anderen Hand an ihrem Schultertuch herum und wusste nicht, was sie sagen sollte.

Johannes schaute von einem zum anderen. Schließlich räusperte er sich: »Vielleicht sollten wir jetzt langsam ...«

Lazarus rieb sich die Hände und sagte: »Vorhin hat Jesus zwei Leute vorausgeschickt. Sie sollen einen jungen Esel für ihn besorgen. Wisst ihr, was das bedeutet?«

»Aber ja!«, rief Simon und ließ Marias Hand los. »Der Prophet Sacharja hat es vorhergesagt! Der Messias wird auf einem Eselsfohlen in Jerusalem einreiten!«

Johannes wurde eifrig. »Das heißt, dass er sich jetzt endlich zu erkennen gibt.«

»Ja, es ist Zeit«, sagte Simon und straffte die Schultern. »Kommt, wir begleiten ihn.«

Marta streckte ihren Kopf aus der Küche und rief: »Geht schon vor, ich komme nach, hab noch zu tun.«

»Soll ich dir – vielleicht – helfen?«, fragte Maria.

»Nein, nein, geh du nur mit deinem Rabbi. Dort gehörst du hin!«, lachte Marta und verschwand hinter der Küchentür.

Jesus war zu ihnen getreten und gab das Zeichen zum Aufbruch. Die Gruppe setzte sich in Bewegung. Von überall her strömten Leute herbei und schlossen sich dem Zug an. Dann kamen sie nach Betphage, einem kleinen Dorf kurz vor Jerusalem. Thomas und Philippus zogen einen jungen Esel hinter sich her.

»Jesus, es war genauso, wie du es vorhergesagt hast«, rief Thomas. »Und der Besitzer hatte keine Einwände, als wir ihm sagten, dass du darauf reiten willst.«

»Aber Vorsicht, das Fohlen ist noch nicht eingeritten«, warnte Philippus und nahm den Strick kürzer.

»Das Tier wird seinem Meister gehorchen«, stellte Petrus fest und klopfte dem jungen Esel die Staubflusen von den Flanken. »Nicht wahr?«, wandte er sich an Jesus. Jesus schaute über ihn hinweg in die Ferne und war tief in Gedanken versunken.

Andreas hatte eine Decke beschafft und legte sie dem Esel über den Rücken. »Das sollte als Sattel genügen.«

»Ziemlich schäbig – für einen König«, fand Jakobus.

»Lasst mich durch«, rief Maria von hinten. »Ich habe etwas für euch.« Sie nahm ihr Schultertuch ab und legte es über die Decke, zupfte hinten und vorne, bis die Fransen an allen Seiten gleichmäßig herunterhingen. »Fertig!«, nickte sie.

Jehuda spannte die Kiefernmuskeln und schob den Unterkiefer vor. »So ein Plunder!«, zischte er, doch Johannes trat ihm in den Weg: »Lass sie in Ruhe!«

Als Jesus lächelnd über den weichen Stoff strich und sagte: »Diese Palmen sind wunderbar gestickt«, zuckte er mit den Achseln und griff nach den Zügeln, doch sie wurden ihm aus der Hand genommen.

»Lass mich den Esel führen«, bat Lazarus.

»In Ordnung«, sagte Jehuda knapp. »Du bist bekannter als ich, das kann Jesus nur nützen.«

Lazarus nickte. »Die Leute sind neugierig, weil sie erfahren haben, dass ich tot war und jetzt wieder lebe. Schau dir das an, sie kommen von überall her.« Er zeigte auf die Berghänge, die schwarz waren von Menschen.[7] »Außerdem hast du wichtigere Aufgaben zu erfüllen, Jehuda«, setzte er lächelnd hinzu.

»O ja. Das hast du völlig richtig eingeschätzt. Ich habe noch viel zu erledigen. Ich werde vorauslaufen und alles für die Krönung vorbereiten«, stimmte Jehuda zu und verschwand in der Menge.

Inzwischen hatten Petrus und Jakobus zugepackt und Jesus auf den Rücken des Esels gehoben. Das Tier hielt still, nur die Ohren spielten. Dann legte Jesus ihm die Hand auf den Kopf und sagte: »Nun geh.«

Lazarus zupfte ein wenig am Zügel und der Esel trabte los. Die Hufe klapperten auf dem Kopfsteinpflaster, mit dem die Römer die wichtigen Straßen nach Jerusalem befestigt hatten. Von überall her kamen Leute zur Straße und brachen in begeisterte Rufe aus. Kleine Kinder hüpften vor dem Esel her und streuten Blumen, die sie am Weg gepflückt hatten. Ein junger Mann riss sich das Oberkleid über den Kopf und warf es vor den Esel. »Ich war blind und Jesus hat mich geheilt!«, rief er in die Menge. Viele andere machten es ihm nach, sodass der Esel nun über einen weichen Teppich von Kleidern schritt.

Dann durchquerten sie einen Palmenhain. Einige Männer hackten mit ihren Messern Palmzweige ab und verteilten sie an die Zuschauer, die am Weg standen. Sie stimmten ein Siegeslied an und schwenkten im Takt die Zweige.

---

7 Alle männlichen Israeliten machten mindestens dreimal im Jahr eine Pilgerreise nach Jerusalem: zum Passahfest im Frühjahr, zum Erntefest an Pfingsten und zum Laubhüttenfest im Herbst. Wer keinen Platz in der Herberge gefunden hatte, lagerte sich in den Gärten und Parkanlagen.

Inzwischen war Jehuda mit Schimeon, Thomas und Philippus am Stadttor von Jerusalem angelangt. »Der Messias kommt! Geht ihm entgegen!«, rief er und seine Stimme übertönte mühelos den Straßenlärm.

»Wo? Wo ist er?«, wollten die Leute wissen. Andreas sagte: »Kommt mit, ich führe euch zu ihm!«

Eine Gruppe von ehrwürdigen Männern näherte sich den Schülern. Ihre üppig bestickten Kleider mit den langen Quasten flatterten in der leichten Brise. »Kaiphas hat uns geschickt. Was geht hier vor?«, fragte der Wortführer.

Jehuda neigte höflich den Kopf und sagte: »Wir ehren den Messias.«

»Was?« »Wo?« »Wer?«, riefen die Männer durcheinander.

Jehuda kletterte auf einen hohen Stein und hob die Arme. »Leute, hört alle her!«

Es wurde still auf dem Platz am Tor. Alle wandten sich zu ihm und wurden still. Er begann seine Rede.

»Seit es Menschen gibt, warten sie auf einen Retter, der die Bösen straft und die Unterdrücker vertreibt. Schon unser Urvater Adam glaubte an den verheißenen Nachkommen, der eines Tages der Schlange den Kopf zertreten würde. Abraham, unser Vorfahr, nannte ihn Melchisedek, den König von Salem. Jesaja gab ihm den Titel ›Immanuel‹ und ›Friedenskönig‹. Jeremia sprach von ihm als dem Sohn Davids, der uns Gerechtigkeit schaffen würde. Daniel sagte den Zeitpunkt seiner Salbung zum Messias voraus. Und Johannes der Täufer erkannte ihn als den, auf den unser Volk so lange gewartet hat. Ich war dabei, als Jesus von Nazareth getauft wurde. Ich habe selbst erlebt, wie sich der Himmel auftat und Gottes Stimme zu uns sprach und sagte –«

»Genug, es reicht!«, rief einer aus der Gruppe der Pharisäer. Sein spitzer Bart zitterte empört. »Wir kennen die Schrift besser als jeder andere«, behauptete ein bekannter Thoralehrer und ein anderer schimpfte: »Was bildest du dir überhaupt ein?« »Wir brauchen keine Belehrung – schon gar nicht von dir!«, riefen die Würdenträger durcheinander.

Die Röte schoss Jehuda ins Gesicht und eine Ader an seiner Schläfe schwoll an. Er warf den Kopf zurück. »Wenn ihr das alles wisst, warum fragt ihr dann? Lauft ihm entgegen und begrüßt euren König, wie es sich gehört!«

»Was für einen König? Lass das nicht die Römer hören!«, warnte ein Alter mit weißem Bart.

Jehuda winkte ungeduldig ab. »Geht hin und schaut selbst!«

Er kletterte von seinem Podest herunter und sagte zu Philippus und Thomas: »Bleibt hier am Tor, ich gehe zum Tempel und bereite alles vor.«

Schimeon packte ihn am Ärmel: »Ich will mitkommen!«

»Nein, ich brauche dich hier«, sagte Jehuda mit einer Stimme, die keinen Widerspruch duldete. Und etwas leiser raunte er: »Und lass dein Messer stecken. Reiß dich zusammen. Wir können uns jetzt noch keinen Ärger leisten.«

Schimeon runzelte die Brauen. »Was du immer denkst! Die Zeiten sind lange vorbei.«

»Ach wirklich?«, machte Jehuda. »Ich kenne dich. Einmal ein Zelot, immer ein Zelot.«

»Das ist Unsinn. Schließlich habe ich Jesus lang genug zugehört. Ich bin nicht mehr der Feuerkopf von früher«, widersprach Schimeon.

»Auf jeden Fall dulde ich keine verfrühte Provokation. Kümmere dich darum, dass es hier ruhig bleibt.«

»In Ordnung. Du kannst dich auf mich verlassen.«

Jehuda lief los. Unterwegs blieb er hier und dort stehen und rief den Passanten zu: »Jesus von Nazareth wird heute zum König gekrönt! Er zieht als Messias in Jerusalem ein!«

Die Nachricht verbreitete sich wie ein Feuer im trockenen Steppengras und das Volk drängte zum Tor. Jehuda musste die Abkürzungswege über heimliche Treppen und Passagen nehmen, sonst wäre er von der Menschenwoge mitgeschwemmt worden. Außer Atem kam er am Tempel an.

Dort bliesen die Priester gerade auf dem Schofar und leiteten den Abendgottesdienst ein. Doch die Halle war leer und im Vorhof packten die Händler gerade ihre Stände zusammen.

»Kein Geschäft zu machen«, sagte der Wechsler zum Taubenhändler.

»Hm-hm«, brummte der. »Alles läuft hinter diesem Jesus her!«

Das Wort fuhr Jehuda wie ein heißer Strom durch die Adern. Ja, die Zeit war reif! Er durchquerte einen kleinen Hof, ging eine Treppe hinauf und klopfte dreimal an die Holztür. Ein kleines Fenster wurde geöffnet, dann ging die Tür einen Spalt weit auf und Jehuda schlüpfte hinein.

»Wo ist Bar-Abbas? Ich muss ihn sprechen!«, flüsterte er hastig.

»Er is' nich' da«, nuschelte eine zahnlose Alte.

»Sag ihm, dass er mit seinen Leuten in zwei Stunden zum Tempelplatz kommen soll. Dann wird Jesus zum König gekrönt. Es könnte Ärger geben mit den Römern.«

Doch Jehuda hatte sich getäuscht. Zwar hatten die Spitzel des Kaiphas sofort den römischen Statthalter verständigt. Zwar hatte Pilatus eine Kohorte zum Stadttor geschickt mit dem Befehl, jeden Aufstand im Ansatz zu ersticken. Zwar waren die Römer aufmarschiert, mit Schwertern und Lanzen bewaffnet. Aber sie standen still und sahen untätig zu, wie Jesus über einen Teppich von Palmzweigen und weichen Tüchern durchs Stadttor ritt.

Einer der Pharisäer schrie – und seine Stimme überschlug sich dabei: »Er ist ein Aufrührer! Ein Rebell! Nehmt ihn fest!«, worauf sich der Oberst mit ausgebreiteten Armen mitten auf die Straße stellte und Jesus zurief: »Halt! Keinen Schritt weiter!«

Lazarus zog den Zügel straff, der Esel senkte den Kopf und scharrte mit dem Huf auf einem dunkelroten Wollmantel herum. Maria klammerte sich an Lazarus' freien Arm. Sie zitterte, und er warf ihr einen ruhigen Blick zu. Sie atmete tief ein und versteckte sich hinter seinem Rücken.

»Wer bist du?«, schnarrte der Offizier.

»Ich bin ein Zimmermann aus Nazareth«, sagte Jesus. Der Offizier ließ seinen Blick an ihm herauf- und herunterwandern, bohrte sich in seine Augen, dann schüttelte er den Kopf. Er winkte seinem Stellvertreter und brummte: »Der sieht aber nicht wie ein Rebell aus. Durchsucht seine Anhänger auf Waffen!«

Simon und Lazarus hoben die Hände und ließen sich von den Soldaten abtasten, dann kamen die anderen Schüler an die Reihe. Der Offizier setzte sein Verhör fort. »Deine Anhänger behaupten, du wärst der neue König von Jerusalem.«

»Das ist nicht politisch zu verstehen«, erklärte Jesus. »Ich bin von meinem Vater im Himmel hierher geschickt worden, damit ich meine Aufgabe erfülle. Bald werde ich zu ihm zurückkehren.«

»Davon verstehe ich nichts«, murrte der Offizier. »Vater im Himmel oder nicht – ich will wissen, ob du einen Aufstand anzetteln wirst.«

»Nein«, sagte Jesus. »Mein Reich hat nichts mit dieser Welt zu tun.«

»Also irgendetwas Religiöses.« Er winkte seinen Stellvertreter zurück.

»Aber ihr *müsst* diese Leute verhaften!«, geiferte der Wortführer der Pharisäer.

»Wir müssen überhaupt nichts!«, trumpfte der Kohortenführer auf. »Wir lassen uns doch nicht von einer Handvoll hysterischer Juden herumkommandieren.«

»Du hast selbst gehört, dass sich dieser Jesus als König aufspielt. Das könnt ihr doch nicht dulden.«

Der Offizier schaute unschlüssig zu Jesus hinüber, der still auf dem Esel saß und wartete.

»Er lästert Gott!«, krähte ein magerer alter Mann mit abstehendem Ziegenbart.

»Das ist nicht wahr!«, wehrte sich ein anderer Mann. »Sonst würde Gott ihm keine Kraft geben. Ich habe erlebt, dass Jesus in Gottes Vollmacht handelt.«

»Ja, das stimmt, er hat die Dämonen aus meinem Sohn verjagt.«

»Und ich kann wieder laufen, weil er mich geheilt hat!«

Simon rief in die Menge hinein: »Er hat mich von der Lepra befreit!«

Schlagartig wurde es still, die Leute wichen einen Schritt zurück.

»Ja, schaut mich an. Die weißen Flecken sind fort. Noch nie war meine Haut so zart wie heute.«

Und Lazarus sagte fest: »Ihr Leute, ich war vier Tage tot, aber Jesus hat mich wieder aufgeweckt.«

»Das sind Lügengeschichten!«, rief ein junger Mann, der die Haare kurz geschnitten trug und das Gesicht glatt rasiert hatte.

Inzwischen war Simon hinter Maria getreten und flüsterte: »Ich kenne ihn. Er ist Mitglied im Sanhedrin. Ein Sadduzäer aus der Priesterfamilie.«

Maria nickte. »Ich habe ihn schon einmal gesehen. Er kleidet sich nach der neuesten Mode.«

»Als wäre er ein Grieche!«, schnaubte Simon. »Und so denkt er wahrscheinlich auch!«

Der junge Mann warf sich den Zipfel seiner schimmernden Toga über die linke Schulter und näselte: »Wir sind doch heute aufgeklärt. Wir wissen, dass es so etwas wie eine Auferstehung gar nicht gibt.«

»Und ob es eine Auferstehung gibt!«, widersprach ein schwarzbärtiger Mann aus der Gruppe der Pharisäer.

»Ach was! Das sind Mythen und Legenden«, beharrte der Sadduzäer.

Die Anhänger Jesu gaben nicht auf: »Wir kennen Jesus!« »Er ist ein guter Mann!«

Die Gegner riefen: »Er ist ein Betrüger!« »Er verführt das Volk!«

Sie debattierten und stritten und ereiferten sich; die römischen Soldaten mischten sich unter die Leute und trennten die ärgsten Kampfhähne, die sich mit den Schultern anrempelten und einander an den Kleidern und an den Bärten zerrten.

Inzwischen war Jesus vom Esel gestiegen. Er hatte Maria ihr Schultertuch zurückgegeben und winkte seinen Schülern. Niemand beachtete sie, als sie durchs Stadttor gingen und zum Tempel hinaufstiegen.

Der Tempel war beinahe leer. Jesus ging hinein und betete. Dann kam er wieder heraus, trat zu seinen Schülern und winkte: »Wir gehen zurück.«

Lange Gesichter, enttäuschte Mienen schauten ihm entgegen. Petrus wollte heftig widersprechen, doch Jesus sah ihn durchdringend an. »Habt ihr vergessen, was ich euch über mein Reich gesagt habe?«

»Aber – die Krönung …«, stotterte Thomas.

»Es gibt heute keine Krönung«, sagte Jesus fest. Er machte kehrt und führte seine Schüler auf Nebenstraßen durch ein anderes Tor. Auf Umwegen wanderten sie zurück, Richtung Betanien.

Kapitel XXVI

Auf dem Heimweg legte Lazarus seiner Schwester Maria den Arm um die Taille, um sie zu stützen. Zuerst hatte sie sich dagegen gewehrt: »Wie sieht das aus? Was werden die Leute denken?« Dann aber nahm sie seine Hilfe dankbar an. Sie fühlte sich so schwach, als hätte sie drei Tage lang pausenlos gewebt. Ab und zu schniefte sie, Tränen liefen ihr über das Gesicht.

»Ach Maria, lass den Kopf nicht hängen«, tröstete sie Johannes, der neben ihnen hertrottete. »Wir sind ja alle enttäuscht. Nicht wahr, Lazarus?«

Der hatte den Zeigefinger am Kinn. »Vielleicht war das nötig…«, murmelte er.

»Was meinst du damit?«, erkundigte sich Simon.

»Vielleicht lag der Fehler bei uns, vielleicht hatten wir uns falsche Vorstellungen von diesem Königreich gemacht«, überlegte Lazarus.

»Ja«, sagte Simon. »Wir haben unser festes Bild vom Sohn Davids. Er soll die Römer vertreiben. Er soll unser Volk groß und berühmt machen. Wir erwarten von ihm Reichtum und ewige Jugend.«

Maria war tief in ihre Gedanken eingesponnen und flüsterte: »Er hat geweint.«

Johannes hatte sie gehört. »Ich habe es auch gesehen. Dort oben am Hügel, wo man in die Stadt hinunterschaut.«

Simon sagte: »Das werde ich nie vergessen. Die ganze Stadt lag vor uns, im Abendschein gebadet, und darüber der Tempel – er leuchtete wie Schnee und das goldene Dach warf das Licht zurück, dass man die Augen schließen musste. Ja, ich habe auch geweint, vor Freude, weil ich so viel Schönheit, so viel Glück kaum fassen konnte.«

»Jesus hat nicht vor Freude geweint«, wisperte Maria.

»Woher willst du das wissen?«, erkundigte sich Simon.

»Ich habe gehört, was er sagte.«

Lazarus blieb stehen und drehte Maria an den Schultern zu sich um. »Erzähl es uns!«

»Er sagte: ›Wenn du doch heute erkennen würdest, was dir Frieden bringt! Aber du bist blind dafür.‹«

»Will er damit sagen, dass ihn der Sanhedrin nicht als König akzeptieren wird?«, fragte Simon.

»Aber das ist unmöglich! Immerhin wartet unser Volk schon seit Jahrhunderten auf den Messias. Sie werden ihn annehmen, glaubt mir!«, versicherte Petrus, der von hinten dazukam.

Die anderen Schüler hatten sich um Lazarus und Simon geschart und debattierten darüber, wie man die Ratsherren von der Partei der Sadduzäer und die Pharisäer am besten davon überzeugen konnte, dass Jesus wirklich der Messias war.

Maria hörte eine Weile zu, dann ging sie weiter, weil sie Jesus nicht aus den Augen verlieren wollte. Johannes merkte als Erster, dass sie nicht mehr bei der Gruppe stand, und lief ihr nach.

»Sag mir, was hat er noch gesagt?«, keuchte er, außer Atem vom schnellen Lauf.

»Jesus sagte über Jerusalem: ›Es kommt die Zeit, da werden deine Feinde einen Wall aufwerfen und werden dich belagern. Sie werden deine Einwohner völlig vernichten und keinen Stein auf dem anderen lassen. Denn du hast den Tag nicht erkannt, an dem Gott dir zu Hilfe kommen wollte.‹«

»Seltsam. Dabei hätten wir ihn gekrönt und er wollte nicht.«

Maria seufzte. »Es sollte ein Freudentag werden. Und jetzt sind wir alle traurig.«

Doch nicht alle waren traurig: Jehuda war wütend! Als er zur verabredeten Zeit mit einer Truppe von Zeloten am Tempelplatz ankam und weder Jesus noch einen seiner Kameraden antraf, zerbiss er einen Fluch zwischen den Zähnen.

»Na, na, gehört sich das denn für einen Schüler des großen Jesus von Nazareth?«, spöttelte Bar-Abbas, der sein Gesicht wieder unter einem dunklen Tuch verhüllt hatte. »Wo steckt er, dein Messias?«

»Er – er ist nicht hier«, stieß Jehuda hervor.

»Das sehe ich. Hat sich nach seinem Triumphzug unauffällig verdrückt. Wozu das Ganze? Sag mir das!«

»Er weiß nicht, was er will! Das geht schon seit Jahren so! Und jetzt sind wir kurz vor dem Ziel – da zieht er sich plötzlich zurück! Ich könnte aus der Haut fahren!« Jehuda trat nach einem Stein und knirschte mit den Zähnen.

»Nun reg dich wieder ab«, mahnte Bar-Abbas. »So wie ich dich kenne, hast du noch tausend Pläne in der Hinterhand.«

Jehuda klopfte auf den Lederbeutel, der prall gefüllt war. »Ich habe mir eine Strategie überlegt, mit der ich Jesus zwingen kann. Wenn alles nach meinen Vorstellungen läuft, dann *wird* Jesus seine Königsmacht an sich reißen. Er kann gar nicht anders.«

»Kann gar nicht anders? Ein merkwürdiger Messias ist das.«

»Dieser zweite Plan ist etwas riskant, weil Kaiphas und Konsorten mitspielen. Aber es bleibt mir nichts anderes übrig. Ich muss nur einen günstigen Zeitpunkt abwarten. Jedenfalls werden wir es in dieser Woche wieder versuchen. Vertrau mir, Bar-Abbas. Du wirst es nicht bereuen.«

Der Bandenführer zog seinen Umhang enger um das Gesicht. »Du sollst mich nicht dauernd beim Namen nennen!«, brummte er. »Die Römer sind schon lange hinter mir her. Und ich Narr hab mich überreden lassen, in die Stadt zu kommen. Jetzt sitze ich wie die Maus in der Falle. Jerusalem ist ein heißes Pflaster. Zu heiß für meinen Geschmack.«

»Ohne Einsatz kein Erfolg und wer nicht wagt, der nicht gewinnt!«, dozierte Jehuda. »Wir werden die Römer niemals los, wenn du in deinen Bergen herumkletterst wie ein Springbock. Hier in Jerusalem fallen die Würfel, hier wird um die Macht gespielt! Und wir werden siegen!«

»Na gut, wenn du meinst. Du gibst mir also Bescheid. Kurz vor dem Passahfest schlagen wir zu. Und jetzt – nichts wie weg!«

Er pfiff und die Männer stürmten los, verschwanden in Häusern und Gassen. Kurz darauf war nichts mehr von ihnen zu sehen. Jehuda nickte anerkennend und fühlte sich etwas getröstet. *Wenigstens hat er seine Leute gut im Griff. Das müsste klappen.* Auf dem Heimweg feilte er weiter an seinem großen Plan.

Kapitel XXVII

Es war der Tag vor dem Passahfest. Petrus und Johannes hatten einen Saal gemietet. Er lag im oberen Stockwerk einer Herberge und war mit zwölf Liegecouchen und einigen Tischen möbliert.

»Wir könnten die Liegen sternförmig anordnen«, überlegte Petrus, »mit den Kopfteilen um den runden Tisch herum.«

»Wir sind aber 13!«, gab Johannes zu bedenken.

»Gut. Dann liegen eben zwei auf einer Couch«, entschied Petrus. »Wo ist Jehuda?«

»Auf dem Markt. Er besorgt die Zutaten.«

»Gut, dass wir Maria mitgenommen haben«, murmelte Petrus. »Ohne sie würden wir das gar nicht schaffen. Es gibt noch viel zu tun in der Küche – das Lamm braten, die Soßen bereiten, das Brot backen.«

»Ich werde ihr helfen, damit wir rechtzeitig fertig werden.«

»Gut, aber schick mir Jakobus herauf. Diese Liegen sind schwer, ich möchte den Mosaikboden nicht zerkratzen, wenn ich sie herumschiebe.«

Es dauerte eine Weile, bis Petrus mit dem Ergebnis zufrieden war. »Jetzt stehen sie alle gleichmäßig. Wie die Speichen an einem Rad und auf den Tisch in der Mitte stellen wir das Lamm und die Kräutersoße und das Brot.«

»Wenn wir den Platz gut einteilen, können wir auch noch den Wein und die Kelche unterbringen. Dann muss keiner von uns aufstehen und die anderen bedienen«, überlegte Jakobus.

»Gute Idee.«

Es polterte an der Tür. Petrus ging hinüber und zog sie auf.

»Ach, du bist es nur«, murmelte er.

»Nur? Was heißt hier *nur?*« Jehuda musste sich bücken, sonst hätte er sich den Kopf an der niedrigen Türschwelle gestoßen. Er schob einen großen Henkelkorb vor sich her, der mit Lebensmitteln beladen war.

»Da. Ich war auf dem Markt«, sagte er grimmig. »Habe eingekauft wie ein gewöhnlicher Haussklave!«

»Wir haben heute alle unsere Pflichten«, erklärte Jakobus hoheitsvoll. »Außerdem kannst du am besten mit Geld umgehen.«

»Das ist wahr!«, bestätigte Petrus. »Unser zukünftiger Finanzminister…«

Jehuda ließ sich auf eine Couch fallen. »Ich habe wenig Neigung, mein Leben lang Bilanzen zu pinseln. Das ist mir zu einseitig, versteht ihr? Zu eingeengt. Bei meinen Fähigkeiten wäre ich für den Posten des Ersten Ministers viel besser geeignet.«

Jakobus verschränkte die Arme über der Brust. »Ich fürchte, du bist nicht der einzige Bewerber. Da sind noch andere und die haben bessere Chancen.«

»Wer denn? Du vielleicht?« Jehuda lachte gezwungen. »Oder dein kleiner Bruder, der ständig an Marias Rockzipfeln hängt?«

»Ruhig, nur ruhig«, mahnte Petrus, als er sah, wie Jakobus die Fäuste ballte.

Jehuda hatte es auch gesehen und zog die Mundwinkel nach unten. »Denkst du, ich wüsste nicht, dass du deine Mutter vorgeschickt hast? Sie sollte sich bei Jesus einschmeicheln und euch die Ehrenplätze im neuen Reich sichern. Aber ihr habt euch verrechnet! Keiner von euch dreien wird –«

»Jesus hat noch nichts entschieden«, unterbrach ihn Petrus, während er Jakobus an den Schultern zurückhielt. »Wir sind alle gespannt, wen er als Stellvertreter auswählen wird.«

»Auf keinen Fall dich«, gab Jehuda zurück. »Du bist viel zu schnell mit dem Mundwerk. Eine Schande in deinem Alter. Wann lernst du endlich, erst zu denken und dann zu reden?«

Petrus ließ Jakobus los und brummelte: »Ich bin nun mal so! Und unser Lehrer zählt auf mich.«

»Da hat er seine größte Enttäuschung noch vor sich«, sagte Jehuda. »Wer sich auf dich verlässt, der ist wirklich verlassen.«

Petrus schob den Unterkiefer vor. »Das stimmt nicht! Ich werde für Jesus kämpfen bis zum letzten Atemzug!«

»Und du glaubst, das genügt? Nein, nein, mein Guter. Ein Minister muss noch ganz andere Dinge leisten. Er muss Weitsicht haben, verstehst du? In die Zukunft denken! Situationen einschätzen und nutzen und blitzschnell umdisponieren, wenn die Umstände sich ändern. Aber das kann man von ungebildeten Fischern natürlich nicht verlangen.«

Jakobus holte tief Luft, dann ließ er sie wieder heraus, drehte sich um und stapfte aus der Tür. Petrus folgte ihm und rief über die Schulter: »Du hältst dich für unübertrefflich und neunmalklug, dabei hast du dir am Markt die falschen Kräuter aufschwatzen lassen!«

Jehuda sprang auf und schaute in den Korb. Tatsächlich – Minze und Rosmarin statt der bitteren Kräuter, die man für die Passahsoße brauchte. Nun musste er noch einmal losgehen. Ärgerlich! Beim Hinausgehen stieß er sich den Kopf an der Türschwelle, was seine Stimmung nicht gerade verbesserte.

Es wurde Abend. Im Obersaal brannten viele große und kleine Leuchter. Maria hatte überall im Raum Amphoren mit blühenden Mandelzweigen und Palmwedeln aufgestellt. Das gebratene Lamm lag auf einem Brett auf dem Tisch und duftete würzig. Alles stand bereit: die Brotfladen, die Kräutersoße, der Weinkelch und die Becher. Jesus wollte diese Mahlzeit im kleinen Kreis seiner zwölf liebsten Schüler feiern; alle anderen Freunde und Schüler wollten das Passah erst am nächsten Tag essen, wie es in Jerusalem üblich war.

Die Männer hatten gebadet und neue, saubere Kleidung angezogen und warteten unten vor der Treppe auf Jesus. Sofort drängte sich Jehuda an seine linke Seite, Johannes schlüpfte an die rechte und so gingen sie zu dritt durch die Tür. Die anderen Schüler folgten und es dauerte eine Weile, bis sich alle auf den Polsterliegen eingerichtet hatten.

»Jehuda muss natürlich wieder mal den ersten Platz belegen«, flüsterte Jakobus, aber er flüsterte es laut genug, damit es für alle hörbar war. Die anderen nickten grimmig. Johannes stand etwas ratlos im Raum, denn alle Liegen waren besetzt und keiner rückte beiseite, um ihm Platz zu machen.

Jehuda murmelte: »Geh zu Maria in die Küche, da gehörst du hin.« Ein paar Männer schmunzelten und Johannes wurde rot bis in die Haarwurzeln. Doch Jesus winkte ihm. »Komm zu mir, wir haben hier beide Platz.«

Johannes' zimtbraune Augen leuchteten, als hätte man darin eine Lampe angezündet. »Danke, Herr«, sagte er leise, während er neben Jesus auf die Couch kletterte.

An der Tür stand eine Schüssel, ein Wasserkrug, waren Handtücher vorbereitet, aber nirgendwo ein Sklave, der den Gästen die Füße gewaschen hätte, wie es der Brauch forderte. Keiner der Männer stand auf, um diesen Dienst zu übernehmen; sie schienen auf einmal in dringende Gespräche vertieft oder betrachteten das Muster des Mosaikfußbodens, zählten die Blüten am Mandelzweig. Da stand Jesus auf und streifte sein Oberkleid ab. Er ging zum Wasserkrug hinüber und goss die Schüssel halb voll und trug sie ans Fußende der Couch, auf der Jehuda ruhte.

Der fuhr auf und dachte: *Warum ausgerechnet ich? Dabei hab ich heute schon genügend Sklavendienste geleistet. Den anderen die schmutzigen, verschwitzten Füße waschen? Nein. Das kann er nicht von mir verlangen.*

Inzwischen hatte Jesus das Handtuch wie eine Schürze umgebunden und kniete vor Jehuda nieder. »Bitte«, sagte er und zeigte auf das Wasserbecken. Zögernd stellte Jehuda seine Füße hinein.

Was soll das? Er kniet vor mir, als wäre er mein Diener?

Jesus nahm Jehudas linken Fuß und spülte den Staub herunter, massierte die Sohle, wusch zwischen den Zehen und trocknete den Fuß sorgfältig ab. Jehuda schloss die Augen und dachte:

Nicht zu fassen – er tut es tatsächlich. Wie sanft seine Hände sind – und gleichzeitig fest. Sie tun mir wohl. Noch nie hat mir jemand so liebevoll die Füße gewaschen. Wenn er wüsste, was ich heute Nachmittag mit Kaiphas beredet habe … Er öffnete die Augen und betrachtete den gebeugten Rücken seines Lehrers. *Jesus berührt mich so zärtlich, als wäre ich sein bester Freund. Und ich?*

Auf einmal hatte er einen dicken Klumpen im Hals. Während Jesus ihm auch den rechten Fuß abwusch, stieg Jehuda das Wasser in die Augen. *Ich glaube, ich sollte ihm sagen, was ich vorhabe. Jetzt erscheint es mir ungeheuerlich – der Pakt mit Bar-Abbas, der Handel mit Kaiphas … Wie konnte ich nur? Wie muss es ihn verletzen, wenn ihn einer seiner engsten Freunde an die Feinde ausliefert? Er kennt ja meine Pläne nicht; wahrscheinlich wird er in meiner Kriegslist einen Verrat sehen und nicht erkennen, dass ich damit einen strategischen Schachzug führen will – ich muss es unbedingt mit ihm besprechen.*

Eine Stimme in seinem Innern flüsterte: »So, du willst ihm alles gestehen? Deine Pläne, deinen Ehrgeiz, deine Gier nach Macht und Geld? Wirklich alles? Wirst du ihm auch sagen, dass du diesen Schmachtjüngling Johannes nicht ausstehen kannst? Dass du ihn glühend beneidest, weil er so einfach, so selbstvergessen lieben kann?«

Jehuda nagte an seiner Unterlippe und beobachtete immer noch seinen Herrn und Lehrer, der vor ihm kniete, den Fuß in beiden Händen. *Doch. Ich sage ihm alles. So will ich nicht mehr weiterleben. Sonst zerreißt es mich.* »Ach ja?«, spottete die leise Stimme. »Dann willst du auch deine Gedankenspiele aufgeben, in denen Maria die Hauptrolle spielt, deine herrlich lustvollen Fantasien jede Nacht? Nun, wie du willst. Bedenke nur, wie trostlos und kalt deine Nächte sein werden – ohne dein köstliches Spielzeug.«

Das – er holte tief Luft – *das muss auch aufhören.*

Immer noch die heimliche Stimme: »Überleg es dir gut. Du verlierst alles, deine Chance auf den ersten Platz im Neuen Reich, deine Vertrauensstellung, deine Würde. Ach, ich sehe schon die entsetzten Blicke der anderen, wenn sie erst wissen, welche Träume hinter dieser klugen Stirn geträumt wurden und wie diese langen, schlanken Finger sich verzehrten vor Begierde, weil sie sich ins weiße Fleisch einer Maria krallen wollten.«

Er zuckte zusammen.

Jesus sah ihm in die Augen und ließ in diesem Blick nichts als Güte und Sehnsucht erkennen. »Wie könnte ich dich aufgeben, Jehuda?«, sagte der Blick.

Würde ich ihn fragen: »Herr, liebst du mich?«, dann bekäme ich zur Antwort: »Ich liebe dich genauso wie ich jeden Einzelnen von euch liebe – auch Maria.« Wie Maria … diese – diese Hure!

Jesus würde sagen : »Du bist nicht schlechter und nicht besser als sie.«

Nicht besser als eine Hure, die von Dämonen besessen war! Jehuda begann zu schwitzen. Etwas in ihm empörte sich gegen diesen Gedanken. *Mit dieser Frau lasse ich mich nicht in einem Atemzug nennen. Ich bin Jehuda, der Stolz meiner Sippe, der große Mann des neuen Reiches. Ich hoffe, das ist hier jedem klar!*

Er sah sich um. Die Blicke der anderen Schüler waren auf ihn gerichtet, neugierig, fassungslos, betroffen. Was wäre, wenn er –

Nein. So kann ich mich nicht demütigen. Sie dürfen niemals erfahren, was ich denke und fühle. Nicht einmal Jesus. Er schon gar nicht!

Mit einem zornigen Schwung zog Jehuda die Füße auf die Liege hoch und wandte sich ab. Der goldene Augenblick war vorüber. Langsam stand Jesus auf und trug die Wasserschüssel zur nächsten Couch.

Immer noch lastete das Schweigen über ihnen wie eine rätselhafte Wolke. Jesus kniete vor Petrus und deutete auf das Waschbecken. Der Fischer atmete mühsam, als hätte er Schmerzen.

»Du, Herr? *Du* willst mir die Füße waschen?«

»Jetzt verstehst du noch nicht, was ich tue, aber später wirst du es begreifen.«

Petrus schüttelte heftig den Kopf. »*Du* sollst mir nicht die Füße waschen! Nie im Leben!«

»Wenn ich dir nicht die Füße wasche, dann gehörst du nicht zu mir.«

»Nicht zu dir?« Mit einem Ruck sprang Petrus von der Couch und streckte die Hände vor. »So ist das? Dann wasch mich ganz, nicht nur die Füße, auch die Hände und den Kopf!«

Vor allem den Kopf!, dachte Jehuda. *Vielleicht kriegt er dadurch ein bisschen mehr Fremdwahrnehmung und Feingefühl! Wie er wieder herausgeplatzt ist – peinlich, peinlich. Ich bin froh, dass ich mich vorhin zurückgehalten habe. Das war ein seltsamer Schwächeanfall. Um ein Haar hätte ich – nicht auszudenken!*

Jesus hatte inzwischen seinen übereifrigen Schüler wieder auf die Polsterliege zurückgeschoben und sagte: »Wer gebadet hat, der ist sauber. Nur die Füße müssen regelmäßig gewaschen werden.«

Jehuda straffte die Schultern und hob das Kinn. *Natürlich. Durch die Taufe sind wir reingewaschen. Wir sind neue Menschen geworden. Wir können vor Gott bestehen.*

»Und ihr seid alle rein – bis auf einen …«, sagte Jesus.

Was hatte Jesus gerade gesagt? Bis auf einen? Jehuda warf einen schnellen Blick in die Runde. Doch keiner beachtete ihn. *Weiß er … ahnt er vielleicht? Das kann nicht sein. Unmöglich. Jesus ist so naiv, dass er sogar einer Maria vertraut! Wie sollte er auf den Gedanken kommen, dass ich …*

Während Jesus allen anderen die Füße wusch und zuletzt bei Johannes angelangt war, stieg Jehuda der Gallensaft in den Mund. *Ein Messias, der im Staub vor seinen Schülern kriecht! Kann man sich noch tiefer demütigen? Hat er überhaupt keinen Stolz?*

Die inneren Stimmen kreisten durch seinen Kopf, immer schneller, immer lauter, deshalb hörte er nicht, was Jesus sagte, als er zu seinem Platz zurückkehrte.

»Begreift ihr, was ich eben für euch getan habe?«

Stille, verlegene Blicke, Achselzucken.

»Ihr nennt mich euren Herrn, euren Lehrer. Und das ist richtig, denn ich bin es ja auch. Und doch habe ich euch gerade eben bedient, als wäre ich ein Sklave. Ihr sollt daraus lernen.«

Johannes schöpfte tief Atem und nickte.

»Ihr sollt euch von jetzt an gegenseitig die Füße waschen. Ich habe es euch vorgemacht. Ich habe euch ein Beispiel gegeben, damit ihr es nachahmt.«

Eins ist sicher: Ich, Jehuda aus Kariot, werde niemals einem Kerl wie Petrus oder Johannes die Füße waschen! Und sie sollen ihre Finger auch von meinen Füßen lassen. Das habe ich nicht nötig.

Jesus sprach weiter: »Ein Diener steht nicht höher als sein Herr, ein Bote untersteht dem, der ihn beauftragt hat. Wenn ihr das eingesehen habt, dann handelt danach.«

Jehuda drehte sich unwillig auf die andere Seite. *Ich lasse mir nicht vorschreiben, was ich zu tun habe!*

Jesus sprach weiter: »Die alten Propheten haben vorhergesagt, was geschehen wird. Einer von denen, die hier mit mir am Tisch sitzen, hat schon den Fuß erhoben, um mich zu treten.«

Petrus schüttelte nachsichtig den Kopf und sagte zu Jakobus: »In letzter Zeit sagt er öfter solche Dinge. Wir müssen ihm zeigen, wie sehr wir ihn schätzen. Der Widerstand der Pharisäer macht ihm doch sehr zu schaffen.«

»Ja. Er wirkt ziemlich mutlos. So traurig und müde. Es schneidet mir ins Herz«, sagte Jakobus.

Jehuda hatte ihren Wortwechsel mitgehört und griff zum Schlachtmesser, das neben dem Lamm auf dem Schneidbrett lag. »Schneidet dir ins Herz – etwa so?« Er hob die Spitze des Messers in einer theatralischen Geste an seine Brust, als wollte er sich selbst damit erstechen.

»Nein, Jehuda, das ist kein Scherz. Ich mache mir wirklich Sorgen um unseren Lehrer.«

»Dann sollten wir ihm endlich etwas zu essen geben«, sagte Jehuda. »Das Lamm ist schon beinahe kalt geworden.« Er schnitzelte mit dem Messer einige Stücke vom Braten herunter und legte sie auf einen Teller, den er Jesus hinüberreichte.

Kurze Zeit später aßen sie alle zum Andenken an die große Befreiungstat ihres Gottes, aber diesmal wollte keine rechte Freude aufkommen. Alle waren nachdenklich und ernst.

Als das Lamm bis auf den letzten Rest verzehrt war, wie es die Sitte forderte, richtete sich Jesus auf. »Ich habe mich danach gesehnt, mit euch das Passahmahl zu essen, bevor ich leiden muss«, sagte er. »Für mich ist es das letzte Passah. Ich werde dieses Mahl erst wieder mit euch feiern, wenn sich all diese Zeichen und Symbole erfüllt haben – im

Reich Gottes.« Er nahm den Kelch und sprach das Dankgebet. Dann reichte er ihn Johannes weiter und sagte: »Von jetzt an werde ich keinen Wein mehr trinken, bis ich im Reich meines Vaters mit euch vereint bin.«

Alle sahen ihn mit großen Augen an, als er nach dem Brotfladen griff und Gott dafür dankte. Er brach das Brot in Stücke und verteilte es an die Männer. Während sie aßen, sagte er: »Das ist ein Symbol für meinen Leib, der für euch gebrochen wird.«

Keiner sagte ein Wort, keiner fragte: »Was meinst du damit?« Sie aßen wortlos und in sich gekehrt.

Als auch der Letzte das Brotstück heruntergeschluckt hatte, nahm Jesus ein zweites Mal den Kelch und reichte ihn Jehuda. »Hier, trinkt alle daraus. Dieser unvergorene Wein ist ein Symbol für mein Blut, mit dem der neue Bund zwischen Gott und den Menschen besiegelt wird. Ich werde es für eure Sünden vergießen.« Jehuda trank einen Schluck und gab den Kelch an Petrus weiter. Dem zitterten die Hände und Jehuda zischte ihm zu: »Pass auf! Du bist immer so ungeschickt!«

Petrus reagierte nicht, sondern schaute nur betroffen vor sich hin.

Als Johannes den Kelch wieder auf den Tisch gestellt hatte, sagte Jesus: »Feiert dieses Mahl immer wieder und denkt daran, dass ich mein Leben für euch hingegeben habe.«

Sie starrten ihn an. »Du wirst also wirklich sterben?«, stammelte Petrus endlich. »Das darf nicht geschehen!«

»Mein Tod ist unvermeidlich. Ich habe es euch schon oft gesagt. Deshalb bin ich in die Welt gekommen – ich soll als das wahre Passahlamm geopfert werden. So ist es schon vor langer Zeit von meinem Vater geplant worden und so haben es die Propheten vorhergesagt.«

»Das lasse ich niemals zu! Ich werde für dich kämpfen bis zum letzten Blutstropfen!«

»Ach Petrus«, seufzte Jesus, »ich sag dir eins: Ehe morgen früh der Hahn kräht, wirst du schon dreimal bestritten haben, mich überhaupt zu kennen.«

Da senkte Petrus den Kopf und schwieg.

Jehuda war schon seit einiger Zeit in seine Gedanken eingesponnen. Immer dieses Gerede vom Sterben und vom Tod! Es wird Zeit, dass Jesus aufgerüttelt wird! Wir brauchen keinen Märtyrer, wir brauchen einen Helden! Und wenn Jesus das nicht einsehen will, dann muss ich ihm dazu zwingen, damit er endlich aufwacht und die dreimal verfluchten Römer aus dem Land jagt.

In diesem Augenblick sagte Jesus: »Hier am Tisch sitzt der Mann, der mich verraten wird.«

Petrus schnappte nach Luft, Schimeon ließ das Messer fallen, mit dem er sich noch ein Stück Lammbraten abgeschnitten hatte, Jakobus stieß gegen den Kelch, sodass etwas von dem tiefroten Saft auf den niedrigen Tisch spritzte. Johannes hatte die Augen aufgerissen und zitterte heftig.

»Wer von uns könnte so etwas tun?!« »Unmöglich!« »Auf keinen Fall!« »Du musst dich irren!«, riefen die Männer durcheinander.

Jesus sah sie traurig an. »Ich weiß, wovon ich rede. Ich sage es euch schon jetzt, damit ihr nachher nicht so erschrocken seid und damit ihr wisst, dass ich von Gott gesandt bin: Einer von euch wird mich an den Sanhedrin und an die römische Besatzungsmacht ausliefern.«

Bestürzte, ratlose Gesichter. »Bin ich das?« »Ich doch nicht! Oder?« »Meinst du etwa mich?« Sie bedachten sich mit misstrauischen Blicken.

Schließlich gab Petrus Johannes einen Wink: »Frag ihn, wen er meint!«

Im Tumult der Stimmen lehnte sich Johannes zu Jesus hinüber, bis sein Kopf an der Brust des Lehrers lag, und flüsterte: »Wer – wer ist es?«

Jesus streckte den Arm aus und nahm ein Stück Brot. Er tauchte es in die Schüssel mit der Soße und sagte leise: »Der ist es, dem ich jetzt gleich das Brot zureichen werde.«

Immer noch flogen die Worte hin und her, nur Jehuda hatte bisher geschwiegen. Um nicht aufzufallen, verzog er den Mund zu einem ironischen Lächeln und fragte: »Bin ich es vielleicht?«

»Du sagst es selbst.« Jesus sah ihm fest in die Augen und reichte ihm das Brotstück. Jehuda nahm es entgegen und in diesem Augenblick durchfuhr es ihn wie Feuer. *Kein Zweifel – Jesus weiß alles!*[8]

---

8 Matthäus und Markus schildern diese Szene in einer anderen Reihenfolge, da kommt die Ankündigung des Verrates vor dem Austeilen des Brotes und des Passahweines. Da aber beim Passahfest mehrmals ein Becher mit Wein gefüllt und herumgereicht wurde, spielt es keine große Rolle. Johannes berichtet als Einziger von der Fußwaschung, dafür erwähnt er die Symbolhandlung »Brot und Wein« überhaupt nicht. Da er sein Evangelium als letzter schrieb, ergänzte er manche Berichte noch mit Details, die ihm wichtig waren, zum Beispiel zitierte er als Einziger das »hohepriesterliche Gebet« Jesu wörtlich.

Jehuda sprang von der Polsterliege und war mit vier Sätzen an der Tür. Er stieß sich den Kopf an der Schwelle und hörte, während er die Stirn rieb, was Jesus ihm nachrief: »Tu, was du tun willst – und tu es bald!«

»Wo läuft er denn hin?«, erkundigte sich Jakobus. Petrus zuckte mit den Achseln und meinte: »Wahrscheinlich muss er noch einkaufen. Für uns oder für irgendwelche armen Leute, die kein Geld haben.« Die anderen gaben sich mit dieser Antwort zufrieden, nur Johannes war plötzlich blass geworden.

Kapitel XXVIII

Maria hatte den Schlussgesang gehört und stand unten, als die Männer die Treppe herunterkamen. Sie winkte Johannes beiseite. »Was ist los mit Jehuda?«, fragte sie. »Er ist hier vorübergerannt, als wären die Höllenhunde hinter ihm her.«

Johannes schaute ins Dunkle und sagte gepresst: »Ich glaube, er ist selbst einer geworden.«

»Aber Johannes! Musst du immer so schlecht von ihm denken? Vielleicht gibt es auch eine andere Erklärung.«

»Über Jehuda will ich mir heute nicht den Kopf zerbrechen«, sagte Johannes finster.

»Du magst ihn nicht«, stellte Maria fest. »Aber sag mir, wo geht ihr jetzt hin?«

»Wir gehen in den Park am Ölberg. Jesus möchte dort übernachten.«

»Du meinst den Garten Gethsemane? Ist das nicht zu gefährlich um diese Zeit? Wer weiß, wer sich dort herumtreibt.«

»Für dich wäre es sicher zu gefährlich«, warf sich Johannes in die Brust. »Aber wir sind Männer. Außerdem haben wir Waffen dabei.«

»Waffen? Lasst das nur nicht die Römer hören!«

Johannes beugte sich zu ihr und flüsterte: »Petrus hat zwei Schwerter organisiert.«

»Aber ihr seid doch gar nicht im Schwertkampf ausgebildet«, wandte Maria ein. »Außerdem kann ich mir nicht vorstellen, dass Jesus mit einem Schwert um sich schlägt.«

»Er vielleicht nicht, aber Petrus. Wir können doch nicht untätig zuschauen, wie sie Jesus verhaften.«

»Wer weiß, wie lange sie ihn einsperren«, seufzte Maria. »Vielleicht bis nach dem Passahfest. Oder noch länger.«

»Wenn es nur das wäre«, murmelte Johannes. »Jesus hat heute schon wieder von seinem Tod gesprochen. Er sagt, er müsste sterben, damit wir leben können. Er würde sein Blut für uns vergießen, als Passahopfer, verstehst du? Damit der Zorn Gottes an uns vorübergeht.«

Maria hob die Hand an ihre Kehle. »Ich kann diesen Gedanken nicht ertragen. Das tut mir zu weh! Wer weiß, vielleicht ändert er seine Pläne wieder, das wäre nicht das erste Mal. Bitte gebt auf ihn acht. Lasst ihn nicht allein in dieser Nacht. Er braucht euch«, sagte Maria und Johannes gab zurück: »Ich werde ihm beistehen. Du kannst dich auf mich verlassen.«

Jesus war mit den elf Schülern über den Kidron-Bach gewandert. Er winkte Johannes, Petrus und Jakobus zu sich, die anderen blieben am Eingang des Parks zurück.

Als sie ein paar Schritte gegangen waren, lehnte sich Jesus an den knorrigen Stamm eines Olivenbaumes. »Mir ist elend.«

»Herr, was ist?«, wollte Petrus wissen.

»Ich habe Angst vor dem, was auf mich zukommt.« Er strich sich mit einer zitternden Hand die Haare aus der Stirn. »Bitte bleibt hier und betet für mich. Eine Last liegt auf mir, die mich fast erdrückt – ich kann kaum noch atmen.« Er taumelte ein Stück weiter und stützte sich auf einen großen Felsstein.

Petrus kniete sich neben dem Olivenbaum auf die Erde und begann zu beten. Jakobus blieb unschlüssig stehen, dann tat er es ihm nach. Johannes ging näher heran; es stach ihm ins Herz, seinen geliebten Lehrer so traurig zu sehen. Er hörte, wie Jesus stöhnte und sagte: »Vater, wenn es möglich ist, dann lass diesen Leidenskelch an mir vorübergehen! Aber es soll geschehen, wie du es willst.«

Da schlug Johannes die Hände vors Gesicht und lief zurück zu den Kameraden. Er konnte nichts sagen, ein dicker Klumpen saß ihm in der Kehle. Also war es wahr, was sie insgeheim befürchtet hatten: Jesus bereitete sich aufs Sterben vor. Mit so viel Hoffnung hatten sie das Passahfest erwartet, wollten ihren Lehrer endlich auf den Thron Davids heben. Doch jetzt wusste Johannes, dass ihre Träume zerplatzen würden. Die Enttäuschung legte sich auf ihn wie ein schwarzes, nasses Fell. Er hockte sich auf den Boden und nahm den Kopf zwischen die Knie; er fühlte eine Leere im Kopf. Er wollte beten und konnte nicht. Er fühlte sich erschöpft, als wäre er bei starkem Seegang gerudert. Jakobus murmelte leise vor sich hin, Petrus seufzte hin und wieder und von dort, wo Jesus kauerte, hörte man lautes Stöhnen. Johannes überließ sich der Traurigkeit und versank in eine dumpfe Betäubung, bis er gar nichts mehr wahrnahm.

»Ach, könnt ihr nicht einmal eine Stunde wach bleiben?«, rief Jesus einige Zeit später.

Johannes schreckte auf. »Es ... es tut mir so leid«, flüsterte er. »Verzeih mir bitte.« Er stieß Jakobus und Petrus an, die neben ihm auf der Erde leise schnarchten. »Schnell, wacht auf, der Meister braucht uns!«

Jakobus rieb sich die Augen, Petrus sprang auf die Füße und rief: »Herr, deine Stirn ist blutig. Bist du gefallen? Hast du dich verletzt?«.

Jesus verzog mühsam das Gesicht, als hätte er Schmerzen. »Dieser Kampf geht um Leben und Tod«, brachte er schließlich heraus.

»Ich stehe zu dir, und wenn ich dabei sterben müsste!«, rief Petrus voller Leidenschaft und Jakobus nickte eifrig.

»Verlasst euch nicht auf eure eigene Kraft«, warnte Jesus. »Bleibt in Kontakt mit dem Himmel, bittet Gott um seinen Schutz. Sonst werdet ihr versagen, wenn euch die Krise überfällt.«

Doch wieder überfiel sie die Müdigkeit. Ihre Augenlider wurden schwer, als wären sie mit Blei gefüllt. Wieder rüttelte Jesus seine Schüler auf. »Ihr habt den guten Willen, aber ihr werdet immer wieder schwach. Kämpft gegen den Schlaf! Betet mit mir!«

Sie schafften es eine kleine Weile, dann sank Petrus der Kopf auf die Brust. Jakobus rollte sich zusammen und Johannes, der mit dem Rücken an einem Baumstamm lehnte, kippte zur Seite.

Schließlich erwachte er von einem hellen Lichtschein. Er sah einen hohen, schlanken Engel auf dem Boden knien. Der Engel beugte sich über Jesus, der lang hingestreckt im taufeuchten Gras lag und heftig zitterte. Er legte Jesus die Hand auf den Scheitel und sprach leise auf ihn ein. Johannes staunte über die Musik in seiner Stimme. Er meinte zu träumen. Er richtete sich auf und schlich näher. Inzwischen hatte sich Jesus aufgerichtet. Der Engel setzte sich auf den Stein und zog Jesus in seine Arme. Er tröstete ihn, wie eine Mutter ihr kleines Kind beruhigt. »Die Schuld der Menschheit drückt dich nieder. Du spürst den Abgrund, der dich vom Vater trennt. Du fürchtest dich davor, für immer von seiner Liebe abgeschnitten zu sein. Doch das ist nicht wahr. Er liebt dich. Er hält seine Hand über dir. Ich bin gekommen, um dich zu stärken.«

Bei diesen Worten hob Jesus den Kopf und seufzte tief.

Der Engel sprach weiter. »Du kennst den Plan. Durch dein Opfer wirst du viele Menschen retten. Keiner muss auf ewig verloren gehen, der dich als Stellvertreter annimmt. Du wirst den Bösen besiegen und damit auch den Tod und alles Leid, jeden Schmerz.« Auf einmal war Triumph in seiner Stimme. »Die Menschen, die du retten wirst, sind so viele wie Sand am Meer. Ich höre schon, wie sie singen, wie sie jubeln, wie sie in die goldene Stadt einziehen!« Er stand auf und leuchtete plötzlich so hell, dass Johannes die Augen abschirmen musste.

»Durch dein Opfer wirst du dem Feind die Herrschaft über diese Welt entreißen!«, rief der Engel. »Wir werden dich zum König des Universums krönen!« Es klang wie Donnerhall. »Und du wirst die Menschen mitbringen, die du mit deinem Blut vom Verderben losgekauft hast. Sie sind deine Beute, deine Braut. Lohnt sich das nicht?«

Jesus nickte wortlos und der Engel sprach weiter. »Ja, das Opfer lohnt sich. Unser großer Gott gibt seinen Sohn hin, damit die Menschen auf dieser dunklen Welt einen Rettungsweg haben. Er gibt ihn in einen grässlichen Tod, er lässt ihn foltern und an ein Kreuz nageln, dort wird er hängen zwischen Himmel und Erde, bis sein Herz gebrochen ist vor Kummer und Schmerz. Und warum? Damit diese elende Rasse, diese bedauernswerten Menschen nicht für alle Zeit dem Bösen ausgeliefert sind. Bist du bereit, diesen Kelch zu trinken? Er ist bitter, er wird dich alles kosten.«

»Ja, ich bin bereit«, sagte Jesus. »Es soll geschehen, wie Gott es geplant hat.« Er atmete ein paar Mal tief aus und ein, dann stemmte er sich vom Boden auf und klopfte sich den Staub ab. Er wischte sich mit dem Ärmel über die Stirn. Er tat ein paar Schritte und rief:

»Petrus, Jakobus, Johannes – schlaft ihr immer noch? Es ist so weit. Jetzt werde ich den Feinden ausgeliefert. Steht auf, wir wollen gehen!«

Kapitel XXIX

Jehuda nagte an seiner Unterlippe. Es lief nicht ganz so, wie er es sich ausgemalt hatte. Eine ganze Kohorte – 600 römische Soldaten – hatte Kaiphas in Marsch gesetzt, als er hörte, wo sich Jesus gerade aufhielt.

»Glaubst du wirklich, dass wir so viele Soldaten brauchen?«, hatte Jehuda gefragt. Kaiphas hatte ihm einen scharfen Blick zugeworfen. »Wahrscheinlich sind es noch zu wenig!«

»Aber nein! Ich schwöre dir, dass Jesus nur mit seinen elf Schülern zusammen ist, und die sind unbewaffnet.«

»Bist du sicher?«

»Hm, nicht ganz. Vielleicht hat einer ein Schwert bei sich, aber was ist das gegen eine solche Übermacht?«

Kaiphas hatte trotzdem die Kohorte bestellt und außerdem einen wahren Pöbelhaufen zusammengetrommelt. Mit Holzstangen und Spießen bewaffnet machten sich die Leute auf den Weg und Kaiphas bestand darauf, persönlich mitzukommen und auch noch seinen Schwiegervater Hannas mitzunehmen.

Hoffentlich geht das gut – es sind so viele Gegner. Andererseits hat ein einziger Engel Gottes vor einigen Hundert Jahren ein Heer von 185 000 Assyrern geschlagen – in einer Nacht.

Er blieb stehen, um auf die beiden Hohenpriester zu warten. »Wir müssen dort drüben den Kidron überqueren. Dann ist es nicht mehr weit bis zu dem kleinen Garten, in dem Jesus übernachtet«, sagte Jehuda.

»Und woher weißt du, dass wir deinen Lehrer ohne Widerstand festnehmen können?«, wollte Hannas wissen.

Jehuda breitete die Arme aus. »Die Stadt schläft. Auch in der Zeltkolonie der Pilger ist es ruhig geworden. Wenn wir nicht allzu viel Lärm machen, dann ist Jesus verhaftet, bevor seine Anhänger begreifen, was geschehen ist.«

»So ist es richtig«, nickte Hannas. »Du machst gute Arbeit!«

»Ich freue mich, dass ich euch nützlich sein kann«, sagte Jehuda galant und brachte ein falsches Lächeln zustande. Er dachte: *In Wirklichkeit benutze ich euch. Ihr werdet euch noch wundern …*

Sie waren bald am Garten angekommen. Jehuda flüsterte: »Still jetzt. Wenn ich Jesus gefunden habe, dann winke ich euch und ihr könnt ihn festnehmen.«

Kaiphas hob die Hand. »Das ist mir zu unsicher. Am Ende verhaften meine Leute den Falschen ...«

»Ich werde Jesus begrüßen – mit einem Kuss. Dann ist jeder Irrtum ausgeschlossen.«

»Mit einem Kuss? Ist das nicht –«

»Keine Sorge«, unterbrach Jehuda. »Damit werde ich ihn in Sicherheit wiegen.«

Kaiphas und Hannas wechselten einen Blick und nickten langsam.

»Also gut. Geh voraus, wir kommen nach.«

Jehuda glitt zwischen den Bäumen hindurch und stand mitten unter den verschlafenen Schülern. Sie sprangen auf, als sie ihn sahen, erschrocken, ratlos. Jesus kam mit Johannes, Petrus und Jakobus den Weg herab, von unten her drängten die römischen Soldaten und der blutdurstige Mob.

»Wen sucht ihr?«, fragte Jesus und in seiner Stimme schwang so viel Kraft, dass Jehuda zögerte. Dann aber machte er zwei Schritte auf Jesus zu. In diesem Augenblick wurde es taghell. Ein Licht strahlte auf, heller als tausend Sonnen, und dann lagen alle flach am Boden: die 600 römischen Soldaten mit ihrem Oberst, die Sklaven und Knechte des Sanhedrin und auch die hohen Würdenträger. Sogar Kaiphas und Hannas waren gestürzt, umgemäht wie Gerstenhalme von einer unerbittlichen Sense.

Johannes flüsterte: »Das muss der Engel Gottes sein, der uns zu Hilfe kommt!«

Jehuda rollte sich zur Seite und kam mit der Grazie einer Katze wieder zum Stehen. Er lief auf Jesus zu, nahm seine Hand und küsste ihn zart.

»Mein Freund, warum bist du gekommen?«, sagte Jesus leise. »Verrätst du mich – mit einem Kuss?«

Jehuda hob die Schultern, als könnte er damit den Druck loswerden, der sich plötzlich auf ihn gesenkt hatte. Er sog Luft in die Lungen. Er bereitete sich vor, in den Ruf »Hosianna!« auszubrechen, »Heil dem Sohn Davids!« Und er blickte zum Himmel, damit er den gewaltigen Anblick ja nicht verpasste – die Myriaden von Engeln mit ihren Feuerschwertern, die dem Messias zu Hilfe eilen mussten. Doch das geheimnisvolle Licht verblasste. Schilde klirrten, ein Helm rollte den Weg hinunter. Die Soldaten, die Knechte, die Priester stemmten sich hoch, kamen langsam näher. Zaghaft zuerst, dann immer dreister, umstellten sie Jesus. Keine Stimme donnerte ein »Halt!« vom Himmel, als sie die Stricke hoben, um ihn zu fesseln.

Und die Schüler, die Freunde, die nur Stunden zuvor lautstark versichert hatten: »Wir kämpfen für dich – auch um den Preis unseres Lebens!«, standen wie versteinert, keiner regte eine Hand.

Dann brüllte Petrus los, riss das Schwert aus der Scheide und holte aus zu einem wütenden Hieb. Er traf einen Sklaven des Kaiphas am Kopf. Blut spritzte, ein Ohr wirbelte durch die Luft und fiel ins Gras. Der getroffene Sklave schrie auf und presste die rechte Hand auf die Wunde. Zwischen seinen Fingern quoll es rot hervor. Er taumelte und ruderte verzweifelt mit der Linken, um nicht zu stürzen. Der Gefährte des getroffenen Sklaven wich zurück und Petrus setzte nach. Johannes hatte sich vorgebeugt, starrte ungläubig auf die Szene, schloss die Finger zu Fäusten und öffnete sie wieder. Jakobus schrie: »Lasst ihn los, Jesus ist der Messias! Ihr macht einen furchtbaren Fehler!«

»Ja, lasst ihn sofort frei!«, grollte Petrus und fuchtelte mit dem blutigen Kurzschwert herum, als wollte er gleich wieder zuschlagen. »Oder soll ich nachhelfen.«

Der verwundete Sklave ächzte »Oh! Ah!« und schwankte, seine Gefährten ließen ihre Waffen fallen und fingen ihn auf.

Da machte Jesus einen kleinen Schritt nach vorn. Er zog die Hände aus den engen Fesseln und bückte sich, hob das Ohr auf, zog dem Sklaven die zitternde Hand zur Seite und setzte das Ohr an seinen Platz. Sofort hörte die Blutung auf. Die Soldaten schrien auf und wichen noch weiter vor Jesus zurück. Ungläubig tastete der Sklave des Priesters nach seinem Ohr. »Es ist wieder dran!«, keuchte er. »Mein Ohr ist heil. Es tut nicht mehr weh! Und ich kann damit hören!«

Jesus drehte sich zu Petrus um: »Steck dein Schwert weg! Ich könnte meinen Vater bitten, dass er mir sofort mehr als zwölf Legionen Engel schickt!«

»Ja! Ja!«, triumphierte Jehuda. *Endlich ist er so weit! Er tut es! Ich habe es doch gewusst!*

Doch Jesus sprach weiter: »Wie würde sich aber dann das erfüllen, was vorhergesagt wurde?«

Jehuda war wie vor den Kopf geschlagen. Er sah, wie die anderen

Schüler davonstoben wie Lämmer, wenn der Wolf in ihre Herde einbricht. Er sah, wie die Soldaten an den Stricken zerrten, nachdem sie Jesus wieder neu gefesselt hatten. Er sah, wie sich Jesus abführen ließ. Noch ein letztes Mal drehte sich Jesus um und schaute ihn an und dieser Blick war voller Liebe und voller Schmerz, dass Jehuda meinte, seine Gelenke müssten davon schmelzen – er musste sich an einen Baumstamm lehnen, um nicht zu fallen. Ihm wurde übel.

Kapitel XXX

Simon aus Betanien eilte aus dem Gerichtshof. Seine Schritte hallten in den verschlafenen Straßen Jerusalems. Schon zeigte sich im Osten der erste Tagesschimmer. In wenigen Stunden würde der Sanhedrin einberufen, die Ratsversammlung der jüdischen Ältesten. Simon atmete gepresst – er musste Nikodemus warnen. Vielleicht konnten sie gemeinsam eine Revision der Verhandlung durchsetzen. Sie hatten Geld und Einfluss genug. Außerdem war das Recht auf ihrer Seite.

»Schnell, lass mich ins Haus!«, rief er dem Torhüter zu.

Nikodemus kam ihm mit ausgebreiteten Armen entgegen. Er hatte in dieser Nacht wohl auch nicht geschlafen. »Schalom Simon! So früh schon auf, mein Freund?«, fragte er. »Wie ich sehe, bringst du schlechte Nachrichten.«

Ein zorniges Auflachen. »So, sieht man das. Wo können wir ungestört reden?«

Nikodemus führte seinen Gast in einen verschwiegenen Winkel des Innenhofs. Hier duftete es nach Rosmarin und Basilikum, ein kleiner Brunnen plätscherte vor sich hin. Ein Mann im mittleren Alter saß dort auf der Bank und erhob sich, als Simon näher kam.

»Du kannst offen sprechen. Josef von Arimathia ist mein Freund«, sagte Nikodemus.

»Heute Nacht wurde Jesus festgenommen!«, stieß Simon hervor.

»Woher weißt du das?«, fuhr Josef auf.

»Ich habe gute Bekannte im Sanhedrin. Einer von ihnen hat mich eingeschleust. Ich saß in einem Winkel, wo ich nicht gesehen werden konnte. Ich habe alles mit angehört. Den ganzen furchtbaren Prozess.«

»Prozess? Mitten in der Nacht? Das verstößt gegen das Gesetz!«, protestierte Josef.

»Kein Wunder, dass wir nicht dazu eingeladen wurden«, sagte Nikodemus.

Simon nickte. »Der Oberpriester Kaiphas hat sich seine Leute genau ausgesucht. Er wollte auf keinen Fall überstimmt werden.«

»Wie haben sie ihn überhaupt fassen können? Bisher ist er doch jeder Verhaftung entgangen?«, wollte Nikodemus wissen.

»Einer seiner Schüler hat verraten, wo er sich nachts aufhielt. Kaiphas schickte einen Trupp seiner Leute hin, gemeines Pöbelvolk. Sie haben Jesus gefesselt wie einen Schwerverbrecher, und nicht nur das. Geschlagen, bespuckt und verhöhnt wurde er und Kaiphas hat untätig zugesehen!«

Erschüttert barg Nikodemus sein Gesicht in den Händen und Josef bat: »Erzähl weiter!«

Simon fuhr fort: »Sie hatten etliche Zeugen vorgeladen, aber die konnten sich nicht einigen. Nicht mal zwei Leute, die dasselbe aussagten. Nichts als Widersprüche, Ungereimtheiten, plumpe Lügen. Kaiphas befürchtete, die Sympathie der Ratsherren könnte umschlagen. In diesem Augenblick stürzte Jehuda zur Tür herein.«

»Jehuda … der Name kommt mir bekannt vor. Das ist doch dieser hochbegabte Mann aus Kariot. Ein echter Glücksfall für Jesus, diesen Mann als Schüler zu gewinnen.«

»Glücksfall! Ha!« Simons Stimme klang bitter. »Das dachte ich anfangs auch. Jehuda hat mir vor einiger Zeit mithilfe der Heiligen Schrift bewiesen, dass Jesus der Messias ist. Er ist ein glänzender Redner, hat Feuer und Charisma, das muss man ihm lassen. Aber er ist nicht wirklich loyal. Nun hört weiter. Jehuda stürzte zur Tür herein und schrie wie ein Wahnsinniger: ›Jesus ist unschuldig! Lasst ihn frei! Man hat mich bestochen, damit ich ihn verrate!‹ Dann warf er Kaiphas 30 Silberdenare vor die Füße. ›Nimm dein Geld zurück und lass Jesus los!‹«

»Bestechungsgeld? Peinlich für Kaiphas.«

»Ja, nicht wahr? Aber der Mann hat Nerven wie Eisen. Er schaltete sich in die Verhandlung ein und fragte Jesus ins Gesicht: ›Ich beschwöre dich bei Gott, sage uns, ob du der Messias bist!‹ Und Jesus hat klar und deutlich Ja gesagt. ›Ihr werdet den Menschensohn an der rechten Seite des Allmächtigen sitzen und in den Wolken des Himmels kommen sehen.‹ Und genau das hatte Kaiphas hören wollen. Er sprang auf, zerriss sein Amtsgewand und schrie: ›Er lästert Gott!‹«

»Ein Formfehler nach dem anderen«, stöhnte Josef. »Wie kann er nur sein Kleid zerreißen!«

»Trotzdem schlug es ein wie der Blitz. Die Leute tobten. Keiner tadelte Kaiphas. Und keiner empfand auch nur eine Spur von Mitleid mit Jesus, der schon von vornherein verurteilt war.«

»Augenblick. Sagtest du – verurteilt? Mitten in der Nacht? Das ist unzulässig!«, rief Josef. Er hatte sich weit vorgebeugt und die Fäuste geballt. Eine Ader an seiner Schläfe pochte.

Nikodemus lächelte bitter: »Wie kann ein Schaf Gerechtigkeit erwarten, wenn seine Richter Wölfe sind? Aber sag, wie hat *er* sich verhalten?«

»Jesus stand da wie ein König. Die Faustschläge der Soldaten hatten sein Gesicht nicht entstellen können. Er trug die Fesseln wie einen kostbaren Schmuck. Er schwieg zu allen Vorwürfen und verteidigte sich nicht.«

» ... wie ein Schaf, das vor seinem Scherer verstummt, wie ein Lamm, das zur Schlachtbank geführt wird ...«, murmelte Nikodemus.

»Du zitierst Jesaja 53«, flüsterte Simon und nach einer Pause fragte er leise: »Glaubt ihr auch an ihn?«

Unwillig bewegte Josef die Schultern. »Wenn er der Messias ist, warum wehrt er sich dann nicht? Er könnte Legionen von Engeln rufen und die Römer aus dem Land werfen, er könnte ...« Josef stockte.

»Vielleicht – will er nicht?«, half Nikodemus.

»Was willst du damit sagen?«, fuhr Josef auf.

»Vor etwa drei Jahren habe ich einmal mit Jesus gesprochen. Ich traf nachts mit ihm zusammen. Er sagte damals: ›Wie Mose in der Wüste den Pfahl mit der Kupferschlange aufgerichtet hat, so muss auch der Menschensohn erhöht werden.‹«

»Erhöht? Meint er damit etwa das Kreuz? Das ist ja die grausamste aller Todesstrafen!«, rief Josef.

»Ich weiß.« Nikodemus senkte den Kopf und Simon räusperte sich: »Ich habe schon einmal zugesehen. Der Verurteilte wird mit gespreizten Armen an einen Querbalken genagelt. Die Füße werden auf einen kleinen Sockel gesetzt und ebenfalls mit einem spitzen Pfahl am Holz befestigt. Das Kreuz wird aufgerichtet und in ein Erdloch gerammt. Das muss furchtbar schmerzen. Da hängt dann der Todgeweihte zwischen Himmel und Erde, ringt nach Luft und versucht sich krampfhaft mit den Füßen aufzustützen. Immer wieder wird er ohnmächtig, weil er Blut verliert und das Wundfieber einsetzt. Außerdem kann er kaum atmen.« Er schloss die Augen. »Manchmal hängen die Leute zwei oder sogar drei Tage am Kreuz, bis sie endlich erstickt sind – oder das Herz versagt.«

Josef zog seinen Mantel enger zusammen. »Wir müssen etwas unternehmen! Ich werde mich sofort beim Oberpriester beschweren. Das Verfahren wird für unzulässig erklärt, der Urteilsspruch aufgehoben. Ich habe bei deinem Bericht auf Verstöße gegen die Prozessordnung geachtet und dabei mindestens neun Formfehler gezählt.«

»Sagtest du neun?«

»Jawohl.« Josef nahm die Finger zu Hilfe. »Punkt eins: Man hat den Verdächtigten gefesselt, bevor seine Schuld erwiesen war. Punkt zwei: Ein Prozess in der Nacht ist verboten. Punkt drei: Die Zeugen waren bestochen. Punkt vier: Die Aussagen dieser Zeugen stimmten nicht überein, ja sie widersprachen sich sogar. Punkt fünf: Der Sanhedrin war nicht vollzählig und Todesurteile dürfen nur von der Vollversammlung gefällt werden. Punkt sechs: Ein Angeklagter darf niemals gezwungen werden, sich selbst zu belasten. Punkt sieben: Der Oberpriester darf nicht in die Verhandlung eingreifen. Punkt acht: Er darf unter keinen Umständen sein Kleid zerreißen. Punkt neun: Ein einstimmiges Urteil ist sowieso ungültig.«

»Ah ja?«, machte Simon. »Das wusste ich nicht.«

»Nach dem Gesetz müssen bei jedem Prozess einige der Ratsherren die Partei des Angeklagten vertreten. Eine einstimmige Verurteilung zeigt, dass sich die Ratsherren vorher abgesprochen haben und bereits gegen den Angeklagten eingenommen sind.«

Josef schlug sich mit den Händen auf die Oberschenkel. »Ich werde auf jeden Fall eine Audienz bei Pilatus fordern.«

»Pilatus ist aber nicht gerade ein Freund unseres Volkes«, wandte Nikodemus ein.

»Ja, leider. Ich kann auch nicht verstehen, weshalb Kaiser Tiberias uns ausgerechnet einen Gouverneur vor die Nase gesetzt hat, der so wenig Verständnis für unsere Religion zeigt. Aber wir müssen mit ihm zurechtkommen«, sagte Josef. »Er muss unbedingt erfahren, warum der Sanhedrin Jesus aus dem Weg räumen will.«

»Und du glaubst, dass er auf dich hört?«, wollte Simon wissen.

Josef nickte. »Ich bin gut mit ihm bekannt, weil er sich öfter Geld von mir leiht. Manchmal fragt er mich sogar um Rat. Er *darf* Jesus nicht verurteilen!«

Nikodemus wiegte den Kopf. »Wir sollten uns keine falschen Hoffnungen machen.«

Simon schlug mit der Faust auf den Tisch. »So sehr ich es hasse, dass die Römer über uns bestimmen, als wäre das *ihr* Land, so froh bin ich, dass der Sanhedrin zurzeit kein Todesurteil vollstrecken darf.[9] Kaiphas muss sich das Urteil von Pilatus bestätigen lassen. Und wenn Pilatus Nein sagt, dann muss sich der Sanhedrin beugen. Also tu, was du kannst, Josef! Wir zählen auf dich!«

Nikodemus legte Josef die Hand auf den Arm. »Dein Eifer in allen Ehren – aber ich erhoffe mir davon nicht viel. Selbst wenn wir den Prozess für ungültig erklären, wird Kaiphas einen anderen Weg suchen, Jesus aus dem Weg zu schaffen. Und außerdem wird mir immer klarer, dass Jesus sterben *will*.«

»Wie meinst du das?«

»Ich erinnere euch an Jesaja 53: ›Er trug unsere Krankheit und lud auf sich unsre Schmerzen. … Er ist um unserer Missetat willen verwundet und um unserer Sünde willen zerschlagen. Die Strafe liegt auf ihm, auf dass wir Frieden hätten, und durch seine Wunden sind wir geheilt.‹«

Simon fuhr sich mit den Fingern durch die Haare und schüttelte heftig den Kopf.

»Denkt nur an die eigentliche Bedeutung des Passah«, sagte Nikodemus eindringlich. »Das Opferlamm nimmt die Schuld auf sich und stirbt, damit wir leben können.«

Die Männer schwiegen. Die ersten Morgenvögel stimmten ihre Lieder an, die Lilien verströmten ihren Duft, wenn der Wind darüber fuhr, ein Frosch sprang nach einer dicken, grün schillernden Fliege. Er verfehlte sie und klatschte zurück ins Wasser. Doch die Männer achteten nicht darauf. Sie waren in ihre ernsten Gedanken versunken.

Schließlich fragte Simon leise: »Können wir seinen Tod wirklich nicht verhindern?«

Nikodemus erhob sich, seine Stimme zitterte. »Ich fürchte – nein. Sein Tod ist unvermeidlich.«

Simon schnaubte: »Ich kann den Gedanken nicht ertragen, dass ihn die Römer mit den anderen Verurteilten in einem Massengrab verscharren. Können wir nicht wenigstens für ein würdiges Begräbnis sorgen?«

---

9 Der römische Senator Sejanus hatte bei Kaiser Tiberias gegen den Sanhedrin intrigiert und durchgesetzt, dass man der jüdischen Führerschaft die Blutsgerichtsbarkeit aberkannte. Dieser Erlass war nur einige Monate gültig, im Frühjahr 31 n. Chr. war er aber gerade in Kraft.

»Ja, das können wir. Ich werde Leinenbinden und Aloe kaufen«, sagte Nikodemus.

»Die Frauen aus dem Schülerkreis werden Jesus einbalsamieren wollen«, sagte Simon leise.

»Das kann ich mir vorstellen«, sagte Nikodemus mit einem halben Lächeln. »Vor allem Maria aus Magdala wird es sich nicht nehmen lassen, Jesus diesen letzten Dienst zu erweisen.«

»Woher kennst du Maria?«, fragte Josef.

»Ich weiß über alle seine Schüler Bescheid«, erklärte Nikodemus. »Außerdem ist die berühmte Kurtisane aus Magdala auch in Jerusalem ein Begriff.«

»Sie ist keine Kurtisane mehr«, fuhr Simon auf.

Nikodemus hob begütigend beide Hände. »Beruhige dich, mein Lieber. Ich habe gehört, sie sei ein ganz anderer Mensch geworden. Keiner, der mit Jesus durchs Land zieht, bleibt so, wie er vorher war. Mich hat er ja auch schon verändert – obwohl ich ein alter Mann bin«, setzte er hinzu.

Josef hatte in der Zwischenzeit einen eng beschriebenen Lederstreifen aus seiner Innentasche geholt und seine Notizen überprüft. »Vorgestern ist meine Gruft fertiggestellt worden. Ich habe die Höhle neu aushauen lassen. Wir könnten ihn dort bestatten.«

Nikodemus fragte: »Meinst du das Felsengrab in deinem Garten?«

»Ja. Das ist nicht weit vom Hügel Golgatha entfernt.«

Die Männer tauschten einen langen Blick. »Und danach?«, fragte Simon.

Nikodemus zuckte mit den Achseln. »Der Allmächtige hat seine Hand in dem allen. Er wird es uns zeigen.«

Kapitel XXXI

Jehuda stürmte aus dem Gerichtssaal. Sein dichtes schwarzes Haar war zerwühlt und sein Obergewand hatte Staubflecken, als hätte er sich auf dem Boden gewälzt. Am Tor blieb er stehen und spähte nach links und rechts. Bis auf eine verschleierte Frauengestalt, die an der Hauswand lehnte, war die Straße menschenleer.

Als er an der Frau vorüberging, sprach sie ihn an: »Jehuda.«

Er fuhr zurück. Sie zog das Tuch ein Stück beiseite, sodass er ihr Gesicht sehen konnte. Jehuda ließ die Luft ausströmen, die er angehalten hatte. »Maria! Du hast mich erschreckt! Was machst du hier?«

»Ich wollte in *seiner* Nähe sein«, flüsterte sie. »Wie geht es unserem Rabbi Jesus? Wie steht es?«

Jehuda blieb die Antwort schuldig. Er zischte zwischen den Zähnen hervor: »Weg hier, bevor dich jemand erkennt!« Er nahm Maria am Arm und wollte sie mit sich ziehen. Mit einem Ruck befreite sie sich und wich zurück.

»Mädchen, sei nicht albern. Die Leute dürfen dich hier nicht sehen. Jeder weiß doch, dass du zu Jesus gehörst. Komm, wir gehen dort hinten zur Herberge. Da fallen wir nicht auf.«

Er winkte herrisch und bog in eine enge Nebengasse ein. Sie folgte ihm in einigem Abstand. Als sie vor dem Tor der Herberge standen, drehte er sich zu Maria um: »Warum bist du überhaupt zum Gerichtsgebäude gegangen? Was hattest du da zu suchen?«

Maria biss sich auf die Lippen. *Wenn Jehuda in der Nähe ist, fühle ich mich jedes Mal klein und jämmerlich. Als würde ich alles falsch machen. Aber Jesus hat mich gegen ihn verteidigt. Jesus mag mich so, wie ich bin. Und das allein zählt.* Sie atmete tief ein, hob das Kinn und sagte: »Wir gehören zu unserem Rabbi. Es ist ganz natürlich, dass wir in seiner Nähe bleiben wollen.«

»Was für ein bodenloser Leichtsinn!«, schimpfte Jehuda. »Wenn dich jemand erkannt hätte.«

»Und wenn schon!«, trotzte Maria. »Außerdem bin ich nicht allein zum Gericht gegangen. Johannes hat mich begleitet.«

»Und wo ist er jetzt, *dein* Johannes?«, fragte Jehuda schneidend.

Maria zeigte über die Schulter auf das Gebäude. »Er ist drin. Die Türhüterin kennt ihn, weil er mit dem Hohepriester verwandt ist. Petrus kam auch mit zum Gerichtshaus, ich glaube, er sitzt noch bei den Soldaten im Hof.«

»Ja, das weiß ich«, sagte Jehuda. »Seine Stimme war nicht zu überhören. Er hat geflucht.«

»Geflucht? Simon Petrus?« Maria machte große Augen. »Das sieht ihm gar nicht ähnlich.«

Jehuda warf ihr einen verächtlichen Blick zu. »Du glaubst, er wäre ein Heiliger, weil ihn Jesus so oft ins Vertrauen gezogen hat. Dabei ist er ein jämmerlicher Feigling!«

Maria runzelte die Stirn. »Ich halte ihn für einen tapferen Mann! Er hat immer gesagt, dass er Jesus bis aufs Blut verteidigen würde.«

»Immerhin war es nicht sein Blut, das geflossen ist«, sagte Jehuda spöttisch. »Man soll besser nicht mit dem Schwert herumwedeln, wenn man nichts vom Kämpfen versteht.«

»Petrus hat gekämpft? Mit dem Schwert?«, keuchte Maria. »Hat er jemanden – getötet?«

»Nein!«, knurrte Jehuda. »Er hat Malchus verwundet, den Sklaven des Oberpriesters. Und als ihn vorhin ein Verwandter des Malchus wiedererkannte, da bekam der große Kämpfer auf einmal das große Zittern um die eigene Haut. ›Aber nein, ich kenne diesen Jesus nicht!‹« Jehuda ahmte den Tonfall Petrus' nach. »Er hat das sogar beschworen. Dreimal, Maria, dreimal hat er geleugnet, ein Schüler des Rabbi Jesus zu sein! Jeder im Hof und in der Halle hat das gehört. Und dabei hat dieser Fischer geschimpft und geflucht wie ein Pferdeknecht.«

Maria senkte den Kopf und knetete ihre Hände. *Wie ich das verstehe: Notlügen aus Angst.*

»Ja, das hättest du nicht gedacht von ihm, nicht wahr? Wach endlich auf, Mädchen! Sie sind keine Helden, diese Männer! Auch der Träumer nicht, von dem du so viel hältst. Er muss sich in einer geheimen Ecke verkrochen haben, sonst hätte ich ihn doch gesehen, als ich im Gerichtssaal war. Wäre er wirklich so tapfer, dann hätte er den Mund aufgemacht und seinen Rabbi Jesus verteidigt. Aber keine Spur von ihm, sage ich dir, und kein Wort!«

Maria hatte den Kopf gesenkt und mit den Fransen ihres Tuches gespielt. Doch nun hob sie den Kopf: »Und du, Jehuda? Was hast du da drin getan? Bist *du* ein Held?«

Jehuda richtete sich hoch auf, warf sein schwarzes Haar in den Nacken und sagte: »Urteile selbst: Ich habe Jesus im Garten mit einem Kuss begrüßt, als die Soldaten kamen und Jesus verhaften wollten. Ich habe mich nicht vor ihnen gefürchtet. Ich lief nicht davon. Ich blieb bei ihm. Ich bin ihm bis in den Gerichtssaal gefolgt. Ich habe mit den Priestern gesprochen, mit den Ratsherren. Ich habe ihnen erklärt, dass Jesus unschuldig ist. Ich habe Kaiphas aufgefordert, Jesus freizulassen. Ich habe getan, was ich konnte, Maria. Mehr als ich hat keiner für unseren Rabbi getan!«

»Das klingt sehr überzeugend.« Maria zog die Brauen zusammen und sah ihm prüfend in die Augen. »Woher kommt es nur, dass ich dir trotzdem nicht glaube?«

Kapitel XXXII

Pilatus stützte sich aufs Fenstersims und sah hinaus. Unten im Hof brandete der Lärm der Menschenmenge gegen die Mauern, Fäuste ballten sich, Frauen kreischten hysterisch – der Volkszorn brodelte, kurz vor dem Überkochen. Pilatus beobachtete die Rädelsführer, die sich hier und dort unter das Volk gemischt hatten, um nach Belieben hetzen und beeinflussen zu können.

»Schlau eingefädelt«, murmelte er. »Schau dir das an, Josef. Das ist eine abgekartete Geschichte.« Er drehte sich zu dem Ratsherrn um. »Die Priester haben mich heute früh aus dem Bett geholt, weil sie unbedingt diesen Jesus verurteilen wollen. Warum so eilig?«

Josef seufzte. »Der Oberpriester will verhindern, dass die Leute in Ruhe darüber nachdenken. Außerdem beginnt heute Abend das Passahfest.«

Pilatus rieb sich das Kinn. »Da wollen sie ihn vorher aus dem Weg haben. Verstehe. Kennst du diesen Jesus näher?«

»Ich habe ihn hin und wieder gesehen und auch zugehört, wenn er das Volk gelehrt hat.«

»Man muss kein Menschenkenner sein, um zu sehen, dass dieser Mann vollkommen harmlos ist!«, rief Pilatus und schlug sich mit der Faust in die Handfläche. »Ich habe Nachforschungen angestellt. Kein Anzeichen für eine Verschwörung, nicht ein einziges, keine Hetzparolen gegen uns, im Gegenteil. So viel ich hörte, mahnt er die Leute zur Versöhnlichkeit. Übrigens glauben auch ein paar meiner Soldaten an ihn.«

Josef nickte eifrig. »Man erzählt sich von Jesus, dass er Kranke heilt, dass er den Frieden und die Liebe verkündet, ja, und sogar Tote auferweckt.«

»Ach ja«, lächelte Pilatus, »das Volk braucht seine Mythen.«

»Nein, das ist kein Mythos. Ein Freund von mir war dabei, hat es persönlich miterlebt und –«

»Religion ist kein Verbrechen!«, fiel ihm Pilatus ins Wort. »Jeder soll glauben, was er will. Kaiphas weiß genau, dass ich mich aus religiösen

Streitigkeiten heraushalte. Warum bringt er mir diesen Mann?« Er verschränkte die Hände auf dem Rücken und wanderte auf und ab. »Ich habe diesen angeblichen Aufrührer heute Morgen verhört. Dabei kam nichts Handfestes heraus. Dann schickte ich ihn zu König Herodes, da er für Galiläa zuständig ist, verstehst du?«

Er lächelte gewinnend und Josef murmelte. »Eine diplomatische Geste, sehr geschickt.«

Pilatus nickte. »Ja. Ich glaube, diese Geste wird sich früher oder später auszahlen. Aber Herodes fand auch keinen Grund, diesen Mann zu bestrafen. Er hat ihn mir zurückgeschickt. Jetzt bin ich keinen Schritt weiter als heute früh.« Er blieb vor Josef stehen und nahm ihn bei den Schultern.

»Was hat Kaiphas vor?«

»Er will Jesus ans Kreuz bringen«, sagte Josef traurig.

»Damit will ich nichts zu tun haben! Richtet ihr ihn doch nach eurem eigenen Gesetz!«

»Du weißt, dass wir zurzeit kein Todesurteil vollstrecken dürfen. Deshalb hat Kaiphas auch einen politischen Anklagegrund gesucht.«

Seufzend wandte sich Pilatus ab. »Ich werde ihn noch einmal verhören und dann freilassen. Ich kann doch nicht einfach einen Unschuldigen verurteilen, nur weil die Priester auf diesen Mann eifersüchtig sind. Komm!« Er winkte Josef und ging mit ihm hinunter in die Gerichtshalle. Mitten im Tumult stand der Angeklagte wie ein Fels in aufgewühlter See. Sein Gesicht war still, wenn auch rot angeschwollen, und die Unterlippe war aufgeplatzt und blutete ein wenig. Pilatus setzte sich auf den Richterstuhl und eröffnete die Verhandlung. »Bist du der König der Juden?«

»Ist das deine Überzeugung oder haben es andere über mich gesagt?«, fragte Jesus zurück.

»Bin ich ein Jude? Die Hohenpriester haben dich hergebracht, weil sie dich für einen Verbrecher halten. Also, was hast du getan?«

»Mein Königreich ist nicht von dieser Welt. Sonst hätten meine Diener für mich gekämpft und ich wäre nicht verhaftet worden. Mein Reich hat nichts mit Politik zu tun.«

»Also bist du trotzdem ein König?«

»Du sagst es. Ich bin dazu geboren und in die Welt gekommen, damit ich die Wahrheit bekannt mache. Wer zur Wahrheit gehört, der hört auf mich.«

Pilatus stützte den Arm auf die Lehne und verbarg seine Augen in der Hand. Josef beobachtete ihn scharf und überlegte: *Denkt er jetzt an die Ideale seiner Jugend? Erinnert er sich an die Zeit, wo er noch an Werte wie Ehre, Treue und Aufrichtigkeit glaubte? Öffnet er sich für die leise Gewissensstimme, die ihn zu Gott hinziehen will?*

Der Gouverneur seufzte und hob den Kopf. »Was ist Wahrheit?«, rief er, zog die Schultern hoch und ließ sie wieder fallen. Unschlüssig betrachtete er den Angeklagten, aber er konnte den Blick dieser ruhigen, forschenden Augen nicht lange ertragen. Er winkte Josef, sprang auf und schritt hinüber zum Tor.

Dort standen die Priester in ihren bestickten Roben, ihre Bärte stachen in die Luft, als wollten sie Löcher hineinbohren. Pilatus beugte sich zu Josef hinüber und flüsterte: »Lächerliche Truppe, diese Männer! Sie betreten mein Haus nicht, weil sie meinen, sie würden sich ›verunreinigen‹, wenn sie einen ›Heiden‹ besuchen. Doch sie haben keine Skrupel, einen Unschuldigen zu töten, der ihnen im Weg steht.«

Er hob die Hand und wartete, bis das Murmeln am Platz verebbt war. Dann verkündete er: »Ich finde keinen Grund, diesen Mann zu verurteilen. Ich werde ihn freilassen.«

Josef fühlte sich, als hätte man ihm ein schweres Gewicht von den Schultern genommen. Er atmete tief ein, machte auf dem Absatz kehrt und ging neben Pilatus mit federnden Schritten zur Halle zurück. Er las Enttäuschung in einigen Gesichtern, in anderen Erleichterung und Freude.

Doch dann brandete eine neue Unruhe unter den Zuschauern auf. Einige begannen zu brüllen, und andere nahmen den Ruf auf: »Kreu-zi-gen! Kreu-zi-gen!«

Pilatus erschrak. »Was ist in diese Leute gefahren? Haben sie nicht vor drei oder vier Tagen denselben Jesus mit Blumen überschüttet, wie mir berichtet wurde? Haben sie ihm nicht zugejubelt: ›Hosianna dem Davids-Sohn‹?«, fragte er Josef.

Der senkte den Kopf und sagte leise: »Sie sind aufgehetzt worden. Aber wenn sie in Ruhe entscheiden könnten, ohne Beeinflussung … vielleicht …«

»Das ist es – ein Volksentscheid!«, rief Pilatus. »Das Volk fordert zum Passahfest die Amnestie für einen Häftling. Sie sollen sich aussuchen, wen sie haben wollen.«

Der Statthalter winkte der Ordonnanz und flüsterte einen Befehl.

Kurz darauf führten die Soldaten Jesus von Nazareth vor. Sie mussten ihn stützen, denn er taumelte. Man hatte ihn ausgepeitscht. Das Blut lief ihm in breiten Bächen über den Rücken. Ein Spötter hatte ihm eine Krone aus Dornzweigen geflochten und auf seine Stirn gedrückt. Einen Purpurmantel hatte man ihm über die Arme geworfen wie eine Königsrobe. Aber sein Gesicht war ernst und ruhig.

»Schaut doch, was für ein Mensch!«, sagte Pilatus und seine Stimme bebte. Er winkte der Wache und ließ den anderen Häftling bringen.

Jesus Bar-Abbas brüllte und schlug um sich. Sie mussten ihn die Stufen hinaufzerren. Vier Soldaten hielten seine Fußketten straff, damit er nicht flüchten konnte. Er hatte seine Handgelenke wund gescheuert und drehte und wand sich. Wild sah er aus, ungezähmt wie ein Raubtier, und er fletschte die Zähne. Dann fiel sein Blick auf den Rivalen und er spuckte aus, zornig, verzweifelt.

Josef betrachtete die beiden Männer und seine Augen füllten sich mit Tränen: *Hier steht der König der Liebe, der die Menschen mit ihrem Schöpfer versöhnt, der Frieden und Versöhnung predigt, der Wunden heilt und Trauernde tröstet. Und drüben der wilde Kämpfer, der die Freiheit unseres Volkes mit einem blutigen Griffel in das Buch der Geschichte ritzen wollte, ein Mensch voller Wut und Hass.*

»Wen soll ich euch freigeben?«, fragte Pilatus. »Euren König, der sich ›Menschensohn‹ nennt? Oder diesen ›Sohn des Vaters‹?«

Doch die Menschenmenge überlegte nicht lange, die Leute schrien wie ein Mann: »Wir wollen Bar-Abbas!«

Pilatus schluckte. Er leckte sich die trockenen Lippen, überlegte. Schließlich sagte er: »Und was soll ich mit eurem König machen?«

»Kreu-zi-gen!«, brüllte die Menge.

Die Priester gestikulierten heftig. Sie schickten einen Boten zu ihm mit der Nachricht: »Wir haben ein Gesetz und nach diesem Gesetz muss er sterben, weil er behauptet hat, er sei Gottes Sohn.«

Pilatus schaute fragend zu Josef, der neigte sich zu ihm hinüber und sagte leise, aber voller Leidenschaft: »Sie haben sich ihre eigenen Gesetze gemacht, unsere Priester, ihre eigenen Maßstäbe für Gut und Böse gezimmert. Da bleibt kein Platz für einen ›Sohn Gottes‹. Gott im Himmel ist weit weg, den können sie akzeptieren, aber Gott bei uns? ›Immanuel‹, wie es auf Hebräisch heißt? Hautnah? Das ertragen sie nicht. Also – weg mit ihm!«

»Weg mit ihm? Und wenn dieser Zimmermann *tatsächlich* der Sohn Gottes wäre?«

Josef erwiderte seinen Blick, ohne zu zwinkern.

Pilatus zog den Kopf ein. Er stellte sich dicht vor Jesus hin und fragte leise: »Woher kommst du?«

Schweigen.

Pilatus massierte sich mit der Hand den Nacken. »Du redest nicht mehr mit mir? Denk daran, es steht in meiner Macht, dich laufen zu lassen oder auch nicht.«

»Du hättest keine Macht über mich, wenn sie dir nicht von oben her gegeben wäre. Die eigentliche Schuld trägt der, der mich dir ausgeliefert hat.«

Pilatus zuckte zusammen. Er wandte sich an Josef: »Er spricht von Schuld. Ich bin sonst nicht gerade überempfindlich, aber in diesem Fall – habe ich Skrupel.«

Josef biss sich auf die Lippen. *Ja, dabei wissen wir alle, dass schon mancher »Unschuldige« auf dein Wort hin verurteilt wurde, wenn es die Staatsräson erforderte.*

In diesem Augenblick brachte ein Sklave eine Nachricht auf einem Wachstäfelchen. Pilatus warf einen Blick darauf und ächzte. »Auch das noch – von meiner Frau.« Josef machte den Hals lang und las: »Liebster, ich flehe dich an – mach dich nicht schuldig! Hände weg von diesem Heiligen! Ich habe heute Nacht von ihm geträumt. Ich sah ihn auf einem Thron sitzen, hoch über den Wolken, und Gericht halten über die ganze Welt. Du darfst ihn nicht verurteilen!«

Pilatus stand der Schweiß auf der Stirn. Er wechselte einen Blick mit Josef, dann sagte er laut: »Jesus ist unschuldig. Ich werde ihn freilassen.«

Seine Worte flogen über den Hof wie ein Windstoß, doch die Priester schrien auf, empört, in gespieltem Entsetzen. »Wenn du diesen Mann freilässt, dann vertrittst du nicht mehr die Interessen des Kaisers. Schließlich hat er sich selbst zum König gemacht. Er ist gegen den Kaiser!«

Der Prokurator schloss die Augen. Dann sagte er zu Josef: »Mit diesem Argument habe ich nicht gerechnet. Wenn ich so entscheide, wie ich es für richtig halte, dann habe ich den Sanhedrin gegen mich. Kaiphas ist gerissen, er könnte mich beim Kaiser anschwärzen. Außerdem kann er mit einem Fingerschnipsen euer Volk zur Rebellion aufwiegeln, einen Aufstand entfesseln. Das kostet Menschenleben, Blut fließt, auch das meiner Legionäre. Und trotzdem …«

Er stand auf. »Schaut ihn euch an, euren König!«, rief er.

Doch die Leute brüllten: »Weg! Weg mit dem!« und »Kreu-zi-gen! Kreu-zi-gen!«

»Soll ich euren König wirklich kreuzigen?«

»Wir haben keinen König außer dem Kaiser!«, schrie die Menge.

Pilatus murmelte: »Woher auf einmal diese Loyalität? Solche Töne hat man in Jerusalem noch nie gehört. Verrücktes Volk. Sollen sie ihren Willen haben. Ich kann keinen Aufstand riskieren – nicht jetzt am Passahfest. Es tut mir leid.«

Er winkte der Ordonnanz und ließ sich ein Wasserbecken bringen. Vor aller Augen wusch er die Hände darin und rief: »Ihr seid Zeugen, dass ich unschuldig bin am Blut dieses heiligen Mannes!«

Da brüllten sie: »Sein Blut über uns und unsere Kinder!«

Pilatus schüttelte den Kopf und hob die Hände. Dann wandte er sich ab und ging zurück ins Gerichtsgebäude. Josef sah zu, wie zwei Soldaten die Ketten lösten, mit denen Bar-Abbas gefesselt war. Der wilde Mann hob triumphierend die Arme und stürmte mit ein paar langen Sätzen die Treppe hinab. Die Menge johlte, einige Männer mit grimmigen Bärten hoben Bar-Abbas auf ihre Schultern und trugen ihn davon und der Mob strömte ihm nach und vergaß den Mann mit der Dornenkrone.

Im Gerichtshof war es still geworden. Nur hier und dort sah Josef einige Leute stehen, die sich leise unterhielten. Als er sich umschaute, fiel ihm eine junge Frau an der Eisenumzäunung auf, die mit beiden Händen die Gitterstäbe umklammert hielt. Sie presste ihr Gesicht an die Eisenstäbe, als könnte sie Jesus damit näher sein, und sie schaute unverwandt zu ihm hinüber. *Das muss Maria sein,* dachte Josef, *die ehemalige Kurtisane, von der ich schon so viel gehört habe. Ich glaube, sie liebt Jesus noch mehr als wir alle.* Langsam ging Josef die Treppe hinunter und näherte sich dem Zaun, doch als er sieben Schritte von der jungen Frau entfernt war, bemerkte sie ihn, warf ihm einen gehetzten Blick zu, drehte sich um und rannte mit fliegenden Mantelzipfeln davon.

Inzwischen hatten zwei Soldaten Jesus an den Armen gepackt und zerrten ihn vom Platz. Josef ging ihnen nach und keiner hinderte ihn daran. *Wahrscheinlich haben sie Respekt vor mir, weil sie mich mit Pilatus zusammen gesehen haben.* Dann waren die Soldaten mit ihrem Gefangenen am Kasernentor der Burg Antonia angekommen. Muffige Kerkerluft schlug Josef entgegen, als der Wächter die Tür zum Gewölbe aufstieß, in dem man die Untersuchungshäftlinge und die Verurteilten verwahrte. Der Torhüter streckte Josef die Lanze entgegen und polterte: »Halt! Keinen Schritt weiter.« Und Josef hob beide Handflächen und wich zurück. Tief in Gedanken versunken wanderte er durch die gewundenen Gassen Jerusalems zu seinem Haus.

Kapitel XXXIII

Jehuda rannte durch die gewinkelten Straßen, überquerte einen Platz, lief eine Treppe hinauf und blieb vor einer klobigen Haustür stehen. Er klopfte dreimal kurz mit dem Knöchel ans Holz. Alles blieb still. Er klopfte lauter. Schließlich kreischte im Nebenhaus ein Fensterladen und eine Frau steckte ihren grauen Strubbelkopf heraus und musterte ihn.

Jehuda zögerte, dann fragte er: »Ist hier niemand mehr?«

Sie schüttelte den Kopf. »Ne! Gestern a'md ha'm se die Bursch'n eing'sammelt.«

»Wer hat wen eingesammelt?«

»Na, die verdammten Römer sin' ins Haus g'stürmt und ha'm alle hoppg'nommen.«

»Haben sie – alle verhaftet?«

»Ja, alle.« Sie lehnte sich mit den Ellenbogen aufs Fensterbrett und sagte in einem Tonfall, der vertraulich klingen sollte: »Da hat wohl einer g'sungen. Vielleicht dieser Bar-Abbas, den se gestern g'schnappt ha'm. Is'n ganzer Kerl, der Bar-Abbas, aber die neunschwänzige Katz' is auch nich' übel. Die bringt die Leut zum Reden, sag ich dir.« Sie lachte heiser.

Jehuda stützte sich mit der Hand an der Mauer ab, weil ihm die Knie zitterten. »Also – sie haben Bar-Abbas?«

»Ja und noch zwei von sein' Anführern. Beim Sturm aufs Waffenlager. Die anderen Kerle ha'm se gleich –« sie fuhr sich mit dem Zeigefinger unter dem Kinn vorbei.

»Du weißt ziemlich gut Bescheid …«

Sie zuckte mit den Achseln. »So was spricht sich rum. Aber du siehst grün aus. Is' dir schlecht? Willst'n Schluck Wasser?«

Jehuda zog die Schultern hoch und wandte sich ab.

»Dann eben nich'«, brummte die Frau. Sie sah noch eine Weile zu, wie er die Treppe hinunterstieg und dann durch einen Torweg verschwand. »Komischer Vogel. Sah nich' so aus wie die andern Kerle, die die verdammten Römer rausschmeiß'n woll'n. Is zu fein für die Drecksarbeit«, murmelte sie, bevor sie den Kopf wieder zurückzog.

Inzwischen hatte Jehuda die letzten Häuser der Stadt hinter sich gelassen und keuchte den Hügel hinauf. *Was jetzt? Mein schöner Plan ist gescheitert. Dabei hätte alles gepasst – Bar-Abbas sollte das Waffenlager stürmen und die Pilger mit Schwertern und Lanzen bewaffnen. Seine Truppe hätte sich am Bach Kidron verschanzt und die römische Kohorte überfallen. Wir hatten alles bis ins Kleinste durchorganisiert. Was ist da nur schiefgelaufen? Vielleicht hatte Bar-Abbas tatsächlich einen Verräter in seiner Truppe.*

Als ihm die Ironie seiner Gedanken bewusst wurde, lachte er auf, aber es war keine Freude in diesem Lachen. Es klang bitter und brannte im Hals. Die Erinnerung an die letzten Stunden quälte ihn.

Ich kann immer noch nicht begreifen, warum sich Jesus nicht gewehrt hat. Nicht einmal, als ihn der Sklave des Kaiphas ins Gesicht schlug! Das hat mich erschüttert. Damit hatte keiner gerechnet. Dabei war ich schon bei seinem Einzug in Jerusalem so sicher, dass er jetzt endlich seinen Königstitel behaupten würde. Aber nein, er vertrödelt die ganze Woche und macht keinerlei Anstalten, seinen Thron zu besteigen. Dabei war das Volk auf seiner Seite!

Jehuda war an einer Höhle angekommen und ließ einen Käuzchenruf hören. Aus dem Dunkel kam eine leise Antwort. Er ging hinein, vorbei an zwei leeren Wasserkrügen und einem zerfaserten Seil, bis die Höhlendecke so niedrig wurde, dass man weiterkriechen musste.

»Ich bin es, Jehuda!«, rief er in die Finsternis hinein. Er wartete, doch alles blieb still. »Lasst das Theater!«, sagte er ungeduldig. »Ich weiß doch, dass ihr da drin seid!«

Er hatte für alle Fälle vorgesorgt. Plan A war an dem Eigensinn Jesu gescheitert, Plan B vereitelt, weil Bar-Abbas den Römern in die Hand gefallen war, doch ihm blieb immer noch Plan C – das Treffen mit den restlichen Zeloten, die genügend Mut und Waffen hatten, ihren Messias zu befreien. Er suchte den Boden nach Spuren ab, fand keine, schüttelte den Kopf: *Seltsam! Sie können doch nicht in die Höhle geflogen sein.* »Wer immer ihr seid, kommt endlich raus!«

Endlich hörte er ein leises Schleifen, wie wenn Stoff auf Steinen gerieben wird. Auf Händen und Füßen kroch ein zerlumpter Mann aus dem Hintergrund der Höhle. Die Haare waren verfilzt, im Bart hatten sich Reste von eingetrocknetem Blut verfangen. Er sah sich gehetzt um und duckte sich hinter einen Felsen.

»Du, Bar-Abbas? Dich hätte ich am wenigsten erwartet! Ich dachte, du wärst –«

»Ja, du großer Denker. Du hast dir alles so genial ausgedacht, aber dass einer unserer Leute undicht werden könnte, damit hast du nicht gerechnet!«, knirschte Bar-Abbas. Jehuda wich einen Schritt zurück.

»Wo sind die anderen?«

»Die meisten sind tot, ein paar konnten flüchten, zwei gute Männer werden heute noch gekreuzigt.«

»Gekreuzigt ...«, stöhnte Jehuda. »Und du? Wie konntest du entkommen?«

»Amnestie. Zum Passahfest!«

»Ja, aber –«

Bar-Abbas lachte höhnisch. »Sie hätten mich niemals losgelassen, wenn da nicht ein anderer gewesen wäre, den sie noch lieber am Kreuz sehen als mich. Du weißt, wen ich meine – deinen Wunderrabbi, Jesus von Nazareth.«

Er streckte eine zitternde Hand aus und zeigte hinunter in die Stadt. »Da unten am Palast des Pilatus, hörst du sie brüllen? Bald werden sie hier heraufkommen und Jesus von Nazareth wird das Kreuz tragen, das für mich gezimmert wurde. Für mich, Jehuda!«

Jehuda nahm ihn am Arm, schüttelte ihn. »Und das willst du zulassen? Du kannst doch nicht dulden, dass sie *ihn* an deiner Stelle kreuzigen! Hast du keine Ehre im Leib?«

»Ehre? Ausgerechnet du redest von Ehre?« Bar-Abbas spuckte ihm vor die Füße. »Hör mir auf damit! Ich bin heilfroh, dass sie mich freigelassen haben und nicht ihn. Ich hab nichts dagegen, wenn ein anderer für mich stirbt. Ich leb nämlich ganz gern, weißt du.«

»Aber – aber das war doch ganz anders geplant!«, keuchte Jehuda. »Du kennst doch die Pläne.«

»Du und deine Pläne!«, knurrte Bar-Abbas. »Ich werd dir mal was sagen. Du bist ein feiner Pinkel und bildest dir wunder was auf deine Klugheit ein. Aber deine Ideen taugen nichts. Sie haben uns nur Ärger gebracht. Zwei von meinen Leuten werden heut Nachmittag abgemurkst. Und mich hätten sie auch beinahe am Wickel gehabt. *Das* sind deine fantastischen Ideen!«

»Hör mir zu«, flehte Jehuda. »Es ist noch nicht alles verloren. Wenn wir einen Trupp Männer finden, die uns helfen, dann können wir hier in der Höhle einen Hinterhalt legen. Ich glaube nicht, dass sie mehr als sieben oder acht Bewacher schicken. Mit denen wirst du doch fertig?«

Bar-Abbas warf ihm einen verächtlichen Blick zu. »Meine Leute sind alle tot oder davongelaufen. Und genau das werde ich jetzt auch tun. Ich werde mich nie wieder fangen lassen. Weder von den Leuten des Kaiphas noch von den dreimal verfluchten Römern. Nie wieder!«

»Bar-Abbas, hör mich an!«

»Mit einem Verräter will ich nichts mehr zu tun haben!«, sagte Bar-Abbas kalt, drehte sich um und sprang über die Steine und Felsen den Hügel hinauf, bis ihn das Gebüsch verschluckt hatte.

Jehuda stieß ein Stück Holz vor sich her. Jetzt war alles verloren. Dabei hatte er viel riskiert, um Jesus aufzurütteln. Er hatte sich in den Gerichtssaal gewagt und Jesus zugerufen: »Du musst dich retten! Du bist es unserem Volk schuldig!« Er hatte sich bis aufs Äußerste gedemütigt, hatte sein Komplott mit Kaiphas eingestanden: »Ich habe Unrecht getan. Ich habe einen Unschuldigen verraten!« Er war sogar bereit gewesen, das Geld zurückzugeben, und zwar den vollen Betrag. Als sie die Rücknahme verweigerten, hatte er die Silberdenare in den Tempel geworfen. »Da habt ihr euer schmutziges Geld!«, hatte er gerufen.

Vielleicht hätte ich Jesus im Garten bei seiner Festnahme nicht gerade küssen sollen. Wahrscheinlich war das – geschmacklos. Aber ich wollte ihm damit zeigen, dass ich auf seiner Seite stehe, dass ich nur das Beste wollte – für ihn und für unser Volk. Er wischte sich den Schweiß von der Stirn und plötzlich schoss ihm ein anderes Bild durch den Kopf: Maria, die an der Couch kniete und Jesus die Füße küsste. So viel Dankbarkeit und Liebe, so viel Hingabe – verschwendet an einen Rabbi, der sich nichts aus der Königswürde machte und einen elenden Tod sterben würde.

Einen elenden Tod. Das hab ich nicht gewollt. Gut, ich muss zugeben, dass ich ihm einen Denkzettel verpassen wollte. Immerhin hatte er mich mehr als einmal vor den anderen bloßgestellt. Und er wollte einfach nicht einsehen, dass meine Pläne gut waren, tausendmal besser als das, was er in seiner Kurzsichtigkeit den »Willen Gottes« nannte. Er könnte jetzt in dieser Stunde auf dem Thron Davids sitzen – und ich an seiner Seite. Aber das hat er durch seine Starrköpfigkeit und diese unerträgliche Demut verhindert.

Jehuda stützte die Arme auf die Knie und verbarg sein Gesicht in den Händen. Seine Gedanken liefen im Kreis. Wenn er die Augen schloss, sah er das Bild wieder vor sich: die hasserfüllten Gesichter der Pharisäer, die ihren Einfluss durch Jesus bedroht sahen, weil er die Traditionen und Satzungen der Rabbiner missachtete. Auf der anderen Seite der Zorn der sonst so liberalen Sadduzäer, die in ihrer Arroganz und ihrer aufgeklärten Haltung – »Auferstehung, ein Mythos!« – durch die Auferweckung des Lazarus gründlich erschüttert waren. Und mittendrin Kaiphas, kühl, berechnend, und sein Schwiegervater Hannas, der alte, listige Fuchs. Jehuda erinnerte sich an die verschlagenen Blicke der Zeugen, an ihr Stottern, wenn sie sich in Widersprüche verwickelt hatten.

Er roch im Geist immer noch die scharfe Ausdünstung der Sklaven, die vor Angst schwitzten, weil sie fürchteten, Jesus könnte sich jeden Augenblick in einen Racheengel verwandeln und sie mit einem Feuerstrahl vernichten. Immerhin hatten sie im Garten erlebt, wie seine göttliche Vollmacht aus ihm herausgebrochen war.

Ein anderes Bild drängte sich in seine Erinnerung. Sie hatten Jesus ins Gesicht gespuckt, mit Fäusten geschlagen und gespottet: »Du weißt doch alles, bist doch ein Prophet – sag uns, wer hat dich gerade geschlagen?«

Es hatte ihm fast das Herz gebrochen, seinen Herrn so gedemütigt zu sehen. Er hatte sich an den Leuten vorbeigedrängt bis nach vorne zu Jesus. Er hatte sich hinreißen lassen, etwas zu tun, was er an Maria immer verachtet hatte: Er hatte sich vor Jesus zu Boden geworfen und seine Füße umklammert. Zum ersten Mal in seinem Leben war ihm einerlei, ob er dabei auch eine gute Figur machte oder was die anderen von ihm dachten. Er hatte nur eines im Sinn: Jesus musste, er *musste* sich befreien, jetzt und hier. Sonst war alles umsonst. Deshalb hatte er geschrien: »Tu doch was! Lass dir das nicht gefallen! Du bist der Sohn Gottes!«

Jesus hatte leise gesagt: »Dieser Stunde wegen bin ich in die Welt gekommen«, und hatte ihn angesehen – kein Verdammungsurteil im Blick, nicht einmal ein Vorwurf, sondern Verständnis und Wärme.

Dieser Blick ärgerte ihn mehr als alles andere. *Ich kann diese demütige Art nicht aushalten.* Jehuda schüttelte sich, als er daran dachte, wie Jesus seinen Schülern die Füße gewaschen hatte. Nein, Jesus hatte keinen Stolz. Und schon gar kein diplomatisches Geschick. Sonst hätte er sich mit den Ratsherren des Sanhedrin arrangiert, statt ihnen Vorwürfe zu machen und sie öffentlich anzuprangern. Das hatte sie natürlich gegen ihn aufgebracht. *So macht man keine Politik. Das hätte ich gleich wissen können. Ich habe mich blenden lassen von seinen Wundern und seinen frommen Reden.*

Und jetzt? Was sollte werden? Er sah keinen Sinn mehr in seinem Leben. Solange er denken konnte, hatte er auf ein Ziel hingestrebt: Werft die dreimal verfluchten Römer aus dem Land! Doch er war einem Trugbild nachgelaufen, seine Pläne waren gescheitert. Und – welche Ironie! – er, Jehuda von Kariot, der den Messias auf den Thron Davids heben wollte, er würde in die Geschichte eingehen als der Mann, der den Messias *ans Kreuz* gebracht hatte!

Schwerfällig ging er in die Höhle zurück. Sein Blick fiel auf das Seil. Ja, das war die Lösung, die einzige. *Schluss machen. Nicht mehr nachdenken, diese Augen nicht mehr vor mir sehen müssen. Den Spott der anderen nicht mehr hören, die von Anfang an gewarnt hatten: »Dieser Jesus hat nicht das Zeug zum König, das hättest du doch sehen müssen!« Und die Schuld, die sich mit jedem Augenblick schwerer auf seine Seele legte, sodass er kaum noch atmen konnte, diese Last nicht mehr spüren müssen!*

Er nahm das Seil und ging auf einen hohen Baum zu. Während er eine Schlinge legte und den Knoten knüpfte, dachte er: *Es ist gut, dass dieser Baum so nah am Weg steht. Hier müssen sie vorüberkommen, wenn sie zum Hinrichtungsplatz gehen. Jesus soll sehen, was er angerichtet hat. Er hat mein Leben ruiniert. Wenn er mich da oben in der Baumkrone hängen sieht, dann wird er zu mir hinaufschauen. Er wird einsehen, dass ich ihm überlegen war. Und er wird unendlich bedauern, dass er meine Pläne nicht gewürdigt hat. Er wird mich betrachten und bereuen, dass er mich in den Tod getrieben hat. Es soll ihm leidtun!*

Er nahm Anlauf und sprang hinauf, dann hatte er den untersten Ast gefasst. Mit Mühe zog er sich hoch und kletterte in die Krone. Ihm wurde schwindelig, als er hinuntersah. Plötzlich hatte er das Gefühl, nicht mehr er selbst zu sein. Als wäre er getrieben von einer dunklen Macht, die stärker war als sein Wille zum Leben. Wann hatte er diese Empfindung schon einmal gespürt? War das, als er Maria zum ersten Mal begegnete? Und als sich in ihm ein Begehren regte, das er fast nicht mehr beherrschen konnte? Damals hatte er dieses seltsame *Es* noch zurückdrängen können. Doch bei dem gemeinsamen Abendessen mit Jesus war das wieder über ihn gekommen. Jesus hatte in einer freundschaftlichen Geste ein Stück Brot in die Soße getaucht und ihm hinübergereicht. Als er das Brot mit der Hand berührte, fühlte er plötzlich einen inneren Aufruhr. Als wäre in seinem Innern ein Vulkan ausgebrochen – er konnte kaum noch atmen und hatte innerlich geschrien: *Nur fort! Nur weg hier!* Und alles andere hatte sich dann ineinandergefügt, als wäre es eine vorgezeichnete Straße gewesen.

Während Jehuda das Seil an einer Astgabel festband, fragte er sich, ob er noch einen anderen Ausweg wüsste. Er durchdachte verschiedene

Möglichkeiten. Dann schüttelte er den Kopf. *Nein. Es ist zu spät. Mir bleibt nur noch ein schreckliches Warten auf das Strafgericht Gottes. Es wird mich treffen – ohne Mitleid, ohne Gnade, schließlich habe ich den Sohn Gottes ans Kreuz gebracht! Wer fragt danach, dass ich nur das Beste wollte?*

Er band das Seil an einer Astgabel fest, legte sich die Schlinge um den Hals. Er hatte sich nun einmal entschlossen und durfte keine Zeit verlieren. Schließlich war er keine Memme, die feige vor dem Tod zurückschreckt.

Jehuda holte tief Luft und ließ sich vom Ast fallen. Er spürte einen scharfen Ruck, als sein Gewicht das Seil straffte. Dann hörte er es im Baum knirschen und reißen. Er fiel und fiel und meinte, dieser Sturz würde niemals enden. Dann ein wilder Schmerz, der ihn durchzuckte wie ein feuriges Messer, als er auf den Boden prallte. Ein Gedanke blitzte auf: *Jetzt liege ich unten, bei seinen Füßen.* Er hätte sich gerne weiter vom Weg fortgerollt, doch er konnte sich nicht rühren, die Augen nicht öffnen. Wie von Weitem hörte er Hunde bellen, dann fielen sie über ihn her und schlugen ihre hungrigen Fänge in seinen Leib. Es wurde finster um ihn; er fühlte nicht mehr, wie die Hunde an seinen langen glänzenden Haaren herumzerrten, seine Eingeweide herausrissen und gierig sein Blut leckten. Für ihn war alles vorbei.

Kapitel XXXIV

Hauptmann Justin hatte schlechte Laune, während er zum Palast des Pilatus hinüberging. Eigentlich hätte er dienstfrei gehabt. Er wollte sich einen schönen Tag machen. Er spazierte gerne in den Hügeln herum und hörte dem Lied der Berglerchen zu. Die anderen zogen ihn damit auf, dass er in seiner freien Zeit am liebsten alleine blieb. Die Trennung von seiner Frau hatte ihn schwerer getroffen als erwartet, und er musste oft an sie denken und an seine Kinder, die er schmerzlich vermisste. Hin und wieder dachte er auch an Maria. Was wohl aus ihr geworden war? Er hatte sie seit dem Abschied in Betanien nicht mehr gesehen. Die Sänfte war ihm am nächsten Tag gebracht worden, doch sie war leer gewesen – bis auf einen Beutel mit Silberdenaren und einen Hauch Parfüm, das ihn leise an Maria erinnerte. Auf seine Nachfragen ließ ihm die ältere Schwester ausrichten, dass Maria ein neues Leben begonnen habe und nichts mehr mit ihren alten Bekannten zu tun haben wolle. Das hatte ihn schwer getroffen. Obwohl er versuchte, die Erinnerungen an Maria abzuschütteln, wollte es ihm nicht gelingen.

Er zog die Schultern hoch und zwang seine Gedanken in eine andere Richtung. *Ausgerechnet heute bin ich dazu verdonnert, eine Hinrichtung zu beaufsichtigen. Dabei hasse ich so was!*

Sein Vorgesetzter hatte ihn angefleht: »Mach du das für mich. Ich habe Fieber und mir ist übel. Das stehe ich nicht durch. Es war schlimm genug, diesen Mann heute Nacht zu verhaften und von einem Palast zum anderen zu zerren – immer die Angst im Nacken, dass diese verrückten Juden einen Aufstand anzetteln könnten. Ich habe die Nase voll, ich will mit dem Fall nichts mehr zu tun haben.«

»Also gut«, hatte Justin gesagt, »man ist ja kein Unmensch.« Und hatte gleich darauf bereut, so gutmütig gewesen zu sein.

Der Tag begann damit, dass diese unverschämten Priester einen Boten nach dem anderen in die Amtsstube jagten und zur Eile drängten.

»Was haben die denn? Können sie es gar nicht abwarten, bis drei ihrer Landsleute am Kreuz hängen?«, fragte er seinen Pferdeburschen.

Der Junge grinste. »Die feiern heut Abend ein großes Fest, da wollen sie die drei vorher aus dem Weg haben.«

»Augenblick mal – das sind doch Politische! Die beiden Zeloten und ihr Nationalheld Bar-Abbas, die wir gestern geschnappt haben, als sie unser Waffenlager stürmen wollten. Das war knapp und wir haben dabei viele gute Männer verloren«, erinnerte sich Justin.

»Der Bar-Abbas ist heute nicht dabei.«

»Was? Ich habe doch selbst gehört, dass Pilatus mit ihm kurzen Prozess machen wollte.«

»Amnestie!«, krähte der Pferdebursche.

»Beim Jupiter!«, schimpfte Justin. »Und ich war froh, dass wir ihn endlich erwischt hatten! Aber wieso sind es dann trotzdem drei?«

»Der Dritte ist ihr neuer König.«

»König? Was für ein König?«

»Einige behaupten, es wäre der Messias, der Welterlöser. Andere meinen, er wäre ein Betrüger. Vor ein paar Tagen ist dieser Zimmermann aus Nazareth wie ein Eroberer in Jerusalem eingezogen.«

»Ts-ts, kaum ist man ein paar Tage weg, stellen die Juden die Stadt auf den Kopf. Haben sie ihn wirklich gekrönt?«

»Nicht offiziell; die Priester sind wieder mal dagegen, aber das Volk hält ihn für den wahren König.«

Vom Gerichtsgebäude her hörte man den Mob schreien: »Kreu-zi-gen! Kreu-zi-gen!«

Justin schüttelte den Kopf. »Und jetzt wollen sie auf einmal, dass er gekreuzigt wird?« Er tippte sich mit dem Zeigefinger an die Stirn und der Pferdebursche grinste verständnisvoll. »Jaja. Ein komisches Volk.«

Als Justin ankam, hatten sie die Verurteilten schon auf den Hof gezerrt. Zwei von ihnen waren wüste Kerle mit sonnenverbranntem Gesicht. Arme und Brust waren von Narben zerrissen. *Solche Männer scheuen vor keiner Gefahr zurück, das sieht man. Tapferkeit und Abenteuerlust haben diese wilde Schar zusammengeschweißt, die nur ein Ziel kennt: ›Werft die Besatzungsmacht aus dem Land, und wenn es uns das Leben kostet!‹ Sie zetteln Unruhen an, berauben Handelskarawanen – gleich welcher Nation – und sorgen dafür, dass auch ein harmloser Reisender nie weiß, ob er lebendig sein Ziel erreicht. Gut, dass man sie nun unschädlich macht. Zwei weniger von der Sorte – für die ist das Kreuz gerade recht. Aber der Dritte?*

Justin sah erstaunt auf die Gestalt, die da unter dem schweren Kreuzbalken herantaumelte. Wer war das? Doch sicher kein Verbrecher! Nicht mit dieser Geduld im Blick und diesem sanften Gesicht.

Sie haben ihn übel zugerichtet. Wozu die Folter, wenn er ohnehin gekreuzigt wird? Und was soll die Dornenkrone? Ich muss mit meinen Leuten reden. Sie haben einfach kein Gespür für Menschen. Beim Jupiter, wir sind doch keine Tiere!

Er ordnete den Zug. Zuerst kamen einige Soldaten in schwerer Rüstung, die den Weg frei machen sollten. Dann ließ er die beiden Widerstandskämpfer mit ihren Wachen gehen. Als Letztes schickte er den stillen König los, der unter dem schweren Balken taumelte. Das Blut tropfte ihm über die Stirn und nach drei, vier Schritten knickten seine Beine ein und er brach unter dem Holz zusammen.

Justin winkte zwei Soldaten, die den Balken hochnahmen. Der Zimmermann stöhnte und hob den Kopf.

»Komm, steh auf, du hast noch einen Weg vor dir«, rief Justin und sah zu, wie sich der Mann auf Knie und Hände stützte und langsam zum Stehen kam.

»Jetzt der Kreuzbalken, aber vorsichtig!«, befahl er. Die Soldaten legten dem Verurteilten noch einmal das Holz auf die Schultern und stützten ihn, bis er das Gleichgewicht gewonnen hatte. Er setzte einen Fuß vor den anderen, zögerlich, entkräftet.

Justin seufzte. »Er ist ja schon jetzt halb tot.«

Er schwang sich aufs Pferd und gab den Befehl zum Abmarsch. Am Stadttor schloss sich ein kleiner Trupp Frauen an. Sie waren dicht verschleiert und klagten vor sich hin. Weiter hinten in gebührender Distanz kamen einige Ratsherren und Priester.

Die Straßen waren von Schaulustigen gesäumt – hauptsächlich Kinder und Frauen. Viele Frauen weinten und streckten die Hände nach dem Dornenkönig aus, als wollten sie ihn zurückhalten. Justin war erleichtert, dass so wenige Männer zu sehen waren. Trotzdem rief er seinem Unteroffizier zu: »Behalt die Leute im Auge! Wir können uns keinen Aufstand leisten!« Langsam ritt er hinter den Ratsherren her. Während er aufmerksam nach links und rechts in die Seitengassen spähte, gab es weiter vorne im Zug Unruhe.

Der Dornenkönig war wieder gestürzt und die Legionäre schlugen mit der stumpfen Seite ihrer Schwerter auf ihn ein. Justin trieb sein Pferd an und ritt zu ihnen.

»Aufhören! Sofort aufhören!«, kommandierte er. »Was ist hier los?«

»Der will nicht mehr!«, platzte einer der Soldaten heraus. »Er hat sich einfach hingelegt.«

Justin ließ sich aus dem Sattel gleiten und beugte sich über die reglose Gestalt, untersuchte ihn flüchtig und richtete sich wieder auf: »Er ist ohnmächtig. Wahrscheinlich Erschöpfung. Er sieht aus, als hätte man ihn vorher gefoltert.«

Einer der Wachen kratzte sich am Kopf und brummelte: »Kaiphas hat ihn heute Nacht verhaftet und mehrmals verhört. Ziemlich handfest, nehm' ich an, jedenfalls war er schon ganz verschwollen, als er zu Pilatus gebracht wurde. Hinterher mussten wir ihn zu Herodes hinüberschaffen. Dort hat er noch mal Prügel bezogen. Dann haben wir ihn wieder zurückgebracht. Pilatus hat die Geißelung befohlen und, na ja –« Er zuckte mit den Achseln. »Die Jungs wollten eben ihren Spaß haben.«

»Spaß an dem, was anderen Schmerzen macht?«, fragte Justin und seine Stimme klang scharf wie eine Schwertschneide. Die Soldaten betrachteten ihre Sandalen und bewegten die Zehen darin, als gäbe es im Augenblick nichts Wichtigeres auf der Welt.

»Völlig unnötig, einen Verurteilten auch noch zu quälen. Das gibt nichts als Ärger – jetzt kann er nicht mehr gehen, ihr seht es ja, der Balken ist ihm zu schwer.«

Der Hauptmann winkte einer Frau, die drüben am Brunnen stand. »Schöpf etwas Wasser für euren König. Er hat es nötig!«, rief er. Die Frau füllte einen Eimer; er nahm ihn und goss Jesus das Wasser über Kopf und Schultern. Als Jesus zu sich kam, gab er ihm einen Schluck zu trinken.

Die Priester standen mit unbeteiligten Mienen daneben und beobachteten, wie sich Jesus mühsam wieder auf die Beine zwang.

»Los, weiter!«, schrien die Soldaten und packten ihn grob.

»Wartet, das hat doch keinen Zweck«, sagte Justin. Er zog seine Unterlippe ein. Dann rief er in die Menge: »Wer ist bereit, dem jüdischen König das Kreuz zu tragen?«

Das Murmeln der Menge verstummte. Die wenigen Männer schauten in die Luft oder duckten sich hinter die Schultern der Frauen. Eine Alte murrte: »Das dürfen wir nicht. Sonst sind wir unrein.«

»So?«, fragte Justin. Seine Augen schossen Blitze. »Eure Religion verbietet euch, eurem König beizustehen? Das macht euch ›unrein‹?«

Der Hohepriester Kaiphas kam mit seiner Leibwache näher. Die Leute wichen rechts und links zurück, sodass eine freie Gasse entstand. »Wir feiern heute Abend bei Sonnenuntergang das Passahfest«, näselte Kaiphas. »Wir müssen uns innerlich darauf vorbereiten. Wir dürfen nicht mit dem Tod in Kontakt kommen.«

»Und warum bist du dann hier?«, donnerte Justin. »Was hast du mit diesem Zimmermann zu schaffen? Reicht es dir nicht, dass er verurteilt wurde? Musst du zuschauen?«

Kaiphas legte den Kopf schief. »Ich kann mich nicht aus der Verantwortung stehlen, ich muss mein Volk repräsentieren«, sagte er hochmütig.

»Du widerst mich an«, knirschte Justin.

In diesem Augenblick kam ein dunkelhäutiger Mann vorüber. Er trug eine Hacke auf der Schulter, an seinen Sandalen klebte die lehmige Erde vom Bergacker. Ein paar Augenblicke sah er zu, wie die Soldaten an dem erschöpften Dornenkönig herumzerrten. Er runzelte die Stirn und brummelte: »Lasst doch den Mann in Ruhe! Ihr bringt ihn noch um.«

Lachend drehte sich ein Soldat zu ihm um und legte ihm die Hand auf die Schulter. »Stell dir vor – genau das wollen wir!«, johlte er. »Aber noch nicht gleich. Ein bisschen muss er schon noch durchhalten. Und deshalb, mein Bester«, sagte er mit widerlichem Grinsen, »deshalb wirst du ihm jetzt das Kreuz tragen!«

Der Schwarze wand sich unter ihren groben Fäusten. Dann schaute er auf den stillen Mann. Blut und Schweiß hatten sein Gewand dunkel gefärbt, die zerfetzte Kopfhaut blutete, und trotzdem wirkte er immer noch wie ein Edelmann.

»Na gut«, ächzte der Schwarze, als man ihm den schweren Balken auf die Schultern legte. »Wenn es denn sein muss, wenigstens weiß ich jetzt, wozu meine Muskeln gut sind.« Der Verurteilte hob den Kopf und sah ihn dankbar an und der Schwarze lächelte.

Justin hatte den Blickwechsel aufgefangen. Schau an, dachte er, der Judenkönig hat keine Vorurteile. Schade, dass wir ihn hinrichten müssen. Der hätte was aus diesem starrsinnigen Volk machen können.

Wieder weinten einige Frauen auf. Justin sah, dass Jesus mit einer dieser Frauen sprach.

Der Unteroffizier trabte heran und machte Meldung. »Alles in Ordnung. Keine Anzeichen für Aufruhr.«

»Schon gut. Hast du gehört, was dieser Jesus zu den Frauen gesagt hat?«, fragte er.

»Ich habe nur ein paar Brocken aufgeschnappt. Mein Aramäisch ist nicht so gut. Wenn ich das richtig verstanden habe, dann sagte Jesus, die Frauen sollten nicht um seinetwillen weinen, sondern lieber wegen ihrer Zukunft. Er meinte, es würden in Jerusalem schreckliche Dinge geschehen.«

»Und darüber zerbricht er sich jetzt den Kopf? Der Mann hat Nerven!«, murmelte Justin.

Der Weg führte sie den Hügel hinauf. Sie kamen an einigen Felsen vorüber und an einer Höhle, vor der ein hoher Baum stand. Am Ast baumelte ein abgerissenes Seil, darunter balgten sich wilde Hunde um einen blutigen Körper und rissen Fleischstücke heraus. Justin sah es aus den Augenwinkeln und hätte weiter nicht darauf geachtet, wenn der stille König nicht plötzlich neben der Leiche stehen geblieben wäre. Der Zug kam zum Halten.

»Weiß jemand, wer das ist?«, erkundigte sich Justin und sah sich um. Aus der Gruppe der Frauen löste sich eine verschleierte Gestalt und lief dorthin. Die Hunde knurrten bedrohlich. Die Frau hob ein paar Steine auf, warf sie nach den Hunden und jagte sie bis zum Höhleneingang. Dann beugte sie sich nieder und schrie auf. »Jehuda! Das ist Jehuda!«

Justin zuckte zusammen. Diese Stimme! Er versuchte, der Frau ins Gesicht zu sehen, aber sie stand mit dem Rücken zu ihm.

Der Hohepriester Kaiphas hob die Zipfel seiner Robe und trat vorsichtig näher. Er machte einen langen Hals, dann sagte er: »Tatsächlich, er ist es! Wie überaus bedauerlich! Aber da ist nichts mehr zu machen.« Er hob den bestickten Ärmel vors Gesicht. »Wirklich tragisch. Er hatte das Zeug zu einem großen Staatsmann. Er hätte aufsteigen können.«

Ein Diener brachte ein altes Tuch und warf es mit abgewandtem Gesicht über die Leiche.

»Was fangen wir jetzt mit ihm an?«, fragte Kaiphas. »Soweit ich weiß, hat er hier keine Verwandten.«

Sein Schwiegervater Hannas wusste Rat: »Wir kaufen den Acker des Töpfers und nutzen ihn als Bestattungsplatz für Leute wie – wie ihn.«

»Das ist gut. Da haben wir auch einen guten Verwendungszweck für die 30 Silberdenare.« Kaiphas wandte sich an die Frau, die immer noch auf das Bündel starrte. »Oder hast du Einwände?« Sie schüttelte den Kopf und drehte sich weg. Langsam ging sie zu den anderen Frauen zurück. Justin sah ihr nach, aber sie hatte das Tuch schon wieder über den Kopf gezogen. Er zuckte mit den Achseln und murmelte: »In letzter Zeit sehe ich schon Gespenster – in jeder zweiten Frau meine ich Maria zu erkennen.«

Kapitel XXXV

Maria hatte den Arm um eine alte Frau gelegt und fragte: »Hast du noch genügend Kraft?«

»Ich will bei ihm sein, bis zuletzt«, schluchzte die Frau. »Ich bin doch seine Mutter!«

»Ja. Das kann ich verstehen. Du willst in seiner Nähe sein. Hast du vorhin die Leiche gesehen?«

»Es war Jehuda, nicht wahr?«, flüsterte Schulamit, die vor ihnen ging. Sie schaute ängstlich über die Schulter zurück.

Maria nickte. »Er lag halb auf dem Weg – als wollte er im Tod nachholen, was er Jesus nie gegönnt hatte – seine Verehrung.«

Das laute Lachen und Spotten war verstummt. Nicht einmal die Soldaten sagten etwas.

Endlich waren sie oben angelangt. Zwei Soldaten hoben den Balken von den Schultern des Schwarzen, zwei andere schaufelten Löcher aus, in die man die Kreuze rammen wollte. Dann packten sie den ersten der Verurteilten. Der trat um sich und schrie wie ein Tier. Zu fünft mussten sie ihn niederhalten, bis sie ihn ans Kreuz fesseln konnten. Er fluchte in allen Tonarten. Als der Zweite an die Reihe kam, geschah dasselbe.

Maria wandte sich angewidert ab. Ein junger Soldat brachte einen Lederschlauch herbei und gab den Verurteilten ein Betäubungsmittel zu trinken. Sie verzogen das Gesicht bei dem bitteren Trank, aber danach wurden sie still und verdrehten die Augen.

Jesus schüttelte den Kopf, als er an die Reihe kam: »Ich will nichts davon«, sagte er leise.

»Wie du meinst«, sagte der Soldat und stupste Jesus mit dem Fuß in die Seite. »Aber wehe dir, wenn du uns nachher Theater machst!«

Als sie sein Kreuz zusammengefügt hatten und ihn auf die Balken legten, wehrte er sich nicht. Die Soldaten waren verblüfft. Zögernd griffen sie nach den Nägeln und fassten den Hammer.

Maria drehte sich zu seiner Mutter und sagte leise: »Vielleicht solltest du jetzt lieber nicht hinsehen.« Sie selbst schloss auch die Augen. Die Schläge dröhnten, trieben den Nagel durchs Fleisch, und die Mutter des stillen Königs brach zusammen. Schulamit und Maria trugen sie zu einem kleinen Grashügel.

»Ich hole Wasser«, bot Schulamit an. Eine Gruppe von Freunden und Bekannten des Dornenkönigs kam heran. »Ich bin ihre Schwester!«, rief eine ältere Frau. »Ich kümmere mich um sie!« Sie beugte sich über die Ohnmächtige und fächelte ihr mit der Hand Luft zu.

Johannes war inzwischen näher gekommen und sah Maria von der Seite an. Dann strich er sich die rotbraunen Locken aus der Stirn und sagte: »Komm Maria, wir gehen wieder zu ihm.«

Inzwischen hatte man die Kreuze aufgerichtet und mit Gewalt in die ausgehobenen Gruben gestoßen. Die beiden Freiheitskämpfer schrien auf; der Dornenkönig in ihrer Mitte biss die Zähne zusammen. Kein Klagelaut kam über seine Lippen, obwohl er heftig schwitzte. Dann holte er tief Luft und sagte: »Vater, vergib ihnen, denn sie wissen nicht, was sie tun.«

»Er betet!«, rief einer der Soldaten. »Er nennt Gott seinen Vater«, meinte ein anderer. »Seltsamer Kerl«, brummte ein Dritter.

Endlich waren die Soldaten fertig. Drei Kreuze ragten in den Mittagshimmel. Der hatte sich mit grauen Wolken überzogen, als schämte er sich. Maria schauderte. Schon lange hatte man keine Vogelstimme mehr gehört. Stille senkte sich bleiern auf das Land. Die Priester defilierten langsam und genüsslich am mittleren Kreuz vorüber und spotteten: »Wenn du Gottes Sohn bist, dann steig herab vom Kreuz!« »Andern hat er geholfen und kann sich selbst nicht helfen!«

Einige spuckten ihn an, machten Drohgebärden, streckten ihm die Zunge heraus. Ein weißhaariger Würdenträger zeigte auf das Brett, das über dem Kopf des Zimmermanns angenagelt war und die Aufschrift »Jesus von Nazareth, König der Juden« trug. Er war im Gesicht rot angelaufen und schimpfte: »Eine Unverschämtheit von diesem Pilatus! Wir würden doch niemals zulassen, dass die Römer unseren König …«

Kaiphas hob eine Braue und sagte: »Ich habe mich schon beim Prokurator beschwert, aber er blieb bei dieser Aufschrift. Jetzt lässt sich nichts mehr ändern.« Die beiden Priester warfen noch einen verächtlichen Blick hinauf zu dem stillen Mann, der um jeden Atemzug kämpfte. Dann wandten sie sich ab und gingen zurück in die Stadt.

Ein alter Soldat nahm den Helm ab und wischte sich den Schweiß vom verwitterten Gesicht. Er sah den Priestern nach und brummte: »Die machen sich jetzt fein, damit sie am Abend an ihrem frommen Zirkus teilnehmen können.« Er spuckte aus und machte Anstalten, sich zu den Kameraden zu setzen, da fiel ihm etwas ein: »He, kommt mal her, wir müssen ja noch die Kleider aufteilen!«

Die anderen nickten und holten den Kleiderhaufen herbei. Sie suchten darin herum, bis jeder etwas gefunden hatte, was er brauchen konnte. Einer hob ein weißes Unterkleid hoch. »Schaut euch das an!« Der Alte pfiff anerkennend. »Aus einem Stück gewebt. Und dieser zarte Stoff …«

»Das zerschneiden wir nicht. Wir würfeln, der Gewinner bekommt es.«

Maria zuckte bei diesen Worten zusammen. Sie hob die Hand, als wollte sie etwas sagen. Ihr Schleier fiel zurück und gab ihr Gesicht frei. Justin trat einen Schritt näher. »Maria, *du* bist hier?«

Sie nickte und zeigte zum Kreuz.

»Du gehörst zu ihm?«, fragte Justin. Sie nickte stumm. Ihre Lippen zitterten und die Augen waren vom Weinen gerötet.

Justin räusperte sich. »Wahrscheinlich hasst du mich, weil ich diese Hinrichtung leiten muss. Aber es bleibt mir keine Wahl. Es tut mir leid.«

»Es ist schon gut, Justin«, flüsterte Maria. »Du hast doch vorhin gehört, dass Jesus euch allen vergeben hat.« Sie schluchzte auf, ihre Schultern zuckten. Justin schwieg und nestelte an seinem Schwertgriff herum. Schließlich hatte sich Maria wieder etwas gefangen: »Wie kann ich hassen, wo er liebt und verzeiht?«

Justin schaute zu den drei Verbrechern hinauf. Einer der beiden Zeloten neben Jesus schimpfte wieder: »Und du willst der Messias sein?« Er spuckte aus. »Du hängst genauso hilflos da wie ich. Kannst dich auch nicht rühren. Verdammt, warum machst du nichts? Warum lässt du mich hier verrecken wie ein Vieh? Willst du nicht helfen oder kannst du nicht?«

Sein Kamerad hatte anfangs mitgespottet. Aber dann wurde er still, nachdenklich. Seine Atemzüge wurden schwer und der Kopf sank ihm immer wieder auf die Brust. Nun hob er ihn mit Mühe und stöhnte. »Sei still«, kam es stoßweise. »Wir haben es nicht besser verdient, aber der da … der in der Mitte … der hat nichts Böses getan.«

»Halt's Maul!«, knurrte der andere. »Lass das fromme Gesülze. Es passt nicht zu dir. Ich bin ein Gauner und ich steh dazu. Aber du?«

»Er ist wirklich der Messias«, stöhnte der Mann. Er drehte den Kopf zu Jesus hin und sagte: »Herr, denk an mich, wenn – du mit mit deinem Reich kommst!«

»Sieh an, der Kerl ist gar nicht so hartgesotten, wie er aussieht«, sagte Justin zu seinem Unteroffizier.

»Jaja«, machte der. »Wenn es ans Sterben geht, wird so mancher wieder fromm. Aber was soll das: ›Wenn du mit deinem Reich kommst‹? Noch ein paar Minuten, höchstens Stunden, und es ist aus mit Jesus von Nazareth!«

Fast hätte Justin die Antwort Jesu verpasst. Jesus sagte, und seine Stimme klang sanft und klar, überhaupt nicht wie die eines Sterbenden: »Ich sage dir heute: Du wirst mit mir im Paradies sein.«

Justin zuckte zusammen. *Dann gibt es tatsächlich ein zweites Leben nach dem Tod? Ein Paradies? Und wohl auch ein Gericht? Ich habe den Eindruck, dass dieser Jesus die Wahrheit spricht. So kurz vor dem Sterben lügt keiner. Wie aber kann man in dieses Paradies gelangen? Sollte es genügen, einfach um Einlass zu bitten wie dieser Räuber? Jesus anschauen und bitten? Ist das alles – die Schuld bekennen und sagen: »Bitte denk an mich«?*

Aber er – Justin – war doch kein Jude. Galt das etwa auch ihm?

Kapitel XXXVI

Maria zog ihr Tuch enger um die Schultern und schaute unverwandt nach oben. Jesus hatte das Gesicht verzogen und holte keuchend Atem. *Er bekommt keine Luft mehr. Nicht mehr lange, dann erstickt er!*, dachte sie. Ihr Hals zog sich zusammen vor Schmerz und in ihren Schläfen hämmerte es. Da spürte sie neben sich eine leichte Bewegung. Sie drehte den Kopf. »Ach, du bist wieder hier«, sagte sie zu der älteren Frau, die von Schulamit herangeführt wurde. Johannes stützte sie von der anderen Seite. Maria streckte die Hand aus und nahm die raue, abgearbeitete Hand der älteren Frau in ihre beiden Hände. *Sie leidet mehr als wir alle, sie hat ihn zur Welt gebracht. Sie hat ihn großgezogen. Wer wird jetzt für sie sorgen? Ihre anderen Kinder haben sie aus der Sippe ausgestoßen – wie jeden, der sich offen zum Messias bekennt. Wenn Jesus tot ist, hat sie keinen mehr.*

Als hätte Jesus ihre Gedanken gelesen, öffnete er die Augen und sah seine Mutter an, die nun dicht neben Johannes stand.

»*Er* ist jetzt dein Sohn«, flüsterte Jesus. Die zimtbraunen Augen des jungen Mannes leuchteten auf. Liebevoll legte er den Arm um die alte Frau und Jesus fügte hinzu: »Sie ist jetzt *deine* Mutter.«

Maria seufzte. *Bis zuletzt denkt er an andere*, dachte sie. *In ihm ist keine Spur von Bitterkeit oder Selbstmitleid, kein Zorn, kein Schrei nach Rache. Dabei spotten die Priester immer noch und wollen ihn durch ihren Hohn herausfordern. Sie kennen keine Barmherzigkeit.*

Sie schaute sich um. Ein Windstoß fuhr durch die Büsche, jagte dürre Blätter und vertrocknete Halme vor sich her. »Schau nur, Johannes, wie seltsam! Es wird dunkel«, flüsterte sie. »Dabei ist jetzt Mittagszeit.«

Johannes nickte düster. »Die Sonne verbirgt ihr Gesicht.«

Eine schwarze Wolke senkte sich über das mittlere Kreuz. Sie lastete auf dem ganzen Hügel wie ein Bleigewicht.

Man hörte Jesus stöhnen und aufschreien: »Vater – warum hast du mich verlassen?!«

»Hast du das gehört?«, keuchte Johannes. Er sah aus, als hätte man ihn geschlagen, und seine Lippen zitterten. »Er zweifelt! Wenn auch *er* nicht mehr glaubt, dann gibt es für uns keine Hoffnung mehr«, stieß er hervor.

Maria schluckte schwer und schloss die Augen. *Ich verstehe das alles längst nicht mehr. Es kommt mir vor wie ein furchtbarer Albtraum. Wenn ich nur wüsste, wie ich wach werden könnte! Ja, das ist es: Ich muss einfach aufwachen. Dann scheint wieder die Sonne. Jesus ist da, dicht bei mir, und ich darf auf dem Schemel bei seinen Füßen sitzen als seine Schülerin und hören, was er sagt.*

Eine kurze Weile gab sie sich diesem tröstlichen Gedanken hin, aber dann drängte sich ein Stöhnen in ihr Bewusstsein, das sie nicht mehr überhören konnte. Jesus ächzte, Blut und Schweiß tropfte ihm vom Gesicht und rann über seine nackte Brust. Maria biss sich auf die Lippen. *Wie lange muss er sich noch quälen? Wenn es doch bald vorüber wäre! Aber dann – dann ist Jesus tot!* Wieder packte sie ein kalter Schauer und schüttelte sie.

Ein Mann in kostbaren Kleidern stellte sich neben sie. Johannes warf ihm aus den Augenwinkeln einen Blick zu. »Verehrter Nikodemus«, sagte er und seine Stimme bebte. »Woran können wir uns noch halten, wenn sogar er …«

Der weise Mann wiegte den Kopf. »Solange er Gott seinen Vater nennt, ist nicht alles verloren. Er leidet furchtbar und er fühlt sich so, als wäre er von Gott verlassen.«

»Aber wenn er verzweifelt …«

»Er verzweifelt nicht!«, sagte Nikodemus streng. »Er empfindet das, was David vor vielen hundert Jahren in einem Lied geschildert hat – so treffend ausgemalt, als hinge er selbst dort oben.«[10]

»Und du glaubst, es geht weiter?«

»Du kennst die Schriftrolle des Jesaja. Dort wurde das alles vorhergesagt. Er ist das Lamm Gottes. Er trägt die Schuld der ganzen Welt. Das trennt ihn von seinem Vater, Johannes, nur das. Deine und meine Sünde. Unser aller Sünde.«

Nikodemus hatte laut gesprochen, nach seinen Worten wurde es still. Auch die Soldaten hatten die Köpfe gesenkt und betrachteten nachdenklich ihre Zehen in den Sandalen.

Unser aller Sünde …

---

10 Psalm 22.

Plötzlich ein Erdstoß und dann noch einer – Steine zischten und prasselten. Erdspalten rissen auf, die Kreuze bebten und schwankten. Die Leute fielen zu Boden und klammerten sich aneinander vor Angst. Zuerst rappelten sich die Soldaten auf. Der Alte mit dem verwitterten Gesicht kratzte sich am Kopf und brummte: »So was hab ich noch nicht erlebt. Vielleicht ist das doch kein normaler Mensch, dieser König der Juden.«

Ein Blitz zuckte, der Donnerschlag gellte allen in den Ohren. Ein Zuschauer nach dem anderen kroch und taumelte den Weg zurück nach Jerusalem. »Das ist Gottes Gericht«, murmelte eine Frau. Ihr Mann sagte: »Vielleicht steigt er jetzt vom Kreuz. Schnell weg von hier!«

Endlich hob sich die dunkle Wolke. Vom mittleren Kreuz her hörte man Stöhnen: » ... Durst!«

Justin winkte dem alten Soldaten. »Gib ihm zu trinken!« Der Soldat verzog sein wettergegerbtes Gesicht zu einem halben Grinsen. Er suchte in dem Werkzeugtornister herum, bis er einen Schwamm gefunden hatte. Den tränkte er mit Essigwasser aus seinem Lederschlauch. Er brach einen Zweig vom Ysopstrauch, klemmte den Schwamm hinein und steckte das Ganze auf ein langes Rohr. Anfangs gelang es ihm nicht, die Lippen des Gekreuzigten zu erreichen, aber endlich schaffte er es. Jesus schlürfte ein paar Tropfen und reckte den Hals nach dem Schwamm.

In diesem Augenblick wurde dem alten Soldaten das Rohr aus der Hand geschlagen. Er drehte sich um, zornig, empört. Hinter ihm standen drei Ratsherren und grinsten hämisch.

»Lasst doch mal sehen, ob Elia kommt und ihm hilft«, sagte einer. »Er ruft doch immerzu nach ihm.« Justin machte einen Ausfallschritt, seine Hand zuckte nach dem Schwertgriff, blieb aber in der Luft stehen, als er einen Blick in das Gesicht Jesu warf. Vorher war es von Schmerzen verzerrt gewesen, doch nun breitete sich ein großer Friede über seine Züge. Fast lächelte er, als er sagte: »Es ist ... vollbracht. Vater, in deine Hände ... befehle ich ... meinen Geist.« Sein Kopf fiel zur Seite.

Ein Erdstoß erschütterte den Hügel. Wieder stürzten Menschen zu Boden. Ein Felsbrocken wurde zerschmettert, als hätte ihn ein riesiger Hammer getroffen. Die runden Grabplatten, mit denen die Felsengräber auf dem Hügel verschlossen waren, rollten dröhnend zur Seite und polterten in die Ebene. Eisige Luft wehte von den Höhlen herüber.

Als Justin wieder sprechen konnte, rief er: »Das war kein Mensch wie alle anderen! Nein! Dieser Mann ist wirklich Gottes Sohn gewesen!«

Maria drehte den Kopf nach ihm, als sie die vertraute Stimme hörte, und ging ein paar Schritte auf ihn zu. »Justin – das glaubst du wirklich?«

Der Römer nahm den Helm ab, betrachtete den Federbusch, als sähe er ihn zum ersten Mal. Dann sagte er langsam: »Ich bin erschüttert und bewegt.«

»Weißt du, er hat mich geheilt. Ich verdanke ihm alles, was ich heute bin«, sagte sie.

Er betrachtete sie scheu. Dann sagte er: »Er ist wirklich ein Gott. Er hat eine neue Frau aus dir gemacht.«

Maria lächelte mit blassen Lippen. »Ja, das stimmt. Und er hätte auch dir gezeigt, wie man anders und besser leben kann.«

»Aber ich kam zu spät …«

Nikodemus sah zum Kreuz hinauf und murmelte: »Vielleicht ist es noch nicht zu spät.«

Justin hob die Schultern. »Er ist tot. Euer Gott ist tot. Er kann mir nicht mehr helfen.«

»Aber der Vater im Himmel lebt und wir dürfen zu ihm beten, als wären wir seine Kinder«, sagte Nikodemus und seine Stimme klang feierlich. Alle schwiegen. Dann sagte Justin: »Das ist alles noch sehr neu für mich. Darüber muss ich in Ruhe nachdenken.«

»Ja, tu das«, nickte Maria. »Ich habe oft für dich gebetet.«

»Wirklich? Du hast manchmal an mich gedacht?«

»Natürlich. Wie könnte ich dich vergessen?«

»Vielleicht weil du mit deinem alten Leben abgeschlossen hast?«

Maria seufzte. »Das habe ich wirklich, Justin. Aber deshalb habe ich die Menschen nicht weggeworfen, die mir früher viel bedeutet haben.«

Der Hauptmann fuhr sich mit der freien Hand durch die Haare.

»Justin, ich möchte dich um Verzeihung bitten. Was ich getan habe, war unrecht.«

Er blickte zu Boden und nickte stumm.

»Ich habe auch deine Frau verletzt. Und die Kinder. Ich hörte, dass sie dich verlassen hat.«

»Ja«, sagte er gepresst. »Ich habe dafür gebüßt. Ich denke, ich sollte mich auch bei dir – äh – entschuldigen. Weil ich dich wie ein Spielzeug behandelt habe. Ich habe deinen Körper geliebt, aber deine Seele wollte ich nicht.«

Maria wischte sich eine Träne aus dem Augenwinkel. »Ja, ich verzeihe dir.« Sie reichte ihm die Hand.

»So ganz ohne Weiteres?«, wunderte sich Justin. »Ohne alles Sühnegeld?«

Sie zeigte zum Kreuz. »Er ist das Sühnegeld. Er hat bezahlt.«

Justin nagte an seiner Lippe und schaute lange in das stille Gesicht, das endlich ausgelitten hatte.

Kapitel XXXVII

Einer der Priester trat auf ihn zu und sagte: »Hauptmann, du musst den Verbrechern die Beine brechen, damit sie schneller sterben.«

»So, hast du doch einen Funken Mitleid in deiner Seele?«, fragte Justin schneidend.

»Mitleid?«, stutzte der Priester. »Darum geht es nicht. Die Leute dürfen nicht den Sabbat über am Kreuz hängen. Sie müssen möglichst bald abgenommen werden.«

»Ja, ich verstehe«, seufzte Justin. Er winkte dem Unteroffizier. »Mach der Qual ein Ende«, sagte er müde. Der Unteroffizier gab den Befehl an zwei Soldaten weiter, die mit dem Hammer nach den Kniescheiben der beiden Freiheitskämpfer schlugen. Die Knochen knackten, die Männer schrien auf.

»Und was ist mit dem in der Mitte?«, fragte der Priester.

Justin sagte: »Siehst du nicht, dass Jesus schon tot ist?«

»Wer weiß, vielleicht ist er nur ohnmächtig«, zauderte der Priester.

Justin winkte dem alten Soldaten mit dem Gewittergesicht. »Tod überprüfen!«, schnarrte er.

Der Soldat griff nach einer Lanze und stach sie in die Seite des toten Jesus. Blut und Wasser flossen heraus.

»Jetzt siehst du es mit eigenen Augen«, sagte Justin. »Wenn er nicht vorher schon tot gewesen wäre, dann hätte ihn dieser Stich getötet. Bist du jetzt zufrieden?«

Der Priester nickte mürrisch und wandte sich von den Kreuzen ab. Er schenkte den beiden Zeloten keinen Blick mehr, die krampfhaft um Luft rangen, die Augen verdreht, Schaum auf den Lippen, und im Todeskampf zuckten.

Justin schaute sich um. Maria hatte sich nun unter das Kreuz gestellt. Sie umklammerte die Füße des Toten, ihre Schultern bebten. Neben ihr stand ein junger Mann mit rotbraunen Locken, er hatte seinen Arm um eine alte Frau gelegt, die sich an ihn lehnte. Etwas weiter hinten standen andere Frauen und ein paar Männer. Zwei von ihnen trugen die bestickten Roben der Ratsherren, ein dritter war an den langen Quasten als Pharisäer zu erkennen. Die Männer schwiegen. Auch die Soldaten waren still geworden und hockten im Hintergrund.

Es dämmerte schon, als ein Mann mit fliegenden Mantelzipfeln herantrabte. Er war außer Atem vom schnellen Lauf und lief zu den vornehm gekleideten Männern hinüber. Justin trat näher heran, weil er hören wollte, was hier gesprochen wurde.

»Nikodemus«, keuchte der Bote. »Ich war im Tempel, so wie du es mir aufgetragen hast. Ich sah zu, wie das Abendopfer zelebriert wurde.«

Nikodemus winkte: »Josef und Simon, kommt her. Dieser Bericht ist wichtig.«

Justin stellte sich dicht hinter die Männer, um kein Wort zu verpassen.

Der Diener wischte sich mit dem Ärmel die Schweißtropfen von der Stirn, dann erzählte er:

»Zuerst war alles wie immer. Ihr kennt das ja – der Priester hält das Lamm mit der einen Hand, mit der anderen zückt er das Messer zum Todesstoß. Auf einmal knirscht es unheimlich laut, eine unsichtbare Hand reißt den Vorhang von oben bis unten durch.«

»Den schweren Brokatvorhang, der das Allerheiligste abtrennt?«

»Ja. Er zerriss in zwei Teile und das Allerheiligste lag offen vor aller Augen da! Es ist für alle Zeiten entweiht!«

»Das ist ein Zeichen vom Himmel«, sagte Nikodemus und Josef fragte: »Was haben die Priester dazu gesagt?«

»Der Priester vom Dienst war so erschrocken, dass er das Messer fallen ließ. Inzwischen war das Lamm über die niedrige Mauer in den Vorhof gesprungen und floh kreuz und quer durch die Halle. Die Leute rannten hinter dem Tier her, aber sie konnten es nicht einfangen. Es war furchtbar!«

»Was ist daran so furchtbar, dass ein Tier am Leben bleibt?«, wollte Simon wissen.

»Erlaube mal!«, entrüstete sich der Diener. »Der heilige Gottesdienst wurde geschändet. Es wird Wochen dauern, bis der Vorhang wieder repariert ist. So lange kann man den Tempel nicht mehr betreten.«

»Vielleicht wird es auch nicht mehr nötig sein«, sinnierte Nikodemus.

»Ja, ich weiß, was du meinst«, sagte Josef. »Das Opfer, auf das dieses Lammblut hinweisen sollte, ist gebracht worden.«

Nikodemus nickte. »Das Lamm Gottes wurde geschlachtet. Die Schuld aller Menschen ist gesühnt. Jetzt beginnt ein neuer Bund mit unserem Gott.«

»Ich weiß nicht, wovon ihr redet«, beschwerte sich der Diener.

»Das ist auch gar nicht nötig«, sagte Nikodemus. »Hast du die Gewürze und die Leinenbinden gekauft, wie ich dir sagte?«

»Jawohl. Hundert Liter Aloe mit Myrrhe, wie du befohlen hast. Es steht alles in einem großen Korb bereit.«

»Und wo ist dieser Korb?«

»Zu Hause natürlich, wo sonst?«

Nikodemus seufzte. »Mein Lieber, hast du niemals darüber nachgedacht, weshalb ich all diese Utensilien für eine Bestattung besorgt habe?«

Der Diener schüttelte den Kopf. »Nein. Wofür?«

»Ich brauche diese Sachen jetzt und hier.« Er zeigte auf das mittlere Kreuz. »Jesus ist schon gestorben.«

»Ach …«, machte der Diener und fuhr sich mit dem Handrücken über die Stirn.

Josef sagte: »Geh hinüber zu meinem Haus und rufe meine Diener. Ein Botenjunge kann den Korb vom Haus des Nikodemus abholen. Und besorge eine lange Leiter. Ich werde inzwischen mit Pilatus sprechen.«

»So kurz vor dem Passahfest willst du einen Heiden besuchen?«, wunderte sich der Diener.

»Was uns vor Gott unrein macht, sind ganz andere ›Sünden‹. Mach dir keine Sorgen um meine Seele«, sagte Josef kurz.

Justin trat vor. »Ich nehme dich mit. Ich muss ohnehin dem Prokurator Bericht erstatten«, bot er an.

Josef nickte. Justin bellte einige Befehle und übertrug dem Unteroffizier die Aufsicht über den Hinrichtungsplatz. Dann gingen die beiden mit langen Schritten zurück in die Stadt.

Kapitel XXXVIII

Maria stand vom Fenster auf, an dem sie gesessen hatte, und ging zur Tür.

»Wo willst du hin?«, fragte Johannes.

»Zum Grab«, murmelte sie. »Der Sabbat ist vorüber, wir müssen die Leiche einbalsamieren.« Sie zögerte. »Kommt jemand mit?«

Schulamit stand auf. »Ja, ich!«, und die Mutter des Joses sagte: »Ich komme auch. Wir suchen nur noch die Tücher und Salben zusammen, die wir gestern Abend vor dem Sabbat noch gekauft haben.«

»Und du, Johannes? Kommst du auch?«

Er schüttelte den Kopf. »Ich kann nicht. Meine Knie sind immer noch weich. Hab die Nacht nicht schlafen können.«

»Wer konnte das schon?«, murmelte Maria. »Und was ist mit dir, Petrus?«

Der Fischer hockte in einer Ecke, abseits von den anderen, den Kopf zwischen den Knien, und antwortete nicht. Maria ging zu ihm hinüber und legte ihm die Hand auf die Schulter. Er stöhnte: »Ich gehöre nicht mehr dazu. Ich bin unwürdig …«

Sie seufzte: »Ach Petrus, du bist nicht der Einzige, der versagt hat. Jeder von uns hat Vergebung nötig.«

»Maria, das verstehst du nicht«, sagte er tonlos.

»Wenn einer das versteht, dann ich«, sagte Maria und kniete sich vor ihn hin.

Petrus hob den Kopf. »Ich habe mir die Gnade Gottes für alle Zeit verscherzt. Ich habe Jesus verleugnet, verstehst du?«, sagte er und seine Stimme bebte. »Ich habe so getan, als hätte ich nichts mit ihm zu tun. Und ich habe geflucht und geschworen, dass ich ihn nicht kenne. Dreimal, Maria, dreimal gelogen! Ich schäme mich so!«

»Wenn ich in meinem Leben nur dreimal gelogen hätte …«, seufzte Maria.

Er schluchzte auf. »Dabei hat er es mir vorhergesagt. ›Ehe der Hahn kräht, wirst du mich dreimal verleugnen‹, hat er gesagt. Ich wollte es nur nicht glauben.«

Maria verlagerte ihr Gewicht auf die Fersen. »Petrus, möchtest du mitkommen zum Grab? Vielleicht hilft es dir, wenn du etwas für ihn tun kannst.«

Aber er hatte nichts gehört, so tief hatte er sich in seiner Traurigkeit verloren. Er murmelte: »Dabei liebe ich ihn doch! Ich liebe ihn wirklich! Ich wollte sogar mein Leben für ihn opfern, aber dann habe ich doch …«

Die anderen Männer schauten kurz zu ihm herüber und schwiegen. Jeder hatte mit seinen eigenen Gedanken zu tun.

Maria holte tief Luft und stemmte sich vom Boden ab, bis sie stand. Die Luft im abgedunkelten Oberzimmer war dumpf und zäh. Es roch nach Kummer, nach Selbstmitleid und abgrundtiefer Verzweiflung.

Ich muss hier raus!, schrie es in ihr. *Hier ist es nicht auszuhalten. Jeder leckt seine Wunden; sind das die Männer, mit denen Jesus sein Reich bauen wollte? Was soll daraus werden, wenn sich jeder in der eigenen Trauer badet?*

Wieder ging sie zur Tür und stieß sie entschlossen auf. »Ich gehe voraus«, rief sie den anderen Frauen zu. »Kommt nach, wenn es hell geworden ist.«

Die Straßen waren still und leer. Sie kam an einem kleinen Brunnen vorüber, schöpfte mit der Hand und trank durstig. Eine vermummte Gestalt huschte an ihr vorüber, trat vor ein Haus und pfiff leise. Die Tür sprang auf, der Mann verschwand im dunklen Flur. Irgendwo in der Altstadt rief ein Käuzchen, ein anderes gab Antwort, dann hörte sie Schritte, die sich eilig entfernten. Maria ging langsam weiter. Sie hatte keine Angst mehr – nicht mehr nach diesen schweren Tagen. Nichts konnte schlimmer sein als das, was geschehen war. Jesus war tot und sie vermisste ihn mit jeder Faser ihres Herzens.

Plötzlich überfiel sie ein Schwindelanfall; sie lehnte sich an eine Hauswand und schloss die Augen. Wie von selbst kamen die Bilder, eines nach dem anderen: Die dunkelgrauen Wolken, die übereinander herfielen wie Raubtiere, das Grollen in der Erde, dann der Stoß, der die Felsen spaltete und tiefe Gräben in den Boden riss, der plötzliche Sturm, der an den Kreuzen rüttelte, als wolle er die Männer abschütteln, die daran hingen. Maria erinnerte sich an das dumpfe Stöhnen der beiden Räuber, als ihnen mit dem Hammer die Kniescheiben zerschmettert wurden, damit sie sich nicht mehr abstützen konnten und schneller starben. Und sie fühlte den Schmerz fast körperlich, als sie zusehen musste, wie einer der Soldaten mit einem Speer nach Jesus stach. Sie hatte aufgeschrien und Justin hatte ihr die Hand auf den Arm gelegt und leise gesagt: »Er spürt es nicht mehr, er ist schon tot.«

Justin … Ich hätte nie geglaubt, dass er nach Gott fragt oder sich für so etwas interessiert. Ausgerechnet er hat erkannt, was die Priester und die Ratsherren nicht wissen wollten! Sie schüttelte ratlos den Kopf, als sie an die Spottreden der Priester dachte und an das hämische Lachen des Oberpriesters. *Aber sie sind nicht alle so. Gott sei Dank!*

Was hätte sie nur getan ohne Josef von Arimathia und Nikodemus? Die anderen Schüler hatten sich nach der Kreuzigung in irgendwelche Schlupfwinkel verkrochen, und Johannes musste seine neue Mutter trösten und in die Stadt zurücktragen, weil sie ohnmächtig geworden war. Da war sie mit der Mutter des Joses und Schulamit am Kreuz zurückgeblieben und hatte die Hände gerungen und gerufen: »Helft uns, helft uns doch!«, denn die Soldaten waren ungeduldig geworden, sie wollten kurzen Prozess machen mit den Verurteilten und sie in einem Geröllhaufen verscharren.

Nikodemus hatte sich den Soldaten in den Weg gestellt: »Halt! Wir müssen noch warten, bis der Hauptmann zurückkommt!«, hatte er befohlen und bald darauf war Justin mit Josef zurückgekehrt.

Diener kamen gelaufen. Mit einer langen Leiter und Stangen und vielen Tüchern hatten Nikodemus und Josef den Körper ihres geliebten Lehrers vom Kreuz abgenommen. *Wie zart und behutsam haben sie Jesus getragen, als hielten sie etwas Zerbrechliches und Kostbares in Händen! Dabei waren wir alle so in Eile. Wir konnten Jesus gerade noch notdürftig in die Tücher hüllen, dann wurde es schon dunkel, der Sabbat war da.*

Es war gut, dass sie am Gedenktag der Schöpfung[11] keine schweren Gedanken zulassen durften. So hatte die Seele eine Ruhepause bekommen, konnte sich stärken für den letzten, schweren Abschied.

---

11 Das erste Buch Mose berichtet, dass der Schöpfer den 7. Wochentag als besonderen Ruhetag gekennzeichnet und unter seinen Segen gestellt hatte. Dieser Tag sollte von allen belastenden Dingen frei bleiben. Jesus und seine Schüler feierten den »Sabbat« und auch die Christen hielten sich an diese Gottesordnung. Erst in späteren Jahrhunderten wurde der »ehrwürdige Tag der Sonne« gefeiert und im 4. Jahrhundert zum offiziellen Feiertag, den nun auch die Christen übernahmen und als »Auferstehungstag« würdigten.

Nun war sie an die letzten Häuser der Stadt gekommen. Schaudernd blickte Maria zum Hügel Golgatha hinauf. Dort standen drei leere Kreuze. Ihre Gedanken wanderten zurück zu dem Augenblick, in dem ihre Welt ein für alle Mal stillstand.

Er hat mich noch einmal angesehen, bevor er starb. Mich und seine Mutter und Johannes. Ich kann es noch nicht fassen, dass diese Hände ruhen, diese Lippen schweigen, diese Augen für immer geschlossen sind.

Sie wischte sich mit dem Ärmel über das Gesicht und zwang ihre Gedanken in eine andere Richtung. Wie sollte sie den schweren Stein wegrollen, der die Grabhöhle verschloss? Außerdem ging das Gerücht um, dass die Priester am heiligen Sabbat zu Pilatus gegangen wären und ihn um einen Trupp Wachsoldaten gebeten hätten. Man sagte, Pilatus hätte das Grab versiegeln und gut bewachen lassen, aus Sorge, die Anhänger des ›stillen Königs‹ könnten den Leichnam stehlen und behaupten, Jesus sei auferstanden.

Maria überlegte. Ob Pilatus tatsächlich das Häuflein verschreckter Schüler fürchtete? Die wagten sich nicht einmal aus dem Haus! Sie hockten im oberen Saal und zitterten, sobald man auch nur einen Schritt in der Gasse hörte. Oder hatten die Priester immer noch Angst vor Jesus? Dass er ihnen erscheinen und sich rächen könnte?

Aber es war sinnlos, dazustehen und zu grübeln. Sie wollte in seine Nähe schleichen und nachschauen. Vielleicht fand sich einer von den Wachsoldaten, der Verständnis hatte für eine trauernde Frau.

Maria nutzte die Deckung der Büsche und Bäume und näherte sich vorsichtig. Aber kein Wächter war zu sehen. Hier lag ein Helm, dort ein Schwert, eine Sandale mit gerissenem Lederriemen, als wären die Soldaten in Panik davongestürmt. Maria schaute hinüber zur Grabhöhle. Der Stein war beiseitegerollt. Dunkel gähnte ihr die Öffnung entgegen. Das römische Siegel aus rotem Wachs mit dem eingeprägten Adler lag zerdrückt am Boden. Maria konnte vor Herzklopfen kaum atmen. Sollten die Römer … oder die Priester … das offene Grab konnte nur eins bedeuten: Der Leichnam war fort!

Sie kehrte um und rannte den Weg zurück, bis es in der Seite stach und sie kaum noch Atem schöpfen konnte. Mit der Schulter stieß sie die Türe auf.

Die Männer sprangen auf, rissen die Arme hoch, Sorge und Angst im Blick, aber das kümmerte sie nicht.

»Petrus! Johannes!«, keuchte sie. »Kommt schnell zum Grab. Sie haben den Herrn weggenommen!«

»Wohin haben sie ihn gebracht?«, wunderte sich Johannes. Maria hob die Hände, konnte nicht sprechen, hätte ohnehin die Antwort nicht gewusst. Petrus schüttelte seine Betäubung ab, schob Maria beiseite und lief mit langen Sprüngen über die Straße.

»Warte, warte!«, rief ihm Johannes nach.

Die Männer waren kaum um die nächste Ecke verschwunden, da taumelten ein paar Soldaten vorüber. Sie liefen wirr durcheinander. »Ein Erdbeben!« »Das Licht, das helle Licht!« »Wir sind verloren, wir haben Gott gesehen.«

»Gott gesehen …?«, fragte Maria. »Ihr seid betrunken!«

»Nein, nein«, wimmerte ein blutjunger Wachsoldat. »Da war eine Gestalt – riesengroß, hell, mit einem Schwert und das Schwert brannte!« Er schauderte und stolperte den anderen hinterher.

Ratlos sah Maria ihnen nach, dann kehrte sie um, zurück zur Grabhöhle. Da stürmten Petrus und Johannes an ihr vorüber. Sie rannten in die Stadt, hatten keine Augen für sie, keine Ohren für ihren Ruf. Sie schaute ihnen eine Weile nach, dann trottete sie weiter bis zur Höhle. Inzwischen liefen ihr die Tränen übers Gesicht und sie hob nicht einmal die Hand, um sie abzuwischen. Jesus war fort und diese Einsamkeit war furchtbar, schlimmer als alles andere. Wie sollte sie weiterleben ohne ihn? Sie bückte sich und schaute in die Gruft. Da lagen die Grabtücher, ordentlich zusammengelegt, und daneben das Tuch, das sie selbst um den Kopf des Toten gewickelt hatte. Sie starrte auf die Tücher, ohne richtig zu sehen, ohne zu begreifen, doch tief im Unterbewusstsein kämpfte sich ein Gedanke ins Helle, bis es sie durchfuhr wie ein heißes Messer: *Was soll das – wer trägt einen Leichnam ohne Tücher?*

Auf einmal spürte sie, dass sie nicht mehr allein war. Zwei Männer saßen auf der Steinbank, dort, wo gestern noch der tote Jesus lag.

»Warum weinst du?«, fragte der eine sanft.

Maria schluchzte. »Sie haben meinen Herrn weggenommen und ich weiß nicht, wo sie ihn hingelegt haben.«

Wieder überwältigte sie der Kummer und spülte das kleine Leuchten weg, die Trauer legte sich düster und schwer auf ihren Kopf. Sie taumelte aus der Höhle und tappte langsam den Gartenweg entlang, ohne Ziel und tränenblind. Da hörte sie eine Stimme hinter sich. »Warum weinst du? Und wen suchst du?«

Sie fuhr herum. Wie durch einen Nebel sah sie einen Mann dastehen. *Das wird der Gärtner sein,* dachte sie. *Vielleicht kann er mir sagen, wo sie*

Jesus hingelegt haben. Sie zwang sich zu einem schnelleren Schritt, sie begann zu laufen und rief: »Wenn du ihn weggebracht hast, dann sag mir, wohin, damit ich ihn zurückholen kann.«

Doch der vermeintliche Gärtner schwieg. Sie wischte sich über die verschleierten Augen, schluchzte auf. Da hörte sie die Stimme, die sie mehr liebte als alles andere auf der Welt. »Maria!«

Plötzlich verstand sie die Botschaft der gefalteten Grabtücher. *Aber ja! Er lebt! Er ist auferstanden!*

Es riss sie zu ihm hin, sie stürzte auf ihn zu: »Mein Meister!«, und wollte ihn berühren und festhalten. Nein, sie würde ihn nie wieder loslassen, jetzt, wo sie ihn wiedergefunden hatte!

Freundlich wehrte er ihre Hände ab: »Halte mich nicht zurück. Zuerst will ich zu meinem Vater in den Himmel fahren. Ich muss wissen, ob er mein Opfer angenommen hat. Aber dann komme ich zurück. Geh jetzt, lauf zu den anderen, sag ihnen, dass ich lebe. Und ... grüß mir den Petrus!«

Sie lief, sie tanzte durch die Straßen und rief: »Er lebt! Jesus lebt!« Es kümmerte sie nicht, dass die Passanten die Köpfe schüttelten und dabei die Augen verdrehten. Als sie wieder am oberen Saal ankam, stand die Tür weit offen. Die Schüler drängten sich im Kreis um Johannes und Petrus.

»Unmöglich!« »Ihr müsst euch getäuscht haben!«

»Und ich sage euch, der Leichnam ist fort!«, beharrte Petrus.

»Was hat das zu bedeuten, Johannes?«, wollte Jakobus wissen.

Der Lockenkopf lächelte fein: »Warum glaubt ihr nicht, was die Frauen erzählen? Er wollte am dritten Tag auferstehen, erinnert ihr euch?«

»Das gibt es nicht, das kann nicht sein!«, keuchte Philippus.

Maria stand in der Tür und sagte langsam und deutlich: »Es ist wahr. Ich habe ihn gesehen.«

Kapitel XXXIX

Die Festwoche in Jerusalem war zu Ende gegangen. Die Schüler des Rabbi Jesus machten sich auf den Weg nach Galiläa. Dort sollten sie ihn treffen, so hatte er es ihnen durch Maria ausrichten lassen. Unterwegs kehrte Johannes in Betanien ein. Während Marta den Tisch deckte und Lazarus ins Nachbarhaus gegangen war, um Simon zu holen, suchte Johannes nach Maria. Er hörte hinter einer Kammertür den Webstuhl klappern und klopfte. Als er in die Tür trat, legte sie das Weberschiffchen beiseite und sagte: »Erzähl!«

Er hockte sich neben der Tür auf den Boden und strahlte: »Du hattest recht. Er ist wirklich auferstanden.«

Sie nickte froh. »Hast du ihn auch gesehen?«

»Er hat sich zuerst dem Petrus gezeigt«, sagte Johannes.

Maria warf ihm einen forschenden Blick zu. »Petrus? Hat dich das – gekränkt?«

Johannes wich ihren Augen aus und schüttelte die Locken. »Eigentlich nicht. Ich wusste ja, dass Jesus lebt, nachdem ich das leere Grab gesehen hatte und die Tücher so ordentlich gefaltet. Das war seine Handschrift.« Er hob ein keilförmiges Holzklötzchen und drehte es hin und her, als fände er darin die Lösung aller Geheimnisse. »Außerdem war es viel wichtiger für Petrus, dass *er* als Erster von uns den Herrn sah.«

»Damit er spürt, dass ihm vergeben ist«, bestätigte Maria. »Und dass er immer noch dazugehört.«

Johannes nickte. »Übrigens kamen am gleichen Abend zwei Freunde aus Emmaus zu uns. Sie hatten den ganzen Weg über mit einem fremden Wanderer gesprochen. Erst beim Abendessen merkten sie, dass es Jesus war.«

Er fuhr sich mit der Hand durch die Locken. »Stell dir vor, sie haben ihn nicht erkannt!«

Maria murmelte: »Ich habe ihn zuerst auch nicht erkannt. Ich habe ihn für den Gärtner gehalten …«

»Für den Gärtner???« Er sprang auf. »Aber du liebst ihn doch so sehr!«

»Weißt du, Johannes, manchmal sind wir blind für die Wirklichkeit, weil unsere Gedanken von unserem Kummer belagert werden. Oder von unseren eigenen Träumen.«

»Auch wenn wir lieben?«

»Auch dann, Johannes, denn die größte Liebe haben wir doch zu uns selbst. Deshalb hängen wir in den eigenen Ideen und Wünschen fest wie ein Vogel im Garn des Jägers.«

Er musterte sie scheu.

»Und es ist jedes Mal ein kleiner Tod, wenn wir unseren Eigenwillen aufgeben und uns unter die Pläne des Vaters stellen«, fügte sie hinzu.

»Es war schwer, den Traum vom Neuen Reich aufzugeben«, gab Johannes zu. »Aber jetzt hab ich begriffen, dass Gottes Plan noch gewaltiger ist als unsere Vorstellungen. Er schließt alle Menschen, alle Völker ein – ja, das ganze Universum!«

Maria lächelte. »Ich glaube, aus dir wird noch einmal ein Visionär«, sagte sie zärtlich. »Mein kleiner Bruder, der Prophet.«

Johannes war rot geworden. »Es ist nur, dass ich Jesus noch näherkommen will. Ich will alles, alles über ihn wissen. Ich will ihn ganz und gar verstehen.« Er seufzte. »Ich vermisse ihn in jeder Stunde, in der wir getrennt sind.«

»Ich vermisse ihn auch«, sagte Maria. »Aber er hat versprochen, einen zu schicken, der ihn vertritt. Dann will er uns so nahe sein, als wäre er wirklich da. Hoffentlich kommt er bald, dieser Stellvertreter.«

»Wenn du dich so sehr nach Jesus sehnst, dann komm doch mit nach Galiläa. Jesus will sich dort noch einmal mit uns treffen.« Er wurde eifrig. »Du kannst bei uns wohnen. Meine Eltern haben ein großes Haus – meine Mutter kennst du ja schon und du könntest ...«

Maria sah ihn ernsthaft an. »Ja, das ist eine gute Idee. Ich komme mit. Ich will Jesus wiedersehen – nicht nur für einen kurzen Augenblick. Ich muss seine Stimme hören. Er ist mein Leben. Ich brauche ihn wie die Luft zum Atmen.«

»Ja«, sagte Johannes und öffnete die Tür. »Luft zum Atmen.«

Simon lag auf der Couch neben Lazarus, tief ins Gespräch versunken. Als Maria mit Johannes in die Halle trat, die Augen voller Freude, die Wangen rot, verzog er das Gesicht und seufzte. Lazarus berührte ihn am Ellenbogen. »Du hast wohl meine Frage überhört.«

Simon schreckte auf. »Wie? Nein – doch … was wolltest du wissen?«

»Ich suche nach Prophezeiungen in der Schrift, die den Tod und die Auferstehung des Messias vorhersagen«, wiederholte Lazarus geduldig.

»Ja, natürlich«, gab Simon zurück. »Ich schreibe dir die Verse heraus – gleich nachher.« Er wandte sich an Maria.

»Du hast ihn tatsächlich gesehen.«

»Mit diesen Augen«, nickte sie. »Ich wollte seine Füße umfassen, aber das duldete er nicht.«

»Du hast ihn also nicht berührt«, stellte Simon fest. »Es könnte somit auch eine Vision gewesen sein.«

Johannes mischte sich ins Gespräch. »Als er am Abend zu uns kam, da gaben wir ihm Fisch und eine Honigwabe zu essen.«

»Und? Was geschah?«, wollte Marta wissen.

»Er aß es auf wie ein normaler Mensch.«

Marta sagte zu Simon: »Dann kann es keine Vision gewesen sein.«

Simon schüttelte den Kopf. »Du siehst das zu einfach – es fällt mir schwer, das zu glauben.«

»Thomas hat es anfangs auch nicht geglaubt«, erzählte Johannes. »Er wollte unbedingt die Narben des Meisters berühren und seine Hand in die Rippenwunde legen, bevor er glaubte. Er brauchte einen Beweis.«

»Das verstehe ich gut. Auch ich suche die Tatsachen. Ich will meinen Glauben nicht auf das gründen, was geredet wird. Auch nicht auf Gefühle, die schwanken und trügen können. Für mich zählt das, was die Heilige Schrift sagt – und die Wirklichkeit«, sagte Simon.

»Und doch stoßen wir manchmal mit unserem Denken an Grenzen«, überlegte Lazarus. »Das Leben lässt sich eben nicht erklären oder beweisen. Es ist da – und du kannst es erfahren oder dich dagegen sperren.«

»Gott verhüte, dass ich mich sperre!«, rief Simon erregt. »Mir geht die Wahrheit über alles. So gut solltest du mich doch kennen!«

Lazarus lächelte. »Mein Freund, so gut kennen wir dich alle. Aber du kennst uns auch. Du kennst Maria, du kennst Johannes. Sie lügen nicht. Weshalb sollten sie auch? Warum willst du ihren Berichten nicht vertrauen?«

Simon sagte leise: »Vielleicht fürchte ich die Enttäuschung.«

Die anderen schwiegen. Dann erkundigte sich Marta: »Hat Thomas seinen ›Beweis‹ bekommen?«

»Als er Jesus sah, als ihm der Herr seine Nägelwunden zeigte und die Narbe an der Seite, da zweifelte er nicht länger. Er fiel Jesus zu Füßen und rief: ›Mein Herr und mein Gott!‹«, erzählte Johannes.

Simon senkte den Kopf. »Vielleicht ist das die Antwort – auch für mich. Vielleicht muss ich meine eigenen Vorstellungen vom Reich Gottes loslassen. Vielleicht muss auch ich Jesus wieder neu zu Füßen fallen und ihn anbeten als meinen Erlöser.«

»Ja«, sagte Maria. »Das würde ich auch gern, immer wieder, jeden Tag neu. Mein Platz ist bei seinen Füßen. Da sitze ich so gern und höre ihm zu. Da bin ich gut aufgehoben.«

Marta räusperte sich, als wollte sie die Spannung lösen, die über der Tischrunde lag. Sie nahm Simons Becher und schenkte ihm roten Traubensaft ein. Sie schob den Teller mit den Fladenbroten in die Mitte.

»Greift zu, bedient euch«, sagte sie.

Johannes sagte nachdenklich: »Jedes Mal, wenn wir essen, erinnern wir uns an das, was Jesus für uns getan hat. Sein Leib – für uns gebrochen, sein Blut – für uns vergossen – wir wollen das immer in Erinnerung behalten.«

Während sie aßen, hob sich die dunkle Wolke, die auf ihnen gelastet hatte. Lazarus sagte: »Dieses Mahl ist aber nicht nur ein Andenken an das, was geschehen ist. Es soll unseren Blick auch in die Zukunft lenken.«

»Ja, es gibt Zukunft«, sagte Lazarus. »Wir dürfen mithelfen, das Reich Gottes zu bauen. Wir dürfen die Menschen aufrütteln und vorbereiten auf den großen Tag, wenn seine Herrschaft über das ganze Universum ausgedehnt wird.«

»Freunde, das geht mir alles zu schnell«, beschwerte sich Simon. »Ich habe den einen Traum noch kaum begraben und soll schon wieder neue Träume hegen?«

»Keine Träume, lieber Simon! Was Gott vorhergesagt hat, geht in Erfüllung. Und wir dürfen einiges davon erleben«, sagte Johannes.

Als Marta die Becher zusammenräumte, klopfte es an der Haustür. Maria lief hin und öffnete. Draußen stand Justin, den Helm mit dem roten Federbusch unter dem Arm.

»Ich wollte dich noch einmal sehen, bevor ich gehe«, brachte er mühsam heraus.

»Du gehst fort?«

»Ja. Zurück nach Rom. Auf Befehl des Kaisers.« Er seufzte. »Vielleicht sollte ich das jetzt nicht sagen, aber du wirst mir fehlen, Maria.«

Sie senkte den Kopf. »Du wirst in Rom deine Frau wiedersehen. Und die Kinder. Sie brauchen dich. Sei ihnen ein guter Vater.«

Er nickte. »Ja. Ich hoffe, sie verzeihen mir.«

»Du weißt, dass Jesus auferstanden ist?«

»Die Wachen haben davon berichtet. Zuerst wollte ich es nicht glauben. Aber es kann nicht anders sein.« Er spielte mit dem Riemen, an dem die Schwertscheide hing. »Kaiphas hat die Wachen bestochen, damit sie überall Lügen herumerzählen: Die Schüler des Rabbi Jesus hätten seine Leiche weggebracht.« Er lachte auf. »Als ob sich unsere Soldaten von einem Trupp einfacher Fischer einschüchtern ließen! Sie sollten behaupten, sie hätten während der Nachtwache *geschlafen*!« Justin schüttelte den Kopf. »Undenkbar. Pilatus hat es auch nicht geglaubt. Er hat das Theater durchschaut. Aber er fürchtet sich. Alle Offiziere und Soldaten, die mit dem Fall zu tun hatten, werden versetzt.«

Er beugte sich vor und raunte: »Er will die Sache mit Jesus vertuschen.«

»Aber das wird ihm nicht gelingen«, sagte Maria.

»Nein. Zumindest ich werde in Rom davon erzählen«, sagte Justin. »Ich lasse mir nicht den Mund verbieten. Inzwischen weiß ich mehr über Jesus. Josef hat mir viel von ihm erzählt. Das alles hat mich überzeugt.«

Unten an der Straße wurden Hufschläge laut. Ein Pferd wieherte. Justin wurde unruhig. »Ich muss gehen«, sagte er und hob die Hand zum Gruß. »Wie verabschieden sich die Schüler, die an Jesus glauben?«

»Wir sagen ›Schalom‹ – Der Friede des Herrn sei mit dir«, flüsterte sie. Die Kehle war ihr eng geworden.

Justin schlug mit der Faust auf die Brust, dass der Eisenpanzer dröhnte. »Er ist nun auch *mein* Herr!«

Maria sah ihm nach, wie er den Gartenweg hinunterschritt, dass der Kies unter seinen Sandalen zur Seite spritzte. Als er unten an der Straße angekommen war, drehte er sich noch einmal um und hob die Hand zum Abschiedsgruß. Dann verschwand er zwischen den Bäumen.

Maria lief auf ihr Zimmer und warf sich aufs Bett. Sie wollte den anderen nicht unter die Augen treten, so aufgewühlt und von Erinnerungen heimgesucht. Sie dachte an Jesus und seine Herzensgüte, bis die Gedanken, die in ihr durcheinanderwirbelten, in stillere Bahnen gelenkt waren. *Justin hat mich wirklich geliebt – auf seine Art. Und er hat viel für mich getan. Ich werde ihn nie vergessen. Und doch muss ich die Gedanken an ihn völlig loslassen. Ich muss ihn abgeben, in die Hand Gottes legen.* Sie zerdrückte ein, zwei Tränen, dann kniete sie an ihrem Bett nieder: *Vater im Himmel, ich danke dir, dass du mir Justin über den Weg geschickt hast. Behüte ihn und lass ihn wieder zu seiner Familie finden. Ich bitte das, weil dein Sohn Jesus mir erlaubt hat, so zu dir zu beten. Amen.*

Als sie aufstand, fühlte sie leise Trauer, aber auch ein Stück Freiheit. *Eine Buchrolle meines Lebens ist vollgeschrieben – ich kann sie zusammenrollen und weglegen und eine neue beginnen*, dachte sie, während sie ein Kleid zum Wechseln und etwas Wäsche zusammenpackte.

Die anderen in der Halle waren in eine lebhafte Debatte vertieft, als Maria näher trat, das Bündel in der Hand. Marta hob den Kopf. »Du siehst wieder einmal so reiselustig aus«, sagte sie.

»Ja. Ich möchte Jesus noch einmal sehen. Ich will in seiner Nähe sein, solange er noch bei uns ist«, verkündete sie. Sie beugte sich zu Marta, um sie zu küssen, dann legte sie Lazarus die Hand auf die Schulter und drückte sie zärtlich. Als Letztes nickte sie Simon zu. »Ich gehe mit Johannes nach Galiläa.«

Simon zuckte heftig zusammen.

»Was hast du, lieber Freund?« Lazarus neigte sich zu Simon hinüber und tätschelte ihm die Schulter.

Der sah zur Tür, hinter der Maria verschwunden war, und murmelte. »Das klang so – endgültig …«

Kapitel XL

Simon saß auf der niedrigen Mauer und kraulte seinen Hund hinter den Ohren. Das Quietschen der Pforte weckte ihn aus tiefen Gedanken. Er stand auf und sah den beiden entgegen, die langsam herankamen.

»Schalom Johannes, Schalom Maria, seid ihr wieder da«, sagte er und strich sich eine Haarsträhne aus der Stirn. Seine Hand zitterte dabei und als er es merkte, versteckte er sie im Ärmel.

Johannes lächelte unbefangen und sagte: »Schalom Simon! Ja, wir sind zurück. Ich habe Maria hierher begleitet.«

Das wirst du wohl von jetzt an immer tun, dachte Simon und hatte plötzlich einen bitteren Geschmack auf der Zunge. Verstohlen musterte er Maria, die ihr Kopftuch abgenommen hatte und das Haar zurechtschüttelte, sodass es ihr in seidigen Wellen über die Schultern floss. Er fing den Blick auf, den Johannes ihr zuwarf – so voll von Liebe und Zärtlich keit, dass es ihm das Herz zusammenzog.

Gott nimmt mir alles – meine Hoffnung auf das messianische Reich und jetzt noch Maria. Andererseits: Wer bin ich, dass ich Ansprüche stellen könnte? Ich bin doch schon mehr als genug beschenkt worden! Jesus hat mir meine große Schuld vergeben, er hat mich von der Lepra geheilt, er zählt mich zu seinen persönlichen Freunden – was will ich mehr? Seltsam, wie ihn dieser Gedanke zu trösten vermochte.

»Kommt ins Haus, ihr werdet durstig sein«, sagte er nach einem Blick auf die staubigen Sandalen der beiden. *Sie sind also noch nicht bei Lazarus und Marta eingekehrt. Sie besuchen mich zuerst!,* dachte er und empfand dabei ein winziges Stückchen Glück. Er winkte dem Hund und ging voraus in den Vorraum. Dort wies er Barras in seine Ecke und bückte sich nach den Tonbecken zum Füßewaschen. Wo hatte Rebekka nur die Handtücher versteckt? Er kramte im Regal herum.

Endlich stieß er auf zwei weiche Tücher, die oben eine Borte von eingestickten Palmzweigen trugen. Palmzweige – es gab ihm einen Stich, als er sich an den Tag erinnerte, der mit so vielen Hoffnungen begonnen hatte. Das war nun schon mehr als 40 Tage her und immer noch spürte er den schalen Geschmack der Enttäuschung. *Unser Messias, unser*

König, lang erwartet und ersehnt, vom Volk bejubelt und nur wenige Tage später ausgeliefert an die Römer, gefoltert und geschändet wie ein Schwerverbrecher! Inzwischen war ihm klar geworden, dass es nur diesen einen Weg gegeben hatte, denn die Schuld der Menschheit musste durch ein Opfer gesühnt werden. Sein Kopf hatte zu dieser Einsicht Ja gesagt, aber sein Herz … Er seufzte. *Gottes Pläne sind himmelweit entfernt von unseren Ideen.*

Johannes und Maria standen immer noch in der Tür und warteten auf seine Einladung.

»Ich bin ein schlechter Gastgeber«, murmelte Simon. »Ich lasse euch da draußen stehen – kommt herein, bitte, setzt euch her.« Er zeigte auf die Sitzbank und goss Wasser in die Schüsseln. Eine davon schob er Maria hin. Während sie ihre Füße aus den Sandalen löste und ins Wasser tauchte, hielt er die Tücher in der Hand.

Eigentlich war es ungehörig, einer Frau beim Waschen zuzuschauen, doch er konnte den Blick nicht abwenden. Endlich zwang er sich, Johannes anzusehen. Dessen zimtbraune Augen strahlten und er zog Simon neben sich auf die Bank und schlüpfte von der Bank, hockte sich auf den Boden und band nun *ihm* die Sandalen auf.

»Was soll das?« Simon runzelte die Brauen.

»Ich will dir etwas zeigen«, sagte Johannes. »Der Herr hat es uns vorgemacht.« Er angelte nach der zweiten Wasserschüssel und nahm Simons Füße, stellte sie ins Wasser und spülte sie sorgfältig ab. Eine Woge der Scham überschwemmte Simon, als er den gebeugten Lockenkopf sah, seine Hände an seinen Füßen spürte und an die Eifersucht dachte, die seit Wochen an ihm fraß. Er schloss die Augen und betete stumm: »Herr im Himmel, verzeih mir. Mach mich frei von dem Drang, Maria an mich zu fesseln mit tausend Seilen. Hilf mir, dass ich sie freigeben kann – und dass ich den beiden nur Gutes wünsche!«

Inzwischen hatte ihm Johannes die Füße abgetrocknet und lächelte. »Gut so?«

Simon nickte, dann stand er auf und ging mit einer hölzernen Bewegung vor Johannes in die Knie. »Jetzt wasche ich dir die Füße«, sagte er. Während er die heißen Füße des jungen Fischers in den Händen hielt, spürte er, wie die Bitterkeit ein Stück weit schmolz, die ihm die letzten Wochen vergiftet hatte.

»Ich freue mich, dass wir Brüder sind«, sagte er und war überrascht von der Wärme seiner Stimme. Er wusste selbst nicht, was in ihm vorgegangen war und staunte über die Liebe, die ihn durchflutete – eine Liebe, die vorher keinen Platz in seinem Denken gefunden hätte. Er griff nach dem Tuch, doch es war nass von seinen eigenen Füßen.

»Warte, ich hole ein neues«, versprach er und sprang auf. Er tastete in allen Regalfächern, er klappte die Tuchkiste auf und suchte, doch es war vergeblich.

»Das macht doch nichts«, rief Johannes. »Sie sind schon beinahe trocken!«

Aber Simon ließ sich nicht abbringen. Er nahm sein seidenes Obergewand vom Haken und trocknete damit die rissigen Füße des jungen Fischers. An einer Stelle blieb das zarte Gewebe an der rauen Hornhaut hängen, Fäden zogen sich heraus, einer riss entzwei, hinterließ ein Loch, doch es kümmerte ihn nicht. Er hatte das Gefühl, als wäre es Jesus persönlich, dem er dienen durfte Und er spürte, wie seine Herzwunde, von Neid und Eifersucht geschlagen, auf einmal zuheilte.

Er führte die Gäste in die Halle. Rebekka kam herein, stellte frischen Traubensaft auf den Tisch und einen Korb mit Brotfladen. Sie flüsterte: »Vorsicht, frisch gebacken, ist noch heiß«, und Maria schenkte ihr ein sonniges Lächeln und sagte: »So knusprig hab ich sie besonders gern!«

»Aber nun erzählt mir, was ihr erlebt habt!« bat Simon und Johannes ließ sich das nicht zweimal sagen.

»Wir hatten uns in Kapernaum getroffen und warteten auf Jesus. Der Abend war lau, eine leichte Brise wehte vom See herüber und Petrus sagte: »Also, ich geh jetzt fischen, meine Leute haben nichts mehr zu beißen.« Wir anderen hatten auch schon lange keine Bootsplanken mehr unter den Füßen gespürt, all die Monate hindurch waren wir mit Jesus unterwegs gewesen und hatten keine Zeit zum Fischfang gefunden. Inzwischen war kein Geld mehr da für Brot, die Familie des Petrus musste ja von irgendetwas leben.«

Maria nickte. »Da sind viele Münder zu füttern. Seine Schwiegermutter wohnt auch bei der Familie. Eine wunderbare Frau, so gütig und freundlich.«

Johannes strahlte sie an und erzählte weiter: »Bei uns zu Hause ist es nicht so arg, Vater hat fünf Gehilfen zum Fischen und es blieb immer so viel übrig, dass die Nachbarn auch etwas davon bekamen. Aber ich kann gut verstehen, dass Petrus lieber selbst für seine Familie sorgen will. Das Boot war schnell gepackt, das Netz und die Ruder holten wir aus unserem Lagerraum und wir legten ab. Aber es war seltsam: Wir fingen keinen einzigen Fisch! Die ganze Nacht nicht!«

»Geschieht das öfter?«, erkundigte sich Simon.

»Ich habe das bisher nur ein einziges Mal erlebt – vor Jahren, als Jesus uns als seine Schüler ausgewählt hatte. Die Stunden vergingen und es dämmerte schon. Da sahen wir einen Mann am Ufer stehen. Er rief zu uns herüber: ›Jungs, habt ihr nichts zu essen?‹ Wir riefen zurück: ›Nein! Wir haben nichts gefangen!‹ ›Dann werft einmal das Netz auf der rechten Seite aus!‹ Petrus meinte: ›Wir können es ja versuchen, aber ich erhoffe mir davon nichts. Wenn links keine Fische sind, warum sollen dann ausgerechnet rechts welche sein?‹ Wir warfen also die Netze rechts aus dem Boot, und was soll ich sagen – das Netz sank so schnell hinunter, als wäre es aus Blei, und wir konnten es nicht an Bord hieven, wir mussten es hinter uns herziehen. Da war mir sofort klar, dass dieser Mann kein anderer sein konnte als unser Herr, unser Rabbi Jesus. Petrus hat sich dann sein Oberkleid übergeworfen und ist ins Wasser gesprungen und ans Ufer geschwommen. Er konnte gar nicht schnell genug zu Jesus kommen.«

»Sag bloß, er hat dich mit dem vollen Netz alleingelassen?«, fragte Simon.

Johannes schüttelte die braunen Locken. »Ich war ja nicht allein im Boot, außerdem kamen die anderen mit einem zweiten Boot zu Hilfe und gemeinsam konnten wir dann das Netz an Land ziehen. Darin waren 153 Fische, und zwar riesengroße – einen solchen Fang haben wir noch nie gemacht.«

Maria sagte: »Jesus hatte inzwischen Feuer angezündet und Brot und Fisch bereitgestellt. Als die Männer zu ihm kamen, war das Frühstück schon fertig.«

»Hast du ihm dabei geholfen?«, fragte Simon.

»Ich habe es genossen, eine Weile mit ihm allein zu sprechen.«

»Und worüber?«, fragte Simon.

Sie lächelte mit geschlossenen Lippen. »Das bleibt mein Geheimnis. Diese Worte sind mein kostbarster Schatz … Aber dann kamen die anderen Schüler und ich zog mich zurück. Es war ja wichtig, dass sich Petrus mit Jesus aussprechen konnte.«

Johannes erklärte: »Damals im Hof des Oberpriesters hatte Petrus dreimal geleugnet, Jesus zu kennen. Es hat ihm furchtbar leidgetan, er hat das ehrlich bereut, aber einige von den anderen Schülern misstrauten ihm deswegen immer noch.«

»Und er selbst traute sich auch nicht mehr über den Weg«, ergänzte Maria. »Ich kenne dieses Gefühl. Scham und Schuldgefühle machen uns so klein.« Sie zeigte auf einen Käfer, der über den Fußboden krabbelte.

»Als Jesus den Petrus dreimal fragte: ›Hast du mich lieb?‹, da konnte er sich vor allen anderen zu seinem Herrn bekennen«, erzählte Johannes.

»Das war auch für ihn selbst sehr wichtig«, meinte Maria. »Er wirkte nach diesem Gespräch wie verwandelt, als wäre er ein Stück gewachsen. Immerhin hatte Jesus ihn beauftragt, seine Mission weiterzuführen.« Nachdenklich zerkrümelte sie ein Stück Fladenbrot zwischen ihren Fingern. »Aber sag, Johannes, was hat Jesus eigentlich mit *dir* gesprochen, als ihr drei vom Feuer weggegangen seid zu eurem kleinen Spaziergang?«

Johannes lächelte: »Das ist nun mein Geheimnis[12] …«

Maria erwiderte sein Lächeln. »Ich bin so froh, dass ich Jesus noch einmal sehen und sprechen konnte. Es macht mich glücklich, dass er lebt! Auch wenn er uns nun verlassen hat und zu Gott in den Himmel zurückgekehrt ist, fühle ich mich nicht allein. Es ist mir so, als wäre er trotzdem in der Nähe. Ich kann es nicht erklären.« Sie hob in einer hilflosen Geste die Hände.

Simon hatte sie die ganze Zeit über nicht aus den Augen gelassen. *Wie habe ich all die Jahre nur ertragen können ohne diese Stimme, dieses Lächeln? Und wie kann ich weiterleben ohne sie?* Er betrachtete ihre zarten Finger, mit denen sie die Brotfladen teilte, er beobachtete, wie sie zum Himmel sah und dankte, bevor sie ein Stück zum Mund führte. Und als sie aufstand, um den Wasserkrug zu holen, war er bezaubert von der Anmut, mit der sie ging, und folgte ihr mit den Augen bis zur Tür.

Johannes seufzte: »Wie schön sie ist …«

Simon fuhr auf, die Röte schoss ihm in die Wangen. Johannes hatte ihn beobachtet und nickte.

»Ja, ich liebe Maria auch«, sagte Johannes und zeichnete mit dem Finger die Holzmaserung der Tischplatte nach.

---

12 Johannes beschreibt die Beziehung zwischen Jesus und seinen Nachfolgern als etwas sehr Persönliches, siehe Johannes 21,21; Offenbarung 2,17.

Simon biss sich auf die Lippen. »Und – weiter?«, stieß er hervor.

Johannes hob die Schultern. »Nichts weiter. Sie sagt, sie will meine Schwester sein. Ich hatte mir immer eine Schwester gewünscht, aber …« Er lächelte kläglich.

»Aber jetzt ist dir das nicht mehr genug«, half Simon.

»Ja. Ich möchte sie heiraten.« Seine dunklen Augen verschleierten sich. »Aber sie will nicht.«

Sie will nicht. Eine prickelnde Freude stieg in Simon hoch.

Ob Johannes seine Gefühle erraten hatte? Jedenfalls sagte er leise: »Vielleicht hast du bessere Chancen, du bist älter und kennst sie schon so lange – du kannst ihr auch viel mehr bieten.« Er schaute auf seine Hände, öffnete und schloss die Finger, als wollte er sich vergewissern, dass sie ihm trotz allem den Dienst nicht verweigerten. »Ich bin nur ein einfacher Fischer.«

Simon legte ihm den Arm um die Schultern und sagte leise: »Daran liegt es nicht.«

»Aber warum sagt sie Nein? Sie hätte es gut bei mir. Meine Familie ist nicht arm. Und sie haben keine Vorurteile gegen Maria. Du weißt schon – wegen ihrer Vergangenheit. Ich könnte ihr viele Wünsche erfüllen. Ich würde sie glücklich machen!«, begehrte er auf.

Maria hatte die letzten Worte gehört. Sie stellte den Krug auf den Tisch und blieb neben der Bank stehen.

»Du *machst* mich glücklich, mein Bruder«, sagte sie sanft. »Aber ich kann dich nicht heiraten. Du bist so jung, du hast so viele Träume.« Sie schüttelte den Kopf. »Du solltest ein Mädchen heiraten, das so unschuldig ist wie du. Lass mich deine Schwester bleiben, ja?«

Johannes wandte das Gesicht ab und Simon fühlte sich zwischen Mitleid und Hoffnung hin- und hergerissen. Als er meinte, das Summen in seinem Kopf nicht mehr ertragen zu können, winkte er Maria und ging zur Tür. Sie folgte ihm, hundert Fragen im Blick.

Simon führte sie hinaus in den Garten. Im Schatten einer Zypresse blieb er stehen und sammelte sich. Sie wartete.

»Maria …«, begann er.

Sie sah zu ihm auf und es fuhr ihm wie ein Stoß durch den Leib. Auf einmal schienen ihm die Worte viel zu dünn, die er sich zurechtgelegt hatte.

»Gehst du wieder fort?«, stammelte er.

»Macht das für dich einen Unterschied?«, wollte sie wissen.

»Mir liegt viel daran, dass du bleibst«, flüsterte er.

Sie schwieg.

Er zog ein Tuch aus seiner Innentasche. »Erkennst du es wieder? Darauf ist dein Blut. Du hattest dich an einer Scherbe verletzt, weißt du noch? Ich trage es Tag und Nacht bei mir als Erinnerung an das, was ich dir damals angetan habe.«

»Ach Simon«, seufzte sie und wickelte sich eine Haarsträhne um den Finger. »Lass doch die Vergangenheit. Darüber haben wir schon gesprochen und ich will das Ganze vergessen. Ich trage dir nichts mehr nach.«

»Das ist wunderbar«, sagte er und wurde eifrig. »Aber ich muss dir gestehen, dass ich oft an dich denke und –«

Sie fiel ihm ins Wort. »Ich weiß nicht, was ich dazu sagen soll. Ich bin noch so voll von dem, was ich erlebt habe, dass alle anderen Gedanken und Gefühle keinen Raum finden. Verstehst du das?«

»Du denkst immerzu an *Ihn*?«

Maria nickte. »Wenn ich erwache, steht sein Bild vor mir. Wenn ich mich schlafen lege, wiegt mich seine Stimme in den Schlaf. Wohin ich mich wende – seine Worte begleiten mich, hier drin.« Sie legte die Hand auf die Brust. »Mir ist dann immer, als würde ich zu seinen Füßen sitzen und ihm zuhören. Ich spüre seine Gegenwart neben mir, hinter und vor mir, über mir – und ich glaube, er ist sogar unter mir. Er trägt mich, wenn ich mutlos werde. Er stützt mich, wenn ich den Halt verliere. Er führt mich mit seinen Augen.«

»Aber was redest du da? Er ist nicht mehr hier!«, rief Simon. »Er ist in den Himmel zurückgekehrt, wie man mir sagte.«

»Ja«, sagte Maria. »Seine Lieblingsschüler waren dabei, als die Wolke ihn aufnahm. Johannes hat mir erzählt, was die beiden Engel versprachen, nämlich dass er genauso wiederkommen wird, wie er von uns weggenommen wurde – für alle sichtbar, auf einer großen Wolke.«

»Und wann wird das sein?«

Maria krampfte die Hände ineinander, ihre Augen wurden feucht. »Das hat er uns nicht gesagt«, flüsterte sie. »Er muss noch eine Aufgabe erfüllen – bei Gott im Himmel. Er dient dort im Tempel als unser Hoherpriester. Erst wenn alles vorbereitet ist, kehrt er zurück. Er kommt wieder, hörst du?«

Simon hatte den Kopf sinken lassen und stöhnte: »Wenn ich das glauben könnte …«

»Aber unsere heiligen Schriften sind voll davon!«, rief Maria. Auf einmal sah sie nicht mehr traurig aus. Ihre Augen strahlten, als hätte man darin den großen siebenarmigen Leuchter angezündet. »Und außerdem hat er es versprochen. Er holt mich in seinem Wolkenwagen ab zur Hochzeit. Simon, ich bin seine Braut! Er wird mich heiraten!«

Simon starrte sie an. Dann drückte er den Kloß weg, der sich in seiner Kehle breitgemacht hatte, und stammelte: »Jesus wird – dich – heiraten?«

Sie lachte hell auf. »Aber ja! Und nicht nur mich, natürlich auch dich und Johannes und Petrus und Marta und Lazarus!« Sie breitete die Hände aus. »Alle, die ihm treu bleiben, gehören zu ihm, sind so eng mit ihm verbunden wie eine Braut mit ihrem Liebsten. Aber weißt du«, sie senkte die Stimme, »für mich ist es so, als wäre ich seine Einzige.«

Er ließ den Atem ausströmen, den er lange angehalten hatte, und bemühte sich, seiner Stimme einen leichten Klang zu geben. »Und diese Himmelsliebe erfüllt dich so sehr, dass kein Platz mehr bleibt in deinem Herzen für deine Mitmenschen?«

Maria runzelte die Stirn. »Wie kommst du denn darauf? Ganz im Gegenteil! Mir kommt es vor, als würde ich überströmen. Ich möchte diese Liebe allen Menschen weiterschenken, ich will anderen helfen, ich –«

Er unterbrach sie: »Ist da vielleicht noch eine kleine bescheidene Ecke frei für einen Mann, der sich nach dir sehnt mit einer ganz irdischen Liebe?«

»Sprichst du von Johannes? Er ist zu jung, das habe ich ihm oft erklärt.«

»Nein, ich spreche von *mir*!«, schnaubte er. »Hast du vielleicht ein bisschen Liebe übrig für einen, dem du so viel bedeutest, dass ihm ohne dich die Nächte doppelt so dunkel sind und die Tage trostlos leer?«

Maria schreckte auf. »Simon?«, flüsterte sie. Aber als sie der Glut in seinen Augen begegnete, senkte sie den Blick.

Er nickte ernst. »Meine erste und meine größte Liebe gehört unserem Schöpfer, so wie auch du ihn mehr liebst als jeden anderen auf der Welt. So muss es sein und so soll es immer bleiben.« Er holte tief Luft. »Aber ich bin auch ein Mann. Ich habe diese Gefühle lange Zeit in mir vergraben, ich habe sie geleugnet und unterdrückt. Ich habe mich in die Religion gestürzt, in etwas, was ich ›Gottesdienst‹ nannte und was doch nur eine Flucht war vor mir selbst und vor dem, was das Leben von mir fordert. Das war falsch. Heute stehe ich zu dem, was ich bin und empfinde. Ich will mich nicht mehr verstecken. Ich will mich nicht mehr belügen. Ich will auch zu dir aufrichtig sein. Maria, ich liebe dich und möchte mein Leben mit dir teilen.«

Maria hatte sich bei seinen letzten Worten an den Stamm der Zypresse gelehnt, als suchte sie Halt. Alle Farbe war aus ihrem Gesicht gewichen. »Du liebst mich als Mann?«, flüsterte sie.

»Ja. Wie denn sonst? Ich bin nun einmal ein Mann und ich glaube nicht, dass die Liebe zu Gott alle anderen Arten der Liebe verdrängt und unwichtig macht. In den heiligen Schriften steht es anders.«

Sie nickte stumm.

»Du weißt das. Und früher hast du mich auch einmal geliebt. Das habe ich nicht vergessen. Du hast mir damals alles geschenkt, was du hattest. Alles.« Seine Stimme bebte. »Ich habe das Recht verwirkt, um dich zu werben wie ein ehrenwerter Mann. Ich habe dich zu tief verwundet. Und trotzdem: ich liebe dich heute noch und viel tiefer als damals. Wenn deine inneren Wunden heil geworden sind, kann es für uns doch eine Zukunft geben. Oder ist das unmöglich?«

Sie sah zu Boden, nestelte an den Fransen, die ihr Schultertuch säumten.

»Ich weiß die Antwort nicht«, murmelte sie und ihre Augen irrten ratlos umher.

Simon fuhr sich mit der Hand durchs Haar und kämpfte gegen den Schwall von entmutigenden Gedanken, die auf ihn einstürmten. Seine Knie wurden weich. Da brach sich die Klarheit Bahn: *Ich muss Geduld haben. Ich darf sie nicht drängen. Mit meinem Ungestüm habe ich sie schon einmal schwer verletzt. Herr, hilf mir loszulassen!*

Er wischte sich den Schweiß von der Stirn und schwankte. Er atmete tief ein und aus und flehte wortlos und mit aller Kraft. Er kämpfte seine Ungeduld nieder, seinen Drang, sie in die Arme zu schließen und nie mehr loszulassen. Er biss sich auf die Lippen, bis er den Eisengeschmack spürte, und hörte nicht auf zu bitten und zu flehen. *Ich weiß doch, woran ich glaube! Ich habe einen Anker gefunden, der mich hält. Jesus hat versprochen, dass ich eine Zukunft habe. Ich darf auf ein ewiges Leben hoffen, in einer besseren Welt. Denn Gott hat mich zu seinem Kind gemacht. Und ich kann mit Jesus sprechen, auch wenn ich ihn nicht sehe. Ich darf im Gebet vor den allmächtigen Gott treten. Und so kann ich weiterleben. Auch dann, wenn sie Nein sagt. Ja, auch dann.*

Endlich – ihm war, als wären inzwischen Stunden vergangen – spürte er, wie ein tiefer Friede in seine Seele strömte und alle Angst vertrieb, bis kein Zweifel mehr in ihm blieb, nur Ruhe und Zuversicht.

Er straffte die Schultern und setzte neu an. »Maria, meine Liebe, jetzt weißt du, wie ich fühle. Es tut mir leid, wenn ich dich damit überrumpelt habe.«

Sie zwinkerte eine Träne weg und wisperte: »Es kam so plötzlich …«

Er nickte. »Du konntest ja nicht ahnen, was in mir vorgeht. Obwohl ich gehofft hatte, dass in dir noch ein bisschen Zuneigung zu mir übrig geblieben ist – trotz allem.«

Ein halbes Lächeln kroch in ihre Mundwinkel. »Ich habe diese Zuneigung in mir vergraben. Sehr tief vergraben. Es war notwendig. Nach allem, was ich erlebt habe, brauchte ich erst mal Luft zum Atmen, Freiheit von all dem. Verstehst du das?«

Simon versuchte, in ihren Zügen zu lesen, während sie erklärte: »Ich war so süchtig nach Liebe und Zärtlichkeit, es war ein unbändiger Hunger in mir, den ich durch nichts und niemanden stillen konnte. Du glaubst nicht, wie viel Kampf es mich gekostet hat, diesen Durst, diese Gier in ihre Schranken zu weisen. Du ahnst nicht, wie ich darum gerungen habe, meine Gedankenbilder rein zu halten, wenn mir ein Mann über den Weg lief, der mich –«

»– wie Jehuda zum Beispiel«, half er.

»Ja, wie Jehuda. Und andere. Viele andere. Es ist einfacher für mich, wenn ich mich überhaupt nicht mehr auf diese Art der Liebe einlasse.« Sie holte tief Luft, als wäre sie erschöpft von einer schweren Arbeit.

»Du hast Angst, das Alte könnte zurückkehren, nicht wahr?«, fragte Simon. »Aber das wird nicht geschehen. Die alten Gespenster haben keine Macht mehr über dich. Du hast dich verändert. Du bist von innen her neu geworden. Und ich bin auch nicht mehr derselbe. Aber die Zuneigung ist geblieben, nicht wahr?« Er suchte ihren Blick, aber sie wich ihm aus.

»Maria, was uns damals zueinander hingezogen hat, war keine Sünde, war nichts Schlechtes. Aber ich konnte mit diesen starken Gefühlen noch nicht umgehen und ließ mich hinreißen und danach –« Er schüttelte den Kopf. »Aber das ist kein Grund, der Liebe für alle Zeiten abzusagen. Gott öffnet noch einmal eine Pforte für uns beide. Und dieses Mal dürfen wir die Freuden der Liebe mit reinem Herzen genießen. Willst du das? Wagst du es mit mir?«

Sie fuhr mit der Hand über die Rinde der Zypresse. Sie hatte den Kopf gesenkt und ihre Unterlippe zitterte.

Simon wartete fünf Wimpernschläge lang, dann sagte er sanft: »Wenn du in meiner Nähe bist, dann wächst in mir eine Sehnsucht, die keinen Namen hat. Ich möchte keinen Schritt mehr gehen ohne dich. Ich will dich beim Erwachen an meiner Seite spüren. Ich möchte dich in meinen Armen halten. Ich möchte dich beschützen vor jedem Schmerz. Ich will dich lieben, mehr als meinen eignen Leib«, schloss er atemlos.

Immer noch schwieg Maria und Simon flüsterte: »Wie immer du dich entscheidest – ich bin für dich da, heute und morgen und solange mich der Allmächtige am Leben lässt.«

Wieder schöpfte Maria Atem, aber diesmal klang es wie bei einem Schläfer, der aus einem tiefen Traum erwacht ist.

»Ich danke dir. Ich werde über all das nachdenken. Eines sollst du jetzt schon wissen –«, sagte sie und legte ihm die Hand auf den Arm, »deine Liebe ist mir kostbar – viel mehr als Perlenschmuck und alles Gold der Welt.«

Er trank die Worte in sich hinein. »Dann darf ich also hoffen?«

Ihr Blick glitt über ihn hinweg, hinauf zum Himmel, und verlor sich in dem endlosen Blau. Es dauerte lange, bis ihre Augen zu ihm zurückkehrten, aber sie waren hell und voller Wärme.

»Hoffen, ja …« sagte sie leise und wandte sich zum Gehen.

Er sah ihr nach, bis sie hinter der efeubewachsenen Pforte verschwunden war, und ihm war, als spürte er immer noch den leichten Druck ihrer Hand.

Nachwort

Maria wurde nach der Himmelfahrt Jesu in der Urgemeinde als Jüngerin respektiert und hoch geschätzt. Wahrscheinlich haben Matthäus, Markus und Lukas den Namen der großen Sünderin, die den Meister mit Narde salbte, aus Taktgefühl verschwiegen. Vielleicht wollten sie nicht an ihre dunkle Vergangenheit rühren. Johannes schrieb seinen Bericht viele Jahre später; möglicherweise war Maria zu diesem Zeitpunkt schon gestorben. Oder sie war damit einverstanden, dass er ihren Namen erwähnte und noch besonders betonte, dass sie es war, die damals den Herrn gesalbt hatte – die Schwester der Marta und des Lazarus. Außerbiblische Berichte aus dieser Zeit sagen, dass Maria auch nach Rom reiste, der Apostel Paulus erwähnt sie im Römerbrief. Später soll sie mit Johannes und der Mutter Jesu zusammen in Ephesus gelebt und Johannes bei der Abfassung seines Evangeliums unterstützt haben.

Wo immer im Universum die Geschichte der Erlösung erzählt wird, wird man auch von Maria sprechen und von ihrer liebevollen Antwort auf das, was Jesus für sie getan hat (Markus 14,9). Ihr Schicksal ist ein Sinnbild für deine und meine Geschichte. Jeder von uns hat innere Wunden. Jeder von uns hat Unrecht getan und andere Menschen verletzt. Jeder braucht Vergebung. Jeder von uns darf sich von Gott als sein Kind adoptieren lassen – wenn wir Jesus glauben und eine vertrauensvolle Freundschaft mit ihm eingehen, »haben wir das Leben« (Johannes 3,16). Und einem jeden von uns wird immer wieder eine neue Chance geschenkt, auch wenn wir oft versagen und viel Zeit brauchen, bis das »neue Leben« in uns Gestalt gewonnen hat. In der Kraft Jesu und im Bewusstsein seiner Liebe können auch wir allerhand Zwänge, Süchte und Gebundenheiten überwinden und ganz neu werden wie damals Maria aus Magdala.

Andererseits will uns das Schicksal des Jehuda eindringlich warnen. Dieser – nach meiner Vorstellung – hochbegabte und attraktive Mann war Jesus äußerlich sehr nahegekommen, und doch blieb sein Herz davon unberührt. Er wollte seinen Stolz nicht aufgeben, er wollte seine eigenen »genialen« Ideen und Vorstellungen dem Plan Gottes nicht unterordnen. Obwohl ihn Jesus ganz bewusst immer wieder mit Aufgaben betraute, die ihm seine Charakterschwächen deutlich zeigen sollten, weigerte er sich, auf sein Gewissen zu hören und von Jesus zu lernen. Mit der Zeit verhärtete er sich immer mehr gegen Jesus und begann, ihn mit kritischen Augen zu betrachten. Möglicherweise wurden die Streitigkeiten im Jüngerkreis immer wieder von Jehuda in Gang gesetzt. Seine Rechthaberei, seine Arroganz und sein Egoismus steigerten sich mit jeder Woche, die er mit Jesus verbrachte.

Beim letzten Passahmahl, als Jesus dem Jehuda die Füße wusch, hatte er noch eine letzte Chance zur Umkehr, doch wieder stand ihm der Stolz im Weg. Dadurch öffnete er sich für das Böse und wurde ein Werkzeug Satans. Er wollte sicher nur »das Beste«, aber er wollte es *immer nur für sich* und das wurde ihm zum Verhängnis.

So haben wir zwei klar gezeichnete Wege vor uns, zwei Schicksale, die beispielhaft für den Lebensweg eines jeden Menschen dastehen. Jeder von uns ist gefragt: Wo findest du deinen Platz? Auf jeden Fall bei den Füßen Jesu – entweder als begnadigter Sünder und Gotteskind wie Maria – oder als ein zum Tode verurteilter Sünder, der die Gnade und umwandelnde Kraft Gottes ausgeschlagen hat wie Jehuda. Die Entscheidung bleibt uns überlassen. Gott hat uns die Freiheit gegeben, selbst zu wählen, ob wir als die »Braut Jesu« mit ihm in den Himmel aufgenommen werden, oder ob wir in die Reihen seiner Feinde treten und schließlich scheitern und endgültig tot sein wollen.

Wer will das schon? Es lässt sich – Gott sei Dank! – vermeiden.

Anhang

Hintergründe zu Maria Magdalena

Nach alten außerbiblischen Quellen war Maria Magdalena (»die vom Tempelturm«) die Schwester von Marta und Lazarus. Ihr Vater Syrus (Edelmann?) war Befehlshaber von Syrien und Eucharia. Die Mutter (Eucharia?) soll angeblich aus der Sippe der Makkabäer gestammt haben, den letzten rechtmäßigen Königsnachkommen von Israel, und es heißt, dass den drei Geschwistern aus mütterlichem Erbe die Städte Magdala, die beiden Orte Betanien und ein Teil von Jerusalem gehört hätten.

Magdala (griechisch »Tarichea«, bedeutet »Pökelort«, heute Migdal) lag am Nordwestufer des Sees Genezareth, etwa sechs Kilometer nördlich von Tiberias, acht Kilometer südlich von Kapernaum und ca. 30 Kilometer von Nazareth entfernt.

Flavius Josephus zufolge kämpften die Einwohner des Ortes gegen Herodes I. und die Römer. Schutz vor den Verfolgern fanden sie in den zahllosen Höhlen des Wadi el-Hammam, einem canyonartigen Tal westlich von Migdal.

Josephus berichtet, dass die Stadt damals viele Holzfabriken und Bootswerften hatte und vielen Künstlern und Handwerkern Arbeit bot (Josephus, Der Jüdische Krieg). Archäologische Grabungen zeigen heute einen geschützten Hafen, der die westlichen Winterstürme abhielt, die von den Golanhöhen herabkamen. Man grub einen Pier aus und fand Bleigewichte, mit denen man Fischnetze beschwerte, Zubehör zum Flicken und Erstellen von Fischnetzen, ein Mosaik von einem Boot mit fünf Personen und Reste von Fischbooten.

Zur Zeit Jesu gehörte Magdala zu den Großstädten in Galiläa – ein Fischerei- und Industriezentrum. Die eingepökelten Fische wurden bis nach Rom exportiert. Nach Josephus wohnten dort angeblich 37 600 Menschen. Es gab eine Pferderennbahn (Hippodrom) und ein Stadion, typisch für eine hellenistisch geprägte Stadt, aber auch eine Synagoge. Außerdem war die Stadt berühmt für ihre Leinenstoffe, denn hier wurde viel Flachs verarbeitet und gebleicht. Die Kleidung, die Jesus trug, soll angeblich in dieser Stadt hergestellt worden sein.

Nach Josephus war diese Stadt aber auch ein Zentrum des jüdischen Widerstandes gegen die Römer. Im Jahr 67 v. Chr. wurde die Stadt als Reaktion auf den ersten jüdischen Aufstand von den römischen Heeren unter Führung von Vespasian eingenommen und die Einwohner wurden zum großen Teil als Sklaven verkauft. Josephus schreibt, die Stadt sei wegen ihrer moralischen Verdorbenheit von Gott verlassen worden und habe deshalb von den Römern erobert werden können.

Der Jerusalemer Talmud behauptet ebenfalls, dass die Stadt wegen ihrer Prostitution zerstört wurde.

Heute wohnen dort knapp 2000 Menschen, meistens arabischer Herkunft.

Die frühe Kirche hat Maria Magdalena als Schwester von Marta und Lazarus aus Betanien identifiziert und mit der »Sünderin« gleichgesetzt, die laut Lukas 7 die Füße Jesu mit ihren Tränen wusch und mit ihren Haaren trocknete. Alte Quellen bei Augustinus, Papst Gregor u. a. zeigen dies (siehe Wikipedia).

Allerdings teilte die protestantische Kirche diese Meinung nicht. Im Jahr 1969 distanzierte sich dann auch die katholische Kirche von dieser Gleichsetzung. Ihre Argumentation: Die Beschreibungen der verschiedenen Episoden weisen zu viele Unterschiede auf.

Deshalb sind viele zeitgenössische Kommentatoren der Meinung, dass es sich bei den verschiedenen Episoden um drei unterschiedliche Frauen handelt (siehe z. B. Fritz Rienecker: Lexikon zur Bibel, S. 887).

Eine andere Sicht fand ich im SDA-Bibelkommentar, Band 5, S. 765-766. Beim gründlichen Vergleich der betreffenden Bibelpassagen haben mich diese Argumente überzeugt. Ich überlasse es dem Leser, sich hier selbst eine Meinung zu bilden, nachdem er, so wie ich, diese Texte aufmerksam gelesen und sowohl die Unterschiede registriert hat als auch die Gemeinsamkeiten.

Deshalb habe ich in meinem Buch versucht, die verschiedenen Berichte »unter einen Hut« zu bringen und aufzuzeigen, dass sich die Unterschiede nicht widersprechen, sondern ergänzen. Immerhin haben Matthäus und Markus die lobenden und vorhersagenden Worte zitiert: »Wahrlich, ich sage euch: Wo dieses Evangelium gepredigt werden wird in der ganzen Welt, wird auch von dem geredet werden, was sie getan hat, zu ihrem Gedächtnis« (Matthäus 26,13; Markus 14,9).

Frage: Sollte wirklich von einer »anonymen« Frau die Rede sein, an die man in der ganzen Welt denkt? Oder wird hier von den Evangelisten vorausgesetzt, dass die Gläubigen wissen, von wem die Rede ist? Beachtenswert ist auch der Hinweis in Johannes 11,2: »Es war Maria, die den Herrn mit Salböl salbte und seine Füße mit ihren Haaren abtrocknete.« Johannes identifiziert diese Frau mit der Schwester der Marta und des Lazarus, Maria aus Betanien. Eine gründliche Auseinandersetzung mit diesem Thema folgt ab S. 276.

Immer wieder ranken sich Legenden und Mythen um die Person der Maria Magdalena. Man hat in ihr die »Geliebte« oder gar »Ehefrau« Jesu sehen wollen. Im Thomas-Evangelium z. B. heißt es, dass Jesus sie wiederholt auf den Mund geküsst haben soll. Allerdings sind die Worte »auf den Mund« später hinzugefügt worden. Außerdem gilt das Thomas-Evangelium als unzuverlässiges Dokument, das unbiblisches Gedankengut und gnostische Philosophie enthalte. Deshalb wurde es von den Kirchenvätern als Fälschung eingestuft und nicht in den Kanon der »echten« biblischen Bücher eingereiht.

Hätte Jesus wirklich eine erotische Liebesbeziehung mit Maria Magdalena gehabt, dann wäre das für seine Kritiker ein gefundenes Fressen gewesen. Sie hätten einhaken und ihn wegen Ehebruchs verurteilen und steinigen können. Jesus fragte seine Ankläger: »Wer von euch kann mir zu Recht eine Sünde vorwerfen?« (Johannes 8,46).

Wäre Jesus rechtmäßig mit Maria Magdalena verheiratet gewesen, dann hätte man sie als die Frau Jesu bezeichnet und sie hätte als solche einen Ehrenplatz unter seinen Nachfolgern eingenommen. Für einen jüdischen Rabbiner wäre das nichts Außergewöhnliches gewesen, die meisten waren verheiratet. Doch Jesus verzichtete ganz bewusst auf eine Ehe. Im Alten wie auch im Neuen Testament wird er unter dem Symbol des Bräutigams dargestellt, der seine Braut – die Gemeinde Gottes – einmal heimholen wird.

Dass Maria Magdalena eine tiefe Liebesbeziehung zu Jesus hatte, dokumentiert Lukas, indem er Jesus zitiert: »Ihre vielen Sünden sind vergeben, denn sie hat viel Liebe gezeigt ...« (Lukas 7,47, Luther 84). Bei dieser Episode zeigt sie durch zärtliche und emotionale Gesten, wie viel ihr an Jesus liegt, wie dankbar sie ihm für die Vergebung ist und wie sehr sie Jesus vertraut (Vers 50).

Im folgenden Kapitel des Lukasevangeliums wird sie unter den Begleiterinnen Jesu erwähnt, die durch ihn von Krankheiten und dämonischer Besessenheit frei wurden und ihn auf seiner zweiten Reise durch Galiläa mit ihrem Geld unterstützten und für Essen u. Ä. sorgten.

Maria Magdalena war eine der Frauen, die Jesus bei seinem Sterben am Kreuz begleiteten; sie gehörte zu denen, die bis zuletzt am Kreuz ausharrten, und zu den Ersten, die sein Grab aufsuchten und die Zeugen seiner Auferstehung wurden (Matthäus 28,1-10; Markus 16,9-10; Lukas 24,10). Johannes schildert die Szene, die die anderen Evangelisten kurz zusammenfassen, noch ausführlicher (siehe Kapitel 20,11-18). Hier bekommt Maria den Auftrag, den anderen Schülern Jesu auszurichten, »dass ich zu meinem Vater und zu eurem Vater, zu meinem Gott und zu eurem Gott auffahre« (Vers 17). Vor dieser »vorübergehenden« Reise Jesu zu seinem Vater lässt er sich von ihr nicht berühren (Vers 17, Luther 84). Als er später seinen Schülern erscheint, fordert er sie auf, ihn anzufassen und sich zu vergewissern, dass er kein Geist ist, sondern »Fleisch und Knochen« hat (Lukas 24,38-39). Der zweifelnde Schüler Thomas soll sogar seinen Finger in die Nägelwunden und seine Hand in die Lanzenwunde legen, um sich zu überzeugen (Johannes 20,27-28).

Maria Magdalena ist eine der wenigen Frauen der Bibel, die nicht über einen Mann definiert werden (»Frau des …«, »Mutter des …«). Maria Magdalena wurde in der Alten Kirche als »Apostelgleiche« verehrt und bekam den Ehrennamen *apostola apostolorum*, weil sie als »Abgesandte Jesu« zu den anderen Aposteln geschickt worden war.

Nach christlich-orthodoxer Überlieferung verließ Maria Magdalena mit einigen anderen Aposteln Jerusalem, um das Evangelium in aller Welt zu verkünden. Angeblich ging sie auch nach Rom und predigte hier und in ganz Italien. Sie soll auch Kaiser Tiberias (14–37 n. Chr.) von der Auferstehung erzählt haben. Nachdem Paulus nach Rom gekommen war, unterstützte Maria Magdalena noch zwei Jahre lang seine Arbeit (Römer 16,6). Dann ging sie nach Ephesus und half Johannes, bei dem sie – zusammen mit Maria, der Mutter Jesu – angeblich schon in Jerusalem gewohnt hatte, bei der Abfassung seines Evangeliums. In

Ephesus starb sie dann und wurde dort begraben. Im 9. Jahrhundert kamen ihre Gebeine nach Konstantinopel. Von hier aus wurden sie von Kreuzfahrern nach Rom gebracht.

Diese Überlieferung konnte ich leider nicht auf ihren Wahrheitsgehalt überprüfen, dazu fand ich keine Quellen. Es passt aber gut zu meiner Vorstellung von Maria und der ganzen Situation. Ich habe hier von meiner »dichterischen Freiheit« Gebrauch gemacht. Ob das Bild, das ich von Maria zeichne, mit der historischen Wirklichkeit übereinstimmt, weiß ich nicht – ich hoffe, mir wird verziehen, falls meine Fantasie zu stark von der uns unbekannten Realität abgewichen ist. Ich orientierte mich an den wenigen »Puzzleteilchen«, die wir in der Bibel über sie finden, als ich ihr »Bild« zusammensetzte. Auf keinen Fall wollte ich dem biblischen Befund auch nur im Geringsten widersprechen.

Irrtümer über Maria Magdalena

Gefälschte Dokumente des Franzosen Pierre Plantard, etwa ab 1954 (siehe *Prieuré de Sion*), behaupten, Maria Magdalena sei mithilfe des Joseph von Arimathäa nach Frankreich gegangen und habe dort ein Kind namens Sarah zur Welt gebracht, das Stammmutter der Merowinger gewesen sein soll. Maria Magdalena wird in diesen Dokumenten auch mit dem Heiligen Gral in Verbindung gebracht, wobei der Ausdruck *San Greal* als *Sang Real* (okzitanisch für »königliches Blut«) gedeutet wird. Die Thematik wird später von den Esoterik-Autoren Louis Pauwels und Jacques Bergier aufgegriffen und in Peter Berlings Romanen *Die Kinder des Gral* (Grals-Zyklus Band I), *Das Blut der Könige* (Grals-Zyklus Band II), *Die Krone der Welt* (Grals-Zyklus Band III), *Der schwarze Kelch* (Grals-Zyklus Band IV), *Der Kelim der Prinzessin* (Grals-Zyklus Band V) und später in Dan Browns Roman *Sakrileg* thematisiert.

Über Dan Browns oberflächliche Recherchen, seine theologischen und historischen Irrtümer und teilweise wilden Behauptungen ist an anderer Stelle schon viel geschrieben worden. Wer sich dafür interessiert, wird fündig, wenn er »Da Vinci Code, Irrtümer« in die Suchmaschine eingibt.

Meine Quellen

Die Bibel (verschiedene Übersetzungen).
Flavius *Josephus*, Der Jüdische Krieg (v. a. III,x).
Fritz *Rienecker*: Lexikon zur Bibel. Wuppertal: R. Brockhaus Verlag, 1969, S. 887.
Francis D. *Nichol* (Hg.): SDA Bible Commentary. Bd. 5. Maryland: Review and Herald Publishing, 1956.
<http://de.wikipedia.org/wiki/Maria_Magdalena>
<http://www.biblewalks.com/Sites/magdala.html>

Auch zu empfehlen ist: Alexander *Schick*, Das wahre Sakrileg. München: Droemer Knaur, 2006.

Personen und Handlungen, die in diesen Büchern nicht erwähnt und beschrieben wurden, habe ich frei erfunden, um die Lücken zu füllen, wobei ich hoffe, dass ich nirgendwo dem inspirierten Text widerspreche. Jedenfalls war es mein Ziel, mich so eng wie möglich an das anzulehnen, was uns Gott offenbart hat.

Die Salbung Jesu durch eine Frau – Vergleich der Berichte in den Evangelien

Der aufmerksame Leser wird in den vier Berichten Unterschiede und Gemeinsamkeiten finden. Bitte vergleichen (hier die Texte aus der Übersetzung *Neues Leben*):

Matthäus 26,6-16 (Levi Matthäus war ein früherer Geldeintreiber, persönlicher Augenzeuge.)

In der Zwischenzeit war Jesus zu Gast im Haus von Simon, einem Mann, der früher einmal Aussatz gehabt hatte. Während des Abendessens kam eine Frau mit einem wunderschönen Gefäß mit teurem Parfümöl herein, das sie ihm über den Kopf goss. Die Jünger waren sehr aufgebracht, als sie das sahen. »Was für eine Geldverschwendung«, ärgerten sie sich. »Sie hätte es lieber für viel Geld verkaufen und den Erlös den Armen geben sollen.«

Doch Jesus erwiderte: »Warum fallt ihr über sie her? Sie tut mir etwas Gutes. Die Armen werdet ihr immer bei euch haben, aber ich werde nicht mehr lange bei euch sein. Sie hat dieses Parfümöl über mir ausgegossen, um meinen Körper zum Begräbnis vorzubereiten. Ich versichere euch: Überall auf der Welt, wo man die gute Botschaft verbreiten wird, wird man auch davon sprechen, was diese Frau getan hat.«

Dann ging Judas Iskariot, einer der zwölf Jünger, zu den obersten Priestern und fragte sie: »Wie viel bezahlt ihr mir, wenn ich Jesus an euch verrate?« Und sie gaben ihm dreißig Silberstücke.

Von da an hielt Judas Ausschau nach dem geeigneten Ort und dem richtigen Zeitpunkt, Jesus zu verraten.

Markus 14,3-11 (Markus war vermutlich kein Augenzeuge, schrieb aber auf, was ihm sein Mentor Simon Petrus erzählte.)

Jesus hielt sich inzwischen in Betanien im Haus Simons auf, eines Mannes, der an Aussatz erkrankt war. Als sie beim Essen saßen, kam eine Frau mit einem wunderschönen Gefäß voll kostbaren Öls. Sie zerbrach das Gefäß und goss Jesus das Öl über den Kopf. Einige am Tisch waren darüber entrüstet: »Warum wurde dieses kostbare Öl so verschwendet?«, fragten sie. »Sie hätte es für ein kleines Vermögen verkaufen und das Geld den Armen geben können!« Und sie wiesen sie scharf zurecht.

Doch Jesus hielt ihnen entgegen: »Lasst sie in Ruhe. Warum bringt ihr sie in Verlegenheit? Sie hat mir doch etwas Gutes getan. Die Armen werdet ihr immer bei euch haben. Ihr könnt ihnen helfen, wann immer ihr wollt. Aber ich werde nicht mehr lange bei euch sein. Sie hat getan, was in ihrer Macht stand, und meinen Körper im Voraus zum Begräbnis gesalbt. Ich versichere euch: Überall in der Welt, wo die gute Botschaft gepredigt wird, wird man sich auch an die Tat dieser Frau erinnern.« Danach ging Judas Iskariot, einer der zwölf Jünger, zu den obersten Priestern, um Jesus an sie zu verraten. Die Priester waren hocherfreut, als sie hörten, warum er gekommen war, und versprachen ihm eine Belohnung. Von da an suchte er nach einer günstigen Gelegenheit, um Jesus zu verraten.

Lukas 7,29-30. 34. 36-50; 8,1-3 (Der griechische Arzt recherchierte sehr genau und schrieb seinen Bericht für nicht jüdische Leser, in erster Linie für einen griechischen Interessierten namens Theophilus.)

Als sie das hörten, gaben alle – auch die Steuereinnehmer – zu, dass Gott es gut mit ihnen meinte. Und sie ließen sich von Johannes taufen.

Die Pharisäer und die Schriftgelehrten dagegen lehnten den Plan, den Gott für sie hatte, ab, denn sie ließen sich nicht von Johannes taufen.

[...]

Der Menschensohn feiert und trinkt und von ihm sagt ihr: ›Er ist ein Schlemmer und Säufer und die schlimmsten Leute sind seine Freunde!‹ ...

Einer der Pharisäer lud Jesus zum Essen in sein Haus ein. Jesus nahm die Einladung an und setzte sich zu Tisch.

Eine Frau aus dem Ort, die für ihren unmoralischen Lebenswandel bekannt war, erfuhr, dass er da war, und brachte ein Gefäß mit kostbarem Salböl. Sie kniete vor Jesus nieder und weinte. Ihre Tränen fielen auf seine Füße, und sie trocknete sie mit ihren Haaren. Dann küsste sie ihm wieder und wieder die Füße und salbte sie mit dem Öl.

Als der Gastgeber sah, was da vorging und wer die Frau war, sagte er sich: »Das beweist, dass Jesus kein Prophet ist. Wäre er wirklich von Gott gesandt, dann wüsste er, was für eine Frau ihn da berührt. Eine Sünderin!«

Jesus wusste, was er dachte, und sagte zu dem Pharisäer: »Simon, ich habe dir etwas zu sagen.«

»Ja, Meister«, nickte Simon, »sprich nur.«

Darauf erzählte Jesus: »Ein Mann lieh zwei Leuten Geld – dem einen fünfhundert Denare und dem anderen fünfzig. Als keiner der beiden ihm das Geld zurückzahlen konnte, erließ er ihnen ihre Schulden. Wer von den beiden liebte ihn danach wohl mehr?«

Simon antwortete: »Ich nehme an, derjenige, dem er die größere Schuld erließ.«

»Das stimmt«, sagte Jesus. Dann wandte er sich der Frau zu und sagte zu Simon: »Schau dir die Frau an, die da kniet. Als ich dein Haus betrat, hast du mir kein Wasser angeboten, um mir den Staub von den Füßen zu waschen; sie hat meine Füße mit ihren Tränen gewaschen und mit ihrem Haar getrocknet. Du hast mir keinen Begrüßungskuss gegeben; sie hat mir unaufhörlich die Füße geküsst, seit ich hereingekommen bin. Du hast es versäumt, mir Gastfreundschaft zu erweisen und mir den Kopf mit Olivenöl zu salben; sie hat meine Füße mit kostbarem Salböl gesalbt. Ich sage dir, ihre Sünden – und es sind viele – sind ihr vergeben; deshalb hat sie mir viel Liebe erwiesen. Ein Mensch jedoch, dem nur wenig vergeben wurde, zeigt nur wenig Liebe.« Dann sagte Jesus zu der Frau: »Deine Sünden sind dir vergeben.«

Die anderen Männer am Tisch sagten zueinander: »Für wen hält sich dieser Mann, dass er Sünden vergibt?«

Und Jesus sagte zu der Frau: »Dein Glaube hat dich gerettet; geh in Frieden.«

Nicht lange danach zog Jesus durch die nahe gelegenen Orte und Dörfer, um die Botschaft vom Reich Gottes zu verkünden. Er nahm seine zwölf Jünger mit und einige Frauen, die er geheilt und von bösen Geistern befreit hatte. Dazu gehörten Maria Magdalena, aus der er sieben Dämonen ausgetrieben hatte, Johanna, die Frau von Chuza, dem Verwalter von Herodes, Susanna und viele andere, die Jesus und seine Jünger durch das, was sie hatten, unterstützten.

Johannes 11,1-2; 12,1-11 (Johannes gehörte zu den ersten Schülern Jesu, er hatte eine besonders enge Verbindung zu ihm und schrieb sein Evangelium als Letzter, teilweise ergänzte er die anderen Berichte.)

Ein Mann namens Lazarus war krank. Er wohnte mit seinen Schwestern Maria und Marta in Betanien.

Das ist dieselbe Maria, die dem Herrn das kostbare Duftöl über die Füße goss und sie mit ihrem Haar trocknete. Weil ihr Bruder Lazarus krank geworden war, …

(es folgt der Bericht von der Auferweckung des Lazarus.)

Sechs Tage vor Beginn der Passah-Feierlichkeiten kam Jesus nach Betanien, in die Heimatstadt von Lazarus – jenes Mannes, den er von den Toten auferweckt hatte. Dort wurde zu seinen Ehren ein Festessen gegeben. Marta bediente die Gäste, und Lazarus saß mit ihm am Tisch. Da nahm Maria ein zwölf Unzen fassendes Fläschchen mit kostbarem Nardenöl, salbte Jesus mit dem Öl die Füße und trocknete sie mit ihrem Haar. Der Duft des Öls erfüllte das ganze Haus.

Da sagte Judas Iskariot, einer seiner Jünger – der, der ihn später verriet: »Dieses Parfüm war ein kleines Vermögen wert. Man hätte es verkaufen und das Geld den Armen geben sollen.« Doch es ging ihm gar nicht um die Armen – er war ein Dieb und führte die Kasse der Jünger und entwendete hin und wieder etwas Geld für den eigenen Bedarf.

Jesus erwiderte: »Lass sie. Sie hat es als Vorbereitung für mein Begräbnis getan. Die Armen habt ihr immer bei euch, aber ich werde nicht mehr lange bei euch sein.«

Als die Leute erfuhren, dass Jesus dort war, kamen sie scharenweise herbei, um nicht nur Jesus, sondern vor allem Lazarus zu sehen, den

Jesus von den Toten auferweckt hatte. Daraufhin beschlossen die obersten Priester, auch Lazarus umzubringen, denn seinetwegen waren viele Leute von ihnen abgefallen und glaubten nun an Jesus.

1. Unterschiede

Es fällt auf, dass Lukas diese Episode nicht chronologisch einfügt, sondern thematisch, was man am Zusammenhang merkt. Es geht ihm um die Frage: Wer nimmt Jesus an? Die damaligen Theologen? Das einfache Volk? Genauso wichtig ist ihm die Frage: Wen nimmt Jesus an? Fromme und Unfromme, Reiche und Arme, Selbstgerechte und Sünder – jeden, der ihm vertraut und sich von ihm heilen und befreien lässt. Frage an den Leser: Woher konnte Lukas Details erfahren, die die anderen Evangelisten nicht berichten, z. B. was Simon gerade dachte und was er mit Jesus – wahrscheinlich halblaut – besprach?

Lukas nennt den Namen der Frau nicht, aber einige Verse weiter erwähnt er Maria Magdalena im Zusammenhang mit anderen Frauen, die Jesus auf seiner zweiten Galiläa-Tour begleiteten und ihm »mit ihrer Habe dienten«. Kann man daraus schließen, dass auch Maria Magdalena vermögend war?

Lukas berichtet auch als einziger der Evangelisten, dass diese Frau als »Sünderin« galt und dass der Gastgeber ein Pharisäer war. Obwohl die Bibel alle Menschen als Sünder bezeichnet, galt dieses Etikett damals vor allem den offenkundigen »moralischen Verfehlungen«. Simon wusste über diese Frau Bescheid und stört sich daran, dass sich Jesus als »Prophet« von ihr berühren lässt. Warum reagiert er so stark? Befürchtet er, sein Gast könnte »beschmutzt« werden? Die moralische Entrüstung des »Frommen« bekommt einen starken Dämpfer, indem ihm bewusst gemacht wird, dass seine – moralische? – Schuld zehnmal schwerer wiegt als die der Frau.

Und als einziger Evangelist betont Lukas den engen Zusammenhang zwischen »viel Vergebung und viel Liebe«.

In Lukas 10, 38-42 erwähnt Lukas, dass Maria die Schwester der Marta war. Hier erweist sich Maria wieder als »Schülerin Jesu«, denn sie sitzt »zu seinen Füßen«, ein Synonym für »Unterricht beim Lehrer«. Auch an dieser Stelle ist Maria der enge Kontakt mit Jesus wichtiger als Sachfragen (wer hilft in der Küche?). Jesus lobt ihre Prioritäten.

Die anderen drei Evangelisten setzen bei dieser Episode andere Schwerpunkte. Sie nennen den Ort des Festes: Betanien.

Matthäus, Markus und Lukas nennen den Namen des Gastgebers: Simon.

Markus und Matthäus erwähnen außerdem, dass er vorher aussätzig gewesen war.

Johannes erwähnt ihn nicht, weist aber auf den Ort Betanien hin, gliedert diese Szene in den korrekten zeitlichen Ablauf ein: am Abend vor dem Einzug in Jerusalem, in der letzten Woche vor dem Tod Jesu, sechs Tage vor dem Passahfest, und betont, dass Marta den »Catering Service« übernommen hatte. Hierbei müssen wir im Hinterkopf behalten, dass Johannes sein Evangelium als Letztes verfasste, Jahrzehnte nach den anderen Evangelisten, und oft Dinge ergänzt, die bei den anderen nicht genannt wurden.

Interessant ist auch sein Hinweis in Kapitel 11: Maria war diejenige, die Jesus die Füße gesalbt hatte.

Matthäus, Markus und Johannes konzentrieren sich in ihrem Bericht auf die Reaktion des Judas, bei dem sich bei diesem Vorfall innerlich etwas verändert haben muss, denn gleich danach geht er hin und verrät Jesus an seine Gegner.

2. Gemeinsamkeiten

1. Diese Salbung geschah auf einem Fest
2. Eine Frau salbte Jesus
3. Matthäus, Markus, Lukas erwähnen das Alabastergefäß mit dem Salböl (Johannes nennt es nicht extra)
4. Markus und Johannes nennen den Namen des Salböls: Narde (sehr kostbar, Judas schätzte den Kaufpreis auf 300 Denare, das entsprach damals dem Jahresgehalt eines Arbeiters)
5. Lukas und Johannes erwähnen, dass die Füße Jesu gesalbt wurden
6. Lukas und Johannes erwähnen die Haare, mit denen die Füße Jesu getrocknet wurden
7. Matthäus, Markus und Lukas nennen den Namen des Gastgebers: Simon

8. Matthäus und Markus ergänzen: der Aussätzige
9. Matthäus und Markus und Johannes erwähnen den Ort: Betanien
10. Matthäus und Markus zitieren die Reaktion Jesu: überall, wo das Evangelium gepredigt wird, wird man auch von dem sprechen, was diese Frau getan hat, nämlich seinen »Leib für das Begräbnis gesalbt«

Frage: Welchen Sinn ergibt eine solche Ankündigung, falls es sich bei dieser Frau um eine »anonyme Person« gehandelt hätte?

Haben die drei Evangelisten Marias Namen aus Taktgefühl verschwiegen, weil sie nicht an die »zwielichtige Vergangenheit« der nun hoch geschätzten Jüngerin rühren wollten?

Johannes nennt ihren Namen mehrmals und betont, dass sie es war, die Jesus salbte und an die sich alle und überall erinnern sollten, die das Evangelium hören: Maria, die Schwester der Marta und des Lazarus, die auch als Maria Magdalena bezeichnet wird (wir wissen nicht, ob das ihren Wohnort meinte oder ein Ehrenname war).

Fazit: All dies sind keine »Beweise« im forensischen Sinne, aber es sind Indizien, die mich dazu geführt haben, die Geschichte so zu schreiben, wie ich es tat.

Wer weiterhin der Meinung ist, es hätte verschiedene »Salbungen« gegeben mit verschiedenen Frauen, der mag so denken. Für mein Empfinden gibt es zu viele Parallelen bei den drei Berichten, um an zwei oder gar drei verschiedene Salbungen zu denken. *So* üblich war das damals offenbar nicht, sonst hätten sich Simon und die anderen Schüler Jesu nicht darüber aufgeregt.

Aber noch wichtiger als diese Sachfragen bleibt der Tatbestand: Jesus hat dieser Frau (oder diesen »Frauen«) viel vergeben, das Ergebnis war eine große Liebe und Treue. Wie ist das bei mir – weckt seine Vergebung, seine Gnade und Güte auch meine Gegenliebe?

Sylvia Renz
November 2008

Sylvia Renz

Babylon-Paket

Pb., 13,5 x 20,5 cm, 960 S.,
Nr. 394.412,
ISBN 978-3-7751-4412-4

Die Bibel – Stoff wie für einen Roman. Spannend erzählt Sylvia Renz von dem mächtigen König Nebukadnezar.

Im ersten Band steht der geniale Feldherr und Diplomat im Mittelpunkt. Er führt den Stadtstaat Babylon zu Erfolg und Wohlstand.

Der zweite Band erzählt von Nebukadnezars Macht, seinem Hochmut und Fall. Der dritte zeichnet die Geschichte seiner Erben: Kyros wird König und herrscht mit Toleranz und großer Macht.

Alle drei Bücher sind auch im günstigen Paket erhältlich.

Bitte fragen Sie in Ihrer Buchhandlung nach diesen Büchern!
Oder schreiben Sie an: SCM Hänssler, D-71087 Holzgerlingen.

Jörg S. Gustmann

Briefe von Herrn G.

Hc., 13,5 x 20,5 cm, 200 S.,
Nr. 394.594,
ISBN 978-3-7751-4594-7

Mysteriöse Briefe von einem Unbekannten landen auf geheimnisvolle Weise auf dem alten Dachboden bei der zwölfjährigen Anna. Sie sind immer nur unterzeichnet mit G. Das neugierige Mädchen lässt sich auf das Geheimnis dieser Briefe ein und beginnt die Welt mit neuen Augen zu sehen. Doch leider scheint sie die Einzige zu sein, die nicht an ihrer Echtheit zweifelt. Alle Menschen, die ihr wichtig sind, glauben, dass diese Botschaften ihrer Fantasie entspringen, bis eines Tages ein Wunder geschieht …

Ein spannender Roman für Erwachsene.